DESTINOS DIVIDIDOS

RBA MOLINO

VERONICA ROTH

DESTINOS DIVIDIDOS

Traducción de Pilar Ramírez Tello
y Raúl García Campos

RBA

Título original inglés: *The Fates Divide*.

© Veronica Roth, 2018.
© de la traducción: Pilar Ramírez Tello y Raúl García Campos, 2018.
© de esta edición: RBA Libros, S.A., 2018.
Diagonal, 189 - 08018 Barcelona.
rbalibros.com

TM & © de cubierta: Veronica Roth, 2018.
Arte de la cubierta: Jeff Huang.
Diseño de la cubierta: Erin Fitzsimmons.
Ilustración del mapa: Virginia Allyn.
Otros elementos de diseño: Tipografía por Joel Tippie.
Con permiso del propietario. Todos los derechos reservados.

Primera edición: mayo de 2018.

RBA MOLINO
REF.: MONL440
ISBN: 978-84-272-1340-1
DEPÓSITO LEGAL: B.7.964-2018

COMPOSICIÓN • EL TALLER DEL LLIBRE, S.L.

Impreso en España · *Printed in Spain*

PARA MI PADRE, FRANK,
MI HERMANO, FRANKIE, Y MI HERMANA, CANDICE:
PUEDE QUE NO COMPARTAMOS LA MISMA SANGRE,
PERO ME ALEGRO MUCHO DE QUE SEAMOS FAMILIA.

NAVE DE LA ASAMBLEA

BARRERA DEL FLUJO DE LA CORRIENTE · BARRERA DEL FLUJO DE LA CORRIENTE · BARRERA DEL FLUJO DE LA CORRIENTE · BARRERA DEL FLUJO DE LA CORRIENTE · BARRERA DEL FLUJO DE LA CORRIENTE

OGRA

KOLLANDE

TEPES

ESSANDER

TRELLA

SOL

OTHYR

ZOLD

PIIO4

THUVHE

PITHA

LOS EXTERIORES

PRÓLOGO | EIJEH

—¿Por qué tienes tanto miedo? —nos preguntamos.

—Viene para matarnos —contestamos.

Tiempo atrás nos asustaba esta sensación de habitar en dos cuerpos a la vez. Nos hemos acostumbrado a ella en los ciclos transcurridos desde que sucediera el cambio, desde que nuestros respectivos dones de la corriente se fundieran en este otro, nuevo y extraño. Ahora sabemos fingir que somos dos personas, en vez de una, aunque cuando estamos solos preferimos relajarnos y vivir la verdad. Somos una persona con dos cuerpos.

No estamos en Urek, donde nos encontrábamos la última vez que conocimos nuestra ubicación. Vagamos por el espacio, y lo único que interrumpe las tinieblas es la curva del arrebolado flujo de la corriente.

Solo una de nuestras dos celdas tiene ventana. Es un lugar estrecho con un colchón fino y una botella de agua. La otra celda es un almacén que huele a desinfectante, fuerte y acre. No hay más luz que la que entra por las rejillas de la puerta, que ahora está cerrada aunque no del todo sellada, porque el resplandor del pasillo la traspasa.

Estiramos dos brazos (uno más corto y oscuro, el otro largo y pálido) al unísono. El primero lo sentimos más ligero, mientras que el segundo es pesado y torpe. En uno de los cuerpos ya ha pasado el efecto de las drogas, pero no así en el otro. Un corazón late deprisa, con fuerza, y el otro mantiene un ritmo estable.

—Para matarnos —nos decimos—. ¿Seguro?

—Tanto como los destinos. Ella nos quiere muertos.

—Los destinos. —Ahí se produce una disonancia. Igual que una persona puede amar y odiar algo a la vez, nosotros amamos y odiamos los destinos, creemos y no creemos en ellos—. ¿Cómo era la palabra que usaba nuestra madre...? —Tenemos dos madres, dos padres, dos hermanas. Pero solo un hermano—. Acepta tu destino, o sopórtalo o...

—«Sufre tu destino», es lo que decía —contestamos—. «Porque todo lo demás es una ilusión».

Shithi. Verbo. En thuvhesita:
«poder/deber/tener que».

CAPÍTULO 1 | CYRA

Hacía diez estaciones que Lazmet Noavek, mi padre y antiguo tirano de Shotet, había sido dado por muerto. Celebramos su funeral en la primera travesía tras su fallecimiento y enviamos su armadura al espacio, puesto que no había cadáver.

Aun así, mi hermano Ryzek, prisionero en la bodega de esta nave de transporte, había dicho: «Lazmet todavía sigue con vida».

Mi madre a veces llamaba Laz a mi padre. Nadie más se habría atrevido, salvo Ylira Noavek. «Laz —le decía—, déjalo ya». Y él la obedecía, siempre que su mujer no le diera órdenes demasiado a menudo. La respetaba, pero no respetaba a nadie más, ni siquiera a sus propios amigos.

Con ella era algo más indulgente, pero con los demás... Bueno.

Mi hermano (que había empezado su vida siendo blando para después endurecerse y transformarse en alguien capaz de torturar a su hermana) había aprendido de Lazmet a sacarle el ojo a una persona; y a conservarlo para que no se pudriera. Antes de comprender en serio lo que contenían los tarros de la Sala de Armas, había bajado a mirarlos en sus altos estantes, relucientes en la penumbra. Los iris verdes, marrones y grises flotaban como peces subiendo a la superficie de un acuario en busca de comida.

Mi padre nunca le había arrancado nada a nadie con sus propias manos, ni tampoco había ordenado a otra persona que lo hiciera: usaba su don para controlar sus cuerpos y obligarlos a hacérselo ellos mismos. La muerte no es el único castigo. También están las pesadillas.

Más tarde, cuando Akos Kereseth fue a buscarme, me encontró en la cubierta de navegación de la pequeña nave de transporte que nos alejaba de mi planeta natal, donde mi gente, los shotet, estaban a punto de entrar en guerra con el país en el que había nacido Akos, Thuvhe. Yo me sentaba en el sillón de mando y giraba hacia delante y hacia atrás para calmarme. Pretendía contarle lo que me había dicho Ryzek, que mi padre (si es que era mi padre, claro; si es que Ryzek era mi hermano) estaba vivo. Ryzek parecía convencido de que él y yo no compartíamos la misma sangre, de que yo no era una Noavek de verdad. Por eso, según decía, no había podido abrir la cerradura genética que protegía sus habitaciones; por eso no había logrado asesinarlo la primera vez que lo intenté.

No obstante, no sabía por dónde empezar. ¿Con la muerte de mi padre? ¿Con el cadáver que no se encontró nunca? ¿Con la incómoda sensación de que Ryzek y yo éramos demasiado distintos físicamente como para ser parientes?

Akos tampoco parecía tener ganas de hablar. Extendió en el suelo, entre el sillón de mando y la pared, una manta que había encontrado en alguna parte de la nave, y nos tumbamos encima, uno al lado del otro, mirando al vacío. Las sombras de la corriente (mi agitada y amarga habilidad) se me enroscaban en los brazos como una cuerda negra y me enviaban oleadas de dolor intenso hasta la punta de los dedos.

No temía el vacío. Me hacía sentir pequeña. Apenas merecedora de un primer vistazo, por no hablar de un segundo. Y eso me reconfortaba porque a menudo me preocupaba ser capaz de provocar demasiados destrozos. Al menos si era pequeña y no me relacionaba con nadie, no causaría más dolor. Solo quería lo que tenía al alcance de la mano.

El índice de Akos se enganchó en mi meñique. Las sombras desaparecieron cuando su don contrarrestó el mío.

Sí, lo que tenía al alcance de la mano me bastaba, sin duda.

—¿Me dices... algo en thuvhesita? —me pidió.

Volví la cabeza hacia él. Todavía miraba por la ventana, y una sonrisita le curvaba los labios. Tenía pecas en la nariz y en uno de los párpados, justo al lado del inicio de las pestañas. Vacilé con la mano levantada sobre la manta, deseando tocarlo pero también alargar aquel momento de deseo. Después le recorrí la línea de las cejas con la yema de un dedo.

—No soy tu pajarito domesticado —respondí—. No pío cuando me lo ordenan.

—Es una petición, no una orden. Una humilde petición. ¿Y si solo dices mi nombre completo?

Me reí.

—La mayor parte de tu nombre es shotet, ¿recuerdas?

—Cierto. —Se abalanzó sobre mi mano con la boca, fingiendo que me daba un mordisco. Se me escapó una risa de sorpresa—. ¿Qué fue lo que más te costó decir cuando empezaste a aprender el idioma?

—Los nombres de vuestras ciudades, qué barbaridad —respondí mientras él me soltaba una de las manos para coger la otra, y me sostenía el meñique y el pulgar con las puntas de todos sus dedos.

Me dio un beso en el centro de la palma, donde la piel estaba callosa de sostener las hojas de corriente. Qué extraño que algo tan simple en una parte tan endurecida de mí pudiera inundarme de una forma tan absoluta, de modo que cada una de mis terminaciones nerviosas cobrara vida.

Suspiré, conforme.

—Vale, los diré. Hessa, Shissa, Osoc. Hubo una canciller que decía que Hessa era el corazón de Thuvhe. Se apellidaba Kereseth.

15

—El único canciller Kereseth en toda la historia de Thuvhe —comentó Akos mientras se llevaba mi mano a la mejilla. Me apoyé en un codo para inclinarme sobre él, y mi cabello se deslizó hacia delante para enmarcar nuestros rostros; era largo por un lado, y por el otro estaba cubierto de piel de plata—. Hasta ahí llego.

—Durante mucho tiempo solo hubo dos familias predestinadas en Thuvhe —dije—. A pesar de ello, salvo esa excepción, el liderazgo siempre ha recaído en los Benesit en cuanto los destinos han nombrado a un canciller. ¿No te resulta extraño?

—Quizá no se nos dé bien liderar.

—Quizá los destinos os favorezcan. Quizá los tronos sean maldiciones.

—El destino no me favorece —respondió en tono amable, tanto que apenas me percaté de a qué se refería. Su destino («el tercer hijo de la familia Kereseth morirá sirviendo a la familia Noavek») consistía en traicionar a su hogar por mi familia, sirviéndonos, y morir por nosotros. ¿Cómo no iba a ser una adversidad?

Negué con la cabeza.

—Lo siento, no pensaba que...

—Cyra —me interrumpió, y después se calló un instante y frunció el ceño—. ¿Acabas de disculparte?

—Conozco las palabras —contesté, imitando su ceño fruncido—. No soy tan maleducada como crees.

Se rio.

—Conozco la palabra essanderita para «basura»; eso no significa que suene bien cuando la digo.

—Vale, pues retiro mi disculpa. —Le di un capirote en la nariz, fuerte, y cuando se apartó con una mueca, todavía riéndose, añadí—: ¿Cómo se dice «basura» en essanderita?

Lo dijo. Sonaba como una palabra reflejada en un espejo, pronunciada primero del derecho y luego del revés.

—He descubierto tu punto débil —anunció—. Acabo de tentarte con un conocimiento que no posees, y te has distraído de inmediato.

Lo medité.

—Supongo que se te permite conocer... uno de mis puntos débiles, teniendo en cuenta que tú tienes muchos a mi disposición.

Arqueó las cejas a modo de pregunta, y lo ataqué con los dedos, clavándoselos en el costado izquierdo, justo debajo del codo, y en el derecho, justo encima de la cadera, para después pasar al tendón de su pierna derecha. Había aprendido que aquellos eran sus puntos flacos cuando entrenábamos, los lugares que no protegía lo suficiente o que le dolían más de lo normal cuando se los golpeaba. Sin embargo, en aquel momento los toqué con más delicadeza de la que me creía capaz y conseguí arrancarle risas, en vez de muecas.

Me colocó encima de él y me sujetó por las caderas. Varios de sus dedos se introdujeron en la cinturilla de mis pantalones y me provocaron un sufrimiento con el que no estaba familiarizada, un sufrimiento que no me molestaba en absoluto. Me apoyé en la manta, a ambos lados de su cabeza, y me incliné despacio para besarlo.

Solo nos habíamos besado unas cuantas veces, y yo nunca había besado a nadie más, así que cada uno de aquellos besos era un descubrimiento. Esta vez encontré el borde de sus dientes, los rocé, y di con la punta de la lengua; noté que una rodilla se deslizaba entre las mías y el peso de una mano en la nuca que me urgía a acercarme más, a ir más allá, más deprisa. No respiraba, no quería perder tiempo en eso, así que no tardé en acabar jadeando contra su cuello, lo que le arrancó una risa.

—Lo tomaré como una buena señal —comentó.

—No te pongas chulito, Kereseth.

No pude reprimir la sonrisa. Lazmet (y las preguntas sobre mis orígenes) ya no eran tan apremiantes. Allí estaba a salvo, flotando en una nave en medio de ninguna parte, con Akos Kereseth.

Y entonces... Un grito procedente de las profundidades de la nave. Sonaba como la hermana de Akos, Cisi.

CAPÍTULO 2 | CISI

Sé lo que es ver morir a tu familia. Soy Cisi Kereseth, al fin y al cabo. Vi a mi padre desangrarse en el suelo de nuestro salón. Vi a los soldados shotet llevarse a rastras a Eijeh y a Akos. Vi a mi madre apagarse como el color de la tela al sol. Lo entiendo casi todo sobre la pérdida, aunque no sepa expresarlo como lo hacen los demás. Mi don de la corriente me tiene bien atada.

Así que envidio un poco que Isae Benesit, canciller predestinada de Thuvhe y amiga, pueda permitirse su luto. Las emociones la dejan exhausta y después dormimos juntas, hombro con hombro, en la cocina de la nave del exilio shotet.

Cuando despierto me duele la espalda de pasarme tanto rato desplomada contra la pared. Me levanto, y me estiro a la izquierda y a la derecha mientras la observo.

Isae no tiene buen aspecto, lo que supongo que es normal, dado que su hermana gemela, Ori, murió ayer mismo en un estadio a rebosar de shotet sedientos de su sangre.

Tampoco tiene buen... tacto; la textura que la rodea está rugosa, igual que los dientes cuando no te los has lavado. Sus ojos van de un lado a otro de la habitación, bailan sobre mi cara y mi cuerpo, y no de un modo que me haga ruborizar. Intento calmarla con mi don: envío

19

una sensación tranquilizadora, como si desenrollara una madeja de hilo de seda. No parece servir de mucho.

Mi don de la corriente es curioso. No puedo saber lo que siente Isae, en realidad, aunque sí que puedo percibirlo, es una textura en el aire. Y tampoco puedo controlar cómo se siente, aunque sí ofrecer sugerencias. A veces necesito dos intentos o una forma distinta de pensarlo. Así que, en vez de seda, que no produce ningún efecto, pruebo con agua pesada y ondulante.

Fracaso. Está demasiado nerviosa. En algunas ocasiones, si los pensamientos de la persona en cuestión son excesivamente intensos, me cuesta influir en ella.

—Cisi, ¿puedo confiar en ti?

Es una palabra rara en thuvhesita, el verbo «poder». Significa «poder», «deber» y «tener que», todo junto, y solo se comprende su verdadero significado por el contexto. Da lugar a algunos equívocos, y es probable que por eso los de los otros planetas consideren que nuestro idioma es «escurridizo». Eso, y que los habitantes de los otros planetas son unos vagos.

Así que cuando Isae Benesit me pregunta en mi lengua materna si puede confiar en mí, en realidad no sé qué quiere decir. No obstante, solo existe una respuesta.

—Por supuesto.

—Lo digo en serio, Cisi —insiste en ese tono grave que solo usa cuando la ocasión lo requiere. Me gusta ese tono, me gusta cómo me vibra en la cabeza—. Tengo que hacer algo y quiero que vengas conmigo, pero me temo que no vas...

—Isae —la interrumpo—. Estoy aquí para lo que necesites, lo que sea. —Le toco el hombro con delicadeza—. ¿Vale?

Asiente con la cabeza.

Salimos de la cocina, y yo intento no pisar ningún cuchillo. Después de que se encerrara aquí, arrancó todos los cajones y rompió todo aquello a lo que pudo echar mano. El suelo está cubierto de tiras de papel, fragmentos de cristal, plástico rajado y rollos de vendas. Supongo que no la culpo.

Mi don me impide decir o hacer cualquier cosa que ponga incómodos a los demás. Eso significa que, después de la muerte de mi padre, no podía llorar hasta quedarme sola. Tampoco pude decirle casi nada a mi madre hasta pasados varios meses. Así que, de haber tenido la posibilidad de destrozar una cocina, como había hecho Isae, seguro que la habría aprovechado.

La sigo al exterior, en silencio. Pasamos junto al cadáver de Ori. La han tapado muy bien con una sábana, así que solo se distinguen las curvas de sus hombros, y el bulto de la nariz y la barbilla. No es más que la huella de lo que era. Isae se detiene a su lado y respira hondo. La percibo aún más áspera que antes, como granos de arena contra la piel. Sé que no puedo aliviarla, pero estoy demasiado preocupada y tengo que intentarlo.

Le envío puñados de hierba pluma, y madera dura y pulida. Le envío aceite tibio y metal redondeado. Nada funciona. Me rozo contra ella, frustrada. ¿Por qué no consigo hacer nada para ayudarla?

Por un instante se me ocurre recurrir a los demás. Akos y Cyra están ahí mismo, en la cubierta de navegación. Mi madre está en algún lugar de abajo. Incluso la amiga renegada de Akos y Cyra, Teka, está ahí mismo, tumbada en un banco con una sábana de pelo rubio platino extendida bajo ella. Sin embargo, no puedo llamar a ninguno. En primer lugar, me es imposible (no puedo inquietar a nadie a posta, gracias a mi don maldito); y en segundo, el instinto me dice que lo mejor será ganarme la confianza de Isae.

Me lleva más abajo, donde hay dos almacenes y un lavabo. Mi madre está en el lavabo, lo sé por el chapoteo de agua reciclada. En uno de los almacenes (el de la ventana, me aseguré de ello) está mi hermano mayor, Eijeh. Me dolió verlo de nuevo, tantos años después de su secuestro y tan pequeño al lado de la pálida columna que era Ryzek Noavek. Se supone que la gente gana fuerza con la edad. Eijeh no.

En el otro almacén (donde se guardan los artículos de limpieza) está Ryzek Noavek. Me estremezco al pensar que el hombre que ordenó que se llevaran a mis hermanos y mataran a mi padre está ahí mismo. Isae se detiene ante las dos puertas, y entonces me doy cuenta: va a entrar en una de las habitaciones. Y no quiero que sea en la de Eijeh.

Sé que él fue el que mató a Ori, técnicamente. Es decir, era quien blandía el cuchillo que lo hizo. Pero conozco a mi hermano: jamás habría matado a nadie, y menos a su mejor amiga de la infancia. Tiene que existir otra razón para lo sucedido; tiene que ser culpa de Ryzek.

—Isae —le digo—. ¿Qué vas a...?

Ella se lleva tres dedos a los labios para pedirme que calle.

Está justo entre las dos habitaciones, parece que intenta tomar una decisión, a juzgar por el débil zumbido que percibo a su alrededor. Se saca una llave del bolsillo (debe de habérsela quitado a Teka cuando salió para asegurarse de que nos dirigíamos a la sede de la Asamblea) y la introduce en la cerradura de la celda de Ryzek. Le cojo la mano.

—Es peligroso —le advierto.

—Puedo arreglármelas —contesta. Y después, con una expresión algo más amable, añade—: No permitiré que te haga daño, lo prometo.

La suelto. Parte de mí está deseando verlo, conocer por fin al monstruo.

Abre la puerta, y está sentado contra la pared trasera, remangado, con los pies estirados. Los dedos de sus pies son largos y finos, y los tobillos, estrechos. Parpadeo. ¿Se supone que los dictadores sádicos tienen pies de aspecto vulnerable?

Si Isae se siente intimidada, no lo demuestra. Permanece erguida, con las manos entrelazadas frente a ella y la cabeza alta.

—Vaya, vaya —dice Ryzek, que se pasa la lengua por el borde de los dientes—. El parecido entre gemelos nunca deja de sorprenderme. Eres idéntica a Orieve Benesit. Salvo por esas cicatrices, claro. ¿Cuánto tiempo tienen?

—Dos estaciones —responde ella, rígida.

Está hablando con él. Está hablando con Ryzek Noavek, nada menos, mi enemigo declarado, secuestrador de su hermana, con una larga fila de muertes tatuadas en la parte exterior del brazo.

—Entonces desaparecerán —dice él—. Es una pena. Tienen una forma preciosa.

—Sí, soy una obra de arte. El artista fue un gusano de carne shotet que había estado escarbando en la basura.

Me quedo mirándola. Es la primera vez que la oigo decir algo tan aborrecible sobre los shotet. No es propio de ella.

«Gusano de carne» es lo que la gente llama a los shotet cuando buscan el peor insulto posible. Los gusanos de carne son unas criaturas grises y serpenteantes que se alimentan de los vivos desde el interior hacia fuera. Unos parásitos que la medicina othyria ha eliminado casi por completo.

—Ah —dice él, y su sonrisa se ensancha tanto que se le forma un hoyuelo en la mejilla. Hay algo en él que me quiere despertar un recuerdo. Quizá algo que tiene en común con Cyra, aunque no se parecen en nada, a primera vista—. Así que el rencor contra mi pueblo no es tan solo por tu sangre.

—No.

Se agacha y apoya los codos en las rodillas. Aunque consigue que parezca un movimiento grácil y controlado, me preocupo por ella. Es de constitución alta y esbelta, ni por asomo tan fuerte como Ryzek, que es grande a pesar de su delgadez. Si se equivoca y él se abalanza sobre ella, ¿qué podría hacer yo para detenerlo? ¿Gritar?

—Supongo que tienes experiencia con las cicatrices —dice, señalándole el brazo con la cabeza—. ¿Te marcarás la muerte de mi hermana?

El interior del antebrazo de Ryzek, la zona más blanda y pálida, no tiene cicatrices; empiezan en el exterior y van dando la vuelta fila por fila. Tiene más de una hilera.

—¿Por qué? ¿Me has traído tinta y cuchillo?

Isae frunce los labios. La sensación áspera, como de papel de lija, que emitía hace un momento se convierte en algo tan afilado como la piedra rota. Retrocedo contra la puerta por puro instinto y mi espalda topa con la manija.

—¿Siempre reclamas a las víctimas que no has ejecutado tú? —dice Isae—. Porque, si no me equivoco, no eras tú el que estaba en esa plataforma con el cuchillo.

A Ryzek le brillan los ojos.

—Me pregunto si alguna vez has matado de verdad a alguien o si lo hacen todo los demás. —Ladea la cabeza—. Las personas que, a diferencia de ti, tienen las agallas necesarias para ello.

Es un insulto shotet, de esos que los thuvhesitas ni siquiera considerarían un insulto. Ryzek sí que lo capta, y le lanza una mirada penetrante.

—Señorita Kereseth —dice sin mirarme—, te pareces mucho al mayor de tus dos hermanos. —Entonces me mira, evaluándome—. ¿No sientes curiosidad por saber qué ha sido de él?

Desearía responder con frialdad, como si Ryzek no significara nada para mí. Me gustaría mirarlo a los ojos con entereza. Querría que mis mil fantasías de venganza cobraran vida de repente como flores del silencio el Día de la Floración.

Abro la boca, pero no me sale nada.

«Vale», pienso, y dejo escapar una descarga de mi don, como una palmada. He llegado a comprender que no todo el mundo es capaz de controlar su don de la corriente como yo. Solo desearía poder dominar también la parte que me impide decir lo que deseo.

Veo que se relaja cuando mi don lo golpea. No surte efecto en Isae (al menos, que yo vea), pero quizá le suelte la lengua a Ryzek. Y sea lo que sea lo que planea ella, parece querer hacerlo hablar primero.

—Mi padre, el gran Lazmet Noavek, me enseñó que las personas son como hojas afiladas si aprendes a blandirlas, pero que la mejor arma es uno mismo. Siempre me lo he tomado muy en serio. Es cierto que otros se han encargado de algunas de mis víctimas, canciller, pero te aseguro que esas muertes no dejan de ser mías.

Se tira hacia delante, cae de rodillas, y mete las manos entre ellas. Isae y él están a pocos alientos de distancia.

—Me marcaré la muerte de tu hermana en el brazo —añade—. Será un preciado trofeo para mi colección.

«Ori». Recuerdo qué té bebía por las mañanas (corteza de harva, que le aportaba energía y claridad) y lo mucho que odiaba tener el incisivo desportillado. Y oigo los cánticos de los shotet en la cabeza: «¡Que muera, que muera, que muera!».

—Eso aclara las cosas —dice Isae.

Le ofrece una mano para que la tome. Él la mira de un modo extraño, y con razón: ¿qué clase de persona desea estrechar la mano del hombre que acaba de reconocer que ha ordenado la muerte de su hermana? ¿Y que se enorgullece de ello?

—Sí que eres rara —dice Ryzek—. Si me ofreces ahora la mano es que no querías demasiado a tu hermana.

Veo que la piel se tensa sobre los nudillos de la otra mano, la que no le ofrece. Abre el puño y acerca los dedos poco a poco a la bota.

Ryzek acepta la mano que se le tiende, aunque después se pone tenso y abre mucho los ojos.

—Todo lo contrario, la quería más que a nadie —responde Isae, que le aprieta la mano con fuerza y le clava las uñas.

Mientras tanto, su mano izquierda sigue avanzando hacia la bota.

Estoy demasiado desconcertada para percatarme de lo que sucede hasta que ya es demasiado tarde. Con la mano izquierda se saca un cuchillo de la bota, pegado a la pierna con una correa. Con la derecha tira de Noavek hacia ella. Cuchillo y hombre se unen, y ella empuja, y el ruido de un gemido borboteante me transporta a mi salón, a mi adolescencia, a la sangre que restregué de las tablas del suelo mientras sollozaba.

Ryzek cae y sangra.

Abro de un manotazo la manija de la puerta y salgo al pasillo dando tumbos. Estoy gimiendo, llorando, golpeando las paredes; no, no lo estoy haciendo porque mi don no me deja.

Lo único que hago, al final, es dejar escapar un único grito, muy débil.

CAPÍTULO 3 | CYRA

Corrí hacia el grito de Cisi Kereseth con Akos pisándome los talones, sin tan siquiera molestarme con los peldaños de la escalera que conducía a la cubierta inferior: los salté sin más. Me fui derecha a la celda de Ryzek, sabiendo, por supuesto, que él debía ser el origen de cualquier cosa que provocara gritos en esta nave. Vi a Cisi apoyada en la pared del pasillo, frente a la puerta abierta del almacén. Detrás de ella, Teka bajaba desde el otro extremo del vehículo, atraída por el mismo sonido. Isae Benesit estaba dentro de la celda de Ryzek y, a sus pies, en un revoltijo de piernas y brazos, yacía mi hermano.

Supuse que había cierta poesía en ello: que Akos hubiera visto la vida de su padre derramarse por el suelo y que yo ahora viera cómo ocurría lo mismo con la de mi hermano.

Tardó más en morir de lo que esperaba. También supuse que era intencionado; Isae Benesit se quedó junto a su cuerpo con el cuchillo ensangrentado en la mano y la mirada vacía, aunque vigilante. Había querido tomarse su tiempo con aquel momento, con su momento de triunfo sobre el responsable de la muerte de su hermana.

Bueno, uno de los responsables de la muerte de su hermana, porque Eijeh, que había blandido el arma, seguía en la habitación de al lado.

Los ojos de Ryzek se encontraron con los míos y, casi como si me hubiera tocado, me arrastró hacia un recuerdo. No uno que me quitaba a mí, sino uno que casi me había ocultado yo sola.

Estaba en el pasadizo detrás de la Sala de Armas, con el ojo pegado a la grieta del panel de la pared. Había ido para espirar la reunión de mi padre con un importante hombre de negocios reconvertido en casero de chabolas de Shotet, cosa que hacía a menudo cuando me aburría y sentía curiosidad por lo que sucedía en la casa. Pero esta reunión había salido mal, algo que no había ocurrido en mis anteriores incursiones. Mi padre había estirado una mano con dos dedos en alto, como un asceta zoldano a punto de dar su bendición, y el hombre de negocios sacó su cuchillo con movimientos espasmódicos, como si luchara contra sus propios músculos.

Se acercó el cuchillo al rabillo interior del ojo.

—¡Cyra! —siseó alguien detrás de mí, y di un respingo.

Ryzek, joven y lleno de espinillas, se arrodilló a mi lado. Me cogió el rostro entre las manos. No me había dado cuenta hasta ese momento, pero yo estaba llorando. Cuando empezaron los gritos en la habitación de al lado, me tapó las orejas con las palmas de las manos y apretó mi rostro contra su pecho.

Al principio me resistí, pero era demasiado fuerte. Lo único que oía era el contundente latido de mi corazón.

Al final me apartó, me limpió las lágrimas de las mejillas y dijo:

—¿Qué es lo que dice siempre mamá? Los que van en busca de dolor...

—Siempre lo encuentran —contesté para completar la frase.

Teka me sujetó por los hombros y me sacudió un poco mientras decía mi nombre. La miré, confusa.

—¿Qué pasa?

—Tus sombras estaban... —Sacudió la cabeza—. Da igual.

Sabía a qué se refería. Seguro que mi don se había vuelto loco y había enviado cintas negras por todas partes. Las sombras de la corriente habían cambiado desde que Ryzek intentara usarme para torturar a Akos en la celda bajo el anfiteatro. Ahora flotaban sobre mi piel en vez de enterrarse bajo ella como venas oscuras. Sin embargo, seguían doliendo, y me daba cuenta de que el episodio que acababa de suceder había sido peor: tenía la visión borrosa y huellas de uñas en las palmas de las manos.

Akos estaba arrodillado en la sangre de mi hermano con los dedos a un lado de su cuello. Vi que dejaba caer la mano y se acuclillaba en el suelo, apoyado en los muslos.

—Se acabó. —Sonaba espeso, como si tuviera la garganta cubierta de leche—. Después de todo lo que hizo Cyra por ayudarme, después de todo...

—No pediré disculpas —dijo Isae, que por fin apartaba la vista de Ryzek.

Examinó nuestros rostros: Akos, rodeado de sangre; Teka, con los ojos como platos junto a mi hombro; yo, con los brazos surcados de negro; Cisi, que se sujetaba la barriga cerca de la pared. El aire olía a acre, a vómito.

—Asesinó a mi hermana —añadió Isae—. Era un tirano, un torturador y un asesino. No pediré disculpas.

—No es por él. ¿Crees que no quería verlo muerto? —Akos se levantó de un salto. La sangre le corría por los pantalones, de las rodillas a los tobillos—. ¡Claro que sí! ¡Me quitó más a mí que a ti! —Estaba tan cerca de ella que me pregunté si la atacaría, aunque se limitó a abrir y cerrar las manos—. Primero quería arreglar lo que había hecho, quería que curara a Eijeh, quería...

Pareció darse cuenta de repente. Ryzek era (había sido) mi hermano, pero la pena era toda de Akos. Se había esforzado, había dispuesto todos los elementos del rescate de su hermano, y al final siempre lo entorpecían otras personas más poderosas que él. Ahora que por fin había conseguido sacar a Eijeh de Shotet, resultaba que no lo había salvado, y toda la planificación, todas las batallas, todo el esfuerzo... no habían servido para nada.

Akos se apoyó contra la pared más cercana para mantenerse en pie, cerró los ojos y ahogó un gemido.

Conseguí salir de mi trance.

—Sube a la cubierta —le dije a Isae—. Llévate a Cisi.

Ella pareció a punto de protestar por un momento, pero no duró. Soltó el arma homicida (un simple cuchillo de cocina) allí mismo y se fue con Cisi.

—Teka —seguí—. ¿Podrías llevarte a Akos arriba, por favor?

—¿Estás...? —empezó a preguntar ella, aunque no terminó la frase—. Vale.

Isae y Cisi, Teka y Akos me dejaron allí, sola, con el cadáver de mi hermano. Había muerto al lado de una fregona y una botella de desinfectante. «Qué oportuno», pensé, y reprimí una carcajada. O lo intenté. Pero no pude. En cuestión de segundos se me doblaron las rodillas de risa, y me toqueteé el pelo hasta dar con el lado de la cabeza que ahora era de piel de plata para recordarme cómo me había hecho pedazos para divertir a la multitud, cómo había plantado fragmentos de él dentro de mí, como si yo no fuera más que un campo baldío sembrado de dolor. Llevaba el cuerpo cubierto de las cicatrices que Ryzek Noavek me había dejado.

Y ahora, por fin, era libre.

Cuando me calmé, me puse a limpiar la porquería que había dejado Isae Benesit.

El cadáver de Ryzek no me asustaba, ni tampoco la sangre. Lo arrastré por las piernas hasta el pasillo, y empecé a notar que me caían gotas de sudor por la nuca de tanto empujar y tirar. Pesaba bastante muerto, seguro que igual que en vida, por muy esquelético que estuviera. Cuando la madre oráculo de Akos, Sifa, apareció para ayudarme, no le dije nada, me limité a observarla mientras colocaba una sábana bajo él para que lo envolviéramos. Después sacó hilo y aguja del almacén, y me ayudó a coser aquel improvisado saco funerario.

Los funerales shotet, si se celebraban en tierra, emplean el fuego, como en la mayor parte de las culturas de nuestro variado sistema solar. Sin embargo, morir en el espacio, en la travesía, era un honor especial. Cubríamos los cadáveres, salvo la cabeza, para que sus seres queridos pudieran ver y aceptar la muerte de esa persona. Cuando Sifa retiró la sábana del rostro de Ryzek supe que, al menos, había estudiado nuestras costumbres.

—Veo muchas posibilidades distintas para el desarrollo de los acontecimientos —dijo al fin mientras se pasaba un brazo por la frente para secarse parte del sudor—. Creía que esta no era probable; de lo contrario, os lo habría advertido.

—No, no lo habrías hecho —repuse, encogiéndome de hombros—. Solo intervienes cuando conviene a tus propósitos. Mi comodidad y mi paz no te importan.

—Cyra…

—Me da igual. Odiaba a mi hermano. Pero… no finjas que te preocupas por mí.

—No finjo.

Había pensado que, sin duda, le encontraría algún parecido con Akos. Y quizá sí que estuviera ahí, en sus gestos: cejas inquietas, y manos rápidas y decididas. Sin embargo, su rostro, su piel marrón claro, su estatura modesta, no eran los de Akos.

No sabía cómo evaluar su sinceridad, así que no me molesté en hacerlo.

—Ayúdame a llevarlo a la tolva para la basura —le pedí.

Cogí la parte más pesada del cadáver, la cabeza y los hombros, y ella se encargó de los pies. Por suerte, la tolva estaba a pocos metros de distancia, otra ventaja inesperada. Lo hicimos por etapas, unos cuantos pasos en cada una. La cabeza de Ryzek se balanceaba de un lado a otro sin que yo pudiera evitarlo; tenía los ojos abiertos pero ciegos. Lo dejé junto a la tolva y pulsé el botón para abrir el primer juego de puertas, a la altura de la cintura. De no haber sido tan estrecho de hombros, no habría cabido. Entre Sifa y yo lo metimos en el corto conducto doblándole las piernas para que se pudieran cerrar las puertas interiores. Cuando lo hicieron, pulsé de nuevo el botón para abrir las puertas exteriores y que la bandeja se deslizara por la tolva para lanzar su cuerpo al espacio.

—Conozco la oración, si quieres que la recite —se ofreció Sifa.

Negué con la cabeza.

—La dijeron en el funeral de mi madre —respondí—. No.

—Entonces, simplemente dejaremos constancia de que ha sufrido su destino: caer derrotado ante la familia Benesit. Ya no tiene por qué seguir temiéndolo.

Era más de lo que se merecía.

—Voy a lavarme —anuncié.

La sangre que me manchaba las palmas de las manos empezaba a secarse, y me picaban.

—Antes de que lo hagas, te advertiré de algo. Ryzek no es la única persona a la que la canciller culpa de la muerte de su hermana. De hecho, es probable que haya empezado por él porque se guarda la mejor parte de la venganza para después. Y no se detendrá ahí, tampoco. La conozco lo suficiente como para entender su personalidad, y no es de las que perdonan.

Me quedé mirándola un momento, parpadeando, antes de lograr descifrar sus palabras. Estaba hablando de Eijeh, que seguía encerrado en el otro almacén. Y no solo de Eijeh, sino del resto de nosotros: Isae nos consideraba cómplices de la muerte de Orieve.

—Hay una cápsula de escape —dijo Sifa—. Podemos meterla dentro, y alguien de la Asamblea la recogerá.

—Dile a Akos que la drogue —repuse—. Ahora mismo no me apetece meterme en una pelea.

CAPÍTULO 4 | AKOS

Akos se abrió paso entre los cubiertos tirados por el suelo de la cocina. El agua ya se estaba calentando, y tenía la ampolla de sedante lista para echarla en la infusión, solo le quedaba meter algunas hierbas secas en el filtro. La nave avanzaba a trompicones, y él pisó un tenedor y aplastó los dientes con el talón.

Maldecía su estúpida cabeza, que no dejaba de decirle que todavía quedaba esperanza para Eijeh: «Con la cantidad de gente que hay en la galaxia, con tantos dones distintos, seguro que alguien sabrá cómo arreglarlo». Lo cierto era que estaba cansado de aferrarse a esa esperanza. Llevaba haciéndolo desde que llegó a Shotet, y ahora estaba listo para dejarse llevar y permitir que el destino lo condujera a donde deseara. A la muerte, a los Noavek y a Shotet.

Lo único que le había prometido a su padre era que llevaría a Eijeh a casa. Quizá no hubiera mejor opción que aquella, que estar flotando en el espacio. Quizá tuviera que bastar.

«Pero...».

—Cállate —se dijo, y echó las hierbas del armario de la cocina en un filtro.

No había flores del hielo, pero había aprendido lo bastante sobre plantas shotet como para preparar una sencilla infusión calmante.

Llegados a este punto, sin embargo, no había arte alguno en el proceso. No hacía más que seguir los pasos: mezclar trocitos de raíz de garok con caparazón de fenzu en polvo y exprimir un poco de néctar encima para darle mejor sabor. Ni siquiera sabía cómo llamar a las plantas que componían el néctar: se había acostumbrado a llamar a las frágiles flores «flojitas» cuando estaba en el campo de entrenamiento militar a las afueras de Voa porque se deshacían con tocarlas, aunque nunca se aprendió su verdadero nombre. Tenían un sabor dulce, y ese parecía ser su único uso.

Cuando el agua se calentó, la vertió sobre el filtro. El extracto que dejaba atrás era de un marrón turbio, perfecto para ocultar el amarillo del sedante. Su madre le había pedido que drogara a Isae, y él ni siquiera le había preguntado por qué. Le daba igual, siempre que pudiera apartarla de su vista. No lograba escapar de la imagen de la canciller de pie mirando cómo Ryzek Noavek se desangraba, como si eso fuera una especie de espectáculo. Puede que Isae Benesit tuviera la misma cara que Ori, pero no se le parecía en nada. No se imaginaba a su amiga allí plantada viendo morir a alguien, por mucho que lo odiara.

Una vez preparada la infusión y mezclada con la droga, se la llevó a Cisi, que estaba sentada en el banco que había junto a la puerta de la cocina.

—¿Me estabas esperando? —le preguntó a su hermana.

—Sí. Me lo pidió mamá.

—Bien. ¿Le llevas esto a Isae? Es para calmarla.

Cisi arqueó una ceja.

—No te lo bebas tú —añadió Akos.

Ella alargó una mano, pero, en vez de coger la taza, le agarró la muñeca. Su mirada se transformó, se volvió más penetrante, como siempre que el don de Akos amortiguaba el de su hermana.

—¿Qué queda de Eijeh? —le preguntó.

El cuerpo de Akos se tensó de pies a cabeza. No quería pensar en lo que quedaba de Eijeh.

—Alguien que sirvió a Ryzek Noavek —respondió en tono envenenado—. Que me odiaba a mí, a papá y probablemente también a mamá y a ti.

—¿Cómo es posible? —preguntó ella, frunciendo el ceño—. No puede odiarnos solo porque alguien le haya metido otros recuerdos en la cabeza.

—¿Cómo voy a saberlo? —repuso su hermano, a punto de gruñir.

—Entonces, quizá…

—Me sujetó mientras me torturaban —la interrumpió, colocándole la taza en las manos.

Parte de la infusión se les derramó encima. Cisi se apartó de golpe y se secó los nudillos en los pantalones.

—¿Te he quemado? —preguntó Akos mientras le señalaba la mano con la cabeza.

—No.

Regresó la dulzura que su don le pintaba en el rostro. Akos no quería cariño de ningún tipo, así que apartó la mirada.

—Esto no le hará daño, ¿no? —preguntó Cisi dándole unos golpecitos con la uña a la taza para que pudiera oír el tin, tin, tin.

—No. Es para evitar tener que hacerle daño.

—Entonces se lo daré.

Akos gruñó. Llevaba más sedante en la mochila, y consideró la posibilidad de tomárselo. Nunca había estado tan agotado, como un tejido a medio terminar entre cuyos hilos se filtrara la luz. Habría sido más sencillo dormir sin más.

No obstante, en vez de drogarse para olvidar, cogió un pétalo de flor del silencio seca del bolsillo y se la metió entre la mejilla y los dientes. No lo dejaría inconsciente, pero sí lo atontaría un poco. Era mejor que nada.

Una hora después, cuando regresó Cisi, Akos estaba todavía colocado de flor del silencio.

—Hecho. Está inconsciente —lo avisó su hermana.

—De acuerdo, vamos a meterla en la cápsula de escape.

—Me voy con ella. Si mamá tiene razón y vamos a la guerra…

—Mamá tiene razón.

—Ya. Bueno, en tal caso, todo el que esté contra Isae está contra Thuvhe. Así que me quedo con mi canciller.

Akos asintió con la cabeza.

—Entiendo que tú no —añadió Cisi.

—Mi destino es ser un traidor, ¿recuerdas?

—Akos. —Se agachó frente a él, puesto que en algún momento se había sentado en el banco, que estaba duro y frío, y olía a desinfectante. Cisi le apoyó un brazo en la rodilla. Se había recogido el pelo sin mucha maña, y unos mechones de rizos se le habían soltado y le enmarcaban la cara. Su hermana era guapa, su rostro tenía un bonito tono marrón que le recordaba a la porcelana de Trella. Muy parecido al de Cyra, Eijeh y Jorek. Familiar—. No tienes que hacer nada que no quieras hacer solo porque mamá nos educara para ser fieles a los destinos, obedecer a los oráculos y todo eso. Eres thuvhesita. Deberías venir conmigo. Deja a los demás con su guerra, y nosotros nos iremos a casa y esperaremos a que acabe. Nadie nos necesita aquí.

Lo había pensado. Estaba más dividido que nunca, y no solo por su destino. Cuando saliera de la bruma de la flor del silencio recordaría lo agradable que había sido reír con Cyra hacía unas horas, el calor de su cuerpo contra el suyo. Y recordaría que, por mucho que deseara volver a estar en su casa, subir las destartaladas escaleras, atizar las piedras de quemar en el patio y lanzar nubes de harina al aire cuando amasaba el pan, tenía que vivir en el mundo real. En el mundo real, Eijeh estaba roto, Akos hablaba shotet y su destino seguía siendo su destino.

—Sufre tu destino —dijo—, porque todo lo demás es una ilusión.

Cisi suspiró.

—Imaginaba que dirías eso. Sin embargo, a veces la ilusión es agradable.

—Ten cuidado, ¿vale? —repuso él, tomándola de la mano—. Espero que sepas que no quiero volver a abandonarte. En realidad, es lo que menos deseo en el mundo.

—Lo sé. —Le apretó el pulgar—. Todavía tengo fe, ¿sabes? Fe en que un día volverás a casa, Eijeh estará mejor, mamá dejará las mentiras de los oráculos y todos podremos volver a construir algo juntos.

—Sí.

Intentó sonreír por ella; quizá lo consiguiera a medias.

Entre los dos metieron a Isae en la cápsula, y Teka le explicó a su hermana cómo enviar una señal de socorro para que los «matones» de la Asamblea, como los llamaba ella, las recogieran. Después Cisi le dio un beso de despedida a su madre y se abrazó con fuerza a la cintura de Akos hasta conseguir meterle dentro todo su calor.

—Mira que eres alto —le dijo en voz baja mientras se apartaba—. ¿Quién te ha dado permiso para ser más alto que yo?

—Lo hice solo por fastidiarte —contestó con una sonrisa.

Después, Cisi se metió en la cápsula y cerró las puertas. No sabía cuándo volvería a verla.

Teka subió corriendo hasta el sillón de mando de la cubierta de navegación y retiró la tapa de los controles con una herramienta que llevaba en el cinturón. Mientras tanto, silbaba.

—¿Qué estás haciendo? —le preguntó Cyra—. No es el mejor momento para desmontar nuestra nave.

—En primer lugar, no es «nuestra» —respondió Teka tras poner en blanco sus ojos azules—. Yo diseñé la mayoría de las funciones que nos han mantenido con vida hasta ahora. En segundo lugar, ¿de verdad sigues queriendo ir a la sede de la Asamblea?

—No. —Cyra se sentó en el asiento del primer oficial, a la derecha de Teka—. La última vez que estuve allí oí por casualidad a la representante de Trella llamar a mi madre basura asquerosa. Ella pensó que no la entendía, a pesar de que hablaba en othyrio.

—Menuda sorpresa —se burló Teka con un bufido gutural mientras sacaba un puñado de cables del cuadro de mandos y después los acariciaba como si se tratara de un animal.

Metió la mano debajo de los cables hasta una zona del cuadro que Akos no veía, tan alejada que el brazo entero de la chica desapareció dentro. Una proyección de coordenadas se iluminó ante ellos, a lo largo del flujo de la corriente que tenían delante. El morro de la nave (Akos estaba seguro de que existía un nombre técnico para él, pero lo desconocía, así que lo llamaba «morro») se movió para avanzar hacia el flujo, en vez de alejarse de él.

—¿Nos vas a decir adónde vamos? —le preguntó Akos mientras subía a la cubierta de navegación.

El cuadro de mandos se iluminó de todos los colores, con palancas, botones e interruptores por doquier. Si Teka hubiera extendido los brazos por completo, no habría sido capaz de llegar a todos desde donde estaba sentada.

—Supongo que sí, dado que ahora estamos todos metidos en esto —respondió Teka. Se recogió el reluciente cabello en lo alto de la cabeza y se lo ató con una gruesa cinta que llevaba en la muñeca. Con aquel mono de técnica que le quedaba enorme y sentada con las piernas dobladas en el sillón de mando, parecía una niña jugando a disfrazarse—. Vamos a la colonia en el exilio. Que está en Ogra.

Ogra. El «planeta de las sombras», lo llamaba la gente. No era fácil coincidir con un ograno, y menos aún ver el planeta desde una nave. Era el planeta más alejado de Thuvhe, casi fuera de la banda de seguridad que proporcionaba el flujo de la corriente que rodeaba el sistema solar. No había sistema de vigilancia capaz de asomarse a su atmósfera, tan densa y oscura, y era un milagro que consiguieran recibir la señal del agregador de noticias. Ellos tampoco agregaban nunca noticias, así que casi nadie había visto la superficie del planeta, ni siquiera en imágenes.

Por supuesto, a Cyra aquella noticia le iluminó la mirada.

—¿Ogra? Pero ¿cómo te comunicas con ellos?

—La forma más sencilla de transmitir mensajes sin que el Gobierno los escuche es a través de la gente —respondió Teka—. Por eso estaba mi madre a bordo de la nave de la travesía: para representar los intereses de los exiliados ante los rebeldes. Estábamos intentando trabajar juntos. El caso es que la colonia en el exilio es un buen sitio para reagruparnos y averiguar lo que está pasando en Voa.

—Yo te lo puedo decir ya: el caos —contestó Akos, y cruzó los brazos.

—Y después más caos —añadió Teka con un sabio gesto de asentimiento—. Con un pequeño respiro entre ambos. En el que habrá más caos, claro.

Akos no se imaginaba el aspecto que tendría Voa ahora que los shotet pensaban que la hermana pequeña de Ryzek Noavek lo había asesinado ante sus ojos. Al menos, eso era lo que había parecido cuando Cyra rajó a su hermano en la arena y esperó a que el elixir somnífero que había conseguido que bebiera aquella mañana le hiciera efecto y lo dejara inconsciente. Quizá el ejército hubiera tomado el control, con el liderazgo de Vakrez Noavek, el primo mayor de Ryzek, o quizá los residentes de las zonas periféricas de la ciudad hubieran salido a las calles para aprovechar el vacío de poder. En cualquier caso, Akos se las imaginaba llenas de cristales rotos, charcos de sangre y jirones de papel llevados por el viento.

Cyra apoyó la frente en las manos.

—Y Lazmet —dijo.

—¿Qué? —preguntó Teka, arqueando las cejas de golpe.

—Antes de morir, Ryzek… —Cyra hizo un gesto vago hacia el otro extremo de la nave, donde había fallecido su hermano—. Me dijo que mi padre seguía con vida.

Cyra no hablaba mucho de Lazmet, así que Akos solo sabía lo aprendido en clase de Historia, de niño, y lo que se rumoreaba, aunque los rumores thuvhesitas sobre los shotet habían demostrado no ser demasiado precisos. Los Noavek no ostentaban el poder en Shotet cuando los oráculos dieron a conocer el destino de la familia por vez primera, hacía justo dos generaciones. Cuando la madre de Lazmet llegó a la mayoría de edad, tomó el trono por la fuerza y usó su destino como justificación para el golpe. Más adelante, cuando llevaba al menos diez estaciones al mando, mató a todos sus hermanos para evitar que le robaran el poder a su descendencia. Aquella era la clase de familia de la que había salido Lazmet, y según todos, él no era ni un izit menos brutal que su madre.

—Ay, en serio —se quejó Teka—, ¿es que existe una regla en el universo que obligue a tener al menos a un gilipollas de los Noavek vivo en todo momento o qué?

Cyra se giró para mirarla.

—¿Y yo qué? ¿No estoy viva?

—No eres una gilipollas —contestó Teka—. Pero como sigas discutiendo conmigo voy a cambiar de idea.

A Cyra pareció gustarle un poco el comentario. Estaba acostumbrada a que la gente la tomara por una Noavek más, supuso Akos.

—Sean cuales sean las leyes del universo sobre los Noavek —dijo—, no sé cómo puede seguir Lazmet con vida, aunque creo que Ryzek no mentía cuando me lo contó. No estaba intentando conseguir nada a cambio, sino... advertirme, quizá.

Teka resopló.

—Porque... ¿a Ryzek le encanta hacer favores?

—Porque le daba miedo vuestro padre —repuso Akos. Cuando Cyra hablaba de Ryzek siempre decía que estaba muy asustado. ¿Qué podía asustar a un hombre como Ryzek más que el hombre que lo había convertido en lo que era?—. ¿Verdad? Es la persona que más lo aterra. O aterraba, al menos.

Cyra asintió.

—Si Lazmet sigue vivo... —Cerró los ojos—. Hay que corregir ese error. Lo antes posible.

«Hay que corregir ese error». Como si fuera un problema matemático o una avería técnica. Akos no entendía cómo era posible hablar así de un padre. Lo inquietaba más que verla asustada. Ni siquiera era capaz de hablar de él como si fuera una persona. ¿Qué le habría visto hacer para llegar a eso?

—Los problemas, de uno en uno —dijo Teka con un poquito más de amabilidad de lo normal.

Akos se aclaró la garganta.

—Sí, primero tenemos que sobrevivir al viaje a través de la atmósfera ograna. Después pensaremos en cómo asesinar al hombre más poderoso de la historia de Shotet.

Cyra abrió los ojos de golpe y se rio.

—Preparaos para un largo viaje —anunció Teka—. Nos vamos a Ogra.

CAPÍTULO 5 | CISI

La cápsula de escape es del tamaño justo para que entremos las dos, aunque bastante apretadas. Yo tengo el hombro todavía encajado contra la pared de cristal. Busco en el pequeño cuadro de mandos el interruptor que activa la señal de socorro; está iluminada de rosa y es uno de los tres interruptores que tengo justo delante, así que no me cuesta dar con ella. La enciendo y oigo un silbido agudo, lo que significa que está transmitiendo, según me explicó Teka. Ahora lo único que queda es esperar a que despierte Isae e intentar no dejarme llevar por el pánico.

Viajar en una navecita de transporte como la que acabamos de abandonar pone de los nervios a cualquier chica de Hessa que solo haya salido un par de veces del planeta, pero lo de la cápsula de escape es otro nivel. Más ventana que suelo, el cristal transparente se curva por encima de mi cabeza y me llega hasta los dedos de los pies. En vez de mirar hacia el espacio es como si el espacio me tragara. Tengo que dejar de pensar en ello para no volverme loca.

Espero que Isae despierte pronto.

Tirada en el banco junto a mí, su cuerpo está enmarcado en una oscuridad tan completa que en el universo no parece haber nada más que ella. Hace un par de años que la conozco, desde que Ori desapa-

43

reció para ocuparse de ella después de que le rajaran la cara con un cuchillo shotet. Creció lejos de Thuvhe, en una nave de transporte que llevaba mercancía de un extremo a otro de la galaxia, cualquier cosa que pudieran cargar.

Por suerte, Ori estaba allí al principio para obligarnos a hablar entre nosotras. Si no, puede que jamás hubiese hablado con ella. Me intimidaba incluso antes de recibir el cargo; era alta, delgada y bella, con o sin cicatrices, e irradiaba competencia, como una máquina.

No sé cuánto tarda en despertar. Se pasa un rato atontada, contemplando con ojos empañados lo que tiene delante, que es la nada absoluta entre el lejano parpadeo de las estrellas. Entonces me mira.

—¿Ci? —dice—. ¿Dónde estamos?

—Estamos en una cápsula de escape, esperando a que la Asamblea venga a recogernos.

—¿Una cápsula de escape? —pregunta—. ¿De qué teníamos que escapar?

—Creo que más bien ellos querían escapar de nosotras.

—¿Me has drogado? —Se restregó los ojos con un puño, primero el izquierdo y después el derecho—. Tú me diste la infusión.

—No sabía lo que llevaba dentro. —Se me da bien mentir y no me lo pienso dos veces. No aceptaría la verdad: que yo quería alejarla del resto de mi familia tanto como Akos. Mi madre dijo que Isae iba a intentar matar a Eijeh igual que había matado a Ryzek, y yo no estaba dispuesta a correr ese riesgo. No quiero perder de nuevo a Eijeh, por muy destrozado que esté ahora—. Mi madre les advirtió de que quizá también intentaras hacerle daño a Eijeh.

Isae suelta una palabrota.

—¡Oráculos! No deberíamos ni dejarles obtener la ciudadanía, teniendo en cuenta la lealtad que tu madre demuestra a su propia canciller.

No tengo nada que responder a eso. Es una persona frustrante, pero es mi madre.

Sigo hablando:

—Te metieron en la cápsula, y les dije que me iba contigo.

Las cicatrices que le cruzan la cara siguen rígidas cuando frunce el ceño. A veces se las restriega cuando cree que nadie la ve. Dice que ayuda a que el tejido cicatrizal se estire, de modo que algún día vuelva a ser capaz de mover esas zonas de su rostro. Es lo que le dijo la doctora, al menos. Una vez le pregunté por qué dejó que se formaran las cicatrices en vez de operarse para reconstruirse la cara en Othyr; tenía los recursos suficientes. Me respondió que no quería librarse de ellas, que le gustaban.

—¿Por qué? —me pregunta al final, tras una larga pausa—. Son tu familia. Eijeh es tu hermano. ¿Por qué querías venir conmigo?

Contestar con sinceridad no es tan sencillo como la gente cree. Hay muchas respuestas a esa pregunta y todas ellas son ciertas. Es mi canciller, y no quiero enfrentarme a Thuvhe, como va a hacer mi hermano. Me importa Isae como amiga y como… lo que seamos la una para la otra. Me preocupa la profunda tristeza que vi en ella justo antes de matar a Ryzek Noavek, y necesita ayuda para hacer lo correcto a partir de ahora, en vez de lo que satisfaga sus ansias de venganza. La lista sigue y sigue, y la respuesta que elijo es tanto lo que quiero que oiga como la simple verdad.

—Me preguntaste si podías confiar en mí —contesto al final—. Bueno, pues sí que puedes. Estoy contigo, pase lo que pase, ¿vale?

—Creía que después de verme hacer lo que hice… —Pienso en el momento en que dejó caer el cuchillo que usó para matar a Ryzek, pero aparto el recuerdo de mi mente—. Creía que no querrías volver a acertarte a mí.

Lo que le hizo a Ryzek no me repugna, sino que me preocupa. No me importa que esté muerto, lo que me importa es que ella fuera capaz de matarlo. Sin embargo, no se lo intento explicar.

—Mató a Ori.

—Y tu hermano también —susurra—. Fueron los dos, Cisi. Algo le pasa a Eijeh. Lo vi en la cabeza de Ryzek justo antes de que…

Se le rompe la voz antes de poder terminar la frase.

—Lo sé. —Le cojo la mano y se la agarro con fuerza—. Lo sé.

Se echa a llorar. Al principio es un llanto digno, hasta que la bestia de la tristeza se apodera de ella y me araña los brazos para librarse de ese dolor, entre sollozos. Pero lo sé, sé mejor que nadie que no hay forma de escapar. La tristeza es algo absoluto.

—Estoy aquí —le digo mientras le acaricio la espalda en círculos—. Estoy aquí.

Deja de arañarme al cabo de un rato, deja de llorar y apoya la cara en mi hombro.

—¿Qué hiciste? —pregunta con la voz ahogada por mi camiseta—. Después de que muriera tu padre, después de que tus hermanos...

—Pues... seguí viviendo sin más durante mucho tiempo. Comía, me duchaba, trabajaba, estudiaba. Pero no estaba allí de verdad o, al menos, no sentía que lo estuviese. Fue... como cuando se te duerme una extremidad y después empieza a despertarse. Lo hace poco a poco, punzada a punzada.

Alza la cabeza para mirarme.

—Siento no haberte contado lo que pensaba hacer. Siento haberte pedido que me acompañaras para... verlo —dice—. Necesitaba un testigo por si salía mal, y eras la única en la que confiaba.

Suspiro y le meto el pelo detrás de las orejas.

—Lo sé.

—De saberlo, ¿me habrías detenido?

Frunzo los labios. La respuesta verdadera es que no lo sé, pero no es la que quiere que le dé, no la que conseguirá que confíe en mí. Y necesito que confíe en mí para ser útil en la guerra que se avecina.

—No —respondo—. Sé que solo haces lo que tienes que hacer.

Es cierto. Sin embargo, eso no significa que no me preocupe lo sencillo que le ha resultado matarlo, la mirada perdida en sus ojos cuando me condujo al almacén y la perfecta vacilación con la que engañó a Ryzek a la espera del momento perfecto para apuñalarlo.

—No nos quitarán nuestro planeta —me asegura en un oscuro susurro—. No se lo permitiré.

—Bien.

Me da la mano. No es la primera vez, aunque no deja de provocar-me escalofríos cada vez que su piel se desliza sobre la mía. Sigue sien-do muy capaz. Tranquila y fuerte. Quiero besarla, pero no es el mo-mento, no con la sangre de Ryzek todavía secándosele bajo las uñas.

Así que intento que me baste con el contacto de su mano, y las dos nos quedamos mirando la nada juntas.

CAPÍTULO 6 | AKOS

Akos se peleaba con la cadena que tenía alrededor del cuello. El anillo de la familia de Jorek y Ara era ya un peso en el hueco de su cuello al que estaba acostumbrado. Cuando se ponía armadura, le dejaba una huella en la piel, como una marca. Como si los cortes de su brazo no bastaran para recordarle lo que le había hecho a Suzao Kuzar, padre de Jorek y violento marido de Ara.

En aquel momento, en la puerta de la celda de su hermano, no estaba seguro de por qué había pensado en matar a Suzao en la arena. Había llegado el momento de decidir si Eijeh debía seguir drogado... ¿durante cuánto tiempo? ¿Hasta que llegaran a Ogra? ¿Más? Por otro lado, ahora que Ryzek estaba muerto, ¿era seguro arriesgarse a tener a Eijeh merodeando por la nave con la mente despejada? Cyra y Teka habían dejado la decisión en manos de su madre y de él.

Su madre estaba a su lado, su cabeza unos cuantos izits por encima del hombro de Akos. Llevaba el pelo suelto y alborotado, lleno de enredos. Sifa no se había dejado ver mucho después de la muerte de Ryzek; se había refugiado en las entrañas de la nave para susurrarse el futuro, descalza, dando vueltas. Cyra y Teka se habían asustado, pero él les dijo que así eran los oráculos. O, al menos, así era su madre: a veces tan perspicaz que daba miedo, y otras veces medio fuera de su cuerpo, de su tiempo.

—Eijeh no es como lo recuerdas —le dijo a Sifa.

Era una advertencia inútil, primero porque ella ya lo sabía, y segundo porque era probable que ya lo hubiera visto como era ahora y de cien formas diferentes más.

Aun así, solo respondió:

—Lo sé.

Akos llamó a la puerta con los nudillos, la abrió con la llave que Teka le había dado y entró.

Eijeh estaba sentado con las piernas cruzadas en el fino colchón que habían tirado en una esquina de la celda, con una bandeja vacía al lado en la que se veía un cuenco con restos de sopa. Cuando los vio, se puso en pie como pudo con las manos levantadas, dispuesto a cerrarlas en puños y ponerse a golpear. Estaba demacrado, tenía los ojos rojos y temblaba.

—¿Qué ha pasado? —preguntó, su mirada pasando por encima de la de Akos—. ¿Q...? He sentido algo. ¿Qué ha pasado?

—Han matado a Ryzek —contestó Akos—. ¿Lo has sentido?

—¿Has sido tú? —preguntó Eijeh con un bufido—. No me sorprendería. Mataste a Suzao. Mataste a Kalmev.

—Y a Vas —añadió Akos—. Tendrás a Vas en alguna parte de tu estofado mental, ¿no?

—Era mi amigo.

—Era el hombre que mató a nuestro padre —le escupió Akos.

Eijeh entornó los ojos y no respondió nada.

—¿Qué pasa conmigo? —preguntó Sifa sin entonación en la voz—. ¿Te acuerdas de mí, Eijeh?

Él la miró como si acabara de percatarse de su presencia.

—Eres Sifa —dijo con el ceño fruncido—. Eres mi madre. No... Tengo lagunas. —Dio un paso hacia ella y añadió—: ¿Te quería?

Akos nunca había visto a Sifa dolida, ni siquiera cuando eran más pequeños y le dijo que la odiaba porque no los dejaba salir con los amigos o cuando los regañaba por sacar malas notas en los exámenes. Sabía que estaba dolida porque, además de un oráculo, era una persona, y las personas se sienten así algunas veces. Sin embargo, cuando a su madre le cambió la cara, cuando frunció el ceño y esbozó lo contrario a una sonrisa, él sintió que su expresión lo atravesaba como un cuchillo.

«¿Te quería?». Al oír aquellas palabras, Akos supo que había fracasado. No había sacado a Eijeh de Shotet, tal como le había prometido a su padre antes de morir que haría. Aquel no era en realidad Eijeh, y la muerte de Ryzek le había arrebatado la oportunidad de recuperarlo.

Su hermano había desaparecido. A Akos se le formó un nudo en la garganta.

—Solo tú puedes saberlo —dijo Sifa—. ¿Me quieres ahora?

Eijeh hizo una mueca y empezó a hacer un gesto que se quedó en amago.

—Pues… quizá.

—Quizá. Vale.

—Tú lo sabías, ¿verdad? Que yo era el siguiente oráculo —dijo él—. Sabías que me secuestrarían. No me lo advertiste. No me preparaste.

—Existen razones que lo justifican. Dudo que alguna de ellas te sirva de consuelo.

—Consuelo —repitió, resoplando. No necesito consuelo.

Entonces sonó como Ryzek: la dicción shotet, traducida al thuvhesita.

—Pero sí que lo necesitas —repuso Sifa—. Todo el mundo lo necesita.

Otro bufido, aunque sin respuesta.

—Has venido a drogarme otra vez, ¿no? —preguntó Eijeh, que señaló a Akos con la cabeza—. Es lo que mejor se te da, ¿eh? Eres un fabricante de venenos y la puta de Cyra.

De repente las manos de Akos eran puños que agarraban la camisa destrozada de Eijeh y lo levantaban en el aire, de modo que las puntas de sus pies apenas tocaban el suelo. Pesaba, aunque no demasiado para Akos gracias a la energía que bullía en su interior, una energía que nada tenía que ver con la corriente.

Lo estrelló contra la pared y gruñó:

—Cierra. La. Boca.

—Parad los dos —ordenó Sifa, que puso una mano en el hombro de Akos—. Bájalo. Ahora. Si no puedes mantener la calma, tendrás que irte.

Akos soltó a su hermano y dio un paso atrás. Le pitaban los oídos. No había querido hacerlo. Eijeh se deslizó hasta el suelo y se pasó las manos por la cabeza afeitada.

—No sé bien qué tienen que ver los recuerdos que Ryzek Noavek te ha metido en la cabeza con el hecho de que seas tan cruel con tu hermano —le dijo Sifa a Eijeh—. A no ser que ahora no sepas ser de otra forma. Sin embargo, te sugiero que aprendas otra, y deprisa, o diseñaré un castigo muy creativo para ti como tu madre y como tu superior, el oráculo sedente. ¿Lo entiendes?

Él la examinó durante unos segundos; después subió y bajó la barbilla unas cuantas veces, solo un poco.

—Aterrizaremos dentro de unos días —añadió Sifa—. Te mantendremos aquí encerrado hasta que descendamos, en cuyo momento nos aseguraremos de que estés sentado y bien sujeto, como los demás. Cuando aterricemos, estarás bajo mi custodia. Harás lo que yo te diga. Si no, le pediré a Akos que te vuelva a drogar. Nuestra situación es demasiado inestable para arriesgarnos a que siembres el caos. —Se giró hacia Akos—. ¿Qué te parece el plan?

—Bien —respondió él con los dientes apretados.

—Vale. —Sifa se obligó a esbozar una sonrisa que no sentía en absoluto—. ¿Te gustaría leer algo mientras estás aquí dentro, Eijeh? ¿Algo para pasar el rato?

—De acuerdo —respondió él con un leve encogimiento de hombros.

—Veré lo que encuentro.

Dio un paso hacia él, y Akos se tensó por si necesitaba su ayuda. Pero Eijeh no se movió del sitio cuando ella se agachó para recoger la bandeja, ni levantó la vista para mirarlos cuando salieron del cuarto. Su hermano cerró la puerta con llave y comprobó la manija dos veces para asegurarse de que no se abría. Tenía la respiración acelerada. Aquel era el Eijeh que recordaba de Shotet, el que iba por ahí con Vas Kuzar como si fueran amigos de toda la vida, en vez de enemigos naturales, y el que lo sujetó mientras Vas obligaba a Cyra a torturarlo.

Le ardían los ojos. Los cerró.

—¿Lo habías visto así? —preguntó—. En tus visiones, me refiero.

—Sí —respondió Sifa en voz baja.

—¿Ayudó? ¿Saber lo que se avecinaba?

—No es tan sencillo como crees. Veo tantos caminos distintos, tantas versiones de las personas… Siempre me sorprende descubrir qué futuro acaba por suceder. Sigo sin saber con certeza con qué Akos hablo, por ejemplo. Porque podrías ser muchos distintos.

Guardó silencio y suspiró.

—No —añadió al fin—, no ayudó.

—Siento… —Tragó saliva y abrió los ojos, aunque no miró a su madre, sino al muro que tenía enfrente—. Siento no haberlo evitado. Le he… Le he fallado.

—Akos… —Le agarró el hombro, y él se permitió sentir el calor y la fuerza de su mano durante un instante.

La celda en la que habían encerrado a Ryzek estaba limpia, como si nada hubiera sucedido. Una parte secreta de él deseaba que Eijeh también estuviera muerto. Habría sido más fácil que aquello, el recordatorio constante de que había fracasado y no podía arreglarlo.

—No podías hacer…

—No lo digas —la interrumpió, más brusco de lo que pretendía—. Se ha ido. Y ahora no queda más que… asumirlo.

Se volvió y la dejó allí de pie, atrapada entre dos hijos que no eran del todo los mismos que antes.

Se turnaron para sentarse en la cubierta de navegación y asegurarse de que la nave no se estrellaba contra un asteroide u otra nave espacial o escombro. Sifa se encargó del primer turno, dado que Teka estaba agotada después de reprogramar la nave y Cyra se había pasado las últimas horas fregando la sangre de su hermano. Akos despejó el suelo de la cocina y extendió una manta en la esquina, cerca de los suministros médicos.

Cyra se unió a él con la cara reluciente de tanto restregarla y el pelo trenzado sobre un hombro. Se tumbaron el uno junto al otro y, durante un buen rato, ninguno de los dos dijo nada; se limitaron a respirar juntos. Le recordaba al tiempo pasado en el cuarto de Cyra dentro de la nave de la travesía, cuando siempre la oía despertarse porque dejaba de dar vueltas y solo quedaba su aliento.

—Me alegro de que esté muerto —dijo ella.

Él se volvió para mirarla, apoyado en un codo. Cyra se había cortado el pelo con mucho cuidado alrededor de la piel de plata. Akos se había acostumbrado a su aspecto, a que la mitad de su cabeza reluciera como un espejo. En realidad le pegaba, aunque odiara cómo le había pasado.

La chica tenía la mandíbula apretada. Empezó a quitarse las correas de la armadura que le cubría el brazo, tirando adelante y atrás hasta que se aflojaron. Cuando lo destapó, había un corte nuevo, justo al lado del codo, con una raya que lo cruzaba. Akos se lo rozó con la punta del dedo.

—No lo has matado tú —comentó.

—Lo sé, pero la canciller no lo tendrá en cuenta y... —Suspiró—. Supongo que podría haberme vengado de él más allá de la muerte dejando que quedara sin marcar. Podría haberlo deshonrado fingiendo que nunca ha existido.

—Pero no has sido capaz.

—No —coincidió Cyra—. Sigue siendo mi hermano. Su vida sigue siendo... digna de reseñar.

—Y te molesta no haberlo castigado.

—Más o menos.

—Bueno, si te sirve de algo mi opinión, no creo que debas lamentar ser compasiva. Lo único que siento es que te tomaras tantas molestias por no matarlo, por mí, y... todo haya sido en vano.

Soltó un profundo suspiro y se dejó caer de nuevo en la manta. Otro fracaso más.

Ella le puso una mano en el pecho, justo encima del corazón, con el brazo surcado de cicatrices que decían tanto y, a la vez, tan poco sobre ella.

—Yo no. Yo no lo siento, quiero decir.

—Bueno —repuso él cubriéndole la mano con una de las suyas—, no siento que te hayas marcado la pérdida de Ryzek en el brazo, a pesar de que lo odiara.

Ella esbozó una leve sonrisa. Akos se sorprendió de que Cyra hubiera conseguido quitarle una pizca de culpa y se preguntó si él habría logrado hacer lo mismo por ella, a su manera. Ambos cargaban con el peso de todo lo que los rodeaba, pero quizá consiguieran ayudarse a aceptarlo, poco a poco.

Pensó que era bueno sentirse así. Sin Eijeh, lo único que le quedaba era esperar a su destino, y su destino y Cyra eran inextricables. Moriría por la familia Noavek, y ella era la última de la familia. Cyra era una certeza feliz, maravillosa e inevitable.

Siguiendo un impulso, se volvió para besarla. Ella enganchó los dedos en una de las trabillas del cinturón de Akos y tiró para acercarlo a su cuerpo, como antes de que los interrumpieran. Sin embargo, ahora la puerta estaba cerrada y Teka dormía profundamente en otra parte de la nave.

Estaban solos. Por fin.

Dejó de oler el perfume químico a flores de la nave y empezó a percibir el de Cyra: olía al champú de hierbas que había usado por última vez en la ducha de la nave, a sudor y hojas de sendes. Recorrió con sus dedos manchados de poción el lateral de su cuello y la suave curva de su clavícula.

Ella lo empujó hasta colocarse a horcajadas sobre él y le sujetó las caderas un momento, lo justo para sacarle la camisa de la cintura del pantalón. Tenía las manos tan calientes que Akos apenas lograba respirar. Encontraron el punto blando en que la carne de su cintura cedía, el músculo tenso alrededor de sus costillas. Ella le desabrochó los botones hasta el cuello.

Había pensado en esto cuando la ayudó a quitarse la ropa antes del baño en el refugio de los renegados, en cómo sería quitarse juntos la ropa en un momento en que no estuvieran heridos ni luchando por sus vidas. Se había imaginado algo frenético, pero Cyra se estaba tomando su tiempo: recorría los bultos de las costillas y los tendones del interior de las muñecas de Akos con las puntas de los dedos mientras le desabrochaba los botones de los puños, para después pasar a los huesos que le sobresalían de los hombros.

Cuando intentó tocarla a su vez, ella lo apartó. No era lo que deseaba en aquel momento, al parecer, y a él le parecía perfecto darle lo que deseara. Al fin y al cabo, era la chica que no podía tocar a la gente. Saber que era la única persona con la que había hecho aquello encendía una chispa en su interior, no de excitación, sino de algo más tierno. Más dulce.

Ella era solo suya…, y el destino dictaba que no sería de nadie más.

Se apartó para mirarlo, y él le tiró del borde de la camisa.

—¿Puedo? —le preguntó.

Ella asintió con la cabeza.

Se sintió vacilar al desabrocharle los botones de la camisa, desde el cuello hasta la cintura. Se irguió lo justo para besar la piel que iba descubriendo, izit a izit. Piel suave para alguien tan fuerte, suave bajo la dureza de los músculos y los huesos, y los nervios de acero.

La tumbó para inclinarse sobre ella dejando el espacio justo entre ellos para sentir su calor sin tocarla. Se sacó la camisa por los hombros y le besó de nuevo el vientre. Se había quedado sin camisa que desabrochar.

Acercó la nariz al interior de sus caderas y levantó la cabeza para mirarla.

—¿Sí? —preguntó.

—Sí —respondió ella con voz ronca.

Las manos de Akos se aferraron a la cintura de los pantalones de Cyra, y sus labios entreabiertos recorrieron izit a izit la piel que iban dejando al descubierto.

CAPÍTULO 7 | CISI

La nave de la Asamblea es del tamaño de un pequeño planeta, ancha y redonda como un vehículo flotante pero tan enorme que da miedo. Llena las ventanas de la navecita patrulla que nos recogió en la cápsula de escape, y que está hecha de cristal y metal pálido y liso.

—¿No la habías visto nunca? —me pregunta Isae.

—Solo en imágenes.

Sus paneles de cristal transparente reflejan el color rosa del flujo de la corriente allá donde arde y el vacío donde no. Las lucecitas rojas de los bordes de la nave parpadean como si respirara. Sus movimientos alrededor del sol son tan lentos que parece inmóvil.

—En las grabaciones es distinta —añado—. No impresiona tanto.

—Pasé tres estaciones aquí cuando era pequeña. —Los nudillos de Isae acarician el cristal—. Aprendiendo protocolo. Tenía ese acento de los planetas periféricos... y no les gustaba.

Sonrío.

—Todavía te sale, a veces, cuando se te olvida estar pendiente. Me gusta.

—Te gusta porque el acento de los exteriores se parece mucho a tu acento hessiano. —Me pincha con un dedo en el hoyuelo, y yo se lo aparto de un manotazo—. Venga, que vamos a atracar.

El capitán de la nave, un hombrecillo achaparrado con la frente perlada de sudor, introduce el pequeño vehículo en la enorme nave de la Asamblea; en la entrada segura B, por lo que le oigo decir. La letra reflectante está pintada sobre las puertas. Dos paneles metálicos se abren bajo la B y una pasarela cerrada se dirige a la escotilla de nuestra nave. Escotilla y pasarela se encajan con un silbido. Otro miembro de la tripulación sella la conexión tirando de una palanca.

Todos permanecemos al lado de las puertas de la escotilla cuando se abren para dejar que Isae vaya delante. La tripulación de la patrullera que nos ha recogido es mínima, lo justo para recorrer la banda central del sistema solar por si alguien tiene problemas... o los causa. No hay más que un capitán, un primer oficial y dos personas más a bordo con nosotras, y no hablan mucho. Seguramente porque su othyrio no es muy fluido; en las escasas ocasiones en las que hablan me suenan a trellanos.

Correteo por el reluciente túnel acoplado a la escotilla para alcanzar a Isae. Las paredes de cristal están muy limpias. Durante un segundo es como flotar por la nada, aunque el suelo se mantiene firme.

Acabo de llegar junto a Isae cuando un grupo de personas de aspecto oficial y uniforme gris se acerca a recibirnos. Llevan barras de canalización no letales, diseñadas para atontar, no para matar. Verlo me tranquiliza. Así es como debe ser: controlado, no peligroso.

El que va en cabeza y luce una hilera de medallas en el pecho se inclina ante Isae.

—Hola, canciller —la saluda en un claro othyrio—. Soy el capitán Morel. Hemos informado de su llegada al líder de la Asamblea, y sus alojamientos están preparados, al igual que los de su... invitada.

Isae se alisa el jersey como si eso fuera a planchar las arrugas.

—Gracias, capitán Morel —responde, y no queda ni rastro del acento de los exteriores—. Permítame que le presente a Cisi Kereseth, una amiga de la familia del planeta nación de Thuvhe.

—Es un placer —me saluda el capitán.

Despliego mi don de inmediato. A estas alturas, es puro instinto.

La mayoría de la gente reacciona bien cuando pienso en mi don de la corriente como en una manta que les cae sobre los hombros, y el capitán Morel no es una excepción: se relaja visiblemente y se le ablanda la sonrisa como si fuera sincero. Creo que también funciona con Isae por primera vez en varios días: sus ojos parecen más amables.

—Capitán Morel —lo saludo—, gracias por la bienvenida.

—Permítanme acompañarlas a sus alojamientos —responde él—. Gracias por traer a la canciller Benesit sana y salva a nuestra nave, señor —añade, dirigiéndose al capitán que nos ha traído hasta aquí.

El hombre gruñe un poco, y se despide de Isae y de mí con un gesto de cabeza antes de volvernos para marcharnos.

Los zapatos del capitán Morel le chirrían al andar, y cuando dobla una esquina resbalan un poco al girar las almohadillas de los dedos en el suelo. Si está aquí es porque nació en una familia rica en su planeta de origen, sea cual sea, aunque no cuenta con la vocación (ni el estómago) necesaria para el·servicio militar real. Solo sirve para tareas como esta, que requieren modales, diplomacia y lustre.

Cuando el capitán me deja en mi cuarto (al lado del de Isae, para mayor comodidad), suspiro de alivio. Tras cerrarse la puerta, permito que la chaqueta me resbale por los hombros y caiga a mis pies.

Está claro que han preparado las habitaciones para nosotras. Es lo único que explica el campo de hierba pluma que se agita con la brisa en la pared del fondo. Es una grabación de Thuvhe. Justo delante hay una cama estrecha con una gruesa manta parda bien remetida bajo el colchón.

Pongo la mano en el panel táctil junto a la puerta para pasar las imágenes y el texto hasta dar con lo que quiero: «Grabaciones para la pared». Las repaso y encuentro una de Hessa nevada. La cumbre de la colina brilla iluminada por el rojo de la cúpula del templo. Sigo los bultos de los tejados de las casas hasta la falda de la colina mientras contemplo el trajín de las veletas. Todos los edificios se ocultan detrás de una bruma blanca de copos de nieve.

A veces se me olvida lo bello que es mi hogar.

Justo cuando distingo la esquina de los campos que cultivaba mi padre, la imagen se corta. Más allá, en algún lugar, está el hueco vacío en el que celebramos los funerales de Akos y Eijeh. No fue idea mía; mi madre apiló la madera y las piedras de quemar, recitó las oraciones y lo prendió todo. Yo me limité a permanecer cerca, enfundada en mi abrigo de kutyah y con la máscara protectora puesta para poder llorar sin que nadie me viera.

Hasta entonces pensaba que no había perdido de verdad a mis hermanos. Sin embargo, si mi madre quemaba las piras tenía que ser porque sabía que estaban muertos, como solo los oráculos pueden saberlo. Al final resulta que no estaba tan bien informada como yo creía.

Me dejo caer en la cama y me quedo mirando la nieve.

Quizá no haya sido buena idea venir aquí, enfrentarme a una canciller en vez de seguir a mi familia. No sé mucho ni de política ni de gobernar; soy de Hessa, así que está tan lejos de mi campo de conocimiento que casi tiene gracia. No obstante, conozco Thuvhe. Conozco a la gente.

Y alguien debe cuidar de Isae antes de que se pierda en su tristeza.

La pared de Isae no es más que una ventana al espacio. Los puntitos de luz de las estrellas brillan junto a las curvas y mareas del flujo de la corriente. Me recuerda a una pelea que tuvimos al principio, antes de conocerla mejor.

«No sabes nada sobre los planetas y sus habitantes», le dije entonces. Fue después de que anunciara que era la canciller. Ori y ella aparecieron en mi piso de la universidad, e Isae fue muy brusca conmigo porque traté a su hermana con demasiada familiaridad. Por algún motivo, mi don me permitió devolverle la grosería. «No llevas ni una temporada en esta tierra».

La mirada dolida que me lanzó se parece mucho a la que me dedica ahora, cuando entro en su cuarto, que es el doble de grande que el mío, aunque eso no me sorprende. Se sienta a los pies de su cama en camiseta y bragas, aunque en realidad son unos pantalones cortos que se le pegan a las piernas, largas y delgaduchas. Es la primera vez que la veo vestida de manera tan informal, tan vulnerable, de algún modo; como si permitirme verla recién levantada fuera su forma de abrirse a mí.

«Durante toda mi vida he amado este planeta más que a mi familia, a mis amigos y a mí misma —me contestó entonces—. Tú has caminado todas tus estaciones por su piel, pero yo me he enterrado en lo más profundo de sus entrañas, así que no te atrevas a decirme que no lo conozco».

El problema de Isae es que se oculta tras una coraza tan gruesa que a veces temo que no haya nada debajo. No es como Cyra Noavek, que te permite ver todo lo que se agita en su interior, fuera de tu alcance; ni como Akos, a quien le brillan las emociones en los ojos como un metal precioso atrapado en el fondo de una olla. Isae es opaca.

—Mi amigo, el que te dije, llegará pronto —dice con voz ronca—. No estaba muy lejos cuando lo llamé.

Había tomado posesión de la cubierta de navegación durante un rato cuando nos recogió la nave patrulla para llamar a un viejo amigo, uno con el que había crecido. Se llamaba Ast. Decía que no le iría mal la ayuda de alguien que no estuviese ligado a la Asamblea ni a Thuvhe ni a Shotet. Ast era «escoria exterior», como los llamaba alguna gente: nacido en una luna rota más allá de la barrera del flujo de la corriente.

—Me alegro —respondo.

Para calmarla, pruebo con una de mis sensaciones favoritas, el agua, lo que es raro puesto que no sé mucho de ella, al haber crecido en un planeta de hielo. Sin embargo, había un manantial termal en el sótano del templo de Hessa para mejorar las visiones de los oráculos, y mi madre me había llevado una vez para aprender a caminar por el agua. Aquello estaba más oscuro que una tumba, pero el agua caliente me rodeó, y era suave como la seda, salvo que más pesada. Dejo que la misma seda pesada envuelva a Isae y veo que se relaja la tensión de sus hombros. La estoy conociendo, y ahora que no estamos en la navecita shotet es más fácil.

—Era el hijo de un mecánico en la nave en la que me crie —explica mientras se restriega los ojos con el dorso de la mano. Su nave de transporte de mercancías siempre estaba en movimiento, nunca se quedaba demasiado tiempo en el mismo sitio. El lugar perfecto para alguien que necesitaba ocultarse—. Él también estaba allí durante el ataque. Perdió a su padre. También a algunos de sus amigos.

—¿Qué hace ahora? ¿Sigue siendo mecánico?

—Sí, pero estaba terminando un trabajo en una estación de servicio cerca de aquí. Muy oportuno.

Quizá sea por la idea de que necesita a otra persona a pesar de tenerme a mí o quizá no sean más que celos, pero el caso es que Ast me da mala espina. Y no sé qué opinará él de mí.

Es como si pensar en él lo invocara, porque llaman a la puerta justo después. Cuando Isae la abre, hay un tipo que parece de la Asamblea en el umbral que le recorre las piernas desnudas con la mirada. Detrás de él espera un hombre de hombros anchos que sostiene dos bolsas de lona grandes. Pone una mano en el hombro del de la Asamblea y algo que parece un escarabajo volador le sale zumbando de la manga.

—¡Pazha! —exclama Isae cuando el escarabajo le aterriza en la mano abierta.

No es un bicho de verdad, sino que está fabricado en metal y emite un continuo chasquido. Es un robot guía diseñado para ayudar a los ciegos. Ast inclina la cabeza hacia él siguiendo el sonido y deja caer las bolsas al otro lado de la puerta. Isae, con el escarabajo encaramado en los nudillos, lo abraza.

El don de la corriente de Isae tiene que ver con la memoria: no puede robarle los recuerdos a los demás, como hacía Ryzek, pero sí verlos. A veces los ve aunque no quiera. Así que entiendo que cuando le mete la nariz en el hombro es para olisquearlo. Una vez me contó que, como los olores están vinculados a la memoria, para ella son especiales; convierten la marea de recuerdos que ve cuando toca a alguien en un simple goteo. Controlado, por una vez.

No me fijo en los ojos de Ast hasta que parpadea: sus iris están rodeados de una pálida luz verde, y sus pupilas, bordeadas de blanco. Son implantes mecánicos. Solo se mueven con pasos graduales. Sé que no deben de mostrarle mucho, quizá lo justo para ayudarlo, pero no son más que complementos, como el escarabajo al que Isae ha llamado Pazha.

—Me gusta tu nueva tecnología —le comenta la canciller.

—Sí, está de moda en Othyr —responde él con su acento exterior—. La gente pudiente se está arrancando los ojos con cuchillos de untar para sustituirlos por esto.

—Siempre tan sarcástico. ¿Sirven para algo?

—Un poco. Depende de la luz. —Ast se encoge de hombros—. Esto tiene buena pinta. —Chasquea los dedos para enviar a Pazha al interior de la habitación. El escarabajo sobrevuela el perímetro y silba en cada esquina—. Grande. Huele a limpio. Me sorprende que no lleves corona, canciller.

—No me pegaba con el traje —responde Isae—. Venga, te presento a mi amiga Cisi.

El escarabajo se me acerca zumbando y se pone a volar en rápidos círculos alrededor de mi cabeza, mis hombros, mi vientre y mis piernas. Intento prestar atención a sus chasquidos, averiguar cómo le desvela a su dueño el tamaño y la forma de mi cuerpo, pero mis oídos no están entrenados para eso.

Lleva puestas tantas capas que no sé qué prenda es cada una. ¿La capucha pertenece a la chaqueta o al jersey de debajo? ¿Cuántas camisetas son, dos o tres? De la cadera le cuelga un destornillador en vez de un cuchillo.

—Ast —me dice, casi con un gruñido. Extiende una mano esperando a que yo dé un paso adelante para estrechársela, cosa que hago.

—Cisi —respondo.

Su piel es cálida y su apretón fuerte, aunque sin pasarse. Por instinto elijo una sensación para él: olas de calor, como ondas en el aire.

Casi todas mis texturas funcionan con personas que no sufren alguna agitación interna, al menos en cierta medida, aunque prefiero usar las que la gente no detecta. No obstante, a juzgar por su ceño fruncido, sabe que algo no va bien.

—Vaya —me dice—. ¿De qué va eso?

—Ah, perdona. A veces me cuesta controlar mi don.

Siempre miento al respecto. Así la gente no recela tanto.

—Cisi es la hija del oráculo de Thuvhe —explica Isae.

—El oráculo sedente —la corrijó sin pensar.

—¿Es que hay varios tipos? —pregunta Ast—. No lo sabía. En los planetas periféricos no tenemos oráculos. Ni nobleza predestinada.

—Las familias predestinadas no son de la nobleza en Thuvhe —respondo—. Solo gente con mala suerte.

—Mala suerte —repite Ast, y arquea las cejas—. Supongo, entonces, que no apruebas tu destino.

—Pues no —respondo en voz baja.

Se toquetea el labio inferior. Una de sus uñas está tan morada que parece que se la ha pintado.

—Lo siento —contesta al cabo de un momento—. No pretendía sacar un tema delicado.

—No pasa nada.

No es cierto, y me da la sensación de que ambos lo sabemos, aunque él no me presiona.

Isae recoge su vestido del suelo y se lo mete por la cabeza; después se lo abrocha para cerrar la falda, pero no se molesta en hacer lo mismo con la docena (aproximadamente) de botones que le suben por el torso, sobre la camiseta interior.

—Supongo que ya te habrás imaginado que no te he pedido que vengas para traerme mis cosas —comenta Isae, que entrelaza las manos frente a ella. Está adoptando su discurso formal, su postura de canciller. Me doy cuenta de que Ast percibe que algo ha cambiado.

Casi parece asustarse, mueve los ojos de un lado a otro—. Quiero pedirte ayuda. Durante más tiempo. No sé qué estarás haciendo ni qué dejas atrás, pero no me queda mucha gente en la que confiar, puede que solo las dos personas de esta habitación, y...

Él levanta una mano para silenciarla.

—Déjalo —dice—. Por supuesto que me quedo. Todo el tiempo que necesites.

—¿En serio?

Extiende la mano y, cuando ella la acepta, la mueve para sujetarla por el pulgar, como hacen los soldados. Después se lleva las manos unidas al corazón, como si prestara juramento, aunque los rumores afirman que la escoria exterior solo sabe sellar sus promesas con un escupitajo.

—Siento lo de tu hermana. Solo la vi una vez, lo sé, pero me caía bien.

Es bonito, a su manera. Directo y sincero. Entiendo por qué le gusta a Isae. Pruebo con otra sensación para él: un abrazo alrededor del pecho; firme pero vigorizante.

—Cisi, eso es muy desconcertante —comenta—. ¿No hay forma de desconectarlo?

—El don de mi hermano puede hacerlo, pero no he encontrado nada más que lo logre.

Nunca había conocido a nadie tan consciente de mi don. Le preguntaría por el suyo, si no fuera demasiado descortés por mi parte.

—No te pongas tan nervioso, Ast —lo regaña Isae—. Cisi me ha ayudado mucho.

—Bueno, bien. —Consigue esbozar una sonrisita para mí—. La opinión de Isae sobre una persona siempre me dice mucho.

—A mí también. He oído muchas historias sobre la nave en la que crecisteis.

—Seguro que te ha dicho que olía a pies —comenta él.

—Pues sí, pero también que tenía su encanto.

Isae me coge de la mano y entrelaza sus dedos con los míos.

—Ahora somos los tres contra la galaxia —anuncia—. Espero que estéis preparados.

—No seas tan melodramática —responde Ast.

Ella frunce los labios, me aprieta más la mano y contesta en voz baja:

—No lo soy.

CAPÍTULO 8 | CISI

De vez en cuando me sorprende comprobar que no todo el mundo hace amigos allá donde va. Yo sí. La sede de la Asamblea es como cualquier otro lugar: hay personas que desean que las escuches, aunque lo que tengan que decir sea aburrido. Y vaya que si es aburrido la mayoría de las veces.

Sin embargo, de vez en cuando me sirve para obtener información útil. La mujer que tengo detrás en la cola del comedor por la mañana (que se echa una pila de huevos sintéticos en el plato y después los cubre de una especie de salsa verde) me cuenta que hay un invernadero en el segundo nivel y que está lleno de plantas de todo el sistema solar, una habitación por planeta. Me trago un cuenco de cereales cocidos y me dirijo hacia allí en cuanto puedo. Hace mucho tiempo que no veo una planta.

Así es como acabo en el pasillo al que da la habitación de Thuvhe. Las esquinas de las ventanas están salpicadas de escarcha. Tendría que ponerme equipo protector para entrar, así que me quedo fuera, agachada junto a un grupo de flores de celos que crece al lado de la puerta. Son amarillas y con forma de lágrima, pero si tocas una en el momento preciso de su crecimiento, te escupe una nube de polvo reluciente. A juzgar por sus vientres hinchados, están a punto de estallar.

—¿Sabe que, por mucho que lo intentamos, no conseguimos cultivar flores del silencio? —comenta una voz que tengo detrás.

El hombre es viejo (unas profundas arrugas le enmarcan los ojos y la boca) y calvo; le brilla la parte superior de la cabeza. Lleva unos pantalones gris pálido, como todo el personal de la Asamblea, y un fino jersey gris. Su piel también parece casi gris pálido, como si se hubiera encontrado a favor del viento en el campo equivocado de Zold. Si me empeño, es probable que logre averiguar de dónde es por el color de sus ojos, que son lavanda; su único rasgo destacable, por lo que veo.

—¿No? —pregunto mientras me levanto—. ¿Qué ocurre cuando lo intentan? ¿Se mueren?

—No, simplemente no florecen. Es como si supieran dónde están y prefirieran reservar toda su belleza para Thuvhe.

Sonrío.

—Es una idea muy romántica.

—Demasiado para un viejo como yo, lo sé. —Le brillan un poco los ojos—. Debe de ser thuvhesita, porque mira esas plantas con mucho cariño.

—Lo soy. Me llamo Cisi Kereseth.

Le ofrezco la mano. La suya está tan seca como un hueso viejo.

—No se me permite darle mi nombre, ya que la alertaría sobre mi origen, pero soy el líder de la Asamblea, señorita Kereseth, y estoy encantado de conocerla.

Se me queda la mano sin energía dentro de la suya. ¿El líder de la Asamblea? No estoy acostumbrada a pensar en la persona que ostenta ese título como en alguien real, con voz frágil y sonrisa burlona. Cuando los representantes de todos los planetas los seleccionan de entre el grupo de candidatos, se les despoja de nombre y origen para no demostrar ningún sesgo. Sirven al sistema solar en su totalidad, se dice.

—Siento no haberlo reconocido —respondo.

Algo en él me hace pensar que le gustará percibir una sutil manifestación de mi don: el soplo de una cálida brisa. Me sonríe, y creo que debe de haber funcionado, puesto que no parece un hombre dado a sonreír.

—No me ofrende —afirma—. Así que eres la hija de un oráculo.

—Del oráculo sedente de Thuvhe, sí.

—Y también la hermana de un oráculo, si es que Eijeh Kereseth sigue con vida —añade—. Sí, he memorizado los nombres de todos los oráculos, aunque confieso que tuve que usar algunas técnicas memorísticas. Es un truco mnemotécnico bastante largo. Lo compartiría con usted, de no haber añadido algunas obscenidades para no aburrirme.

Me río.

—¿Ha venido con Isae Benesit? El capitán Morel me contó que había traído a dos amigos con ella para esta visita.

—Sí. Era muy amiga de su hermana, Ori. Orieve, quiero decir.

Él deja escapar un ruidito triste entre los labios cerrados.

—Entonces, siento de corazón su pérdida.

—Gracias.

Por ahora soy capaz de dejar la tristeza a un lado. Este hombre no se sentiría cómodo al verla, así que no lograría demostrarla ni queriendo, gracias a mi don.

—Debe de estar muy enfadada —comenta—. Los shotet le han quitado a su padre, a sus hermanos y, ahora, a su amiga, ¿no?

Es curioso que diga algo semejante. Es mucho suponer.

—No lo hicieron «los shotet», sino Ryzek Noavek.

—Cierto. —Se concentra de nuevo en las ventanas escarchadas—. Pero no puedo evitar pensar que un pueblo que se deja gobernar por un tirano como Ryzek Noavek se merece cargar con parte de la responsabilidad por su comportamiento.

Quiero llevarle la contraria. Por supuesto que puedo culpar a los seguidores de los Noavek, pero los renegados, los exiliados, los pobres, los enfermos y los desesperados que viven en el barrio que rodea el edificio que antes era un refugio son tan víctimas de Ryzek como yo. Tras visitar el país, no estoy segura de ser capaz de volver a ver a «los shotet» como a una entidad única. Hay demasiada variedad entre ellos. Sería como afirmar que la hija de un granjero hessiano es lo mismo que un médico de manos suaves de Shissa.

Por mucho que quiera llevarle la contraria, no puedo. Se me queda la lengua pegada al paladar y la garganta hinchada por culpa de mi estúpido don. Así que miro con aire pasivo al líder de la Asamblea y espero a que hable otra vez.

—Dentro de un rato me reúno con la señorita Benesit —dice al fin—. Espero que usted también asista. A veces es un poco... difícil, e intuyo que usted la calmaría.

—Es una de las cosas que me gustan de ella: que sea «difícil».

—Seguro que es una cualidad entretenida en una amistad —responde, sonriente—, pero en una discusión política a veces obstaculiza los avances.

Obedezco el instinto que me impulsa a dar un paso atrás.

—Eso depende de cómo se defina lo que es un avance, supongo —le digo procurando mantener un tono despreocupado.

—Espero que consigamos acordar una definición antes de que acabe el día. Dejo que siga disfrutando de las plantas, señorita Kereseth. No olvide pasarse por la zona de Tepessar: aunque hace demasiado calor para entrar en ella, le prometo que nunca ha visto nada parecido a esos especímenes.

Asiento con la cabeza, y él se marcha.

Recuerdo dónde he visto antes esos ojos: en las fotografías de la élite intelectual de Kollande. Toman una especie de medicina diseñada para mantenerse despiertos más de lo normal sin sufrir fatiga, y los iris de la gente de ojos claros a menudo se vuelven morados de tanto usarla. Que sea de Kollande no me dice demasiado sobre él puesto que nunca he estado allí, aunque sé que el planeta es rico y que no le preocupan demasiado sus oráculos. Pero sus ojos sí que me dicen mucho. Es una persona que valora el progreso por encima de su propia seguridad o de su vanidad. Alguien centrado e inteligente. Y probablemente se crea más sabio que todos nosotros.

Ahora entiendo a qué se refería Isae cuando me decía que éramos Ast, ella y yo contra la galaxia. No nos enfrentamos tan solo a los shotet, sino también a la Asamblea.

Ast, Isae y yo estamos sentados a un lado de una mesa de cristal pulido, y el líder de la Asamblea, al otro. Está tan limpia que su vaso de agua y la jarra que tiene al lado casi parecen flotar. Me golpeé las piernas contra el borde al sentarme porque no estaba segura de dónde acababa la mesa. Si la intención era desarmarme, ha funcionado.

—Primero vamos a hablar de lo sucedido en Shotet —anuncia el líder de la Asamblea mientras se sirve un vaso de agua.

Estamos en el anillo exterior de la nave, que está distribuida en círculos concéntricos. Todas las paredes exteriores son de cristal que se vuelve opaco cuando la nave rota para ponerse de cara al sol, de modo que a nadie se le quemen las córneas. En estos momentos, las paredes de mi izquierda son opacas y la sala se está calentando, así que noto gotas de sudor alrededor del cuello de la camisa. Ast no deja de tirarse de la suya para retirar la tela de su cuerpo y evitar que se le quede pegada.

—Estoy segura de que la grabación es más que suficiente —responde Isae, brusca.

Lleva ropa de canciller: un pesado vestido thuvhesita de manga larga abotonado hasta el cuello. Se ha apretado tantos las botas que hizo una mueca de dolor al atarse los cordones. Se ha recogido el pelo en la nuca, y le brilla como si se lo hubiera barnizado. Si tiene calor (y debe de tenerlo porque el vestido está pensado para Thuvhe, no para… esto) no lo demuestra. Quizá por eso se ha puesto una capa tan densa de polvos en la piel antes de salir.

—Entiendo su reticencia a debatirlo —dice el líder de la Asamblea—. Quizá la señorita Kereseth pueda ofrecernos un resumen, si le parece bien. También estaba allí, si no me equivoco.

Isae me mira. Yo apoyo las manos en el regazo y sonrío mientras

71

recuerdo que la textura preferida del líder es una brisa cálida. Así tengo que ser ahora: cálida y despreocupada, una capa de sudor que no te molesta, un soplo de aire que casi cosquillea.

—Por supuesto —respondo—. Cyra Noavek retó a un duelo a su hermano Ryzek, y él aceptó. Pero antes de que pudieran pegarse, apareció mi hermano Eijeh... —Se me entrecorta la voz, no consigo contar el resto—. Lo siento, mi don de la corriente no coopera.

—No siempre es capaz de decir lo que quiere decir —aclara Isae—. Que es que Eijeh le había puesto un cuchillo en el cuello a mi hermana. La mató. Fin.

—¿Y Ryzek?

—También muerto —responde Isae, y por un segundo creo que le va a contar lo que hizo en la nave; es decir, que entró en el almacén con un cuchillo, logró que confesara y después se lo clavó como si fuera un aguijón. Pero después añade—: Fue su propia hermana, que después arrastró el cadáver a bordo, supongo que para evitar que lo profanara la turba en medio del caos.

—Y ahora el cuerpo está... ¿dónde?

—Flotando por el espacio, supongo —responde Isae—. Es el método que prefieren los shotet para el descanso eterno de sus muertos, ¿no?

—No estoy familiarizado con las costumbres de los shotet —dice el líder de la Asamblea, que se reclina en su silla—. Muy bien, es tal y como esperaba. En cuanto a la reacción del resto de la galaxia... Bueno, llevo esquivando mensajes de los otros líderes y representantes desde que se retransmitió la muerte de su hermana. La interpretan como una declaración de guerra y quieren saber cómo vamos a proceder nosotros.

Isae se ríe. Es la misma risa amarga que le soltó a Ryzek antes de rajarlo.

—¿Nosotros? Hace dos estaciones pedí el apoyo de la Asamblea para declararle la guerra a Shotet tras el asesinato de nuestro oráculo en caída, y se me dijo que la «disputa civil» entre Shotet y Thuvhe, como usted la llama, es un asunto interplanetario. Que tenía que manejarlo de forma interna. ¿Y ahora se pregunta cómo vamos a proceder? No existe un «nosotros», líder de la Asamblea.

Él me mira con las cejas arqueadas. Si espera que (¿cómo lo dijo?) la calme, va a sufrir una buena decepción. No siempre logro controlar mi don, pero no quiero hacer algo solo porque él me lo pida. Todavía no sé si «calmar» a Isae supone alguna ventaja.

—Hace dos estaciones, Ryzek Noavek no había asesinado a la hermana de una canciller —contesta el líder de la Asamblea, todo control y tranquilidad—. Shotet no estaba en pleno levantamiento. La situación ha cambiado.

Los paneles opacos de la izquierda de la cámara empiezan a iluminarse de nuevo para transformarse de pared en ventana.

—¿Sabe cuánto tiempo llevan atacándonos? —pregunta Isae—. Desde antes de mi nacimiento. Más de veinte estaciones.

—Soy consciente de la historia del conflicto entre Thuvhe y Shotet.

—Entonces, ¿cuál era su razonamiento entonces? ¿Que como no somos más que un puñado de campesinos duros de mollera da igual quién nos ataque, siempre que el producto esté a salvo? —Deja escapar una brusca carcajada—. Una guerra de guerrillas diezma la ciudad de Hessa, y usted lo llama disputa civil. A mí me rajan la cara y a mis padres los matan, y nadie mueve un dedo, salvo para enviar sus condolencias. Uno de mis oráculos muere, secuestran a otro, y me toca a mí encargarme de ello. Entonces, ¿por qué están todos deseando ayudarme ahora? ¿Qué temen?

Al líder le tiembla un poco el ojo.

—Debe comprender que, para el resto de la galaxia, Shotet era una molestia insignificante hasta que los Noavek tomaron el poder —explica—. Cuando llegó a nosotros hace dos estaciones y describió a sus agresivos guerreros, nosotros teníamos en mente a los tristes despojos que antes acudían una vez al año a los otros planetas para suplicar que les permitiéramos rebuscar entre nuestra basura.

—Se han pasado más de dos estaciones saqueando hospitales y atacando estaciones de abastecimiento de combustible en sus travesías —contesta Isae—. ¿Es que hasta ahora se les había escapado ese dato a los líderes de los planetas?

—No del todo, pero hemos recibido información de una fuente fiable que nos asegura que Lazmet Noavek sigue vivo y que pronto intentará reclamar su lugar al frente de Shotet. Es usted demasiado joven para entenderlo bien, pero Ryzek era bastante civilizado comparado con su padre. El joven Noavek heredó el gusto de su madre por la diplomacia, aunque no su misma soltura. Shotet se convirtió en un pueblo aterrador bajo el liderazgo de Lazmet. Y Ryzek persiguió a los oráculos y, de hecho, a su hermana siguiendo su consejo (desde más allá de la tumba, por lo que se ve).

—Entonces es porque lo teme. A un solo hombre. —Ast frunce el ceño—. ¿Qué puede hacer, disparar fuego por el culo?

—Lazmet controla a la gente, literalmente, mediante su don —responde el líder de la Asamblea—. No debemos subestimar sus habilidades, combinadas con la nueva fuerza del ejército shotet. Hay que tratar a los shotet como a una plaga, como una roya en campos que, de otro modo, podrían usarse para cultivar flor del hielo, algo útil y valioso.

Le brillan los ojos. Aunque yo no haya nacido en una familia elegante, sé cómo leer entre líneas: quiere acabar con los shotet. Antes eran un pueblo hueco de hojalateros que vagaban por la galaxia en su anticuada nave, enfermos, muertos de hambre y encorvados. Quiere que vuelva a ser así. Quiere más flores del hielo, más rica tierra thuvhesita. Más para él y nada para ellos, y quiere usar a Isae para conseguirlo.

Mi madre me decía que en otros tiempos la galaxia entera se mofaba de los shotet. Los llamaban «carroñeros asquerosos» y «gusanos de carne». Volaban en círculos alrededor del sistema solar persiguiéndose el rabo. La mitad del tiempo parecían gruñir, más que hablar. Yo sabía todo eso. Lo había oído e incluso lo había repetido.

Sin embargo, el líder de la Asamblea no solo se está burlando de los shotet.

—Entonces, dígame, ¿qué medidas disciplinarias piensa tomar la Asamblea contra Pitha, dado que su líder insinuó no hace mucho que estaría dispuesto a cerrar un acuerdo comercial con Shotet? —pregunta Isae.

—No se haga la tonta conmigo, canciller —replica el líder de la Asamblea, aunque más que enfadado suena cansado—. Ya sabe que no podemos actuar contra Pitha. La galaxia no puede funcionar sin la materia prima que nos proporcionan los pitharianos.

Nunca había pensado mucho en ese planeta. En realidad, nunca había pensado mucho en política, sin más, hasta reencontrarme con las hermanas Benesit tras la muerte de mi padre. Sin embargo, el líder de la Asamblea tiene razón: los resistentes materiales de Pitha se usan en toda la tecnología de calidad de la galaxia, incluidas las naves. Y en Thuvhe, sobre todo, por culpa de nuestro aire helado, dependemos del cristal protector pithariano para nuestras ventanas. No podemos permitirnos perderlos, igual que no puede el resto de los nueve planetas de la Asamblea.

—Pitha ha retirado su oferta para confraternizar con Shotet, y tendrá que bastar con eso —añade—. En cuanto al resto de planetas nación, todavía creen que Thuvhe debe liderar esta guerra, dado que sí que se trata de un asunto interplanetario. No obstante, están dispuestos a debatir sobre ayuda y apoyo.

—Así que, en otras palabras —dice Ast—, le van a dar dinero a Isae, pero ella tendrá que levantar un muro humano entre Shotet y el resto de los planetas.

—Vaya, se ve que le gusta el lenguaje melodramático, señor... —El líder de la Asamblea ladea la cabeza—. ¿Tiene usted apellido?

—No necesito ningún título. Llámeme Ast o no me llame nada.

—Ast —repite el líder, y suaviza el tono, como si hablara con un niño—, el dinero no es la única ayuda al alcance de la Asamblea. Y si la guerra es lo que la espera, señorita Benesit, no está en posición de rechazar nuestra ayuda.

—Quizá no desee una guerra —responde ella mientras se echa atrás en la silla—. Quizá desee negociar la paz.

—Por supuesto, está en su derecho. Sin embargo, me vería obligado a abrir una investigación que esperaba poder evitar.

—¿Qué investigación? —pregunta Isae con el ceño fruncido.

—Resultaría muy fácil consultar las lecturas térmicas del anfiteatro de Voa en el momento de la supuesta muerte de Ryzek. Y quizá dichas lecturas indicaran que Ryzek seguía vivo cuando lo subieron a bordo de esa nave de transporte. Lo que significa que si su cuerpo vaga por el espacio, como dice, otra persona tuvo que matarlo. No Cyra Noavek.

—Interesante teoría —comenta Isae.

—No se me ocurre por qué iba usted a mentirme al contarme que Cyra Noavek cometió el crimen en la arena, a no ser que necesitara protegerse, señorita Benesit —sigue diciendo el anciano—. Y si se la investigara por asesinato (en concreto, el asesinato premeditado de alguien autoproclamado soberano) no se le permitiría gobernar Thuvhe hasta su absolución.

—Entonces, por dejarlo claro —interviene Ast, echando chispas por los ojos—, amenaza con enterrar a Isae en tonterías burocráticas si no hace lo que le ordena.

El hombre se limita a sonreír.

—Si desea que le corrija la declaración de guerra antes de enviarla a Shotet, estaré encantado —responde—. Ahora debo marcharme. Que pasen ustedes un buen día, señorita Benesit, señorita Kereseth..., Ast.

Inclina la cabeza tres veces, una para cada uno de nosotros, y se va. Miro a Isae.

—¿De verdad sería capaz de hacerlo? —le pregunto—. ¿Acusarte de asesinato?

—No lo dudo —responde con los labios fruncidos—. Vámonos.

CAPÍTULO 9 | CYRA

—Cyra.

Teka arqueó una ceja para saludarme en la puerta del cuartito de baño cuando me levanté para mi turno. Yo solo llevaba puestas las bragas y el jersey del día anterior. Evité mirarla a los ojos mientras buscaba un uniforme de mecánico de repuesto en el almacén de la nave. Todos nos estábamos quedando sin ropa. Con suerte, nos darían más en Ogra.

La chica se aclaró la garganta. Estaba apoyada en la pared, con los brazos cruzados y un sencillo parche negro sobre el ojo que le faltaba.

—¿Voy a tener que empezar a preocuparme por una prole de diminutos Kereseth-Noavek? —Bostezó—. Porque de verdad que no me apetece.

—No —respondí con un bufido—. Como si fuera a arriesgarme a eso.

—¿Nunca? —Frunció un poco el ceño—. Existen unas cositas llamadas «anticonceptivos», ¿eh?

Negué con la cabeza.

—Nada es seguro al cien por cien.

De repente perdió la expresión burlona que adoptaba siempre al mirarme y se puso seria.

—Mi don de la corriente —le expliqué mientras levantaba una mano para enseñarle las sombras que se enroscaban en mis nudillos y me aguijoneaban— es un instrumento de tortura. ¿Crees que me arriesgaría a infligir esa tortura al ser que crezca dentro de mí? ¿Aunque sea un riesgo muy limitado? —Negué con la cabeza de nuevo—. No.

Ella asintió.

—Es muy decente por tu parte.

—De todos modos… eso no es lo único que puedes hacer con otra persona —añadí.

Ella se llevó las manos a la cara y gruñó.

—¡No hacía falta que fueras tan específica! —exclamó con la voz amortiguada.

—Pues no hagas preguntas indiscretas, lista.

Encontré un mono de mecánico enterrado bajo una pila de toallas y me levanté para acercármelo al cuerpo. Las perneras eran demasiado largas, así que tendría que enrollarlas, pero no quedaba otra. Me zambullí de nuevo en la pila en busca de ropa interior.

—¿Cuánto queda para llegar a Ogra? —pregunté—. Porque nos vamos a quedar sin comida dentro de nada.

—Sin comida y sin papel higiénico. El agua reciclada también empieza a oler raro. Creo que lo conseguiremos si no picamos demasiado. Unos cuantos días.

—Las actualizaciones de la nave son geniales —comenté. Encontré ropa interior enorme encajada en la esquina de uno de los estantes, y me llevé la pelota de tela al pecho mientras la espalda me ardía de dolor—. ¿Son todas tuyas?

—Jorek me ayudó —respondió, y perdió un poco el buen humor—. No sé bien dónde estará ahora. Se suponía que debía enviar un mensaje desde Voa después de asegurarse de que su madre estaba a salvo.

Yo no conocía mucho a Jorek, solo sabía que su alma era más pura que la de su padre y, al parecer, que colaboraba con los renegados. Así que no intenté tranquilizarla; mis palabras habrían sonado vacías.

—Averiguaremos muchas cosas cuando lleguemos a Ogra —le dije—. Entre otras, cómo está Jorek.

—Sí. —Teka se encogió de hombros—. Sube a la cubierta de navegación, Noavek, que se te ha acabado el descanso.

Los días siguientes transcurrieron como en un sueño. Me pasaba casi todo el día dormida, acurrucada junto al fregadero de la cocina o sentada en el sillón del primer oficial mientas Akos se encargaba de su turno. Lo que nos rodeaba era tan poco interesante que parecía diseñado para volvernos locos. El cielo estaba oscuro y, sin estrellas ni planetas ni naves flotando para romper la monotonía, era todo igual. A menudo debía consultar el mapa de navegación para convencerme de que no nos habíamos parado.

Compartía casi todo mi tiempo de vigilia (si no estaba en el sillón de mando) con Teka para intentar distraerme de mi don. Me enseñó un juego que solía jugarse con piedras de colores, aunque nosotras usábamos puñados de judías de la cocina y les dibujábamos puntitos para distinguirlas. Nos pasábamos casi todas las partidas discutiendo sobre qué era cada judía, pero al final me di cuenta de que, con Teka, aquellas riñas era una prueba de amistad, así que en general no me importaban, siempre que ninguna de las dos se largara hecha una furia. Akos a veces se nos unía antes de dormir; se sentaba demasiado cerca de mí y me metía la nariz en el pelo cuando creía que Teka no se daba cuenta. Siempre se daba cuenta.

Me pasaba las noches abrazada a él, cuando podía, encontrando nuevos lugares en los que besarlo. Nuestros primeros encuentros íntimos habían estado repletos de risas incómodas y movimientos torpes; yo estaba aprendiendo a tocar a otra persona, además de a tocarlo a él en concreto, y me costaba quedarme con todo a la vez. Sin embargo, a los dos nos gustaba practicar. A pesar de sus continuas pesadillas (no se despertaba gritando, aunque muchas veces sí sobresaltado y con la frente perlada de sudor) y de mi persistente tristeza por el hermano al que habían transformado en monstruo, juntos encontrábamos momentos de felicidad, sobre todo cuando lográbamos olvidarnos de lo que nos rodeaba. Funcionaba.

Es decir: funcionó hasta que vimos Ogra.

—¿Por qué iba a querer nadie vivir aquí? —preguntó Teka mientras contemplaba el agujero negro del planeta al que nos dirigíamos.

Akos se rio.

—Podría decirse lo mismo de Thuvhe.

—No lo llames así cuando aterricemos —le dije mientras arqueaba una ceja—. O «Urek» o nada.

—Vale.

Urek significaba «vacío», pero con admiración, no como insulto. Para nosotros, algo vacío implicaba posibilidades; implicaba libertad.

Ogra había aparecido ante nosotros como un pequeño hueco oscuro en las estrellas, y después el hueco se había convertido en un agujero, como una brasa extraviada que quema un trozo de tela. Y en aquel momento se cernía, oscura, sobre la cubierta de navegación y devoraba cualquier chispa de luz que tuviera cerca. Me pregunté cómo habrían descubierto los primeros colonos que se trataba de un planeta. Más bien parecía un bostezo.

—Imagino que no será un aterrizaje sencillo —comentó Akos.

—No —respondió Teka entre risas—. No lo será. La única forma de entrar sin acabar hechos jirones es apagar por completo la nave y dejar que descienda en caída libre. Después tendré que volver a arrancarla antes de que el impacto nos licúe. —Dio una fuerte palmada—. Así que tenemos que sujetarnos bien y rezar o lo que sea que os dé suerte.

Akos palideció más de lo normal. Me reí.

Sifa se nos acercó por detrás con un libro pegado al vientre. Había muy pocos libros a bordo (¿de qué iban a servirles?), pero le había llevado a Eijeh todos los que había encontrado, uno a uno, junto con la comida. Akos no preguntaba por él, ni tampoco yo. Supuse que seguía igual y que la peor parte de mi hermano continuaba en su interior. No necesitaba más datos.

—La suerte —repitió Sifa— no es más que una invención para que la gente crea que controla algunos aspectos de su destino.

Teka pareció meditarlo, mientras que Akos se limitó a poner los ojos en blanco.

—O quizá no sea más que la palabra que describe el aspecto que para nosotros tiene el destino —le dije al oráculo. Era la única que estaba dispuesta a debatir con ella; Teka era demasiado respetuosa, y Akos, demasiado despectivo—. Se te ha olvidado lo que es contemplar el futuro desde este ángulo, en vez de desde el tuyo.

Sifa esbozó una sonrisa burlona. Me lo hacía mucho.

—Puede que tengas razón.

—Que todo el mundo se abroche los cinturones —ordenó Teka—. Oráculo, te necesito en el asiento del primer oficial. Eres la que más sabe de pilotar.

—Eh —protesté.

—En Ogra los dones de la corriente se vuelven locos —me explicó Teka—. No sabemos cómo afectará al tuyo, así que te vas a sentar detrás. Mantén a raya a los hermanos Kereseth.

Sifa había escoltado a Eijeh hasta un asiento de aterrizaje cercano. Ya estaba sujeto y mirando al suelo. Suspiré y me dirigí a la cubierta principal. Akos y yo nos sentamos frente a Eijeh, y yo me abroché el cinturón sobre el pecho y el regazo. A Akos le estaba costando abrocharse el suyo, pero no lo ayudé; sabía hacerlo, solo le faltaba práctica.

Me quedé mirando a Teka y Sifa prepararse para el aterrizaje, pulsar botones y mover interruptores. Para Teka parecía rutinario. Al menos, eso me tranquilizaba. No quería entrar en caída libre en una atmósfera hostil con una capitana presa del pánico.

—¡Allá vamos! —gritó, y con esa única advertencia se apagaron las luces de la nave. El motor dejó de zumbar. La oscura atmósfera golpeó la ventana de la nave como una ola de lluvia pithariana, y por un momento no vi nada, no sentí nada. Quería gritar.

Entonces, la gravedad de Ogra nos atrapó, y fue peor, mucho peor que no sentir nada. Como si el estómago se me separara de repente del cuerpo, y uno flotara hacia arriba mientras que el otro tirara hacia abajo. La nave se estremeció, las placas metálicas chirriaban contra sus tornillos y los peldaños que subían a la cubierta de navegación temblequeaban. Me castañeteaban los dientes. Todavía estaba demasiado oscuro para ver algo, ni siquiera distinguía las sombras de la corriente que me corrían por los brazos.

A mi lado, Akos dejó escapar una letanía de palabrotas entre dientes en tres idiomas distintos. Yo era incapaz de hablar: la carne me pesaba demasiado sobre los huesos.

Tras un estruendo enorme, el motor empezó a zumbar de nuevo. No obstante, antes de que se encendieran las luces, el planeta se iluminó bajo nosotros. Seguía negro (no había sol ni flujo de la corriente capaz de penetrar en la atmósfera ograna), pero estaba salpicado de puntos de luz, como si fueran venas. El cuadro de mandos se iluminó, y la horrible y pesada sensación de caer desapareció cuando la nave avanzó hacia delante en vez de caer cada vez más y más.

Y entonces llegó, caliente, fuerte e intenso: el dolor.

CAPÍTULO 10 | AKOS

Cyra estaba gritando.

Las manos de Akos temblaban por culpa del aterrizaje, aunque seguía desabrochando las correas que lo mantenían sujeto casi sin su permiso. En cuanto se soltó, salió disparado de su asiento y se arrodilló frente a Cyra. Las sombras se habían retirado de su cuerpo en una nube oscura, igual que cuando Vas la había obligado a tocar a Akos en la cárcel del anfiteatro, donde la chica había estado a punto de perder la vida. Cyra se había llevado las manos al pelo, y allí estaban ocultas, contraídas. Cuando alzó la vista, una extraña sonrisa le deformó la cara.

Él puso sus manos sobre las de ella. Las sombras parecían humo en el aire, pero regresaron al cuerpo de Cyra como si hubieran tirado de una docena de cuerdas a la vez.

La extraña sonrisa de la chica desapareció, y se quedó mirando sus manos entrelazadas.

—¿Qué pasará cuando me sueltes? —preguntó en voz baja.

—No te pasará nada. Aprenderás a controlarlo. Ya sabes hacerlo, ¿recuerdas?

Ella dejó escapar una especie de risa despreocupada.

—Puedo sujetarte durante todo el tiempo que quieras —añadió Akos.

La mirada de Cyra se endureció.

—Suéltame —le pidió, apretando los dientes.

Akos no pudo evitar pensar en algo que había leído en uno de los libros que Cyra le había dejado en su cuarto de la nave de la travesía. Lo había tenido que leer a través de un traductor porque estaba escrito en shotet, y se llamaba *Preceptos culturales y religiosos de los shotet*.

Decía así: «La característica más destacada de los shotet se traduce simplemente como "blindaje", aunque puede que los extranjeros se refieran a ella como "temple". No se trata de demostraciones de valor en situaciones difíciles (aunque, sin duda, los shotet tienen en alta estima el valor), sino de un atributo innato que no se puede ni aprender ni imitar; se encuentra en la misma sangre, al igual que su lengua profética. El "temple" es la capacidad de mantenerse firmes una y otra vez ante los ataques. Es la perseverancia, la aceptación del riesgo y la renuencia a rendirse».

En aquellos momentos, aquel párrafo tenía más sentido que nunca.

Akos obedeció. Al principio, cuando reaparecieron las sombras, formaron la misma nube ahumada alrededor de su cuerpo, pero Cyra apretó la mandíbula.

—No puedo reunirme con los ogranos con esta nube letal a mi alrededor.

Cerró los ojos y respiró hondo. Las sombras empezaron a abrirse paso por debajo de su piel, a recorrerle los dedos, a serpentearle por el cuello. Gritó de nuevo, entre dientes, a seis izits de la cara de Akos, hasta que, de repente, dejó escapar el aliento entre los dientes, igual que había entrado, y se enderezó. La nube había desaparecido.

—Vuelven a ser como antes, como antes de que te conociera —dijo Akos.

—Sí. Es este planeta. Aquí mi don es más fuerte.

—¿Habías estado antes?

—No, pero lo noto.

—¿Necesitas un analgésico?

—Todavía no. Tendré que adaptarme en algún momento, así que mejor empezar ya.

Teka estaba en la cubierta de navegación, hablando en othyrio.

—Aquí la nave renegada de transporte. La capitana Surukta solicita permiso para aterrizar.

—Capitana Surukta, permiso concedido para aterrizar en el área treinta y dos. Enhorabuena por llegar hasta nosotros sana y salva —respondió una voz a través del sistema de comunicación.

Teka resopló y apagó el intercomunicador.

—Seguro que siempre felicitan a la gente por sobrevivir.

—Ya he estado aquí antes —comentó Sifa en tono irónico—. Efectivamente, siempre lo hacen.

Teka los condujo al área de aterrizaje treinta y dos, que se encontraba en algún punto entre las vetas de luz que los habían recibido tras atravesar la atmósfera. Una sacudida al aterrizar, y allí estaban, en un planeta nuevo. En Ogra.

Para la mayor parte de la galaxia, Ogra era un misterio. Se había convertido en el centro de muchos rumores, desde los más tontos, como que «los ogranos viven en agujeros subterráneos» hasta los más peligrosos, como que «los ogranos ocultan su atmósfera para que no descubramos que están fabricando armas mortíferas». Así que cuando Akos salió de la nave no sabía con qué se encontraría, si es que se encontraba con algo. Por lo que sabía, Ogra bien podía estar yerma.

Le soltó un poco la mano a Cyra al detenerse en los escalones inferiores para contemplar el paisaje: pequeños edificios iluminados por luces verdes y azules de todas las formas y tamaños se alzaban ante ellos convertidos en formas oscuras recortadas sobre un cielo también oscuro. Entre ellos y a su alrededor crecían árboles sin hojas para absorber el sol; sus ramas se enroscaban en las columnas y se abrazaban a torres enteras. Eran árboles altos, además, más altos que todo lo que los rodeaba, y el contraste entre las líneas rectas de los edificios y las curvas orgánicas de aquellos seres vivos le resultaba extraño.

Sin embargo, aún más extraña era la luz. Había tenues puntos revoloteando por el aire: insectos; paneles de luz en los que se entreveían impresiones de los interiores de las casas; y en los estrechos canales de agua que sustituían a algunas de las calles había chorros de colores, como de tinte derramado, y destellos de las criaturas que circulaban por ellos.

—Bienvenidos a Ogra —los saludó una voz de acento extranjero que brotaba de algún punto sobre sus cabezas.

Akos solo veía al hombre gracias al orbe blanco que le flotaba alrededor de la cara. Mientras hablaba (en un shotet bastante bueno, por increíble que pareciera), el orbe se le pegó al pecho, justo debajo de la barbilla, y le iluminó el rostro desde abajo. Era de mediana edad, arrugado, con un cabello completamente blanco que se le rizaba alrededor de las orejas.

—Si me hacen el favor de ponerse en fila, podremos registrar su presencia en el planeta y acompañarlos al sector shotet —añadió—. Solo queda una hora para que empiecen las tormentas.

«¿Las tormentas?». Akos arqueó una ceja en dirección a Cyra, y ella se encogió de hombros. No parecía saber más que él.

Teka se puso la primera e informó de su apellido en un tono brusco que pretendía sonar formal.

—Surukta —repitió el hombre mientras tecleaba el nombre en el pequeño dispositivo que llevaba en la mano—. Conocía a tu madre. Lamenté mucho su pérdida.

Teka masculló algo, quizá unas palabras de agradecimiento, aunque no sonaban a eso. Después le tocó a Cyra.

—Cyra —dijo—. Noavek.

Los dedos del hombre dejaron de moverse sobre las teclas. Resultaba amenazador con aquella luz blanca bajo la cara que le rellenaba de sombras las cavidades oculares y las arrugas más profundas. Ella le devolvió la mirada, permitió que la examinara de arriba abajo, desde la piel de plata hasta la armadura de las muñecas, pasando por las botas desgastadas.

No obstante, no comentó nada, sino que se limitó a escribir su nombre en el dispositivo y hacerle un gesto para que pasara. Ella mantuvo una mano sobre la de Akos, con el brazo estirado detrás de ella hasta que también permitieron que él entrara.

Teka se les acercó corriendo, con los ojos muy abiertos y relucientes.

—Asombroso, ¿verdad? —dijo, sonriendo—. Siempre había querido verlo.

—¿No habías estado aquí antes? —preguntó Cyra—. ¿Ni siquiera para ver a tu madre?

—No, no se me permitía visitarla —respondió con voz acerada—. No era seguro. Sin embargo, la colonia en el exilio lleva aquí más de dos generaciones, desde que los Noavek tomaron el control.

—Y los ogranos… ¿dejaron que se quedaran aquí, sin más? —preguntó Akos.

—Dicen que cualquiera capaz de sobrevivir al planeta tiene derecho a quedarse.

—No es tan peligroso como me esperaba —comentó Cyra—. Todo el mundo habla de lo difícil que es sobrevivir aquí, pero parece bastante pacífico.

—Que no te engañe, aquí todo está dispuesto a atacar o a defenderse: las plantas, los animales e incluso el planeta en sí. Como no pueden comerse el sol, se comen los unos a los otros… o a los demás.

—¿Las plantas son carnívoras? —preguntó Akos.

—Eso creo. —Se encogió de hombros—. O se comen la corriente. Lo que probablemente explique por qué han sido capaces de sobrevivir aquí. En Ogra tienen corriente más que de sobra. —Teka esbozó una sonrisa traviesa—. Y por si la constante amenaza de acabar devorados no os basta… Bueno, digamos que cuando habla de «tormentas» no se refiere a una ligera llovizna a la hora del despertar.

—Estás muy críptica, ¿no? —repuso Cyra, que frunció el ceño.

—¡Sí! —exclamó ella, sonriente—. Sienta bien llevar ventaja por una vez. Venga.

Teka los condujo a uno de los canales. Tuvieron que bajar algunos escalones para llegar a la orilla. Eran peldaños tallados en las persistentes raíces de los árboles, irregulares. Akos bajó una mano para tocarlas; estaban cubiertas de una pelusa oscura.

Allí había… plantas. En Pitha no había pensado sobre las especies de plantas alienígenas, sobre todo porque en Pitha no había plantas, o no las había a su alcance. Sin embargo, Ogra estaba repleta de árboles. Se preguntó, emocionado, qué podría hacerse con las plantas de aquel lugar.

Al borde del canal los esperaba una barca larga y estrecha con sitio para cuatro personas en cada fila de bancos. Por el brillo, Akos supuso que era de metal. Era oscura, salvo por la luz del agua bajo ella, una franja de color rosa.

—¿Qué es esa luz? —le preguntó a Teka.

Pero no fue Teka la que respondió, sino la mujer que estaba en la parte delantera de la barca, con los ojos rodeados de pintura blanca. Al principio pensó que habría una razón práctica para la pintura, pero cuanto más la miraba, más le parecía que era algo decorativo, como las líneas negras que la gente de su tierra se pintaba cerca de las pestañas. En Ogra, el blanco destacaba más.

—En las aguas ogranas viven muchas cepas de bacterias distintas —explicó la desconocida—. Se iluminan de distintos colores. Permitidme recordaros que solo las aguas más oscuras se pueden beber.

Hasta el agua era capaz de defenderse sola en aquel planeta.

Akos siguió a Teka por la inestable pasarela que conectaba la orilla y el barco, y pisó un banco para llegar al otro. Cyra se acomodó a su lado, y él le puso la mano en la muñeca, donde acababa la armadura. La apretó y se asomó al borde de la barca para contemplar el agua. Las franjas rosas se movían, perezosas, con la corriente del agua.

Intentó no pensar en Sifa y Eijeh, que iban detrás de ellos, Sifa siempre vigilante para que los suyos no tuvieran que serlo. No obstante, la barca se movió con su peso, y el notó que el estómago se le encogía. En Ogra no podría evitar a Eijeh como en la nave. Iban a tener que permanecer juntos, eran thuvhesitas entre los shotet que estaban entre los ogranos.

La mujer del frente de la barca se sentó y tomó los enormes remos que colgaban a ambos lados del transporte. Tras darles un buen tirón, los movió adelante sin esfuerzo aparente. Era muy fuerte.

—Un don útil —comentó Cyra.

—Me viene bien de vez en cuando. Lo más habitual es que me llamen para abrir botes que no se quieren abrir —respondió ella mientras acompasaba el ritmo de los remos. La barca atravesaba el agua como un cuchillo caliente la mantequilla—. Por cierto, no metáis las manos en el agua.

—¿Por qué no? —preguntó Cyra.

La otra se rio.

Akos no dejó de contemplar los cambiantes colores del agua. El brillo rosa se aferraba a las partes menos profundas, cerca del borde del canal. En las zonas más profundas veía motas azules, volutas moradas y pozos de rojo intenso.

—Ahí —dijo la ograna, y Akos siguió el movimiento de su cabeza, que señalaba una forma enorme dentro del canal. Al principio pensó que se trataba de más bacterias que buscaban la corriente. Sin embargo, al pasar junto a ella, vio que era una criatura dos veces más grande que su estrecho vehículo y dos veces más larga. Tenía una cabeza bulbosa (o, al menos, él supuso que era una cabeza) y al menos una docena de tentáculos que acababan en puntas emplumadas. La veía porque las bacterias se pegaban a ella como pintura que le chorreaba por los lisos costados.

Al girarse, los tentáculos se trenzaron como una cuerda, y en el flanco le vio una boca tan grande como un torso humano, rodeada de dientes finos y afilados. Se tensó.

—La parte inferior de las barcas está fabricada en un material que aísla de la corriente y se llama soju —explicó la ograna—. Al animal (un galansk) lo atrae la corriente, la devora. Si metes la mano en el agua, se sentirá atraído por ti. Pero no puede percibirnos mientras estemos dentro de la barca.

Y, tal como afirmaba, después de otro golpe de remo, el galansk se giró de nuevo y se sumergió en las profundidades hasta convertirse en un tenue punto de luz bajo la superficie del agua. Desapareció al cabo de un momento.

—¿Ese metal lo extraéis de vuestras minas? —preguntó Teka.

—No, no. En este planeta no hay nada que no rebose corriente. Lo importamos de Essander.

—¿Por qué vivís en un planeta que está tan empeñado en mataros? —preguntó Akos.

La ograna le sonrió.

—Os podría preguntar lo mismo a los shotet.

—Yo no soy shotet.

—¿Ah, no? —preguntó ella, encogiéndose de hombros, y siguió remando.

La espalda no dejó de dolerle durante todo el camino por culpa del estrés del aterrizaje, seguido del incómodo banco de la barca. La ograna los condujo hacia el borde del canal, donde había unos escalones de piedra cubiertos de la misma madera suave como el terciopelo que Akos había tocado antes. Al lado de los escalones vio la entrada de un túnel.

—Debemos meternos bajo tierra para evitar las tormentas —explicó la ograna—. Podréis explorar el sector shotet en otro momento.

Las tormentas. Lo decía con adoración, aunque no con cariño; aquella mujer que era más fuerte que seis personas juntas las temía, y eso logró que Akos también lo hiciera.

Salió del bote con las piernas temblorosas, aliviado de volver a pisar tierra firme. Después apretó los labios y se volvió para ayudar a Cyra.

—Creía que los shotet eran feroces —comentó—, pero esta gente debe de ser simplemente letal.

—Quizá sea un tipo de ferocidad distinta —repuso Cyra—. No vacilan, aunque luchan sin elegancia. Es una especie de... valor torpe. Y de locura, también, por vivir en un sitio así.

Al escucharla, Akos supo que se había pasado más tiempo observando a los ogranos de lo que le gustaría reconocer; que ni siquiera se percataba de que tuviera que reconocer algo porque suponía que todo el mundo era tan curioso como ella. Seguro que había estado examinando todas las grabaciones de combate ograno a su alcance, además de muchas otras cosas. Todos aquellos archivos estaban guardados en sus habitaciones de la nave de la travesía, su pequeño refugio de conocimiento.

Entraron en el túnel, al principio guiados tan solo por los silbidos de la ograna. Sin embargo, al cabo de unos diez pasos, Akos vio luz. Algunas de las piedras de las paredes del túnel estaban brillando. Eran pequeñas, más que su puño, y desperdigadas al azar por las paredes y el techo.

La mujer empezó a silbar más fuerte, y la intensidad de la luz aumentó. Akos frunció los labios y se tapó la cara para intentar silbar también. La luz de las piedras que lo rodeaban se volvió blanca, con la calidez del sol. ¿Sería lo más parecido a la luz solar que conocían en Ogra?

Miró a Cyra, que hizo una mueca por culpa de las sombras de la corriente que le recorrían la nuca, pero sonrió de todos modos.

—¿Qué? —preguntó Akos.

—Estás emocionado. Lo más probable es que este planeta nos mate, pero a ti te encanta.

—Bueno —repuso, a la defensiva—, es fascinante, nada más.

—Lo sé. Es que no me esperaba que a otra gente le gustaran las cosas raras y peligrosas que me gustan a mí.

Cyra le rodeó la cintura con un brazo, sin apretar, para que no sintiera su peso. Él se pegó a su cuerpo y le pasó un brazo sobre los hombros. Al tocarla, la piel de la chica volvió a ponerse blanca.

Entonces lo oyó: una suave vibración, como si el planeta entero gruñera, y llegados a ese punto no le habría extrañado averiguar que de eso se trataba.

—Vamos, moradores del hielo —los invitó la ograna con voz cantarina.

Se agachó e introdujo el meñique en algo: una anilla metálica empotrada en el oscuro suelo. Giró la muñeca, tiró de una trampilla oculta y desparramó polvo por todas partes. Akos distinguió unas escaleras estrechas que desaparecían en la nada.

«Bueno —pensó—, ha llegado el momento de recurrir al temple shotet».

CAPÍTULO 11 | CYRA

La última vez que me había presentado ante una multitud había sido para fingir matar a mi hermano, y aquella gente clamaba por mi sangre.

Antes de eso, él me había arrancado la piel de la cabeza acompañado por una melodía de vítores. Me toqué la piel de plata que me cubría desde la mandíbula hasta el cráneo.

No, no contaba con recuerdos agradables de las multitudes, y era poco probable que empezara a crearlos allí, donde solo me esperaban los ogranos y los shotet en el exilio.

Habíamos bajado por las oscuras escaleras, palpando con las suelas de los zapatos y las puntas de los dedos; después doblamos una esquina y allí estábamos: en una sala de espera en penumbra con chirriantes suelos de madera y el brillo de la ropa ograna que usaba la mayor parte de los shotet, aunque solo los reconocía por el idioma que hablaban.

La ropa ograna no tenía un estilo definido. Algunas prendas eran ajustadas, otras holgadas; algunas eran recargadas, otras sencillas. Sin embargo, el sempiterno brillo estaba por todas partes: en brazaletes, pulseras tobilleras y collares, en los cordones de los zapatos, los cinturones y los botones. Incluso vi a un hombre que lucía franjas de luz roja (tenue, pero luz al fin y al cabo) cosidas en la espalda de la cha-

93

queta. Les daba un aspecto espeluznante, iluminados desde abajo, y costaba verles el rostro. Los de piel clara, como Akos, parecían emitir su propia luz, lo que no era una ventaja en un planeta tan hostil como ese. Había bancos para sentarse y mesas altas para los que se quedaban de pie. Algunos sostenían vasos con una sustancia líquida que les esparcía la luz por dentro. Vi a un grupo de gente que se pasaba una botella como si sus manos fueran olas y el contenedor flotara en la superficie. Los niños estaban sentados en círculo cerca de mis pies, jugando a algo con veloces movimientos de manos de uno a otro. Dos chicos, unas cuantas estaciones menores que yo, luchaban de broma cerca de uno de los enormes pilares de madera. Era un espacio para reunirse y, me daba la impresión, poco más; no era donde vivían los shotet, ni donde trabajaban ni comían, sino donde esperaban a que pasara la tormenta. La ograna no había entrado en detalles sobre lo que eran en realidad las «tormentas». No me sorprendía. Los ogranos parecían caracterizarse por su lenguaje vago y su aspecto oneroso.

Teka se integró rápidamente y abrazó al primer exiliado al que reconoció. Entonces fue cuando la gente empezó a fijarse en nosotros. Teka, con su piel pálida y su pelo aún más pálido, no necesita presentación. Akos era una cabeza más alto que la mayor parte de los presentes y atraía las miradas por defecto.

Y después estaba yo, reluciente con mi piel de plata y adornada por las sombras de la corriente que me recorrían el cuerpo entero.

Intenté no tensarme cuando algunos de los presentes guardaron silencio al verme y otros empezaron a murmurar o a señalarme... ¿Es que no les habían enseñado modales?

Estaba acostumbrada a aquellas reacciones, me recordé. Era Cyra Noavek. Los guardias de la mansión retrocedían ante mí por instinto, las mujeres apretaban a sus hijos contra ellas al verme. Me enderecé todo lo que pude y negué con la cabeza cuando Akos intentó tocarme para ayudarme con el dolor. No, mejor que me vieran tal como era. Mejor acabar con el asunto lo antes posible.

Fingí que no se me había acelerado la respiración.

—Eh —dijo Teka mientras me pellizcaba el codo de mi mono extragrande y tiraba de él—. Venga, que nos tenemos que presentar a los líderes.

—¿No los conoces ya? —pregunté mientras Akos miraba detrás de él, supongo que en busca de su madre y de su hermano, a pesar de que los había evitado desde el aterrizaje.

Intenté imaginar cómo habría actuado yo si mi madre hubiera regresado a la vida después de aceptar que jamás volvería a verla. En mi imaginación se trataba de un reencuentro feliz, y no tardábamos en recuperar nuestra dinámica de cariño y comprensión. Estaba claro que no era tan sencillo para Akos, teniendo en cuenta la historia de traición y subterfugios entre Sifa y él, aunque, incluso sin ella, quizá tampoco hubiera sido tan simple. Quizá yo también hubiera evitado a Ylira como él evitaba a su madre.

O quizá el problema era que Sifa hablaba con acertijos y resultaba agotadora.

Después de que Akos reuniera a su familia, todos seguimos a Teka hasta el interior de la sala. Intenté evitar marchar como una soldado, por mucho que me lo pidiera el cuerpo: sentía el impulso de asustar a la gente adrede para no tener que ver cómo se asustaban sin que yo quisiera.

—Bueno, estamos cerca de la aldea de Galo —explicó Teka—. Ahora la mayor parte de sus habitantes son exiliados de Shotet, aunque todavía quedan ogranos. Comerciantes, sobre todo. Mi madre decía que nos habíamos integrado bastante bien… ¡Oh!

Teka le echó los brazos al cuello a un hombre de cabello claro con una taza en una mano y después le estrechó la mano a una mujer de cabeza afeitada que le dio unos golpecitos burlones pero amables en el parche del ojo.

—Me reservo el elegante para las ocasiones especiales —contestó Teka—. ¿Sabes dónde está Ettrek? Tengo que presentarle a… Ah.

Un hombre dio un paso adelante; era alto, aunque no tanto como Akos, de largo pelo oscuro recogido en un moño. Por culpa de la luz, no sabía decir si era de mi edad o diez estaciones mayor. Su voz resonante tampoco ayudaba a aclararlo.

—Ah, aquí está, el Azote de Ryzek reconvertido en el Verdugo de Ryzek —dijo el desconocido.

Me echó un brazo por encima y me giró como si pretendiera incluirme en el grupo de gente que sostenía vasos de lo que fuera. Me aparté tan deprisa que puede que ni tuviera tiempo de sentir mi don.

El dolor me recorrió la mejilla y me bajó por la garganta al tragar saliva.

—Como me llames eso otra vez te...

—¿Qué? ¿Me matarás? —El hombre esbozó una sonrisa burlona—. Sería interesante verte intentarlo. Así descubriríamos si eres tan buena luchadora como dicen.

—Sea buena o no, no soy el «verdugo» de Ryzek —le solté.

—¡Qué humilde! —exclamó una mujer mayor que tenía enfrente antes de llevarse el vaso a la boca—. Todos vimos en las noticias lo que hiciste, señorita Noavek. No es necesaria la falsa modestia.

—No es falsa modestia, ni tampoco soy... humilde —repuse; me daba cuenta de que esbozaba una sonrisa torcida y de que el corazón me latía con fuerza—. Es que no hay que creerse todo lo que se ve. Deberías haber aprendido bien esa lección, exiliada.

Estuve a punto de echarme a reír al ver a todos arquear las cejas al unísono. Akos me tocó el hombro, la parte cubierta de tela, y se inclinó sobre mi oreja.

—No hagas enemigos tan deprisa —me dijo—. Que para eso siempre hay tiempo.

Reprimí una carcajada, aunque no estaba del todo equivocado.

Al principio solo vi una amplia sonrisa en la oscuridad, y justo después Jorek chocó contra Akos. Akos se quedó demasiado desconcertado para devolverle el abrazo (de hecho, en general me había dado cuenta de que no era una persona demasiado afectuosa), pero consiguió darle al otro chico una palmada afable en el hombro al apartarse.

—Sí que habéis tardado en llegar —dijo Jorek—. Empezaba a pensar que os había secuestrado la canciller.

—No —respondió Akos—. De hecho, la abandonamos en una cápsula de escape.

—¿En serio? —preguntó el otro, con las cejas arqueadas—. Es una pena, la verdad. Me gustaba.

—¿Que te gustaba? —pregunté.

—Señorita Noavek —me saludó, inclinando la cabeza. Después se volvió hacia Akos—. Sí, daba un poco de miedo y, al parecer, tiende a atraerme ese rasgo en mis amigos.

Me ruboricé cuando dejó de mirar a Akos y empezó a mirarme a mí, con intención. ¿Jorek me consideraba su amiga?

—¿Cómo está tu madre? —le preguntó Akos—. ¿Vino contigo?

Jorek se había quedado atrás después de nuestra pequeña misión para asegurarse de que su madre sobreviviera al caos de Voa.

—Sana y salva, pero no, no está aquí. Dijo que si alguna vez consigue aterrizar en Ogra nunca intentará despegar de nuevo. No, va a ser nuestros ojos en Voa. Se ha mudado con su hermano y sus hijos.

—Bien —respondió Akos.

Entonces se rascó el cuello y rozó con los dedos la fina cadena que lucía en él, de la que colgaba el anillo que Ara Kuzar le había regalado. No lo llevaba por cariño, como sin duda pretendían Ara y Jorek, sino como una carga. Como un recordatorio.

Teka, que había desaparecido un segundo, volvió con una mujer recia a su lado. En realidad no era ni alta ni baja, y llevaba el pelo recogido en una apretada trenza. Me dedicó una sonrisa bastante amable, aunque, como los otros, ni siquiera miró hacia Akos. Su atención se concentraba solo en mí.

—Señorita Noavek —me saludó la mujer mientras me ofrecía una mano—, soy Aza. Pertenezco a nuestro consejo en Ogra.

Miré a Akos para pedirle algo en silencio. Él me apoyó una mano sobre la piel desnuda, en la zona en la que el cuello se unía al hombro, y extinguió mis sombras. Sin tan siquiera intentarlo, yo era consciente de que en aquel momento no iba a ser capaz de controlar mi don como había aprendido a hacer en Voa, en el refugio de los renegados. No en la atmósfera potenciadora de dones de Ogra y sin haber dormido bien desde hacía varios días. Me estaba costando toda mi energía contenerlo para que no saliera de mí igual que durante el aterrizaje.

Le estreché la mano a la mujer. Quizá Akos no hubiera despertado su interés hasta entonces, pero su capacidad para apagar mi don sí que lo hizo. De hecho, todos los presentes lo miraron... Sobre todo, miraron la mano que apoyaba en mi piel.

—Llámame Cyra, por favor —le pedí a Aza.

Aza me miraba con curiosidad y perspicacia. Cuando le solté la mano, Akos hizo lo mismo, y mis sombras regresaron. Él tenía las mejillas rojas, y el rubor se le empezaba a extender por el cuello.

—¿Y tú eres? —le preguntó Aza.

—Akos Kereseth —respondió él en voz demasiado baja.

No estaba acostumbrada a su lado más tímido, aunque ahora que no estábamos siempre rodeados de la gente que lo había secuestrado, matado a su padre o torturado en general..., bueno, quizá esa fuera su verdadera personalidad en circunstancias normales.

—Kereseth —repitió Aza—. Qué gracia, en todo el tiempo que lleva aquí la colonia en el exilio, nunca ha cruzado nuestras puertas una persona predestinada. Y ahora tenemos dos.

—Cuatro, en realidad —la corregí—. El hermano mayor de Akos, Eijeh está... por alguna parte. Y su madre, Sifa. Los dos son oráculos.

Miré a mi alrededor para buscarlos. Sifa surgió de las sombras que tenía detrás, casi como si pronunciar su nombre la convocara. Eijeh caminaba unos pasos por detrás de ella.

—Oráculos. Dos oráculos —repitió Aza. Por fin estaba sorprendida, al parecer.

—Aza —la saludó Sifa, inclinando la cabeza. Esbozaba una sonrisa que, estoy segura, pretendía ser inescrutable. Casi pongo los ojos en blanco—. Gracias por ofrecernos refugio —añadió Sifa—. A todos. Hemos recorrido un doloroso camino para llegar hasta aquí.

—Por supuesto —repuso Aza, envarada—. Pronto acabarán las tormentas y podremos buscaros un lugar en el que descansar. —Se acercó más a Sifa—. Pero tengo que preguntarlo, oráculo, ¿deberíamos preocuparnos?

Sifa sonrió.

—¿Por qué lo preguntas?

—Albergar a dos oráculos a la vez parece... Bueno, no parece una buena señal para el futuro —contestó Aza con el ceño fruncido.

—La respuesta a tu pregunta es sí. Efectivamente, ha llegado el momento de preocuparse —explicó el oráculo en voz baja—. Sin embargo, tal afirmación sería cierta estuviera yo aquí o no.

Ladeó la cabeza, y otra ograna (esta vez de piel clara salpicada de pecas y con unos brazaletes que emitían una tenue luz blanca) dio un paso adelante. Las pulseras me ayudaron a verle la cara cuando me señaló y susurró algo al oído de Ettrek.

—Señorita Noavek —dijo la ograna entonces, después de susurrar. Sus ojos, tan oscuros como los míos, seguían el recorrido de las sombras que ahora me rodeaban el cuello como una mano asfixiante; y justo así lo sentía—. Me llamo Yssa y acabo de hablar con una persona de nuestra torre de comunicaciones. Hemos recibido una llamada para usted de la sede de la Asamblea.

—¿Para mí? —pregunté, arqueando las cejas—. Seguro que se trata de un error.

—La grabación se retransmitió en el agregador de noticias de la Asamblea hace unas horas. Es lo más deprisa que conseguimos recibirlo en Ogra. Por desgracia, esta emisión tenía un límite de tiempo. El mensaje era de Isae Benesit. Si desea responder, debe estar preparada para actuar de inmediato.

—¿Qué? —Noté un zumbido en el pecho, como la vibración de la corriente, salvo que más fuerte, más visceral—. ¿Que tengo que responder de inmediato?

—Sí, si quiere que la respuesta llegue a tiempo. Nuestro retardo es lamentable, pero no hay forma de evitarlo. Podemos grabarla aquí y enviar las imágenes al siguiente satélite, que sale de nuestra atmósfera en cuestión de minutos. De lo contrario, tendríamos que esperar otra hora. Venga conmigo, por favor.

Alargué una mano buscando la de Akos. Él la cogió y la sostuvo con fuerza, y los dos seguimos a Yssa a través de la multitud.

Yssa tenía el mensaje preparado en una pantalla de la pared del fondo. Era tan grande como yo de una punta de mis brazos extendidos a la otra. Me pidió que me colocara en una marca del suelo, echó a todos los que estaban cerca (Akos incluido) y encendió una luz que iluminaba mi rostro de amarillo. Supuse que era para la cámara que grabaría mi mensaje.

Mi madre me había dado clases de diplomacia, aunque solo de niña. Después de su muerte, ni mi padre ni mi hermano se habían molestado en continuar con esa parte de mi educación. Habían dado por sentado (y con razón) que no necesitaba saber del tema, puesto que no era más que un arma. Intenté recordar lo que ella me había enseñado: «Mantente erguida. Habla con claridad. No temas pensarte la respuesta antes de hablar; la pausa te va a parecer más larga de lo que en realidad es». Era lo único que me venía a la memoria. Tendría que bastar.

Isae Benesit apareció en la pantalla que tenía enfrente, más grande que nunca. Llevaba el rostro descubierto; supuse que, después de la muerte de su hermana, ya no era necesario ocultarlo, puesto que nadie volvería a confundirlas. Las cicatrices le resaltaban sobre la piel, aunque no eran estridentes. Se había maquillado el resto de la cara, pero no la parte mancillada. Imaginé que era idea suya.

Llevaba la negra melena reluciente y apartada de la cara, y lucía un vestido de cuello alto (al menos parecía un vestido, porque no la veía de cintura para abajo) con una tela gruesa y negra que parecía casi líquida. En el cuello, a un lado, le brillaba un botón de oro. Y también llevaba una cinta dorada alrededor de la frente, una especie de coro-na, aunque era la menos recargada que había visto en mi vida. Era una canciller que no deseaba que la relacionaran con la abundancia y la riqueza de Othyr. Esta canciller dirigía Osoc, Shissa y, lo que era más importante, Hessa. El corazón de Thuvhe.

Se había tomado muchas molestias para no parecer mona ni deli-cada. Impresionaba con los ojos cuidadosamente delineados de negro y la piel de su tono aceitunado natural, sin más adornos que los polvos de maquillaje para reducir los brillos.

Mientras tanto, yo llevaba más de una semana sin bañarme en con-diciones y vestía un mono que no era de mi talla.

Maravilloso.

—Soy Isae Benesit, canciller predestinada de Thuvhe, hablando en nombre del planeta nación de Thuvhe —empezó.

La habitación guardó silencio a mi alrededor. Yo apreté las manos sin apartarlas de los costados. El dolor me circulaba por el cuerpo, me estallaba en los pies y se me extendía por las piernas y alrededor del vientre.

Parpadeé para reprimir las lágrimas, y me obligué a concentrarme y a permanecer lo más inmóvil posible.

—Este mensaje está dirigido a la sucesora del supuesto trono de Shotet —continuó—. Como se ha confirmado la muerte de Ryzek Noavek, las leyes sucesorias que obedecen los shotet dictan que el mensaje debe entregarse a Cyra Noavek antes del amanecer común, medido a día de hoy a las 6:13 de la mañana.

»En las últimas estaciones hemos sido testigos de distintos actos de violencia shotet: en una invasión asesinaron a nuestro oráculo en caída y secuestraron a nuestro oráculo en alza. Y hace unos cuantos días secuestraron a mi hermana, Orieve Benesit, y después la asesina-ron en público.

Había practicado el discurso. Tenía que haberlo hecho, porque no vaciló con ninguna palabra, a pesar de que los ojos le brillaban de malicia. Quizá esto último fuera cosa de mi imaginación.

—La escalada de estas agresiones ha sido tal que nos resulta imposible seguir obviándola. Debe de responderse con contundencia. —Se aclaró un poco la garganta, un breve instante de humanidad—. Lo que voy a leer son los términos de la rendición de Shotet a Thuvhe.

»Primer punto: Shotet disolverá su ejército y entregará las armas al estado de Thuvhe.

»Segundo punto: Shotet entregará su nave de la travesía a la Asamblea de los Nueve Planetas, y abandonará las travesías para asentarse en el área conocida como Voa y alrededores, justo al norte de los mares meridionales.

»Tercer punto: Shotet permitirá que las tropas thuvhesitas y de la Asamblea ocupen su territorio hasta que se restaure el orden y la cooperación pacífica con la Asamblea y la autoridad thuvhesita.

»Cuarto punto: Shotet dejará de considerarse nación soberana y aceptará su pertenencia a la nación de Thuvhe.

»Quinto punto: Shotet pagará indemnizaciones a todas las instituciones públicas y familias afectadas por las agresiones de las últimas cien estaciones, tanto en el planeta de Thuvhe como en el extranjero, en una cantidad que determinará más adelante un comité conjunto compuesto por la Asamblea y las autoridades thuvhesitas.

»Sexto punto: Todos los shotet que se identifiquen como exiliados del régimen de los Noavek regresarán a Thuvhe y se asentarán en un lugar distinto a Voa, donde se les perdonará y concederá la ciudadanía thuvhesita.

Noté como si todo el cuerpo se me encogiera para formar un puño, dedo a dedo, exprimiendo la sangre de todos los nudillos. Apenas me percataba del dolor de mi don, aunque las sombras que me corrían por la piel habían adquirido su tono más intenso.

—Responderá a este mensaje aceptando los términos o presentando una declaración de guerra, en cuyo momento la sangre de su propia gente le manchará las manos —continuó diciendo Isae—. La respuesta debe recibirse antes del amanecer común, medido a día de hoy a las 6:13 de la mañana, o se dará por supuesto que ha perdido la vida y nos pondremos en contacto con el siguiente en la línea de sucesión Noavek. Fin de la transmisión.

El rostro de Isae desapareció de la pantalla. Todo el mundo guardaba silencio. Cerré los ojos y luché por controlar mi cuerpo. «No es el momento —le dije mientras bramaba de dolor—. No puedo permitir que ocupes espacio en mi cerebro».

Intenté pensar de nuevo en las lecciones de mi madre, pero solo lograba pensar en ella. La inclinación de su cuello, la sonrisa fría que esbozaba cuando quería que alguien se encogiera de dentro afuera. La forma en que usaba su voz, tranquila e intensa, para conseguir justo lo que deseaba. Por mucho que intentara imitarla, no me serviría. Yo ya sabía que no era ninguna Ylira Noavek.

El único personaje que había sido capaz de interpretar era el del Azote de Ryzek, y estaba desesperada por no volver a hacerlo, ni ahora ni nunca.

—¿Está lista para responder, señorita Noavek? Solo tiene unos cuantos minutos —me avisó Yssa.

No estaba lista para responder, no estaba lista para convertirme en líder de un país dividido que no me había demostrado más que desdén. A mi alrededor veía los ojos críticos de las personas que estaban en el exilio por culpa de la crueldad de mi padre y mi hermano. Era consciente del insulto que debía parecerles saberme tratada como su líder cuando, en realidad, formaba parte de la misma familia que los había torturado y excluido.

No obstante, alguien debía hacerlo, y en aquel momento me tocaba a mí. Tendría que representar mi papel lo mejor posible.

Me enderecé, me aclaré la garganta y asentí con la cabeza.

Yssa me devolvió el gesto. Me concentré en el aparato que tenía delante, el que grababa mi imagen y mi voz para enviárselas a Isae.

—Soy Cyra Noavek, soberana en funciones de la legítima nación de Shotet —dije, y aunque me tembló la voz, las palabras eran las correctas. La luz amarilla me quemaba la cara, y yo seguí mirando al frente. No permitiría que mis sombras me crisparan el gesto, no…

Me lo crisparon. Me dije que no importaba, que el dolor era real y reflejarlo en mi cuerpo formaba parte de mí.

—Shotet rechaza los términos de la rendición, ya que vivir en tales condiciones sería peor que el derramamiento de sangre al que se refiere. Ryzek Noavek está muerto, y los crímenes que cometió contra Thuvhe, ya fuera de manera directa o indirecta, no representan a su gente.

Me había quedado sin lenguaje formal.

—Creo que eso ya lo sabe —dije, con mis propias palabras—. Ha estado entre nosotros y ha conocido en persona el trabajo de nuestra resistencia. —Me detuve. Pensé en lo que quería decir—. Con todo el respeto, la nación de Shotet solicita el cese de las hostilidades hasta que podamos reunirnos para debatir un tratado entre nuestras dos naciones. No deseamos la guerra. Pero no se equivoque, porque sí que somos una nación, aunque nos encontremos divididos entre Ogra y Urek, y se nos tratará como tal. Fin de la transmisión.

Hasta que no acabé no me di cuenta de que acababa de revelarle a Isae Benesit la ubicación de la colonia en el exilio (antes secreta para todos, salvo para los ogranos). Por desgracia, era demasiado tarde para cambiarlo.

Antes de que nadie pudiera hablar, alcé una mano para llamar la atención de Yssa.

—¿Puedo grabar otro mensaje? Este debe enviarse de inmediato a los satélites de Voa.

Yssa vaciló.

—Por favor —añadí. Nunca estaba de más.

—Vale, pero que sea breve.

—Brevísimo.

Esperé a la señal para comenzar. Este mensaje podía darlo sin pensar, sin ensayar. Cuando Yssa asintió, tomé aliento y empecé:

—Gentes de Voa, soy Cyra Noavek. Thuvhe ha declarado la guerra a Shotet. Las fuerzas hostiles están en camino. Evacuación inmediata y traslado a la nave de la travesía. Repito, evacuación inmediata y traslado a la nave de la travesía. Fin de la transmisión.

Tras decir aquello me doblé por la cintura y me abracé las rodillas mientras intentaba respirar. Me dolía tanto que temía que las piernas me cedieran en cualquier momento. Akos corrió hacia mí, y primero me agarró de los hombros y después de las manos. Me apoyé en él, con la cabeza junto a la suya y la frente en su hombro.

—Lo has hecho bien —me dijo en voz baja—. Lo has hecho bien; tranquila, estoy aquí. Estoy aquí.

Cuando miré por encima de su hombro vi sonrisas vacilantes, oí murmullos que casi parecían... aprobarme. ¿Tenía razón Akos? ¿De verdad lo había hecho bien? No podía creérmelo.

Se avecinaba una guerra, y dijera lo que dijera Akos, dijeran lo que dijeran los demás a partir de ese momento, yo era la que había permitido que empezara.

CAPÍTULO 12 | CISI

—Esta Cyra Noavek —dice Ast mientras le da vueltas a una piedra lisa en la mano izquierda. Me había dado cuenta de que el chico siempre se estaba moviendo, ya fuera dándose palmadas en las rodillas, masticando el borde flexible de su peine o jugueteando con algo entre los dedos—... ¿Hay alguna posibilidad de que acepte los términos?

Me río. La idea de que Cyra, la que siguió luchando en la arena incluso después de que su propio hermano le arrancara la piel de la cabeza a tiras, entregara su país a Thuvhe sin rechistar era completamente ridícula.

—Bueno, es que no la conozco —dijo Ast, a la defensiva.

—Lo siento, no pretendía reírme de ti. Es que esa mujer sería capaz de luchar contra una pared si la pared se interpusiera en su camino.

—No preveo su rendición, no. —Isae responde como si estuviera muy lejos, en vez de al otro lado del cuarto. Está sentada en una mesita al lado de la ventana. En estos momentos, nuestra zona del satélite de la Asamblea no da al sol, así que la ventana nos muestra las estrellas, el espacio y el flujo de la corriente, en vez de una imagen de Thuvhe. De este modo, Isae parece más pequeña y joven de lo habitual—. Los shotet no están diseñados para rendirse. El líder de la Asamblea estaba en

107

lo cierto: son como... una plaga. Crees que serán fáciles de erradicar porque son pequeños, pero te atacan una y otra vez...

Me quedo fría al oír la palabra «plaga». Así no se habla de las personas, ni siquiera de tus enemigos en una guerra. Isae no habla así de la gente, ni siquiera cuando está enfadada.

Se endereza y se da una palmada en el regazo.

—Tengo que decidir mi siguiente movimiento —dice—, suponiendo que la declaración de guerra salga según lo previsto.

Ast acaricia la piedra con la parte blanda del pulgar. Procede de su planeta natal, una roca periférica que tiene número, en vez de nombre, y aire que no puedes respirar sin un soplador, que es como se refieren coloquialmente al dispositivo. Desconozco cómo se llama en realidad. Se ha pasado la mayor parte de su vida con un cacharro aparatoso pegado a la cara para sobrevivir, según me contó. «Tienes que aprovechar el tiempo del que dispones», me dijo, como si lo hubiera repetido cientos de veces, como si fuera más una declaración de principios que una simple frase.

—Creo que el ataque debe ser contundente —dice después de trazar unos cuantos círculos con el pulgar—. De otro modo, los shotet no te respetarán. Dales con todas tus fuerzas o quédate quieta.

Isae baja la cabeza como si estuviera decepcionada, aunque yo sé que no es por eso, sino porque carga con mucho peso sobre sus espaldas. Está luchando su propia guerra, además de la guerra que desean los planetas de la Asamblea y la guerra contra la tristeza que le brota de dentro ante mis ojos, la misma que la obliga a decir y hacer cosas que normalmente no diría ni haría.

—Podría atacar el centro de Voa —comenta—. Ahí es donde viven la mayoría de los partidarios de los Noavek.

El centro de Voa es la zona que recorrimos para llegar al anfiteatro. Donde le compré una taza de té a uno de los comerciantes, y la sonrisa se le reflejó en los rabillos de los ojos al dármela. No puede... atacar el centro de Voa sin más.

—Acabarías con los lacayos de Ryzek y dejarías muy claras tus intenciones —señala Ast—. Es buena idea.

—No es un objetivo militar —digo.

Ast niega con la cabeza.

—En realidad no hay civiles shotet. Todos aprenden a matar. Isae y yo lo sabemos mejor que nadie.

Por lo que me contaron, el ataque en el que murió el padre de Ast fue el mismo en el que dejaron marcada a Isae. Y el mismo que acabó con las vidas de sus padres y amigos. Los que atacaron su nave, la nave que había sido su hogar durante casi toda su vida, eran unos shotet de travesía que interpretaban la «búsqueda» como una oportunidad para robar y matar. Eso los predisponía a los dos de la misma forma, además de unirlos de un modo que yo no era capaz de comprender del todo.

—¿Qué arma usarás? —pregunta él—. Un ejército de tierra no sería buena idea contra los shotet, teniendo en cuenta la destreza en combate de cualquiera de sus ciudadanos.

—No son ciudadanos de Shotet —lo corrige ella, tensa—. Son personas que se rebelan contra mi legítimo gobierno.

—Lo sé —contesta Ast en voz baja.

Isae se mordisquea un nudillo, clavando bien los dientes en la piel. Me entran ganas de apartarle la mano de la boca.

—Todavía tengo que confirmarlo con los dirigentes pitharianos, pero usaremos su tecnología. Lo llaman cañón anticorriente. Es… eficaz. Podría apuntar con él al anfiteatro en el que mataron a Ori, de modo que la destrucción irradie de ese centro. Demolería por completo el edificio.

Se me acelera la respiración. Para esto vine, para evitar que Isae cometiera un error del que después se arrepentiría, para asegurarme de que Thuvhe siga por el camino correcto. Así que debo calmarla. Debo detenerlos a los dos ahora que todavía están cogiendo impulso. Disparo mi don en forma de ola que los golpea a ambos a la vez. Ast hace una mueca, como siempre, pero Isae no parece darse ni cuenta. Me imagino que el agua del don de la corriente le quita el peso de la espalda para que flote, y que después tira de sus extremidades con cariño para acercarla a mí.

—Existen leyes que prohíben atacar objetivos civiles si no es estrictamente necesario —digo en voz baja.

Isae me mira con pereza, como si estuviera medio dormida. Tiene el labio inferior manchado de rojo.

—Hay un campamento militar a las afueras de Voa —sugiero.

—Donde ni siquiera sabemos si habrá alguien —argumenta Ast—. Voa está sumido en el caos. Es probable que los soldados hayan entrado en la ciudad para mantener el orden. Si atacas el campamento puede que solo consigas hacer picadillo algunos edificios y tiendas.

Isae todavía se está mordiendo el nudillo. Veo algo rojo: está sangrando. Tiene la misma energía salvaje que antes de matar a Ryzek, aunque ahora no está igual de centrada. Ast le ofrece un lugar sobre el que descargar su energía destructiva, pero ¿a qué precio? ¿El de las vidas civiles? ¿Ancianos y mujeres, niños, disidentes, renegados, los enfermos y los pobres?

Por no mencionar el precio que tendrá para ella como responsable de la masacre.

«Venga, piensa».

—Matar gente no es lo único que resulta eficaz —digo—. Los shotet tienen unas cuantas cosas que aprecian mucho. Su idioma…

Las palabras se me ahogan en la garganta cuando la irritación de Ast estalla y mi don responde impidiéndome continuar.

—Sí, claro, vamos a perseguir abstracciones en vez de objetivos concretos —me interrumpe—. Seguro que funciona.

Vuelvo a empujar mi don hacia ellos, otra ola. Lo que Isae necesita ahora mismo es un poco de calma y paz. Y por muy unidos que estén Ast y ella, él no se las puede dar.

Yo sí.

—Chisss, Ast —lo regaña Isae, y alza una mano—. Ci, sigue.

Espero a que se me afloje el nudo de la garganta. Para que suceda, primero tiene que calmarse Ast; y no solo se calma, sino que también se avergüenza de haberme acallado. No consigo volver a hablar hasta que su rostro se queda tranquilo y debidamente arrepentido.

—Valoran mucho su idioma, al igual que a los oráculos (que no podemos tocar, claro) y la travesía.

—La travesía —repite Isae—. Tienes razón. —Se le iluminan los ojos—. Podríamos atacar la nave. Acaba de regresar, así que es probable que solo cuente con la tripulación justa... La pérdida de vidas sería mínima, pero la victoria simbólica, enorme.

No es mi solución, aunque tampoco es la de Ash. Supongo que es mejor que nada.

Ast frunce el ceño con la mirada fija en un punto incierto de la sala. Lleva un rato sin moverse, así que el escarabajo volador que lo guía con sus chasquidos y zumbidos se ha acomodado en su hombro, donde agita las antenas con los mismos movimientos graduales con los que se le mueven a su dueño los ojos mecánicos.

—Es un poco blando —comenta.

—Es preferible arrepentirse de ser demasiado blando que de ser demasiado duro —contesta Isae en una voz cortante que deja claro que se ha acabado la discusión—. Me pondré en contacto con el general Then. Me aseguraré de que contemos con imágenes de vigilancia de la nave que no daten de hace media estación.

Me sonríe, aunque se trata de una expresión más fiera de lo que me gustaría. Significa que la Isae que mató a Ryzek sigue ahí, en alguna parte, a la espera de volver a atacar. En realidad no debería asustarme; fue lo que me atrajo de ella desde el principio, al fin y al cabo: es capaz, decidida. No necesitaba que nadie cuidara de ella, y menos yo. Jamás reconocerá necesitarlo ahora.

Sin embargo, lo malo de enamorarse de una persona es el apremiante deseo de cuidarla. Y eso es justo lo que pienso hacer.

Cenamos juntos, Ast, Isae y yo. Como Ast no reacciona bien a mi don, debo aprender a tratar con él como hacen los demás: por ensayo y error. Esta vez intento preguntarle por su infancia en la nave, con Isae, y eso parece relajarlo. Me cuenta que intentó enseñarla a arreglar motores, que es lo que hacía su padre, pero que lo único que quería ella era aflojar pernos. En una ocasión, Isae lo intentó meter en sus clases de etiqueta, y él la hizo reír tanto que se le salió el té por la nariz.

—¡Se me salió por el ojo! —exclama Isae entre risas.

Sin prisa pero sin pausa, lo decido: me entrometeré entre ellos. No para estorbar, sino para asegurarme de que Isae hace lo correcto, lo más sensato. Aunque su mensaje al general Then sonaba bastante razonable y ahora se está riendo con las historias de su pasado, sigo preocupada. Cuando has visto a alguien asesinar a otra persona con un cuchillo de cocina, hay mucho de lo que preocuparse.

Ast se marcha cuando acabamos con los platos, y yo me dispongo a hacer lo mismo, convencida de que Isae estará cansada tras las decisiones del día. Sin embargo, me coge la mano cuando me levanto de la silla y pregunta:

—¿Te importa quedarte un rato?

—Claro que no.

Pierde toda la relajación anterior, como quien se quita la ropa, y empieza a pasearse junto a las ventanas, de una punta de la pared a la otra. Intento ayudarla, pero mi don de la corriente me falla igual que cuando íbamos camino de la celda de Ryzek en la nave de los renegados. Se tira del pelo, inquieta, de modo que se le riza más alrededor de las orejas.

—Mi don también tiene su parte negativa —me cuenta tras unas cuantas vueltas por el cuarto. Durante mucho tiempo creí que su don era sencillo, que solo consistía en ver los recuerdos de los demás al tocarlos. Al parecer, conlleva mucho más. Vive con el pasado siempre tirando de ella, intentando arrastrarla con su marea—. Desde que Ori…

—Se calla, traga saliva, empieza de nuevo—. Me quedo atascada en los recuerdos. No pasa nada cuando son acontecimientos agradables, como con Ast, pero no siempre son buenos, y me acosan en sueños…

Da un respingo y sacude la cabeza.

—Podríamos hablar de algo más agradable —le propongo—. Hasta que te duermas.

—No estoy segura… Creo que no funcionará. —Sigue sacudiendo la cabeza—. Me preguntaba si… Es una tontería, pero…

—Cualquier cosa que esté en mi mano.

—Me preguntaba si me podrías dejar entrar en tus recuerdos. Si uso mi don para verlos, quizá encuentre algo de paz, al menos por un rato.

—Ah.

Vacilo. En realidad no tengo muchos recuerdos buenos entre los que elegir. Los de mi infancia están teñidos de tristeza porque son el preludio del secuestro de Eijeh y Akos, y de la muerte de mi padre. Los posteriores, de la época en la que intentaba sacar a mi madre de su estado de confusión, tampoco son demasiado agradables. Hasta que no me reencontré con Ori no empezaron a mejorar, y en parte fue por conocer a Isae…

—Lo siento, no debería habértelo pedido, es una invasión de tu intimidad —se disculpa.

—¡No! No, no es eso. Es que estaba pensando que la mayoría de mis buenos recuerdos tienen que ver con Ori y contigo, y no estaba segura de si eso te haría sentir incómoda.

—Ah. No, no pasa… nada.

Me acerco a su cama y me siento en el borde, donde la manta todavía está lisa y remetida bajo el colchón. Le doy una palmadita al espacio vacío que tengo al lado, y ella se sienta de tal modo que pueda mirarme a los ojos.

—Espera una chispita —le pido.

—«Una chispita» —repite, sonriendo—. Me encanta que uses esa expresión.

Entonces cierro los ojos para recordar. No se trata tan solo de pensar en el día que la conocí ni en cuando sentí que era de verdad su amiga, sino en los detalles: cómo olía el aire, el frío que hacía, lo que llevaba puesto. Y no es tan fácil. Estaba estudiando, así que las primeras veces que estuvimos juntas iba de uniforme, una gruesa túnica que me cubría la ropa para que no se me manchara de polvo de plantas, cortezas y tallos…

—Adelante —le digo mientras recuerdo el olor al pelar una fruta de sal, verde y ácida.

No es la primera vez que usa su don conmigo desde que empezamos a conocernos mejor, así que sé que me pondrá la mano en la cara. Tiene los dedos fríos y algo pegajosos de sudor, aunque se calientan deprisa contra mi mejilla y se anclan en mi mandíbula. Después, nos movemos juntas por el pasado.

Estaba detrás de una barrera de cuerda, con una multitud empujándome por detrás. En aquel momento no me importaba porque me daba calor, una protección contra el viento y la nieve. A pesar de eso, tenía que cerrar las manos dentro de los mitones para mantener los dedos calientes, aunque al menos no temía que se me rompieran los dientes, como cuando hacía frío de verdad.

Nos quedamos allí un buen rato hasta que la nave apareció ante nosotros y descendió sin virar hacia la pista de aterrizaje. Era una nave pequeña y humilde, un transporte hessiano. La gente que me rodeaba ahogó un grito al reconocerlo: el metal machacado, las rejillas de calefacción que evitaban que se helara el motor... Para mí era como un mensaje: «Soy una de vosotros, nada más que una simple thuvhesita». Era manipulación.

La nave hessiana aterrizó, la puerta se abrió y una mujer de negro salió por ella. Tenía el rostro cubierto, por supuesto, de la nariz para abajo. Sin embargo, no llevaba gafas protectoras, como los demás allí presentes, así que le vi los rasgados ojos oscuros y las pestañas apretadas contra la piel.

Todos la vitorearon. Yo no, puesto que intentaba averiguar si sufría alucinaciones. Aquellos eran los ojos de Ori, pero llevaba años sin verla, y era... Bueno, era Ori.

Un instante después, otra mujer salió detrás de la primera; supuse que se trataba de la hermana de la canciller, salvo que creí ver doble. Eran iguales: la misma altura, el mismo abrigo, la misma protección en el rostro. Los mismos ojos que examinaban a la multitud sin expresar ningún sentimiento.

Las mujeres caminaron hombro con hombro hacia el edificio. No se detuvieron a estrechar manos. Alzaron las manos enguantadas para saludar; sus ojos se arrugaban para dejar patentes unas sonrisas que no podíamos ver. El paso de una era elegante, como si rodara sobre patines. El de la otra era ligero, la cabeza le subía y le bajaba al caminar. Cuando pasaron junto a mí, no pude evitarlo: me bajé las gafas para verles mejor la cara, para comprobar si se trataba de Ori o no.

Un par de ojos familiares encontraron los míos. Sus pasos vacilaron un poco. Y después se marcharon.

Aquel mismo día, más tarde, alguien llamó a la puerta.

Vivía en la residencia cercana al hospital, con el que se conectaba a través de un puente cubierto. A veces apoyaba la frente en el cristal y me quedaba mirando los campos de flores del hielo desde allí. Solo veía manchas de colores desde tan alto, ya que los edificios de Osoc colgaban del cielo como arañas de luces.

Mis habitaciones eran pequeñas y estaban abarrotadas de objetos. Sobre todo, de tela. El papel (y, por tanto, los libros) era un lujo en un planeta sin muchos árboles, pero tejíamos tela a partir de los tallos de las flores del hielo y la tratábamos con esencia de flor de la pureza para ablandarla. La teníamos de todos los colores del arcoíris, apagados y chillones, oscuros y claros. De cualquier color menos de gris, que era lo que veíamos siempre. Colgaba telas para tapar lo que había en los estantes; las colgaba en las paredes para tapar los desconchones. En realidad, mi estudio era más bien una cocina; tenía hornillos pequeños por todas partes y en todos se cocía algo, y el aire estaba cargado de vapor o humo, según el día. Aunque no estaba limpio, la temperatura era agradable.

Tampoco se trataba de un alojamiento adecuado para la visita que recibí aquel día. Me limpié las manos en el delantal y abrí la puerta con la frente perlada de sudor. Me encontré con un hombre muy alto y fornido, de rostro huraño.

—Sus altezas de la familia Benesit solicitan el honor de su hospitalidad —dijo.

No era thuvhesita, me daba cuenta porque se había dejado los botones de la camisa abiertos a la altura del cuello. Vestía gris pálido, lo que significaba que procedía de la Asamblea, y su tono formal lo confirmaba.

—Ah —repuse, porque no me salió nada mejor. Entonces mi don entró en funcionamiento, y la postura del hombre se relajó y yo dejé de sentirme tan nerviosa—. Por supuesto. Son bienvenidas, igual que usted.

El desconocido esbozó una sonrisita.

—Gracias, señora, pero mi trabajo es permanecer a este lado de la puerta.

Registró mi apartamento para asegurarse de que fuera seguro, rebuscó en todos los cuartos y examinó todas mis pertenencias. Incluso se asomó al baño por si había alguien oculto en la ducha con un cuchillo, o eso supuse. Después salió, le hizo un gesto con la cabeza a alguien que yo no veía, y allí estaban: dos mujeres altas y esbeltas con vestidos negros abotonados hasta el cuello, encapuchadas, con la cara tapada. Di un paso atrás para dejarlas entrar, aunque no las saludé. Era incapaz de hacer otra cosa que mirarlas.

Entonces, una de ellas pasó junto a mí para cerrar la puerta y me sonrió; me di cuenta por las arrugas que se le formaron en las mejillas.

—Cisi —dijo, y entonces lo supe, supe sin lugar a dudas que era ella.

—Ori —contesté, y nos fundimos en un fuerte abrazo que nos provocó risitas a las dos.

Por encima de su hombro vi que su hermana recorría mi pequeño estudio tocándolo todo con la punta de los dedos. Se detuvo en el estante en el que guardaba las fotos de mi familia detrás de una cortina de gasa, para no tener que mirarlas si creía que me dolería demasiado.

Me aparté de Ori, que se apresuró a quitarse la capucha y la protección de la cara. Tenía el aspecto que me imaginaba: el mismo, pero más definido, mayor. La melena negra, que seguía siendo lisa como una regla, estaba recogida en un moño en la nuca, aunque se le había alborotado por culpa de la capucha. Los labios, que ya empezaban a curvarse, esbozaron una sonrisa aún más amplia.

—No puedo creerme...

«No puedo creerme que seas la hermana de la canciller, no puedo creerme que estés aquí», es lo que quería decir, pero no pude.

—Lo siento mucho. —Bajó la vista—. De haber existido otro modo...

«¿Cómo has podido mentirme toda la vida?», pensé, porque sabía que era incapaz de decirlo. Era incapaz de hablar, en general.

Le puse una mano en el codo y la guie al interior del cuarto, hacia los cojines que había apilado alrededor de un hornillo y una robusta olla en la que se preparaba una infusión. Estaba estudiando los efectos de la infusión en frío de flor del hielo comparados con los de la infusión en caliente.

—¿Dónde has estado? —pregunté.

—En la nave de la Asamblea. Isae estaba allí..., recuperándose.

Entonces miró a su hermana, y así descubrí que la canciller se llamaba Isae. Se sentó en la única silla de la habitación, cerca de su hermana. Después apoyó las manos en el regazo un instante o dos antes de poner los ojos en blanco y tirar de la tela que le protegía la cara y la nariz. Las cicatrices que le dividían el rostro eran viles y recientes, a juzgar por el reluciente tono rojo.

No eran bonitas. Las cicatrices no suelen serlo.

—Me estaba recuperando de esto, quiere decir —aclaró mientras agitaba una mano frente a su cara.

Intenté sonreír.

—Tiene que haber sido difícil.

Isae resopló.

—Así que eres la mayor de los Kereseth —dijo—. Últimamente, todo el sistema habla de vosotros. Los Kereseth: el oráculo, el traidor y... bueno, la que tendría que alejarse de los cuchillos. «El primer descendiente de la familia Kereseth sucumbirá a la hoja». ¿No es ese tu destino?

Las palabras me asfixiaban: «Mi hermano no es un traidor. Me acercaré a todos los cuchillos que me dé la gana. Sal de mi piso. ¿Quién te has creído que eres?». No obstante, no logré decir nada de aquello.

—¡Isae! —la regañó Ori.

—Supongo que no debería sacar temas desagradables sin que me lo pidan —repuso su hermana—, pero es la realidad de quién eres, de quién soy y de quién es mi hermana. Y me gusta enfrentarme a la realidad.

—Estás siendo maleducada —insistió Ori.

—No pasa nada —intervine cuando por fin se me soltó la lengua—. He soportado cosas peores.

Isae se rio como si supiera lo que intentaba decir. Quizá lo supiera. Debían de haberla educado en la Asamblea, al menos un tiempo, y seguro que ellos sabían mejor que nadie cómo decir dos cosas a la vez.

—En la nave de la Asamblea te habrían adorado —comentó en voz baja.

—¡Te dije que quería buenos recuerdos, no recuerdos en los que estabas enfadada conmigo! —exclama Isae mientras me hace salir del recuerdo y me devuelve a la nave de la Asamblea; aunque me regaña, también se ríe.

—¡Lo siento, no es tan fácil controlarlo! —respondo con una risita.

—Me porté fatal contigo. —Le brillan los ojos un poco cuando vuelve a mirarme. Son de un color bonito, marrón oscuro y algo cálidos, como tierra fértil—. ¿Cómo es posible que te hicieras mi amiga?

—Vuelve a entrar y te lo enseñaré.

Lo primero que percibí es el olor a especias. Tenía las manos enterradas en ellas, metidas en una bola de masa del tamaño de mi cabeza. Una nube de harina me rodeaba la cara mientras estrellaba la masa contra la encimera. No visitaba a menudo mi casa, pero era la hora adormecida y nunca me había perdido una Floración en Hessa, así que me quedaba unos días.

Sentada a la mesa frente a mí estaba Isae Benesit. Se había negado a ir al templo con Ori, que quería preguntarle algo al oráculo (a mi madre). Así que Ori la dejó aquí como si fuera una niña que necesitara protección, aunque sabía que no nos caíamos demasiado bien.

Isae tenía una taza llena de infusión delante de ella. Por lo que veía, ni siquiera la había tocado desde que se la había hecho, hacía ya una hora.

—Bueno —dijo después de que yo doblara la masa sobre sí misma y volviera a estrellarla contra la mesa—, ¿vienes mucho por casa?

—No —respondí, y me sorprendió lo brusca que me salió la respuesta. Lo habitual era que mi don no me permitiera hablarle así a la gente.

—¿Por alguna razón en concreto?

Me detuve. No estaba segura de ser capaz de responder. La mayoría de la gente en realidad no quería saber nada sobre mis problemas, incluso cuando preguntaban por ellos, lo que significaba que, literalmente, no podía contarles nada. La tristeza suele incomodar.

—En esta casa hay demasiadas sombras —contesto, acercándome al tema poco a poco.

—Ah —comenta, y para mi sorpresa, añade—: ¿Quieres hablarme sobre ellas?

Me reí.

—¿Quieres tú escucharlo?

Ella se encogió de hombros.

—Parece que no se nos da bien hablar sobre temas insustanciales y, además, no tengo tiempo para eso. Así que sí, quiero escucharlo.

Asentí y dejé la masa en la encimera. Me lamí parte de la masa cruda de los dedos antes de lavármelos en el fregadero y secármelos con un paño. Después la conduje al salón. Toda la casa olía a levadura y a especias. Todavía tenía los pantalones marcados de huellas harinosas.

Le señalé una zona del suelo de la habitación que en nada se diferenciaba del resto de la madera desgastada.

—Ahí —dije—. Ahí es donde cayó su cuerpo.

Isae no me preguntó de quién hablaba. Conocía la historia... Todo Thuvhe conocía la historia. En vez de preguntar, se acuclilló al lado del lugar en el que había muerto mi padre y recorrió con los dedos las vetas de la madera.

Me quedé donde estaba, paralizada. Y después empecé a hablar.

—Me senté junto a su cadáver durante varias horas antes de ser capaz de limpiarlo todo. Parte de mí esperaba... No sé, que se despertara, quizá. O que yo me despertara de la pesadilla. —Dejé escapar una especie de suspiro, un ruidito preñado de dolor—. Después tuve que encargarme de ello. Envolver su cuerpo. Buscar un cubo y llenarlo de agua tibia. Reunir un puñado de trapos viejos. Imagínate encontrarte frente al armario de la ropa de casa intentando averiguar cuántos trapos necesitas para limpiar la sangre de tu padre.

Se me rompió la voz, pero esta vez no fue por culpa de mi don, sino de las lágrimas. No había llorado delante de otra persona desde que se desarrolló mi habilidad. Había creído que ya no lograría hacerlo nunca, igual que plantear preguntas groseras o reírme si alguien se resbalaba en una calle helada.

Isae empezó a recitar una oración, salvo que no era para consolarme, ni siquiera había elegido la que se usaba cuando moría alguien: era una bendición, para un lugar sagrado.

Isae creía que el lugar en el que había muerto mi padre era sagrado.

Me arrodillé junto a ella porque deseaba oír su voz formando las palabras. Su mano estrechó la mía, y fue muy extraño tocar a alguien a quien ni siquiera conocía, que ni siquiera me caía bien. Sin embargo, me la apretó con fuerza para que no la soltara y concluyó la plegaria con voz queda.

No la solté.

—Nunca antes había sido capaz de contárselo a nadie —le dije—. La historia incomoda demasiado a la gente.

—Hace falta mucho más que eso para incomodarme —repuso.

Sus fríos dedos me acarician el pómulo y recogen mis lágrimas. Me mete un mechón de pelo detrás de la oreja.

—Necesitas trabajarte tu definición de lo que es un recuerdo agradable —comenta en voz baja; es la más cariñosa de las bromas.

—Llevaba muchas estaciones sin llorar delante de alguien —respondo—. No había nadie para consolarme, ni siquiera mi madre. La mayoría de la gente era incapaz de soportar la crueldad de las tragedias de mi vida. Pero tú sí. Tú podías soportar cualquier cosa que te contara.

Todavía tiene la mano detrás de mi oreja.

Después pasa a mi pelo y se enrolla los rizos en los dedos.

Y la beso. Una vez; un beso delicado, breve.

Otro, más intenso, y ella me lo devuelve.

Otro más, como si no soportáramos permanecer separadas.

Mis ásperas manos encuentran su nuca, y nuestros cuerpos se pegan, encajan, se enredan.

Nos sumergimos todo lo que podemos en este pequeño instante de felicidad.

CAPÍTULO 13 | AKOS

Los exiliados nos encontraron un hueco en los alojamientos temporales apilados, que no eran más que camas excavadas en las paredes y separadas entre sí por láminas metálicas. No se trataba de una solución permanente, pero bastaría para unos días; o, al menos, eso era lo que les había asegurado el exiliado que les había enseñado sus camas.

Cyra se quedó con la más alta (no eran lo bastante anchas para acomodar a dos personas, así que nada de compartir) porque se le daba bien trepar, y Teka, también muy ágil, con la que había debajo. Sifa y Eijeh eligieron las dos más bajas de la pila, así que Akos se encontró justo en el centro, entre dos thuvhesitas y dos shotet. Era como si el destino hubiese desistido de sutilezas para chincharlo.

Aunque una placa de metal lo separaba de la cama de Teka, se pasó la noche oyéndola agitarse bajo las sábanas. Se despertó cuando la mujer que dormía en la columna de al lado saltó de su nicho y cayó al suelo en cuclillas, justo debajo de él. Reconoció algo en su forma de moverse, de doblar las rodillas.

—Debo de estar perdiendo mis habilidades si te he despertado —comentó la mujer, brusca, mientras se ponía los pantalones. Después lo miró.

121

—Te conozco de algo —le dijo Akos, que sacó las piernas de la cama y también saltó al suelo. Dobló los dedos de los pies al sentir el frío.

—Estuve presente cuando te concedieron la armadura. Fui uno de tus observadores. Eres Kereseth.

Para conseguir la armadura habían sido necesarios tres testigos. Había tardado mucho en convencer a Vakrez Noavek, el general, de que los reuniera para él. Vakrez se burlaba de la idea de que un extranjero pudiera matar a un Blindado. Había sido Malan, su marido, el que lo había convencido: «Si fracasa, ¿qué más da? —le dijo, señalando a Akos con la cabeza—. Habrás demostrado que un thuvhesita no es digno de llevar nuestra armadura. Y si tiene éxito, te deja en buen lugar como entrenador. En cualquier caso, tú ganas».

Entonces le guiñó un ojo a Akos. Al chico le daba la sensación de que Malan casi siempre convencía a Vakrez de lo que quería.

—Me alegra ver que has encontrado tu sitio —comentó la mujer—. El asunto del Blindado fue poco ortodoxo.

Le señaló la muñeca con la cabeza, en concreto el lugar en el que se había marcado la muerte del animal como se habría marcado la pérdida de cualquier otra vida. Fue algo raro para el grupo de shotet que le había concedido la armadura, aunque había cruzado la marca con otra raya, tal como Cyra le dijo.

No se tapó las cicatrices cuando la mujer las observó, como habría hecho de tratarse de alguien de su familia. Sin embargo, sí que se pasó la punta de los dedos por la línea de Vas Kuzar. Todavía no tenía claro si aquello era un triunfo o un delito.

—¡Dejad de parlotear! —gruñó Teka desde el catre de arriba. Les lanzó la almohada y acertó a la mujer en la cabeza.

La noche anterior, un exiliado más o menos de su talla le había dejado ropa nueva, así que se vistió y se echó agua en la cara para despabilarse. El agua fría le cayó por la nuca y columna abajo. No se molestó en secarla. Los ogranos mantenían caldeados sus edificios.

Sin embargo, cuando salió para ir al comedor, se dio cuenta de que, por primera vez en mucho tiempo, nadie le ordenaba dónde podía o no podía ir, ni tampoco lo perseguían, así que no tenía por qué esconderse. Decidió seguir paseando. Dejó atrás la sala del comedor, que era un antiguo almacén reconvertido por los shotet, y siguió hacia el pueblo shotet-ograno de Galo.

Los exiliados se habían adaptado tan bien que le costaba distinguirlos de los nativos, aunque Teka decía que aquella aldea estaba llena de shotet. Captó un par de palabras en ese idioma al pasar junto a uno de los puestos del mercado; era un anciano que protestaba por el precio de una fruta ograna que parecía un cerebro y llevaba encima una especie de polvo que brillaba un poco. Y la tela que una de las mujeres sacudía por la ventana tenía un mapa de Voa bordado.

Las estructuras permanentes estaban inclinadas las unas sobre las otras, y algunas paredes se combaban por la edad. Había puertas que se abrían a otras puertas y luchaban por prevalecer en las fachadas de las tiendas. Unos callejones del ancho de sus hombros conducían a otras tiendas ocultas tras la primera fila.

Apenas había carteles; para averiguar lo que se vendía había que asomar la cabeza al interior. De todos modos, la mitad de los artículos no le sonaban de nada, aunque le daba la sensación de que a los ogranos les gustaban los objetos pequeños e intrincados.

Estaba nervioso, como si temiera que lo pillaran y lo castigaran por haber salido de paseo. «Ya no eres un prisionero —se repetía—. Puedes ir adonde quieras». Pero costaba creérselo de verdad.

Entonces le llegó un aroma que le recordaba tanto al polvo de celos que no pudo contenerse: se metió en uno de los callejones, se puso de lado para no arañarse la camisa contra la piedra mojada de las paredes y buscó el olor. De una ventana de las plantas superiores brotaba una nube de vapor, y al asomarse entre los barrotes vio a una anciana inclinada sobre un fogón, removiendo algo en una olla de hierro. A su alrededor colgaban manojos de plantas atados con cuerdas y, desde el suelo hasta el techo, en cualquier hueco en el que cupiera un estante, había tarros marcados con caracteres shotet. En el abarrotado espacio se veían cuchillos, tazas de medir, cucharas, guantes y ollas a rebosar.

La mujer se volvió, y Akos intentó quitarse de en medio, pero no fue lo bastante rápido. La mirada de la anciana atrapó la suya, y sus ojos eran de un azul tan reluciente como los de Teka. Tenía una nariz aguileña y la piel casi tan pálida como la suya. Le silbó entre dientes.

—Bueno, pues entra, por lo menos ayúdame a remover —dijo.

Akos se agachó para no golpearse la cabeza contra el marco de la puerta. Se sentía demasiado grande para aquella tienda tan estrecha (¿era una tienda?), incluso demasiado grande para su propio cuerpo. La mujer le llegaba a la altura del pecho y era delgada, de brazos musculosos a pesar de su edad. «Aquí no hay sitio para los débiles», pensó. Le habría preguntado a Cyra qué pasaba con las personas de cuerpos menos capaces que se atrevían a desafiar a los Noavek, pero prefería no saber la respuesta.

Aceptó la cuchara que le ofrecía la anciana.

—En el sentido de las agujas del reloj. Raspa el fondo. No demasiado deprisa —le explicó ella, y él hizo lo que pudo. No le gustaba el sonido que producía la cuchara metálica contra el fondo de la olla, aunque era imposible evitarlo. No había ni una sola cuchara de madera a la vista. En aquel planeta, lo más probable era que los árboles te intentaran matar si los talabas.

—¿Cómo te llamas? —preguntó la mujer en tono hosco.

Se había acercado a una encimera del mismo ancho de sus caderas y estaba picando unas hojas que Akos no reconocía. Sin embargo, colgado frente a la nariz tenía un manojo de hojas de sendes. ¿De dónde las había sacado? ¿Crecerían en Ogra? Seguro que no.

—Akos. ¿Cómo ha conseguido las hojas de sendes?

—Importación. ¿Qué pasa? ¿Creías que aquí hace el frío suficiente para cultivar flor del hielo?

—No creo que el calor sea el mayor obstáculo —repuso él—. Que no haya sol, eso sí que es un problema.

Ella gruñó un poco, al parecer para darle la razón.

—No se arriesgan a traer remesas a menudo —explica—. ¿No te interesa saber cómo me llamo?

—No, lo…

La anciana se rio.

—Soy Zenka. Tranquilo, que no voy a regañarte por interesarte más por las plantas que por mí. Sería muy hipócrita por mi parte. Frena, que a esa velocidad lo vas a matar a golpes.

Akos se miró la mano. Había acelerado con la cuchara más de lo que pretendía.

Ralentizó el movimiento. Estaba claro que había perdido práctica.

—¿Alguna vez les llegan flores del silencio? —preguntó.

—No me sirven de mucho. No sé cómo manejarlas, y no hay que tratarlas a la ligera.

Akos se rio.

—Sí, lo sé. En mi ciudad teníamos una valla a su alrededor para que la gente no se hiciera daño.

—Tu ciudad. Y ¿dónde es eso?

Se dio cuenta, demasiado tarde, de que quizá no fuera buena idea desvelar que era thuvhesita a los extraños. Sin embargo, hacía mucho tiempo que no conocía a alguien que no lo reconociera.

—Hessa —respondió, ya que no veía ninguna forma de evitarlo—. Aunque supongo que ya no es mi ciudad.

—Si es que alguna vez lo fue —repuso ella—. Te llamas Akos, al fin y al cabo. Es un nombre shotet.

—Eso he oído.

—Entonces, conoces las flores del silencio.

—Mi padre era agricultor. Mi madre me enseñó unas cuantas cosas, también. Eso sí, no tengo ni idea sobre las plantas de Ogra.

—Las plantas de Ogra son feroces. Viven de otras plantas, de carne, de corriente o de las tres cosas a la vez. Así que, si no tienes cuidado, te pueden arrancar el brazo de un mordisco o marchitarte por dentro. Aquí la cosecha es más bien una caza, con la ventaja añadida del peligro de envenenamiento cada vez que pisas el bosque. —Sonreía un poco—. Por otro lado, son útiles, si las obtienes. Normalmente hay que cocinarlas, lo que les resta algo de potencia.

—¿Qué prepara con ellas?

—He estado trabajando en una medicina que suprime la corriente, para las personas cuyos dones son demasiado fuertes en este planeta. Muchos shotet no lo soportan. No me vendría mal la ayuda, si te interesa picar, pelar y rallar.

Sonrió un poco.

—Me lo pensaré. No sé bien qué más tendré que hacer mientras esté aquí.

—No piensas quedarte mucho tiempo.

Ella se refería al planeta, pero Akos primero lo entendió como algo mucho más profundo. ¿Cuánto tiempo más viviría antes de enfrentarse a su destino? ¿Un día, una estación, diez? Se sentía como una criatura de las profundidades del mar enganchada a un anzuelo, arrastrada a la superficie. No podía evitar ir allá donde lo llevara el sedal, y la muerte esperaba fuera del agua. No obstante, tampoco había nada que hacer al respecto.

—Lo que yo piense ya no importa mucho.

El comedor estaba demasiado tranquilo cuando Akos llegó con las puntas de los dedos manchadas de verde por culpa de algún tallo ograno que había abierto para Zenka. Demasiado tranquilo y demasiado abarrotado, todo el mundo corría de un lado a otro sin ir en realidad a ninguna parte. Estaba buscando a Cyra cuando Jorek se le acercó con los delgaduchos brazos al aire. Por el aspecto de los bordes deshilachados, él mismo le había cortado las mangas a la prenda; puede que con los dientes.

—Por fin te encuentro —dijo Jorek—. ¿Dónde te habías metido? Todo el mundo se ha vuelto loco.

En ese preciso instante, Akos se sintió tan cansado que temió desmayarse allí mismo, en el suelo del comedor, encima de las migas de pan.

—¿Qué está pasando?

—El satélite ograno nos ha dejado un puñado de noticias hace unos minutos. Van a proyectarlas en estas pantallas en cuanto puedan, y al parecer son demenciales. No han dicho gran cosa, pero han venido a buscar a Cyra, y no creo que sea solo porque Isae Benesit cree que es nuestra soberana.

Akos localizó a Cyra al otro lado de la sala gracias al brillo de la piel de plata de su cabeza, que estaba inclinada hacia Aza, una de las líderes de los exiliados. Tenía el ceño fruncido, y él sabía que eso no indicaba que estuviera enfadada, aunque lo pareciera. Cuando estaba enfadada, se convertía en una estatua. Cuando se reía, era porque estaba muerta de miedo. Y cuando fruncía el ceño... Bueno, no lo sabía bien.

Iba de camino hacia ella cuando las pantallas (había cuatro en el comedor, colgadas en el centro formando un racimo, como una araña de luces) se encendieron y empezaron a mostrar grabaciones. Al principio no era más que el agregador de noticias estándar, pero después pasó a mostrar el rostro de un hombre. Era de piel clara, con profundas arrugas y una frente severa. Delgado y estrecho de hombros, no parecía frágil, sino todo lo contrario: daba la impresión de que invertía cada centímetro de su cuerpo en músculos y energía, sin nada de sobra. No obstante, lo más peculiar eran las pecas que le salpicaban la nariz, demasiado juveniles para un rostro tan duro y ajado.

El comedor entero guardó silencio.

—Soy Lazmet Noavek —anunció el hombre—, el legítimo soberano de Shotet.

CAPÍTULO 14 | CYRA

El rostro de mi padre es la chispa.

Y todos mis recuerdos, la yesca.

Mil momentos en los que sus ojos pasaban por encima de mí al examinar un cuarto. Y su brazo, tenso y nervudo, con sus interminables hileras de marcas. Y la vena que le latía en el centro de la frente cuando alguien lo contrariaba. Esas eran las imágenes que tenía de él, a buen recaudo en la caja fuerte de mi cabeza, aunque no se trataba de las peores.

Nunca lo vi en sus peores momentos porque nunca me invitaron a estar presente; ahora sé que fue un favor, aunque en aquellos días lo tomaba como una exclusión. Sin embargo, a Ryzek sí que lo invitaban. De pequeño asistía a reuniones, interrogatorios y entrenamientos brutales en los que se trataba a los soldados de Shotet como a objetos desechables. Y al crecer lo obligaron a participar, a aprender el arte del dolor igual que otros aprenden el de la música o la lengua, y a cultivarse una reputación tan aterradora como la de su padre.

Así que mis peores recuerdos de Lazmet eran, en realidad, recuerdos de Ryzek, o de mi madre, cuando por fin recibía permiso para marcharse. Las manos de Ylira, algo temblorosas al quitarse el collar o desabrocharse los botones del vestido. Ryzek tapándose la boca con ambas manos para que nadie lo oyera sollozar (aunque, por supuesto, yo sabía distinguir sus ruidos) o gritándole a Vas sin motivo alguno, gritándole hasta quedarse ronco.

Ahora, Lazmet Noavek en persona me miraba desde la pantalla que tenía por encima de la cabeza, y tuve que obligarme a permanecer erguida. Estaba mirando a un objetivo, por supuesto, no a mí, pero me sentía como si me mirase a los ojos por vez primera, así que quise soportar su escrutinio con entereza. Era la peor parte de Ryzek hecha tendones y huesos, pero, aun así, deseaba su aprobación, la aprobación de mi padre.

«Quizá no sea tu padre», me corrigió una voz dentro de mi cabeza.

—Soy Lazmet Noavek, el legítimo soberano de Shotet —dijo.

Parecía más delgado que la última vez que lo vi, y más arrugado, aunque por lo demás seguía igual. Había empezado a afeitarse la cabeza al perder pelo, y el cuero cabelludo estaba suave salvo por los huesos que le sobresalían a ambos lados, en ángulo. El definido músculo que le envolvía la estructura ósea y la armadura que llevaba puesta incluso para dar su mensaje no ocultaban del todo la estrechez de sus hombros. Estaba bronceado y curtido; su piel no tenía el tono marrón de la mía. Su aspecto era el de una persona de piel clara que ha estado muchas estaciones sometido a los rayos de un sol inclemente. Una barba incipiente le ensombrecía el rostro.

Solo Ryzek y Vas habían estado presentes en su supuesta muerte, durante una travesía. Se encontraban en otra misión, una misión secreta: encontrar y capturar a un oráculo. Desde que mi padre supo del destino de mi hermano («El primer descendiente de la familia Noavek caerá derrotado ante la familia Benesit»), ambos habían estado buscando la forma de evitarlo. Cada travesía constituía una nueva oportunidad de dar caza a un oráculo. En aquella en concreto, los habían atacado las fuerzas armadas locales y, superados en número, Lazmet había caído, lo que obligó a Ryzek y a Vas a huir. No había cadáver, aunque tampoco razón alguna para sospechar que Ryzek no contaba la verdad. Hasta entonces.

Me preguntaba si el ataque habría sido real. ¿Dónde había estado Lazmet todas aquellas estaciones? Era imposible que hubiera permanecido oculto. Jamás habría cedido su poder por voluntad propia. Debían de haberlo encarcelado en alguna parte. Sin embargo, ¿cómo había salido? Y ¿por qué regresaba ahora?

Lazmet se aclaró la garganta, y sonó como rocas despeñándose por un acantilado.

—No prestéis atención a nada de lo que haya podido contaros la infantiloide mujer que asesinó a mi esposa y a mi hijo, puesto que no es la líder de Shotet según nuestras leyes sucesorias.

Todos me miraron para después apartar la vista enseguida. Me dije que no me importaba. No obstante, recordé mi mano veteada de sombras aferrada al brazo de mi madre para empujarla, y me estremecí. No había matado a Ryzek, pero no podía considerarme inocente del fallecimiento de mi madre.

Nunca más podría volver a considerarme inocente.

—Hablo por la gente de Shotet, un pueblo que, durante cientos de estaciones, ha sido objeto de burlas, insultos y desprecio por parte de los planetas nación de la Asamblea. Un pueblo que, a pesar de ese constante desdén, se fortaleció. Hemos cumplido todos los criterios imaginables para ser incluidos en la Asamblea. Nos asentamos en un planeta, y siguieron despreciándonos. Formamos un poderoso ejército, y siguieron despreciándonos. Se nos concedió una familia predestinada, creada por las palabras de todos los oráculos del sistema solar..., ¡y siguieron despreciándonos! Nunca más lo harán.

A pesar de lo mucho que lo temía, sentí algo en mi interior: orgullo de los míos, de mi cultura, de mi idioma y, sí, de mi nación, en la que no había dejado de creer, por mucho que no aprobara los métodos que había empleado mi familia para establecerla. Sus palabras me emocionaban tanto como me asustaban por su significado, y cuando miré a mi alrededor tuve la certeza de no ser la única que las recibía así. Aquellas personas eran exiliados, enemigos de los Noavek, pero seguían siendo shotet.

—Rechazamos los términos de la paz de la canciller Benesit —anunció—. No puede existir la paz entre nosotros si antes no hay respeto. Por lo tanto, la respuesta más eficaz será trabajar contra la paz. Envío este mensaje como declaración de guerra contra la nación de Thuvhe, dirigida por la canciller Isae Benesit. Nos volveremos a encontrar en el campo de batalla, señorita Benesit. Fin de la transmisión.

Todas las pantallas pasaron a mostrar otro fragmento de grabación, algo de los altos picos de Trella, donde la niebla se arremolinaba a tal altura que se convertía en nubes.

A mi alrededor, un extraño silencio se había apoderado del comedor.

Estábamos en guerra.

—Cyra.

La voz de Akos suponía un consuelo, con aquel timbre grave tan familiar. ¿Con qué palabras se dirigió a mí por primera vez? Ah, sí, las que usó para explicar su don: «Interrumpo la corriente. En cualquiera de sus manifestaciones».

Si mi vida era una especie de corriente distinta (y, en cierto sentido, era un flujo de energía a través del espacio, breve y temporal), sin duda él la había interrumpido. Y había sido una suerte. Sin embargo, la pregunta que me daba vueltas en la cabeza desde su primer beso, la duda de si era o no su destino lo que lo ataba a mí, parecía más apremiante que nunca.

—Pues ese era mi padre —dije, con una mezcla entre hipo y risita.

—Un hombre encantador —repuso—. Quizá demasiado melifluo, ¿no crees?

El chiste me devolvió con delicadeza al presente. Donde antes había silencio, ahora rugían las conversaciones. Teka mantenía una acalorada discusión con Ettrek, lo que supe porque la chica le había puesto el dedo delante de la cara, a punto de pincharle con él en la nariz con cada gesto. Aza estaba con unas cuantas personas con cara seria, y ella se tapaba la suya a medias con la mano.

—¿Qué pasará ahora? —me preguntó Akos en voz baja.

—¿Crees que lo sé? —pregunté yo, negando con la cabeza—. Ni siquiera sé si tú y yo contamos como exiliados. Ni si Lazmet cuenta a los exiliados como shotet.

—Quizá nos hayamos quedado solos, tú y yo.

Lo dijo con una chispa de esperanza en los ojos. Si yo no era una exiliada, si ni siquiera era shotet, entonces quedarse conmigo no era una señal de su inevitable traición. La familia Noavek llevaba tanto tiempo siendo sinónimo de Shotet en su cabeza que le agradaba la idea de reducir mi esencia a la mínima expresión. Pero a mí no podían empequeñecerme, ni lo deseaba.

—Siempre seré shotet —le aseguré.

Al principio pareció desconcertado y se apartó un poco de mí. Sin embargo, su réplica llegó deprisa y fue virulenta:

—Entonces, ¿por qué dudas de mí cuando te digo que siempre seré thuvhesita?

No era lo mismo. ¿Cómo podía explicarle que no era lo mismo?

—¡No es el momento apropiado para esta conversación!

—Cyra —repitió, y me tocó el brazo con la misma delicadeza de siempre—, ahora es el único momento posible para esta conversación. ¿Cómo podemos hablar sobre adónde vamos, sobre lo que vamos a hacer, si no hemos hablado ni de quién ni de qué somos?

Tenía razón. Akos sabía cómo cortar por lo sano para llegar al meollo de los problemas; en ese sentido, era más cuchillo que yo, por mucho que mi lengua fuera más afilada. Sus ojos gris claro estaban centrados en los míos como si no hubiera más de cien personas a nuestro alrededor.

Por desgracia, no poseíamos el don de la concentración en la misma medida. Yo era incapaz de pensar con tanta cháchara. Hice un gesto con la cabeza para señalar la puerta, y Akos asintió y me siguió hasta la tranquila calle de adoquines a la que daba el comedor. Detrás de él veía la aldea, los tenues puntos de luz que bailaban por todas partes, de todos los colores. Resultaba casi acogedor, no lo que me esperaba de un sitio como Ogra.

—Me has preguntado quiénes somos —empecé, mirándolo—. Creo que tenemos que retroceder un poco más y plantearnos si existe un «somos».

—¿A qué te refieres? —pregunta, muy intenso, de repente.

—Me refiero a: ¿estamos juntos o solo soy una especie de... carcelera, salvo que esta vez lo que te mantiene prisionero es el destino, en vez de tu hermano?

—No intentes que parezca sencillo cuando no lo es. No es justo.

—¿Justo? —Me reí—. ¿Es que, hasta ahora, has presenciado algo que te haga pensar que la vida es justa? —Abrí más las piernas para plantarme bien en el suelo, como si me preparara para entrenar—. Dime tan solo una cosa: ¿estás conmigo por elección propia o no? Suéltalo y ya está.

«Acabemos con esto de una vez», pensé, porque ya sabía la respuesta. Estaba dispuesta a escucharla, incluso ansiosa por hacerlo, puesto que llevaba preparándome para este rechazo desde nuestro primer beso. Era la consecuencia inevitable de lo que yo era: un monstruo destinado a destruir a todo el mundo a mi paso, sobre todo si se trataba de alguien tan bueno como Akos.

—Soy thuvhesita, Cyra —respondió, despacio—. Jamás me habría opuesto a mi país, a mi hogar, de creer que tenía elección.

Cerré los ojos. Dolía más, mucho más, de lo que me esperaba.

Siguió hablando.

—Pero mi madre solía decir: «Sufre tu destino, porque todo lo demás es una ilusión». No tiene sentido luchar contra lo inevitable.

Me obligué a abrir los ojos.

—No quiero ser algo que «sufras».

—No quería decir eso —repuso, y alargó una mano hacia mí. Retrocedí. Por una vez, el dolor que me envolvía las extremidades no era una maldición (aunque tampoco un don, nunca un don), sino otra capa de armadura—. Tú eres lo único que hace que esta vida me resulte soportable —añadió, y la repentina tensión que se apoderó de sus músculos me recordó a cómo se preparaba cada vez que veía a Vas. Era el aspecto que tenía cuando se protegía contra el dolor—. Tú eres un punto de luz brillante. Eres... Cyra, antes de conocerte, pensé en...

Arqueé las cejas.

Él dejó escapar un brusco suspiro; tenía los ojos vidriosos.

—Antes de conocerte —empezó de nuevo—, no pretendía seguir vivo después de rescatar a mi hermano. No quería servir a la familia Noavek. No quería dar mi vida por ellos. Pero cuando se trata de ti... me parece que el final, sea cual sea, quizá merezca la pena.

Puede que a otra persona aquellas palabras le resultaran amables o, al menos, realistas. No se podía evitar el destino. Ese era el resumen. El destino era el lugar en el que convergían todos los caminos posibles de la vida... y cuando los oráculos decían «todos», lo decían en serio. Así que, ¿de verdad era tan malo ser lo único bueno del destino que tanto temía Akos?

Quizá no. Para otra persona.

Por desgracia, yo no era otra persona.

—Lo que me estás diciendo es que, si de todos modos te van a cortar la cabeza, al menos que sea en un tajo muy cómodo —repuse.

—Eso es... —Dejó escapar un bufido de frustración—. ¡Es la peor forma posible de interpretar lo que acabo de contarte!

—¿Ah, sí? Bueno, pues así es como lo interpreto yo —le solté—. No quiero ser el regalo que recibe el que ya ha perdido. No quiero ser una feliz certeza. Quiero que me elijan. Quiero que me quieran.

—¿Crees que no te quiero? ¿Es que no lo he dejado ya claro? ¡Te elegí antes que a mi familia, Cyra, y no fue por el destino!

Ahora estaba enfadado, prácticamente escupía las palabras. Bien. Yo deseaba pelear. Pelear sabía hacerlo, me había entrenado para pelear cuando las cosas se ponían difíciles. Eso era lo que me había mantenido a salvo, no evadirme, porque ¿cuándo había sido capaz de evitar lo que me hacía daño? No, lo que me protegía no era fingir que no me derribarían, sino saber que me levantaría de nuevo todas las veces necesarias.

—¿Cómo lo sabes? —insistí—. ¡Si crees que no tienes elección, no sirve de nada decir que sí!

—Esto no va de mí, sino de tu propia inseguridad —me dice con pasión, acalorado, muy pegado a mi rostro. Estábamos demasiado cerca, pero ninguno de los dos retrocedió—. Como crees que nadie puede quererte, estás convencida de que en realidad no te quiero. Te estás privando de algo bueno porque no crees merecerlo.

—¡Si me siento así es porque nadie me ha querido nunca! —exclamé, casi a voces.

La gente que pasaba junto a nosotros se detuvo ante mi súbito aumento de volumen, aunque me daba igual. Akos me derribaba una y otra vez, siempre que no decía lo que yo quería que dijera: que me elegía a mí, que quería aquello, que lo sabía, que el destino era irrelevante.

Lo único que deseaba era que me mintiera, y yo creérmelo. Sin embargo, no había que ser un oráculo para ver que de todos los posibles futuros existentes no había ni uno en el que ese resultado fuera posible. Nunca me creería una mentira. Y Akos nunca me contaría una.

—Estoy enamorada de ti —le dije—, pero, por una vez en mi vida, quiero que alguien me elija. Y tú no lo haces. No puedes.

Noté el cambio en el ambiente al retroceder ambos, Akos se había desinflado, como si tuviera los brazos llenos y alguien le hubiera quitado lo que llevaba en ellos. Yo me sentía igual: con las manos vacías.

—Las cosas son como son —dijo—. No me puedes culpar por eso.

—Lo sé.

Estaba en lo cierto, y por eso no tenía sentido seguir discutiendo. Había iniciado la conversación exigiendo sinceridad, aunque la sinceridad no debía ser suya, sino mía. Su destino era una realidad y, mientras lo tuviera, no podía sentir por mí lo que yo necesitaba que sintiera. Y el único motivo por el que yo sabía que lo necesitaba era que él me había animado a intentar valorarme más. Así que estábamos enredados en una madeja de causa y efecto, de elección y destino, todo mezclado.

—Así que vas a quedarte aquí porque tu destino es estar conmigo —dije, sin emoción—. Y yo voy a quedarme aquí para ayudarlos a averiguar cómo manejar a mi padre. Y tú y yo...

—Seremos lo que somos —dijo. En voz muy baja.

—Ya. —Me ardían los ojos—. Bueno, tengo que hablar con ellos de Lazmet. ¿Puedes buscar a Teka y asegurarte de que está bien?

Asintió. Asentí. Los dos regresamos al comedor, donde todos seguían apiñados en torno a las pantallas, en las que ahora se veía la ondulante bruma de calor sobre las arenas de Tepes.

CAPÍTULO 15 | CYRA

Llegué a la conclusión de que el problema de Ogra era su profunda oscuridad.

Bueno, eso era obvio.

Sin embargo, se trataba de una oscuridad distinta a la de otros lugares en los que se encendía una lámpara y se veía todo el cuarto. Allí, por muchas luces que te pegaras a la ropa o fijaras en la pared, la oscuridad entraba por los resquicios, devoraba.

Así que, a pesar de que los presentes en el refugio de las tormentas (los exiliados de más confianza, los más capaces, según me había contado Jorek) vestían prendas que brillaban, y a pesar de que del techo colgaban faroles de largas cadenas, como enredaderas, me sentía rodeada de sombras.

En realidad, la única razón por la que me habían invitado a la reunión era Jorek. Aunque había actuado como una especie de líder cuando había sido necesario, lo cierto era que no me había ganado un lugar entre ellos. Por otro lado, sabía más de la familia Noavek que todas las personas de la sala juntas, así que allí estaba, al lado de Jorek, demasiado dolida todavía por la conversación con Akos como para prestar demasiada atención a las discusiones de los exiliados.

Le había dicho que estaba enamorada de él. Enamorada. ¿En qué cabeza cabía?

Jorek me dio un codazo. Había abrazado con entusiasmo la costumbre de los adornos relucientes en la ropa ograna, así que unos paneles de tela brillante de dos dedos de ancho le recorrían las líneas de la chaqueta. El fosfeno de las barras verdes persistió unos instantes después de apartar la vista y buscar con la mirada a Sifa y Eijeh Kereseth, que estaban en la otra punta del cuarto.

Al fin y al cabo, eran oráculos. Un grupo de shotet fieles a los destinos no había podido resistirse a recabar cualquier vaga migaja de sabiduría que pudieran ofrecerles, si es que les ofrecían alguna.

—Lo siento —me disculpé, y me aclaré la garganta—. ¿Qué has dicho?

Aza arqueó una ceja mientras me miraba. Al parecer, me había perdido algo importante.

—Te he preguntado si crees que tu padre vendrá a por nosotros aquí, a Ogra, o no —repitió ella.

—Ah. —Me habían permitido quedarme por ser una supuesta experta en mi padre, y aquel era el momento de demostrarlo. Negué con la cabeza—. Sabe que no es buena idea luchar en dos frentes distintos, y menos cuando los blancos están tan alejados entre sí. Seguro que no os considera merecedores de atención, así que se concentrará en Thuvhe.

Hice una mueca, en parte de dolor y en parte por haberlo explicado de un modo tan torpe. Recordé aquel susurro de Akos, con sus labios rozándome la oreja: «No hagas enemigos tan deprisa». A pesar del poco tiempo transcurrido, todo era distinto.

—Muy amable —respondió Aza, brusca—. Gracias por ese apunte, señorita Noavek.

—Tenemos que matarlo.

Las palabras se me escaparon de los labios sin previo aviso, desesperadas y minúsculas. Todos me miraron, y yo agradecí que las sombras que me teñían la piel y la implacable oscuridad del planeta ocultaran mi rubor.

—Es la verdad —añadí después—. Es más peligroso para Shotet de lo que jamás lo será la canciller de Thuvhe.

—Con todo el respeto —comentó una voz irónica desde algún punto cercano a Aza; era un hombre de rostro en sombras y barba algo puntiaguda—. ¿De verdad nos está diciendo que deberíamos concentrar nuestra atención en un único hombre en vez de en la declaración de guerra que acaban de lanzarnos?

—¿En un único hombre? —repetí, y la ira me brotó de dentro, ardiente y súbita—. ¿Acaso la canciller de Thuvhe persigue a la familia de una persona durante varias generaciones para castigarla por su deslealtad? ¿Acaso la canciller de Thuvhe colecciona ojos en tarros? No. Thuvhe puede esperar. Hay que encargarse de Lazmet ahora mismo.

—¿Cómo se atreve tan siquiera a mencionar los horrores cometidos por su padre con tanta displicencia? —preguntó el hombre barbudo, que dio un paso adelante sin vacilar—. Ni quiera debería estar...

Di un paso adelante para encontrarme con él en el espacio que nos separaba, en el que ya no había nadie. Estaba lista, dispuesta a luchar, preparada para gritar. Había visto a mi padre resucitar de entre los muertos y no sabía qué hacer con lo que sentía, salvo pegarle un puñetazo a aquel tipo en su recortadita pelusilla facial.

—Esto resulta muy poco productivo —intervino una voz clara y tranquila a mi derecha. Pertenecía, por supuesto, a nuestro oráculo residente. Sifa se colocó entre mi aspirante a oponente y yo misma, con las manos metidas en las mangas—. Compórtate como un adulto —le dijo al hombre. Y a mí—: Y tú también, señorita Noavek.

Mi instinto me pedía que respondiera al agravio (odiaba que me subestimaran), pero sabía que eso solo serviría para parecer más impetuosa, así que reprimí el impulso.

—¿Puedes guiarnos, oráculo? —le preguntó Aza.

—Todavía no estoy segura —repuso ella—. Las cosas están cambiando muy deprisa.

—Quizá baste con que nos digas si deberíamos concentrar nuestras energías en Lazmet Noavek o en Thuvhe —insistió Aza.

Sifa me miró.

—Thuvhe es vuestra mayor amenaza —respondió.

—Y ¿deberíamos fiarnos de ti? —pregunté—. ¿Sin saber cuáles son tus intenciones?

—No le faltes el respeto al oráculo —me regañó Aza.

—El trabajo del oráculo es procurar asegurar el mejor futuro para nuestro planeta —repuse—. Sin embargo, ¿de quién es ese futuro, exactamente? ¿Se trata del futuro de Thuvhe o del futuro de Shotet? Y, si es el de Shotet, ¿es el mejor camino para los exiliados shotet o para los fieles a los Noavek?

—¿Estás insinuando que hasta ahora he dado trato de preferencia a Thuvhe? —me regañó Sifa—. Créeme, Cyra, podría haber enterrado los destinos de tu familia y haberles pedido a los demás oráculos que también los negaran de haber pensado que así lograría un futuro mejor para nuestro planeta. Pero no lo hice. Lo que hice fue permitir que tu familia usara su nueva posición como «agraciados con un destino» para justificar su toma del poder en Shotet. Gracias a que no intervine, tu familia llegó al gobierno, porque eso era lo que debía ser, ¡así que ni se te ocurra acusarme de favoritismo!

Bueno, ahí tenía razón.

—Si no prestáis atención a mi padre en este momento, después os arrepentiréis —dije—. No hay más.

—¿Es eso una amenaza, señorita Noavek? —preguntó el de la barba.

—¡No! —No conseguía expresar nada como yo quería—. Es algo inevitable. Me habéis pedido que estuviera presente para hablaros de mi familia… Bueno, pues acabo de hacerlo. Es posible que Thuvhe destruya vidas shotet, pero Lazmet destruirá nuestra alma.

Casi podía sentir en la piel sus caras de hartazgo. Aunque quizá me hubiera pasado de dramática, lo decía en serio. No resultaba sencillo explicarle a una persona que temía por su vida que la muerte no era el peor de los destinos. El peor de los destinos era Lazmet Noavek.

CAPÍTULO 16 | AKOS

—Pero ¿todavía estás dormido? —preguntó Jorek. De algún modo había conseguido pegar el rostro al de Akos, a pesar de que la cama de este último (o, mejor dicho, su agujero de la pared) se encontraba a bastante altura del suelo. Jorek debía de estar de pie en el borde de otro catre.

Akos no estaba dormido; de hecho, llevaba sin dormir desde que lo despertara el clamor general de la gente al levantarse para acudir al comedor. Lo que ocurría era que todavía no se había levantado. Levantarse significaba echarse agua en la cara y el cuello, peinarse, cambiarse de ropa, comer... Todas esas cosas que, simplemente, no le apetecía hacer en ese momento.

—¿Y qué? —preguntó mientras se restregaba la cara con la palma de la mano—. ¿Es que estoy descuidando alguna tarea de la que no sé nada?

—No —respondió Jorek, y frunció el ceño—. Supongo que no. Pero Cyra se ha pasado la mañana discutiendo con los exiliados y creía que estarías con ella, teniendo en cuenta que los dos parecéis soldados el uno al otro.

Akos se sintió culpable. En realidad el único deber que le quedaba era liberar a Cyra del dolor, y últimamente no se le estaba dando demasiado bien, a pesar de que el don de la chica era más potente en Ogra.

—Bueno, no puedo levantarme si me bloqueas la salida, ¿no? —dijo. Jorek esbozó una sonrisa y bajó de un salto de uno de los catres inferiores. Akos sacó una pierna de la cama y se dejó caer pesadamente sobre los dos pies.

—¿Siguen sin querer ir a por Lazmet? —preguntó.

—Seguimos —lo corrigió— pensando que Thuvhe es una amenaza mucho mayor que Lazmet y que deberíamos concentrar ahí nuestros esfuerzos —explicó Jorek—. Además, ni siquiera sabemos cómo llegar hasta él. Ni dónde está. Ni cómo atravesar el muro de soldados del que sin duda se rodea.

—Bueno, es probable que lo encontremos si buscamos el muro de soldados —contestó Akos—. No es algo que se vea todos los días.

Jorek hizo una mueca, mirándolo.

—No tienes muy buen aspecto, Kereseth.

Akos gruñó y se calzó los zapatos. «Lavarse la cara, peinarse, desayunar», se dijo. Se acercó a uno de los lavabos que habían colocado en medio de la sala y metió la cabeza debajo del grifo.

Se apoyó en el borde del lavabo y contempló su reflejo. Sí que tenía mal aspecto: más pálido de lo normal, ojeras, moratones desvaídos de la pelea con Vas en el rabillo del ojo y la mandíbula. Se pasó los dedos por el pelo un par de veces, lo justo para aplastarlo, y se tocó el moratón de la mandíbula.

El puño de Vas en el aire, los nudillos abiertos volando hacia él...

El estómago se le revolvió de golpe, como si estuviera a punto de vomitar.

—¿Estás bien? —le preguntó Jorek.

—Sí. Voy a prepararle un analgésico a Cyra.

—Vale —respondió Jorek, aunque el rostro se le arrugó de la preocupación.

Dio unos golpecitos en el marco de la puerta de Zenka. La mujer estaba inclinada sobre una mesa, y metía una especie de híbrido de cuchara y cuchillo en el carnoso interior de una fruta ograna. Con cada nuevo envite, la luz de la fruta parpadeaba, como un farol que empezaba a fallar.

—No seas tan dramático —le decía Zenka—. Has tenido una vida larga y buena.

—No puedes culparlo por intentar sobrevivir —le dijo Akos.

Ella no se sobresaltó, sino que se limitó a mirarlo y arquear una ceja.

—Esa batalla ya la ha perdido. Esto es un liek; cuando sigue en su enredadera, quema al tocarlo. De hecho, quema tanto que atraviesa los guantes de casi todos los que intentan arrancarla. Así que, si está aquí, significa que se mereció su cosecha.

—¿Y todos aceptamos los destinos que nos merecemos?

—¿Qué clase de pregunta es esa? Suenas como un místico ograno.

La mujer puso los ojos en blanco, lo que le dio a entender a Akos cuál era su opinión sobre dichos místicos.

—O como mi madre —repuso él—. El oráculo. Quizá me esté convirtiendo en ella.

—Ah, todos acabamos por convertirnos en nuestros padres, tarde o temprano —respondió Zenka mientras apuñalaba de nuevo la fruta—. ¿Qué quieres, Thuvhe?

—Quiero espacio para preparar un analgésico. Y... acceso a los ingredientes.

—¿Quieres también la luna en un tarro?

—¿Hay luna en Ogra?

—Sí, y es tan pequeña que casi cabría en un tarro, la verdad.

Dejó la fruta y la herramienta que estaba usando para sacarle la pulpa.

—Estoy dispuesto a trabajar a cambio del privilegio de utilizar tu espacio —añadió Akos—. Por si no había quedado claro.

—De acuerdo. Pero si demuestras ser un vago o un inútil, me reservo el derecho a revocar ese privilegio en cualquier momento.

—De acuerdo.

Le encargó la tarea de moler el diente de una flor especialmente feroz.

—Cuando está en polvo, es buena para la circulación —le explicó la anciana.

A Akos le costaba concentrarse en la tarea, pero sus manos eran bastante capaces gracias a los muchos años de práctica.

Más tarde, la mujer recogió algunas semillas y las encerró entre sus manos para enseñarle cómo brillaban y de qué color. Inclinado a su lado en la tiendecita, asomado a los resquicios que dejaban sus dedos, se sintió de nuevo como un crío, y le dolió tanto que tuvo que detenerse para recuperar el aliento.

En Ogra no había otro modo de calcular el paso del tiempo que la fluctuación de la bioluminiscencia que constituía su única luz natural o las tormentas que aporreaban los muros al caer la noche. No sabía cuánto tiempo llevaba machacando dientes cuando Zenka le dijo que podía empezar con el analgésico. Después, la anciana se colocó a su lado para observar cómo medía los ingredientes. Akos se había llevado su propia flor del silencio, aunque le quedaba poca. Zenka sacó más de su almacén y agitó el tarro ante sus narices.

—Creía que me habías dicho que no tenías.

—No —contestó ella—, lo que te dije era que no sabía usarla. Además, nadie va por ahí contándoles a los desconocidos que tiene guardado un veneno peligroso.

—Me parece justo —respondió Akos, y se puso manos a la obra.

CAPÍTULO 17 | AKOS

Empezó a acudir a la tienda de Zenka por las mañanas, antes de que se despertaran los demás. La cama de Cyra ya estaba vacía para entonces, con las mantas arrugadas junto a los pies de la cama como si las hubiera apartado a patadas en sueños. Si es que dormía: Akos no estaba seguro de hasta qué punto lograba descansar teniendo en cuenta cómo se comportaba su don. Le preparó analgésicos, pero no le salían tan bien como en Voa. Le costaba concentrarse.

Zenka siempre estaba preparando algo cuando llegaba. No era muy charlatana, simplemente le decía qué remover, cortar o pelar, y después elegía un ingrediente ograno y le hablaba de él. Un día fue la pulpa carnosa de una fruta que solo crecía en los meses más cálidos. Parecía bastante inofensiva, pero cuando detectaba algo que canalizaba la corriente (como una persona) le crecían espinas. Otro día le enseñó cómo quitarle las alas a un escarabajo muerto sin que te escupiera veneno con carácter póstumo.

A menudo, el trabajo que realizaba para ella era más práctico. Dedicó un par de mañanas a pintar el exterior de unas cestas tejidas con algo que mantenía fresco su contenido, y que los cosechadores ogranos usaban para transportar su comida de mediodía. Akos no entendía cómo sabían cuándo era mediodía en aquel lugar donde nunca brillaba el sol.

Esperaba notar la ausencia de sol en algún momento, y de vez en cuando así era, igual que le ocurría con la temperatura del aire. No obstante, la falta de luz no le afectaba, igual que tampoco le afectaba el calor. No era más que otro incordio en la cabeza, otra nueva fuente de preguntas.

Zenka guardaba silencio la mayor parte del tiempo, a no ser que le estuviese ordenando lo que hacer. Sin embargo, un día le planteó la pregunta que él se esperaba desde el principio:

—¿Cómo acabaste entre los shotet si creciste en Hessa?

Akos, procurando controlar su expresión facial para que no revelase nada, estuvo a punto de rebanarse un dedo mientras respondía:

—Era enemigo de Ryzek Noavek. Su prisionero.

Al oírlo, Zenka se rio un poco.

—Eso no dice mucho, ¿no? Aquí todos somos enemigos de la familia Noavek. Secuestrados, encarcelados, mutilados, torturados. Una colonia de dolientes. —Apretó los dientes como si gruñera—. Ser enemigo de un Noavek te hace más shotet que ninguna otra cosa.

—Intento comprender por qué todos os empeñáis en insistir en que ser shotet es algo más de lo que es. Yo nací en Thuvhe; soy thuvhesita. ¿Por qué no es así de sencillo? —preguntó Akos—. Y como diga algo sobre la lengua profética, aplasto estas urestae.

—Siempre es más complicado que eso, seas shotet o no —respondió ella con una dulzura que no le había oído antes—. ¿Crees que ser thuvhesita únicamente consiste en haber nacido a un lado o al otro de una línea imaginaria en el suelo?

—No, pero...

—No siempre tuvimos un planeta —lo interrumpió ella—. El flujo de la corriente era nuestro hogar, más que un trozo de roca. O que nuestra nave. Pero, como pueblo, puede que estemos más unidos de lo habitual a nuestra identidad porque siempre hemos tenido que luchar por no desaparecer por completo. Luchamos por ti, porque nos pertenezcas, porque luchamos por nuestra existencia. Solo cederemos una cosa cuando cedamos la otra.

Akos se quedó inmóvil. Durante un segundo le dio la impresión de estar dentro de sus palabras. Isae le había dicho algo similar hacía pocas semanas: le había tocado la cara y le había asegurado que le pertenecía a ella, a Thuvhe. Sin embargo, la muerte de Ori minó la resolución de la canciller. No se podía decir lo mismo de los shotet. Ellos lo habían reclamado como suyo sin conocerlo, sin necesitar siquiera que él lo aceptara. Lo único que necesitaban era saber cuántas gotas de sangre shotet le corrían por las venas.

Respiró hondo.

—Ven —dijo ella—, te voy·a enseñar algo.

Lo sacó de la tienda, cuya puerta dejó abierta a pesar de que tenía mil cacharros al fuego, y lo llevó a la habitación de al lado. La puerta tenía una bisagra batiente, así que le golpeó en el trasero al entrar y se sobresaltó. El cuarto era el lugar en el que vivía Zenka, estaba claro porque tenía el mismo aspecto que la tienda: un embrollo de tarros de ingredientes y manojos de hierbas colgando del techo bajo. Había una cama con las sábanas arrugadas en una esquina y un escritorio en la pared opuesta con un libro abierto encima.

Zenka recogió el libro y se lo enseñó. Tenía tantas páginas que no se cerraba bien; a Akos se le abrió entre las manos y vio el bosquejo de una planta, desde las raíces a la flor. A su lado, con su apretada letrita, había unas palabras en shotet que no era capaz de leer. No había tenido tiempo de aprenderlas todas.

—¿Qué es? —preguntó.

—Mi diario. Tomo nota de todas las plantas que encuentro, es algo que llevo haciendo desde que era joven. A veces puedo secarlas y pegarlas a las páginas, aunque la mayoría de las veces las dibujo. Lo hice en todas las travesías en las que me embarqué, así que aquí hay plantas de todos los planetas. Eso es un dulcesauce; crecen en pequeñas cantidades en los picos de Trella. No tienen mucho uso medicinal, pero las hojas carnosas huelen bien, así que sirven para meterlas en los zapatos.

Akos sonrió y pasó una de las gruesas y resistentes páginas. En la siguiente había una planta ograna que reconoció: daba un fruto bulboso que parecía una persona de mofletes rechonchos, y sus raíces principales bajaban rectas hasta una gran profundidad y eran mucho más grandes que la planta en sí.

—Esa es una voma —explicó ella—. Su zumo es el compuesto vigorizante más potente que conozco, incluso más que la harva o el sendes. Deberías escribir un diario como este. En general se considera que los dos planetas en los que has estado son los que cuentan con la vegetación más interesante del sistema solar. Deberías apuntarlo todo. Espera.

Le quitó el diario, lo dejó en el escritorio y después se puso a examinar la pila de libros que había al lado del mueble. Como no encontró lo que buscaba, se agachó junto a la cama y sacó otra caja de libros. Allí encontró uno rojo, del tamaño aproximado de su mano, y se lo ofreció.

Era sencillo, aunque él sintió un escalofrío de miedo al cogerlo y acariciar la cubierta. Durante mucho tiempo no se atrevió a poseer demasiado por miedo a que se lo arrebataran. Y aquello… Cada página representaba un lugar al que quizá fuera, algo que quizá viera. Las nuevas posibilidades, la libertad absoluta… deberían haberle resultado emocionantes, pero eran más bien abrumadoras.

—Está en blanco —dijo Zenka—. Rellénalo. Así no te pasarás el día entero lamentándote.

—Yo no me lamento —respondió con el ceño fruncido.

Zenka se rio.

—Entonces será que te pasas tanto tiempo con la cara mustia que se te ha olvidado poner otra. Pero hoy estás más cariacontecido que de costumbre.

Él abrió la boca para explicarlo, pero ella levantó una mano.

—No te estoy preguntando nada, solo hago una observación.

Akos apoyó la palma de la mano en la cubierta del diario vacío. Quería llenarlo… o, mejor dicho, quería querer hacerlo. Quería recordar lo que era tener un objetivo en la vida, como antes de que lo secuestraran. O incluso como después, cuando deseaba salvar a Eijeh, volver a casa, ayudar a Cyra. Sin embargo, el espacio que antes ardía, el espacio que conocía el deseo, el empuje y la perseverancia, se había quedado vacío; se había apagado la llama.

Cuando Akos no se encontraba trabajando en la tienda de Zenka, estaba con Jorek. Sobre todo en las comidas, porque daba la impresión de que Jorek siempre estaba allí a la hora de comer, aunque no necesariamente comiendo, sino concediendo audiencia. A veces se pasaba en el comedor varias horas contando historias y animando a los demás a contarlas, tocando el tambor con las cucharas y gritando insultos de broma a todo el que entraba. No obstante, al cabo de un par de días, Akos se percató de que entre las bromas, los tambores y las historias se mantenían otras conversaciones sobre Ogra, Voa o la Asamblea. Era su forma de obtener información: estar siempre disponible para quien deseara charlar.

Lo cierto era que resultaba fácil estar a su lado porque no pedía nada, ni siquiera la atención de Akos. Parecía saber que su constante cháchara le calmaba los ánimos, aunque él no respondiera a nada. Esperaba el momento en que Jorek perdiera la paciencia ante su «cara mustia», como la había llamado Zenka, pero todavía no había sucedido.

—Bueno, Kereseth, me has dado una gran idea —dijo Jorek mientras colocaba su bandeja al lado de la de Akos.

—Pues ya me dirás cómo —repuso él—. Llevo varias estaciones sin tener grandes ideas.

—En otras circunstancias te lo discutiría, pero tú eres el que quería sacar a Cyra Noavek de un anfiteatro abarrotado con tan solo un lazo y un abrazo... —Hizo una pausa para que pudiera apreciar el efecto de la rima; Akos gruñó. Jorek siguió hablando—. Así que creo que no eres un hombre de ideas. Aun así, ¡me has inspirado una!

—Me tienes en ascuas.

—Me dijiste que deberíamos buscar un muro de soldados para

averiguar dónde estaba Lazmet, así que le envié un mensaje a mi madre, que observó una concentración de soldados mayor de lo normal alrededor de la mansión de los Noavek. Y supuso que quizá debiéramos meter dentro a algún conocido, por si necesitáramos la información. —Arqueó las cejas una vez, dos veces, tres veces—. ¿Adivinas quién va a ir a Voa?

Akos notó que el estómago revuelto se le revolvía aún más, si es que tal cosa era posible.

—¿Te vas?

—Sí. —Su expresión se ablandó un poco—. Con mi apellido, puede que sea el único exiliado que tenga alguna posibilidad con Vakrez Noavek.

—Claro. Y estarás con tu madre en Voa, además.

—También. —Jorek le dio un codazo—. Pero volveré. Esta guerra no durará para siempre, ¿no?

Akos no comentó que la razón por la que las guerras no duraban para siempre era que demasiada gente acababa muerta.

—Es una buena idea —le dijo—. ¿Cuándo te vas?

—No lo sé, dentro de una semana, más o menos. Tengo que esperar a un transporte ograno. ¿Sabes que exportan bichos muertos a Othyr? Este sitio es muy raro.

Zenka le había contado a Akos que el principal artículo de exportación de Ogra eran los extractos de varios venenos y excreciones para Othyr. Algunos eran para fines medicinales, pero la mayoría se empleaba en productos de belleza: cremas para la piel, cosméticos y tratamientos de balneario. A Zenka le parecían una estupidez.

—Por ahí viene el oráculo —le dijo Jorek en voz baja—. Demasiado tarde para huir, lo siento.

Akos suspiró.

—Me has estado evitando —dijo Sifa sin más preámbulo mientras se dejaba caer en el asiento que tenía enfrente.

Su primer impulso fue negarlo, aunque eso nunca funcionaba con su madre. Una vez que decidía que sabía algo, no tenía sentido discutírselo, ni siquiera cuando se equivocaba. «Que seas un oráculo no significa que lo sepas todo», querría haberle dicho más de una vez. Sin embargo, habría sido demasiado pueril.

—Eso es porque te pasas todo el día con Eijeh repartiendo sabiduría profética entre los exiliados. Y ya no soporto ni escucharlo a él ni más profecías. Ni la sabiduría, en general.

Jorek casi se atraganta de la risa con la comida.

—Puede que los exiliados nos hayan proporcionado un pequeño estudio para que lo usemos de templo improvisado, pero nos temen demasiado para consultarnos tan a menudo como pensaba, así que no estamos precisamente ocupados. En cuanto a Eijeh, bueno... Lo he convencido para que empiece conmigo desde cero, como si acabáramos de conocernos —le explicó Sifa mientras removía la papilla gris de su cuenco. Si acaso era posible remover algo pensativamente, ella lo hacía—. ¿Y si intentas lo mismo?

—No se me da bien fingir —le espetó Akos.

—Ni a mí. Aunque supongo que yo cuento con la ventaja añadida de haber visto otros futuros posibles en los que tu hermano y yo no nos habíamos conocido. Vidas en la que me lo arrebataron antes o le borraron del todo los recuerdos, en vez de limitarse a modificarlos.

Akos se dio cuenta de que no quedaba mucho en ella que no fuera oráculo. Su don de la corriente la había dominado por completo y se había convertido en su todo, no lo podía evitar. Costaba no culparla por ello, a pesar de que él ignoraba cómo era tener un don tan invasivo, tan constante que cambiaba la forma en que veías todas las facetas de tu existencia. El don de Akos era justo lo contrario: a veces incluso se olvidaba de que estaba ahí.

—No te vayas, por favor —le dijo Sifa mientras le tomaba una mano entre las suyas.

—¿Qué? No iba a...

Y, entonces, Eijeh dejó su plato junto al de Sifa. En él solo había fruta. Akos recordó que Eijeh antes se atiborraba con todo lo que encontrara en la cocina, que se levantaba para cortarse dos rebanadas de pan después de cenar. Habían cambiado muchas cosas.

Sifa le apretó la mano.

—Voy a necesitar tu ayuda dentro de un momento —dijo.

Entonces, a la vez, tanto sus ojos como los de Eijeh se desenfocaron.

Poco después, ambos empezaron a gritar.

CAPÍTULO 18 | EIJEH

Todavía nos resulta extraño no sentir el otro corazón latir, pero nos estamos adaptando. En todo caso, ahora es más sencillo, ya que solo tenemos un cuerpo del que preocuparnos.

A pesar de ello, cuando nos despertamos en plena noche metidos en nuestro agujero de la pared ograna sentimos una especie de soledad.

Y cuando lo vemos, cuando vemos a este Akos, nunca estamos seguros de si es un enemigo o un hermano. Partes de nosotros reflexionan sobre recuerdos borrosos de perseguirlo por el campo o de reírnos con él desde el otro lado de la mesa del comedor, mientras que otras lo ven como un catalizador del peligro, un factor impredecible en un plan que debe seguir siendo predecible.

De hecho, fue el artífice de nuestra ruina al inspirar la traición de Cyra, ayudarla a huir y empujarla hacia los renegados y los exiliados. Sin embargo, lo hizo tanto por nosotros como por destruirnos, y siempre mantenemos en tensión esas dos fuerzas opuestas. Cada vez se nos da mejor mantenerlo todo en tensión: dos historias, dos nombres, dos mentes. «Nosotros» nos estamos convirtiendo en un «yo».

Lo estamos observando, la mano del oráculo sobre la suya, un plato de fruta ante nosotros para satisfacer un apetito, cuando sucede.

Una sacudida repentina, como un anzuelo enganchado a una costilla que tira de ella, inexorable. Pero no tira de la caja torácica de este cuerpo, sino de nuestro ser conjunto, del Eijeh y del Ryzek, del shotet y del thuvhesita, de todos nosotros.

Y de repente somos una nave. No se trata de una navecita de transporte ni de un flotante de pasajeros, sino de una nave de guerra, larga y estrecha, lisa arriba y abajo, pero escarpada en el lateral, como la cara de un barranco. Descendemos a través de una densa capa de nubes: blancas, frías y vaporosas. Cuando salimos al otro lado, casi toda la tierra que espera bajo nosotros también es pálida, un blanco puro lejano que se transforma en beis, dorado y marrón al calentarse la superficie a lo largo del ecuador.

Entonces dejamos de ser una nave y nos convertimos en una niña pequeña de pie junto al borde de un tejado de arcilla prensada. Llamamos a gritos a nuestro padre cuando la forma oscura desciende y proyecta una sombra sobre la ciudad. Una ciudad de retales que parte de nosotros reconoce: es la ciudad de Voa. «¿Es la nave de la travesía?», preguntamos a nuestro padre cuando se acerca. «No», responde nuestro padre, y nos vamos otra vez.

Ya no somos una niña, sino un trabajador de mantenimiento vestido con un mono con parches en las rodillas. Tenemos las dos manos metidas en un cuadro de mandos y una herramienta entre los dientes mientras palpamos en busca de la pieza correcta. Sentimos una presión en el vientre y los muslos que nos dice que tenemos puesto un arnés y que colgamos de un lugar más alto, anclado a una superficie metálica. Estamos en la nave de la travesía, nos explica amablemente parte de nosotros, haciendo reparaciones.

Una sombra cae sobre nosotros y, al volver la cabeza, vemos la lisa parte inferior de una nave. Tiene el nombre pintado allí en un idioma que no reconocemos y no sabemos leer, pero nos damos cuenta de que la nave no es de Shotet.

Somos una mujer con una bufanda bien enrollada en el cuello, hecha un ovillo bajo la barbilla, y corremos hacia la nave de la travesía con un niño de la mano. Cargamos con un pesado saco al hombro; es blando, está lleno de ropa, pero la esquina de un libro nos pincha en el costado cada dos pasos que damos. «Venga —le decimos al niño—. En la nave de la travesía estaremos a salvo, date prisa».

Somos una joven con una pantalla en la mano, de pie junto a las puertas de la plataforma de carga y descarga mientras la oleada de gente lucha por entrar en la nave. Nos aferramos a una manija de la pared para mantenernos en pie ante los empujones que no cesan. Le gritamos a un joven que tenemos detrás: «¿A cuántos hemos evacuado ya?».

«¡A unos cuantos cientos!», responde.

Miramos hacia la enorme nave oscura. Unas compuertas se abren en su base, después otras. Una enorme sección metálica se aparta y deja al aire una escotilla abierta justo encima de nosotros. La nave está flotando sobre la nuestra, que se encuentra encaramada a una isla metálica en el mar, frente a Voa, para poder repararla y mejorarla antes de la siguiente travesía.

«¿Van a desplegar sus naves?», preguntamos, aunque sabemos que el hombre que tenemos detrás no tiene la respuesta.

Algo cae del rectángulo, algo grande y pesado que refleja la luz del sol.

Después, una luz brillante y cegadora.

Volvemos a ser la niña del tejado y contemplamos una luz muy blanca, ardiente, que envuelve la nave de la travesía e irradia de ella como el sol. Pero son rayos rizados, como raíces, como venas, como los dedos oscuros que rodearon el rostro de la traidora Cyra Noavek cuando asesinó a nuestro soberano.

El resplandor se extiende por el mar y arroja lejos el agua de modo que esta vuelve después en forma de enorme ola a las costas de Voa. El resplandor quema las nubes y llega a la atmósfera, o eso parece. Se trata de un muro de luz que se derrumba de repente, como dos manos dando una palmada.

Y entonces llega el viento, un viento tan fuerte que nos ruge en los oídos y los hace pitar, un viento tan fuerte que no solo nos derriba, sino que nos lanza unos cuantos metros por los aires y nos estrella contra la arcilla del tejado. Nos pasa por encima, y perdemos la consciencia.

Somos cientos
de corazones que se paran.

CAPÍTULO 19 | CYRA

Estaba con los exiliados shotet alrededor de las pantallas del comedor. Todos juntos: enemigos, amigos, amantes, desconocidos... Todos hombro con hombro contemplamos la destrucción de la nave de la travesía.

La nave era cien cosas distintas: nuestra historia, nuestra libertad, un transporte sagrado, un lugar de trabajo, un símbolo, un proyecto, una vía de escape.

Un hogar.

Mientras veía la grabación una y otra vez, recordé cuando tuve que vaciar el armario de mi madre de ropa y zapatos, casi todo demasiado pequeño para usarlo yo. Encontré secretos escondidos en sus bolsillos y sus cajas de zapatos: cartas de amor de mi padre, de cuando era un hombre más amable; etiquetas de botellas de analgésicos y envoltorios de las medicinas que tomaba para escapar; el pintalabios de otra mujer sobre un pañuelo, de una aventura. La historia de una vida imperfecta contada en manchas y retazos de papel.

Y había llenado aquel espacio con mi propia historia: mi hornillo cubierto de salpicaduras, las armaduras que reflejaban el brillo de las luces que colgué sobre la cama; y la multitud de grabaciones de otros mundos, de bailes, combates, construcciones y reparaciones. Eran algo más que objetos; eran mi forma de huir cuando el dolor conseguía que quedarme dentro de mi cuerpo resultara muy difícil. Mi consuelo en medio de la desesperación.

También el lugar en el que me había enamorado.

Y ya no estaba.

La cuarta vez que repitieron la grabación, sentí unos dedos contra los míos. Los retiré por instinto, ya que no quería transferir mi don a nadie, pero la mano encontró la mía, insistente. Me volví y vi a Teka a mi lado, con los ojos anegados de lágrimas. Quizá quisiera mi dolor o quizá deseara consolarme; en cualquier caso, me aferré a ella y procuré guardarme todo el dolor posible para mí.

Solo aguantó un par de segundos, pero fue suficiente.

Nos quedamos allí de pie, contemplando las imágenes de nuevo, y no apartamos la vista.

Más tarde, pegué el rostro a la almohada y lloré.

Akos subió a mi catre y se acurrucó junto a mi cuerpo, rodeándome con él; se lo permití.

—Les pedí que evacuaran la ciudad —dije—. Por mi culpa había tanta gente en esa nave…

—Intentabas ayudar. Solo intentabas ayudar.

No me reconfortaba. Daba igual lo que una persona intentara hacer; lo que importaba era el resultado, y allí el resultado había sido cientos de muertos. Yo era la responsable de aquellas vidas perdidas.

En un mundo justo, me habría marcado todas ellas en el brazo para llevarlas conmigo para siempre. Sin embargo, no tenía piel suficiente para eso.

Akos me abrazó más fuerte, tanto que sentí el latido de su corazón contra la espalda cuando me eché a llorar de nuevo.

Me quedé dormida con la cara sobre la tela mojada.

CAPÍTULO 20 | CISI

—Confirmado, código 05032011. Procedan.

Algunos momentos los guardas en un pequeño archivo de tu cabeza porque sabes que son importantes, y lo que dice Isae Benesit para ordenar el ataque a Voa es uno de ellos. Lo dice con claridad, marcando cada consonante, y no vacila. Cuando termina, se aparta del escritorio al que estaba sentada hablando con el general Then, se levanta y se aleja, apartando por el camino la mano que le ofrece Ast.

El ataque no tarda en comenzar. El cañón anticorriente que nos prestó Pitha no tarda en volar a Thuvhe en una nave especial diseñada para tal propósito. La tripulación de la nave es pithariana, pero es el general Then, el comandante de las fuerzas armadas de Thuvhe, el que pulsa el botón, como exige la ley thuvhesita.

Me imagino las puertas del hangar al abrirse y el arma (larga y estrecha, con bordes rectos) cayendo, cayendo, cayendo. Tiene tintes poéticos, en el sentido de que la poesía puede ser cruda, cruel y extraña, como esto.

Isae, Ast y yo lo observamos desde el alojamiento de la canciller. La nave de la Asamblea está de cara al sol, así que las paredes son opacas y nos muestran una imagen de Shissa bajo los remolinos de nieve. De vez en cuando, los copitos se pegan al objetivo de la cámara que captura la grabación y emborronan la imagen con manchas blancas contra el oscuro cielo nocturno. No obstante, entre ellas veo los edificios colgados de las nubes como gotas de lluvia suspendidas en el tiempo. Shissa no es mi hogar, pero es donde estudié, donde encontré una vida lejos de mi madre y de sus continuas profecías, y todavía la adoro.

Shissa es lo que estoy mirando cuando las pantallas nos muestran las grabaciones, y solo veo un instante de la destrucción de la nave de la travesía antes de cerrar los ojos. Isae ahoga un sonido agudo.

—¿Qué ocurre? —pregunta Ast. No hay ningún escarabajo guía robótico que pueda ayudarlo a descifrar lo que se ve en una pantalla.

—Había gente alrededor, ¿lo has visto? —dice Isae—. ¿Por qué había gente alrededor?

Subo el volumen del agregador de noticias justo a tiempo de oír: «Los informes iniciales indican que había unos cuantos cientos de shotet alrededor de la nave, intentando evacuar la ciudad...».

Apago la pantalla.

—Unos cuantos... —A Isae se le rompe la voz—. Unos cuantos... cientos...

Ast sacude la cabeza.

—Para, Isae. Aun así, las bajas han sido mínimas.

—Mínimas —repito, y no consigo decir más. El general Then había estimado que habría aproximadamente una treintena de víctimas. No... cientos.

—Sí —insistió Ast, con los ojos fijos en mí—, mínimas. Comparado con lo que podría haber sido. Por eso sugeriste la nave de la travesía, ¿recuerdas?

En mi mente fluyen las palabras como un río (cientos, hombres, mujeres, niños, ancianos, jóvenes, adultos, amables, crueles, desesperados, gente, gente, gente), pero las detengo, como si diera una palmada para aplastar a un insecto. Se me da mejor de lo que debería después de tantas tragedias envenenándome los recuerdos. De lo contrario, no podría sobrevivir.

No respondo a Ast. Estoy cansada de sus comentarios. Retiro mi don todo lo que puedo con la esperanza de que, si Isae se siente menos cómoda, le regañe.

Ella está de cara a la nieve, con los brazos cruzados. Los edificios de Shissa en la grabación están iluminados de verde, morado y rosa. Me recuerdan a las baratijas que vendían en el mercado de Hessa cuando empezaba la siembra, para que la gente las colgara en las ventanas y le dieran suerte.

A Isae le tiemblan los hombros. Se le estremecen, en realidad. Da un manotazo en el cristal y se apoya en él para no caerse.

Ast y yo nos levantamos a la vez, ansiosos por consolarla a pesar de que estoy segura de que ninguno de los dos sabemos cómo hacerlo.

Isae está encorvada y se vuelve para que le vea el lateral de la cara. Se está riendo.

—Toda esa… gente… —Jadea mientras se rodea el estómago con el brazo libre—. ¡Barridos como bolos!

Ast se queda con la boca abierta del horror, aunque yo sé reconocer lo que sucede.

—Isae —le digo—. Respira hondo.

—Toda esa…

Cae de rodillas. La mano chirría contra el cristal al deslizarse hacia el suelo.

Entro en el cuarto de baño y empapo de agua fría un paño. Después se lo llevo, aunque chorrea por todo el suelo. Está agachada al lado de la ventana, riendo y llorando.

Le pongo el trapo mojado en la nuca y le recorro la espalda con la mano. Ast por fin parece darse cuenta de lo que pasa (un poco tarde, en mi opinión, aunque parece que es así de lento de mollera) y silba para indicarle a Pazha que le guíe hasta nosotras con sus chasquidos. Se acuclilla a nuestro lado, en silencio pero presente. Es lo más cerca que ambos hemos estado jamás. Compartiendo aire.

—Toda esa gente —gime Isae.

Me quedo observando la reacción de Ast cuando despliego mi don de la corriente como si fuera una bandera y nos arropo a los tres con ella. Por una vez, no se queja.

—La echo de menos —gime más tarde, cuando estamos sentadas al lado de la ventana, contemplando el flujo de la corriente.

Le doy la mano y me la llevo a la mejilla.

Le enseño un recuerdo de Ori dormida a la mesa de nuestra cocina, con la cabeza sobre el detallado boceto de una flor del hielo. Tenía la mejilla manchada de tinta. Mi padre bebía su infusión y le sonreía con cariño, y mi madre chasqueaba la lengua, aunque se le notaba la sonrisa en los ojos.

Mi padre se inclinó para tomar a Ori en sus brazos y la llevó al salón. Me quedé mirando el bamboleo de las piernas de mi hermana al ritmo de los pasos de mi padre.

—Bueno —me dijo mi madre—. Al fin y al cabo, lo llamamos «el cuarto de Ori».

Isae y yo salimos con delicadeza del recuerdo, ella todavía con la mano debajo de la mía, sobre mi mejilla; me sonríe.

«Evito que se desmorone», pienso.

Y: «¿Qué pasará cuando ya no pueda?».

Kyerta. Sustantivo. En ograno:
«Lo que se destruye para darle nueva forma».

CAPÍTULO 21 | CISI

El descenso a Ogra casi me mata.

Tuve que emplear todo mi poder de convicción (y usar con precaución mi don de la corriente), pero al final conseguí que Isae me permitiera ir a hablar con los exiliados shotet para iniciar las conversaciones de paz. «Podemos unirnos para derrocar a Lazmet. Los exiliados no son nuestros enemigos. Sus objetivos coinciden con los nuestros». Mis palabras tardaron en echar raíces, e incluso ahora sigue siendo escéptica, aunque sí aceptó dejarme evaluar la situación, al menos.

Siete días después del ataque a Voa, me consigue una plaza en una nave que transporta comida a Ogra. Me apretujo en un asiento, entre una enorme caja de fruta diseñada en un laboratorio de Othyr y un frigorífico lleno de carne de ave de Trella. La tripulación es trellana (un idioma que no hablo), así que no me puedo unir a sus bromas. Y los trellanos hablan en un tono monocorde, de modo que ni siquiera puedo fingir que escucho música. Me sonríen de vez en cuando, lo que me indica que no les molesta mi presencia, pero eso no me sorprende: a nadie le molesta, aunque no sepan bien por qué.

Entonces, el capitán de la nave, que es ancho de hombros y piernas, y al que le asoma por la parte de arriba de la camisa una mata de pelo del pecho, me ordena en un othyrio chapurreado:

—¡Cinturón! ¡Ahora!

Quizá sea una suerte que nadie me dijera lo que me esperaba, porque puede que los hubiera obligado a dar media vuelta.

Todas las luces de la nave se apagan a la vez, y grito, y está oscuro, y grito. No logro respirar, y estoy convencida de que nos quedamos sin aire y de que voy a morir aquí, enterrada en una pila de carne. Me agarro tan fuerte a las correas que me sujetan el pecho que se me entumecen las manos, o quizá sea del terror. Lo último que pienso es que nunca más volveré a hablar con mi madre.

De repente, las luces se encienden de nuevo, la gravedad tira de mí y la tripulación me mira como si me hubiera brotado un tercer ojo. Se ríen, y yo intento unirme a ellos, aunque en realidad estoy concentrada en respirar.

No tardamos en pisar suelo ograno.

Una mujer ograna llamada Yssa (y que me tiene que repetir su nombre despacio, porque a la primera no lo entiendo) me lleva hasta los exiliados en una barquita que corta el agua luminosa como un cuchillo. Habla othyrio como si contara judías, soltando las palabras una a una, pero es el único idioma que tenemos en común, así que intercambiamos tonterías hasta que volvemos a tocar tierra firme.

Me conduce a través de las irregulares calles de una aldea en la que conviven shotet y ogranos. Yssa me señala cosas: un puesto de piedras pulidas que le gusta, el lugar donde compra la comida, las diminutas muñecas talladas que le provocaban pesadillas de niña. No me explica cómo saben aquí cuándo es de noche y, cada vez que hace un gesto, le tintinean las pulseras brillantes que luce en la muñeca.

—¿Cuál es su hermano? —me pregunta.

—Muy alto, de piel clara, como tú —respondo—. Vino con Cyra Noavek.

—¡Ah! El del peso —dice.

—¿Peso? —repito, desconcertada—. No, es delgado.

—No, no. No que pesa mucho. Que lleva un peso encima —dice—. No conozco la palabra correcta.

—Ah.

Nunca había pensado en mi hermano en esos términos. El hombre alto y letal que salió luchando del hospital de Shissa y entró del mismo modo en la cárcel de un anfiteatro no parecía cargar con ningún peso... Si acaso, era más rápido y ágil que los que lo rodeaban. Sin embargo, quizá no sepa verlo de verdad. Existe un modo especial de ver las cosas, uno del que solo disfrutas cuando no conoces a alguien de toda la vida; Yssa lo tiene.

—La llevaré a donde se reúnen —dice—. Puede que esté allí, o puede que no.

—Así está bien, gracias.

Me lleva a un viejo almacén con grietas en los muros exteriores. Hay un cartel por encima de la puerta en el que han escrito unos caracteres que no sé leer. Parecen shotet.

Entramos, y sin duda tiene el aspecto de un lugar shotet, ya que cumple con todos los requisitos que me han enseñado a esperar de ellos. Han empujado las mesas contra las paredes, y hay gente sentada a ellas o en ellas, formando una especie de anillo.

Al entrar, hay personas tamborileando en las mesas siguiendo el ritmo, y hacen tanto ruido que al principio soy incapaz de concentrarme en otra cosa. Entonces veo lo que sucede en el centro.

Cyra Noavek, con el pelo recogido en una larga cola a la espalda, se lanza contra un hombre gigantesco. Es grácil y fuerte, como un cuchillo lanzado por una mano hábil. El hombretón (y debe de ser muy grande para que una mujer de la estatura de Cyra parezca diminuta) la agarra, la alza por encima de su hombro y la tira por los aires.

Ahogo un grito al verla caer al suelo, que está cubierto de colchonetas pero seguro que sigue siendo lo bastante duro como para que le duela. Sin embargo, ella ya está rodando como si su cuerpo fuera de goma y sonríe con una mirada feroz que conozco bien. Así miró a

Ryzek Noavek antes de que él le arrancara la piel del cuero cabelludo. El mismo aspecto de Isae justo antes de cometer un asesinato.

Cyra chilla y se abalanza de nuevo contra él, y la multitud ruge.

Sigue así durante un rato, y veo que la chica gana velocidad y determinación. Es la velocidad lo que parece desconcertar a su oponente: no sabe dónde mirar ni cómo bloquear sus ataques, aunque tampoco causen gran daño. Cyra intenta derribarlo y él la atrapa, pero ella se retuerce a su alrededor como un collar. Le sujeta el cuello con las piernas, y el hombre se asfixia.

Él le da un golpecito con la mano en una de las piernas, y ella lo suelta y baja hasta el suelo. La multitud ruge, y la chica se aparta a un lado para beber agua de un surtidor cercano al alféizar.

—Ahora lo hacen todo el rato —explica Yssa—. No sé bien cuál es el objetivo. ¿Es que pretenden luchar contra los thuvhesitas de uno en uno?

Cyra me localiza desde el otro lado de la sala. La chispa de sus ojos muere.

Viene a buscarme, y al hacerlo veo que tiene los brazos cubiertos de moratones y arañazos, probablemente de otras peleas. Yssa se me acerca más y procura mantener un hombro delante de mí.

—Me han pedido que garantice la seguridad de la señorita Kereseth entre los shotet —le dice Yssa—. Por favor, no me lo ponga difícil.

Cyra se detiene muy cerca y, por un instante, creo que me va a escupir. En vez de eso, pregunta:

—¿Qué estás haciendo aquí? —Después levanta una mano—. No pruebes tu don de mierda conmigo; ahora mismo no necesito tranquilizarme.

Es tan automático que ni me había percatado de que lo estaba haciendo. Me retiro todo lo que puedo. Sus sombras de la corriente se le han vuelto a enterrar bajo la piel y la cubren de telarañas oscuras. Aprieta los dientes.

—He venido para... —Hago una pausa, no quiero desvelar demasiado—. He venido para ver a mi familia, ¿vale?

—No eres bienvenida. ¿O acaso te ha pasado desapercibida la declaración de guerra?

Ojalá pudiera usar mi don conmigo y tranquilizarme, aunque solo fuera un ratito. No es la primera vez que lo deseo, pero soy incapaz de tragarme el nudo en la garganta y de aligerar el peso de la culpa. Ayudé a Isae a elegir su objetivo. Antes de llegar aquí estaba convencida de haber hecho algo bueno, teniendo en cuenta las opciones; había conseguido quitarle de la cabeza la idea de atacar Voa directamente, ¿no? Había salvado unas cuantas vidas con tan solo mi lengua astuta y mi don de la corriente.

Sin embargo, ahora mismo me encuentro entre personas que han perdido algo: amigos; familia; un lugar especial para ellos, puede que incluso sagrado. Así que, ¿cómo pensar que hice algo bueno? ¿Cómo pensar que estas personas no son iguales que yo, que no se merecen tanto como yo la violencia o la pérdida?

No puedo.

Pero haré lo que tengo que hacer, como los demás.

—Tú dime dónde encontrar a Akos —le pido.

—Akos. —Resopla—. ¿Te refieres a mi fiel sirviente, el que está decidido a morir por mí? —Cierra los ojos un momento—. Sí, sé dónde encontrarlo. Es en esta misma calle.

CAPÍTULO 22 | CYRA

Me dolía todo, pero ya no me importaba.

Bueno, sí que me importaba, porque a nadie le gusta sentir dolor. Era un instinto de supervivencia. Sin embargo, en la medida en que mi mente racional era capaz de superar mi estado físico, abrazaba el dolor y permitía que me lanzara a un frenesí de movimiento. Estaba empapada de sudor, exhausta y preparada para seguir. Lo que fuera con tal de sobrellevar mi nuevo ser, la criatura ardiente y herida en la que me había convertido.

No quería llevar a Cisi Kereseth al tranquilo lugar que Akos había hecho suyo después del ataque, a la tienda que regentaba una anciana en un callejón de Galo. Era demasiado... él, entre las ollas burbujeantes y el ruido del cuchillo contra la tabla de cortar.

Cuando Cisi, Yssa y yo salíamos del comedor, una joven de tupido pelo rizado muy corto escupió en el suelo a mis pies.

Oruzo, me llamó.

La traducción literal es «reflejo», pero el sentido real del término era que una persona se había convertido en otra, o que era tan similar a esa otra que no se podía distinguir de ella. Así que, después del ataque a Voa, muchos exiliados habían empezado a llamarme *Oruzo*: la sucesora de Ryzek, de Lazmet, de la familia Noavek. Era una forma de culparme por todas las vidas perdidas en la fallida evacuación, por culpa de mi estupidez. De no haber enviado aquel mensaje pidiéndoles que huyeran…

Pero no se podía viajar atrás en el tiempo.

Caminaba demasiado deprisa para que Yssa y Cisi no me siguieran el ritmo, y así no tener que hablar con ellas. Cisi se había marchado para estar con… aquella mujer, la que había destruido mi hogar, y eso no se lo perdonaría.

Cuando llegué a la tienda, Akos estaba encorvado sobre una olla, con un dedo metido en lo que estuviera preparando; seguramente se trataba de un analgésico, dado que aquellos días lo único que lo motivaba era lo que creía que era su deber para conmigo. Se chupó la punta del dedo para probar lo que había cocinado y dejó escapar una palabrota en voz alta, en thuvhesita.

—¿Otra vez mal? —le preguntó la anciana. Estaba sentada en un taburete y pelaba vete a saber qué para dejarlo caer en un cuenco a sus pies.

—Es lo único para lo que sirvo, y ni siquiera me sale bien.

Entonces me miró y se puso muy rojo.

—Ah, hola —me saludó.

—He venido a… —Hice una pausa—. Tu hermana está aquí.

Me aparté para que la viera. Se mantuvieron a esa distancia durante un par de largos segundos, en silencio. Akos apagó el hornillo, cruzó el cuarto y la envolvió en un abrazo. Ella se lo devolvió.

—¿Qué haces aquí? —le preguntó en voz baja.

—He venido a abrir negociaciones de paz con los exiliados.

Dejé escapar un bufido. No solo se había embarcado en una misión ridícula (¿cómo íbamos a negociar la paz con una nación que había destruido la nave de la travesía, nada más y nada menos?), sino que encima me había mentido al respecto.

—Siento haberte mentido —añadió volviendo la vista atrás, hacia mí—. Creía que ibas a pegarme, así que elegí la excusa más conveniente para explicar mi llegada.

—Cyra nunca te habría pegado —dijo Akos.

Lo dijo de tal modo, sin vacilación ni duda, que me dolió el corazón. Era la única persona que siempre había pensado bien de mí.

—Si os vais a poner de cháchara, hacedlo en otra parte —dijo la anciana mientras se ponía de pie—. Mi tienda es demasiado pequeña y mi mecha demasiado corta para tonterías.

—Siento el desperdicio de ingredientes, Zenka —se disculpó Akos.

—Aprendo mucho tanto de tus fallos como de tus éxitos —le respondió Zenka con amabilidad—. Vete ya.

Su rostro arrugado se volvió hacia mí y me examinó.

—Señorita Noavek —me dijo a modo de saludo mientras me retiraba al callejón.

La correspondí con un gesto de cabeza y me marché.

No había espacio suficiente para caminar hombro con hombro por el callejón, así que lo recorrimos en fila de a uno, con Yssa en cabeza y Akos en la retaguardia. Por encima del hombro de Yssa vi a Sifa y a Eijeh esperándonos en la calle abarrotada del otro lado del callejón. Sifa fingía interesarse por los pececitos brillantes que nadaban en altos cilindros llenos de agua en el puesto que tenía al lado, pero a mí no me engañaba: nos estaba esperando.

Eijeh lanzaba nerviosas miradas atrás. Ahora el pelo se le rizaba detrás de las orejas, le había crecido lo suficiente para recuperar su textura natural. Llevaba cosida en los hombros de la camisa una fina cinta que emitía una tenue luz azul. Casi todos habían adoptado algunos elementos de la vestimenta ograna para ser visibles en la oscuridad. Yo no.

Sabía que no tenía nada que hacer en aquella improvisada reunión de los Kereseth… que seguramente habían tramado los oráculos, si la presencia de Sifa y Eijeh significaba lo que yo creía. Me dispuse a marcharme con la intención de desaparecer en aquella noche interminable, pero Akos me conocía demasiado bien. Sentí la intensidad del contacto de su mano contra la parte baja de mi espalda. A pesar de su brevedad, me recorrió un escalofrío.

«Hazlo otra vez», pensé.

«No vuelvas a hacerlo», pensé también.

—Lo siento —se disculpó en shotet—. Pero... ¿te quedas?

Detrás de él, Cisi y Sifa se abrazaban, y Sifa le acariciaba a su hija los rizos con un cariño que me recordaba a mi madre.

Los grises ojos de Akos (ahora enmarcados por un rostro más cetrino de lo que debería) me suplicaban que me quedara. Me había apartado de él en la semana transcurrida desde el ataque y me había negado a recibir su consuelo, salvo en forma de analgésicos. No podía permitirme estar cerca de él sabiendo que solo permanecía a mi lado por su fatalismo. Sin embargo, con él me volvía débil. Siempre lo había hecho.

—De acuerdo —respondí.

—Esperaba que vinieras —le decía Sifa a Cisi, que tenía los ojos clavados en Eijeh. Este se mantenía a distancia de los demás y se dedicaba a tirarse de las cutículas. Su postura y sus gestos seguían siendo los de mi difunto hermano. Era... desconcertante—. Eijeh pensaba que era probable —continuó Sifa—. No es más que un principiante, pero con una intuición potente. Así que hemos acudido para favorecer un camino concreto.

—Ah, ¿esta vez lo reconoces? —pregunté con los brazos cruzados para ocultar que tenía las manos apretadas.

Las puntas de los dedos de Akos me tocaron un codo y alejaron el dolor. Procuré no mirarlo.

—Sí —respondió Sifa. Se había recogido el cabello en una pila de rizos sobre la cabeza, que sujetaba con un alfiler de sombrero en el centro. Las gemitas que decoraban el extremo del alfiler brillaban en un tono rosa pálido—. Ven. Nos necesitan en otra parte.

—Probablemente —puntualizó Eijeh.

—Probablemente —repitió Sifa.

—No me vas a obligar a pasar más tiempo entre oráculos —dije.

Los labios de Akos esbozaron una sonrisita.

—Qué pena —contestó Eijeh, irónico—. Nosotros nos lo perdemos, estoy seguro.

Me quedé mirándolo. Jamás había oído a Eijeh Kereseth hacer una broma, y menos a costa mía.

No tuve tiempo de replicar porque me volví y vi algo amenazador: la silueta de una nave de transporte ograna. Unos tubos de luz recorrían sus bordes, aunque la persistente oscuridad los aplanaba y conseguía que el vehículo entero se asemejara al rostro de un animal que flotaba en el aire. Las alas plegadas se convirtieron en orejas, la rejilla debajo del fuselaje era una boca y la cola, un único cuerno.

Un ograno con traje de vuelo se nos acercó. Su piel era marrón oscuro, pero sus ojos brillaban como las escamas de un pez y reflejaban la luz que los rodeaba para devolverla transformada en plata. Aunque seguro que se trataba de una manifestación de su don de la corriente, ignoraba para qué servía en concreto.

En algún lugar a mi derecha, Yssa masculló por lo bajo lo que me sonó a palabrota ograna.

CAPÍTULO 23 | AKOS

Akos intentó descifrar la forma de la nave ograna en la oscuridad, pero no era tan sencillo. Aunque al aterrizar en el planeta pensaba que el cielo siempre tenía el mismo aspecto, lo cierto era que a veces adoptaba un negro aterciopelado, otras un negro desvaído y otras un tono casi azul. Y en aquel momento, con el cielo en su punto más oscuro, la nave había desaparecido casi por completo, salvo por la luz que usaban para marcar su silueta.

Yssa dio un paso adelante.

—Hola, Pary.

No sonaba del todo fría, igual que nunca llegaba a sonar afable. Sin embargo, algo había cambiado en ella: conocía a aquella persona.

—Hola. Me sorprende encontrarte aquí —respondió el ograno.

—Me enviaron como embajadora de nuestra gente entre los shotet. —Akos estaba convencido de que algo no iba del todo bien entre ellos. Se hablaban con demasiada familiaridad. ¿Quizá eran antiguos amantes?—. ¿Por qué te sorprende encontrarme entre ellos?

—Me refería a encontrarte aquí, con... dos oráculos de Thuvhe —explicó el hombre llamado Pary—. Aunque quizá sea una tontería mía.

179

Akos notó que Cyra se movía bajo su mano, inquieta. Efectivamente, ya estaba abriendo la boca.

—¿Te importaría decirnos de qué se trata? —dijo—. Estamos en pleno encuentro familiar.

—Señorita Noavek, es usted justo como me esperaba —repuso Pary con una amplia sonrisa—. Se trata del oráculo de Ogra. Solicita su presencia, la de todos ustedes, y me ha encargado que les lleve hasta ella de inmediato. Está al otro lado de Ogra, al borde de la tierra salvaje, así que debemos ir por aire para llegar a tiempo.

«Por supuesto», pensó Akos con todo su desdén. Su madre y Eijeh habían acudido a la aldea (donde casi nunca entraban) solo por eso. Odiaba aquella sensación, la forma en que los hilos del destino se entrelazaban hasta formar un nudo. Solo había percibido algo así en unas cuantas ocasiones: el día que su padre murió, cuando mató a Vas...

Vas, con la cara reluciente de sudor y un moratón en el rabillo del ojo que se habría hecho vete a saber cómo...

—Y ¿si no queremos ir? —preguntó Cyra.

—Sería poco inteligente —respondió Pary—. Según la ley ograna, todos deben acudir a la llamada de los oráculos. Y como exiliada shotet está obligada a obedecer nuestras leyes fundamentales, a no ser que quiera poner en peligro su condición de refugiada.

Cyra miró a Akos.

—Oráculos —dijo él mientras se encogía de hombros, porque no había mucho más que decir.

El interior de la nave ograna lo dejó pasmado.

Estaba viva de un modo que Akos no había visto nunca, de un modo que ni siquiera había creído posible. La estructura era metálica, pero las plantas crecían por todas partes, algunas detrás de cristales, otras al aire. Reconoció un par de ellas gracias a las enseñanzas de Zenka, aunque solo las hubiera visto secas, dibujadas o picadas. Una de las plantas protegidas detrás de un cristal parecía un globo perfecto hasta que sus gruesos pétalos irregulares se apartaron y dejaron al descubierto los mismos dientes que había aprendido a moler. Cuando pasó junto a ella, intentó morderlo.

Cisi se acercó a otra (una enredadera con flores que subía por una de las vigas de apoyo de la nave) como si la atrajera un imán. Un zarcillo verde oscuro se alargó hasta uno de sus dedos y se enroscó en él con cuidado. Akos corrió hacia ella y le dio un capirote a la planta para que retrocediera.

—Al parecer, al principio son amigables y después se vuelven feroces —le explicó a su hermana—. Pero si no les prestas atención, no suelen hacerte nada.

—¿Todas las plantas de este planeta intentan matarte?

—Casi todas. Algunas intentan primero ser tus amigas para que las defiendas de las otras plantas.

—Habrán notado que apenas hay especies animales en Ogra —comentó Pary al pasar junto a ellos—. Es porque la vegetación está muy desarrollada. Sí que contamos con una amplia variedad de insectos para la propagación de las plantas, pero nosotros somos los únicos animales de sangre caliente que caminamos sobre este planeta.

Pary se acomodó en el asiento del capitán. No había ni copiloto ni segundo al mando que Akos viera, solo Pary y una hilera de botones, interruptores y palancas. Yssa se sentó a su lado, de todos modos. El fuselaje de proa era lo bastante grande para que cupieran todos, sentados en bancos con arneses de seguridad. Como Akos conocía la tendencia del planeta a luchar contra todo en todas partes, creyó que necesitarían algo más que correas para protegerlos; sin embargo, nadie le preguntó su opinión.

—¿Ha dicho el oráculo por qué quería que nos llevaran hasta ella? —preguntó Cyra mientras se sujetaba. Terminó con sus hebillas y, al parecer de manera inconsciente, se inclinó sobre Cisi para ayudarla con las suyas. Akos se sentó al otro lado de Cyra, al final del banco.

—No soy quien para preguntar —respondió Pary.

—El oráculo no es demasiado... —Yssa hizo una pausa para buscar la palabra othyria correcta. Preguntó en shotet—: ¿Cómo se dice «sincero»?

Akos repitió la palabra en othyrio, por Cisi.

—Responder a ese tipo de preguntas no entra dentro de las atribuciones del oráculo —dijo Sifa—. Solo tenemos un trabajo, y es el de proteger esta galaxia. Examinar la información irrelevante que los demás consideran esencial no es cosa nuestra.

—Ah, ¿te refieres a información irrelevante como: «A ti, mi hijo menor, te van a secuestrar mañana»? —le soltó Cyra—. ¿O como: «Isae Benesit está a punto de asesinar a tu hermano, Cyra, así que a lo mejor quieres hablar antes con él»?

Akos se agarró la pierna para contenerse. Quería decirle a Cyra que no usara contra su madre el dolor que le pertenecía a él; quería decirle a su madre que Cyra tenía algo de razón. Sin embargo, la desesperanza le pesaba tanto que se rindió antes de empezar.

—Estás exigiendo saber cosas del oráculo ograno que vas a descubrir hoy mismo —respondió Sifa—. Estás enfadada porque no te están contando lo que quieres saber justo cuando quieres saberlo. ¡Qué existencia más frustrante la tuya, que no te permite satisfacer tus deseos al instante!

Cyra se rio.

—De hecho, sí que me resulta frustrante.

Akos pensó que estaba así desde el ataque a la nave de la travesía: preparada para luchar en la forma que fuera, con quien fuera. Cyra siempre había tenido carácter, cosa que a él le gustaba. Pero aquello era distinto, como si no dejara de lanzarse contra una pared con la esperanza de que, en algún momento, la pared la destrozara al fin.

—¡Silencio en cubierta! —anunció Pary—. No puedo concentrarme si estáis todos discutiendo.

Yssa se unió a la danza de preparar la nave, y por el modo en que Pary y ella lo hacían juntos, a Akos le dio la impresión de que era una operación que habían repetido cientos de veces. Sus brazos se cruzaban y se estiraban, piel clara y pecas frente a piel oscura e inmaculada, sin estorbarse entre sí. La coreografía de la familiaridad.

La nave se estremeció y corcoveó al alzarse del suelo. Los motores rugieron, y las enredaderas y las plantas se retorcieron y aletearon como si soplara el viento. Akos observó que las enredaderas de flores se aferraban con más fuerza a su viga; la planta tras el cristal se hacía un ovillo y emitía una luz naranja de advertencia.

—Vamos a volar por encima de las tormentas para evitar problemas —anunció Pary mientras la nave volaba hacia arriba y al frente—. Será movidito.

Akos no podía evitar la curiosidad. Desde que llegaron a Ogra se ocultaban de «las tormentas» cada vez que sonaba la alarma; casi todos los días, le daba la sensación. Sin embargo, todavía no había escuchado una buena descripción de lo que eran las tormentas exactamente.

El vuelo de la nave no era tan tranquilo como el de las naves shotet. Se sacudía y temblaba, y, por lo que veía Akos, era lenta. No obstante, alcanzaron la altura suficiente para ver los retazos brillantes de los pueblos y, después, la reluciente mancha de la capital, Pokgo, donde los edificios eran tan altos como para interrumpir la línea del horizonte.

La nave viró mientras subía para alejarse de la civilización ograna y dirigirse a la franja oscura de los bosques meridionales. Allí había muchos puntos brillantes, como en todas partes, aunque cubiertos de una vegetación tan espesa que, de lejos, costaba ver algo más que vacío.

El vehículo dio otra sacudida ascendente, y Akos buscó a ciegas la mano de Cyra. No pretendía apretársela mucho, pero, a juzgar por la risa de la chica, lo estaba haciendo. La clara vista de la superficie de Ogra había desaparecido, sustituida por un denso remolino de nubes. Y entonces, más arriba, el color y la luz se fusionaron como cuando la nave de la travesía cruzaba el flujo de la corriente.

La línea azul de un relámpago atravesó la capa de nubes y se extendió hacia abajo. La nave sacudió la cabeza de Akos de un lado a otro con tanta fuerza que oyó el castañeteo de los dientes. Otro relámpago, esta vez amarillo, pareció brotar junto a ellos. Yssa y Pary estaban gritándose en ograno. Akos oyó vomitar a alguien (probablemente Eijeh, que siempre se había mareado en los viajes).

El chico vio que Ogra recogía los relucientes colores de los que el resto del planeta presumía con tanto orgullo y se los lanzaba de vuelta, brutal e implacable. Tal como les había prometido Pary, atravesaron la tormenta, que los agitó sin derribar la nave, y volaron por encima de ella. Akos estuvo a punto de devolver por culpa del olor acre del vómito, unido al constante temblor de su cabeza, pero al final logró aguantarse. Incluso Cyra, que solía adorar todo aquello que habría matado de miedo a cualquiera, parecía harta y apretaba los dientes a pesar de que Akos se encargaba de su don.

Pary tardó un buen rato en anunciar que aterrizaban. A su lado, Cyra suspiró de alivio. El chico percibió el movimiento de la nave al descender hacia el suelo, en dirección a un tupido bosque que no se diferenciaba en nada del resto.

Sin embargo, al acercarse, los árboles casi parecían apartarse para hacer sitio a un grupo de edificios. Las construcciones estaban iluminadas desde abajo por estanques de agua resplandeciente; Akos supuso que saturada de las mismas bacterias que brillaban en los canales de Galo. Por lo demás, había pequeños edificios de madera con altos tejados acabados en pico, conectados por senderos que también brillaban contra el fondo en penumbra. Puntos de luz se desplazaban de forma errática por todas partes, persiguiendo insectos voladores.

La nave tocó tierra al otro lado de un muro de piedra, en una pista de aterrizaje.

Estaban en el templo de Ogra.

CAPÍTULO 24 | CYRA

Me agaché para tocar el sendero bajo nuestros pies. Era de piedra lisa, suave… y blanca, un color poco común en Ogra. Aquel lugar estaba atestado de cosas brillantes: en los jardines, en los estanques y por los aires.

Pary nos condujo a uno de los edificios de mayor tamaño. Habíamos aterrizado al pie de una colina, así que habría que subir para llegar a cualquier parte y supuse que el oráculo residiría en la cima. El aire sabía dulce después del rancio pánico del interior de la nave de transporte (no quería volver a viajar durante una tormenta ograna jamás de los jamases) y lo respiré a borbotones mientras le seguía el ritmo a Pary, con los demás detrás de nosotros.

Al atravesar uno de los jardines (me fijé en que la mayoría de las plantas estaban rodeadas de una alambrada con corriente), Yssa habló detrás de mí en un tono de miedo controlado:

—Pary.

Me volví y vi un enorme escarabajo, casi tan grande como la palma de mi mano, que correteaba por la mejilla de Akos. Llevaba relucientes marcas azules en las alas y le brillaban las antenas, que movía como si buscara algo. Akos tenía otro en el cuello y un tercero en el brazo.

—No te muevas —le dijo Yssa—. Que todo el mundo se aparte de él.

—Mierda —exclamó Pary.

—Intuyo que estos insectos son venenosos —comentó Akos, cuya nuez se movió al tragar saliva con dificultad.

—Mucho —respondió Yssa—. Dejamos que estén aquí porque brillan mucho cuando vuelan.

—Y evitan cualquier cosa que conduzca la corriente —añadió Pary—, como la... gente. La mayoría de la gente, al menos.

Akos cerró los ojos.

Con el ceño algo fruncido, di un paso adelante. Pary me agarró del brazo para detenerme, pero no soportaba tocarme; dejó caer la mano, y yo seguía andando. Me acerqué poco a poco hasta estar justo enfrente de Akos, con su cálido aliento contra la sien. Alcé una mano para colocarla por encima del escarabajo que tenía Akos en la cara y, por primera vez, se me ocurrió que mi don podía proteger, en vez de herir.

Un único tentáculo negro brotó de mis dedos (me obedecía, me estaba obedeciendo) y pinchó al escarabajo en el lomo. La luz del interior del insecto cobró vida, y el bicho se alejó a toda prisa de Akos, con los demás detrás. Él abrió los ojos. Nos miramos sin tocarnos, aunque estábamos lo bastante cerca como para verle las pecas de los párpados.

—¿Estás bien? —le pregunté.

Asintió.

—Pues quédate cerca de mí —le dije—. Pero no me toques la piel si no quieres que los dos nos convirtamos en imanes para insectos venenosos.

Al girarme, me encontré con los ojos de Sifa. Me miraba de un modo extraño, casi como si la hubiera golpeado. Sentía a Akos detrás de mí, cerca. Se había agarrado a mi camisa con dos dedos, justo en el centro de mi espalda.

—Bueno, eso ha sido emocionante —comentó Eijeh.

Era un comentario típico de Ryzek.

—Cierra la boca —contesté automáticamente.

En la colina había unas habitaciones amplias y bellas. Espacios majestuosos de muebles cubiertos de telas protectoras, suelos de madera teñidos de diversos patrones y azulejos de diseños geométricos pintados en verdes serenos y rosas apagados. El cálido aire ograno fluía a través de cada sala por la que pasábamos, cuyas paredes estaban construidas de modo que pudieran plegarse. Sin embargo, Pary no nos llevó a ninguno de aquellos cuartos.

En vez de parar en ellos, nos condujo a una serie de edificios en los que nos alojaríamos.

—Quiere verles por separado, así que llevará un tiempo —explicó—. Este es un lugar tranquilo, aprovechen la oportunidad para descansar.

—¿Quién va primero? —pregunté.

—La estimada colega del oráculo, Sifa Kereseth, por supuesto —respondió él, inclinando la cabeza en dirección a la madre de Akos.

—Será un honor —repuso Sifa, y ambos se alejaron juntos y nos dejaron a los demás allí.

—¿Hay algo que deba saber? —le pregunté a Yssa—. Antes vivías aquí, ¿no? Pareces conocer este sitio tan bien como Pary.

—Sí, Pary y yo trabajábamos aquí antes de que me enviaran de embajadora —respondió. Después pasó a hablar en shotet—: Me temo que no tengo nada útil que decir, salvo que el oráculo es mucho más de lo que al principio parece, y que si quiere verles por separado es porque tiene algo concreto que decirle a cada uno.

Akos lo tradujo al thuvhesita para Cisi, con un pequeño retardo. Yo nunca había visto a Cisi con aquel aspecto: no del todo asustada, aunque sí tensa, como si se preparara para algo.

No lo hacía a menudo, pero en aquel momento pensé en su destino: «El primer descendiente de la familia Kereseth sucumbirá a la hoja».

Los edificios a los que nos había llevado Pary estaban dispuestos en círculo alrededor de un jardín, y todas las paredes estaban abiertas, así que era fácil ver quién iba y venía. Sifa no regresó del oráculo, pero Pary fue a recoger a Eijeh, que cada vez me recordaba más a Ryzek.

Akos se unió a mí en el jardín, después de asegurarse de que no hubiera más escarabajos asesinos volando por allí. Aun así, se mantuvo cerca de mí, más de lo normal.

—¿Qué crees que dirá? —le pregunté.

Suspiró, y de nuevo sentí su aliento contra mi pelo.

—No lo sé. Me he rendido, ya no intento averiguar lo que me van a decir los oráculos.

Me reí.

—Seguro que ya estás cansado de ellos.

—Lo estoy.

Dio un paso más hacia mí, de modo que su pecho quedó contra mi espalda y su nariz se enterró en mi pelo, inclinada de modo que notaba cada respiración contra la nuca. No me habría costado apartarme. No me sujetaba; apenas me tocaba, en realidad.

Pero, pobre de mí, no quería moverme.

—Estoy cansado de todo —dijo—. Estoy siempre cansado. —Dejó escapar otro profundo suspiro—. Sobre todo, estoy cansado de no estar junto a ti.

Me relajé, me eché hacia atrás para apoyarme en él, en esa pared de calor que me cubría la espalda. Él me colocó las manos en las caderas y metió los dedos bajo el borde de mi camisa, lo justo para aliviar mi dolor. «Que vengan los malditos escarabajos venenosos», pensé mientras me besaba el cuello, justo detrás de la oreja.

No serviría más que para alimentar mi dolor, y era consciente de ello. Su destino no le permitiría elegirme, y aunque no fuera el caso, sospechaba que la intensidad de su tristeza no le permitiría elegir nada de nada. Pero estaba harta de medir tanto mis acciones.

Me besó en el punto en el que el cuello se unía al hombro y se rezagó allí para saborear mi piel, que probablemente estaba salada de sudor. Levanté la mano y enterré los dedos en su pelo para sujetarlo contra mí por un momento, y después giré el cuello para que nuestras bocas se encontraran. Nuestros dientes chocaron, lo que en circunstancias normales nos habría arrancado alguna carcajada, pero ninguno de los dos estaba para risas. Le tiré del pelo, y él me apretó las caderas tan fuerte que casi rebasó el límite del dolor agradable.

Me había enterrado en la rabia después de la destrucción de la nave de la travesía y después de que desapareciera el espejismo que nos unía a los dos. Ahora quería enterrarme en el deseo, revolverme contra su cuerpo, aferrarme a él allá donde mis manos encontraran un agarre. «Quiéreme —le decía cada uno de mis gestos—. Elígeme. Quiéreme».

Me eché atrás un instante, lo justo para mirarlo. La línea recta de la nariz salpicada de pecas. Su piel era del color de la arenisca, de los polvos que usaba la gente para que no les brillara la cara, de los sobres en los que mi madre enviaba cartas. Sus ojos estaban clavados en los míos, y su color era del tono exacto de una tormenta sobre Voa y cargaban con la misma aprensión, como si incluso ahora temiera que yo parara. Lo entendía. Yo temía lo mismo. Así que me apreté contra él antes de arrepentirme.

Llegamos dando tumbos a una de las habitaciones y dando tumbos nos quitamos los zapatos. Corrí una cortina para ocultar aquel espacio abierto al patio, aunque en realidad no me importaba que nos viera alguien, no me importaba que nos interrumpieran, solo quería tomar, tomar y tomar todo lo que él me diera, sabiendo que quizá fuera la última vez que le permitiera hacerlo.

CAPÍTULO 25 | CISI

La Sala de la Profecía en la que me reúno con el oráculo ograno es grande y majestuosa, tal como indica su nombre. Es lo que esperaba, puesto que así es la Sala del Templo de Hessa, y tiempo atrás iba a visitar a mi madre al trabajo a menudo.

El espacio ograno no es tan colorido como el de Hessa, eso sí. Las paredes están forradas de madera oscura. En la madera han tallado y grabado elegantes diseños que imitan la forma de lo que supongo son plantas del planeta. Casi parecen retorcerse y salir de la pared.

Cerca del techo hay ventanas sin teñir que deben de iluminarse desde fuera, puesto que brillan con una luz que no es natural de Ogra. La habitación en sí es estrecha y larga, con esculturas más o menos a un brazo de distancia entre sí. Algunas están esculpidas con la misma delicadeza que las tallas de las paredes, mientras que otras son duras y grotescas, aunque todas resultan algo amenazadoras. Como casi todo en este planeta.

El oráculo en sí está de pie frente a una de las esculturas, una de las más altas, hecha de placas metálicas que se arquean hacia el techo y se enroscan unas en otras. Están pulidas por un lado y bastas por el otro, y se fijan con grandes pernos del tamaño de mi puño. El oráculo tiene los dedos entrelazados delante de ella. Sus túnicas son de un azul intenso, y va descalza. Es más corpulenta que mi madre y más baja. Me mira y me ofrece una sonrisa.

—Cisi Kereseth —dice—. Me llamo Vara. Ven a ver esto.

Le devuelvo la sonrisa y me pongo a su lado para contemplar la escultura, aunque solo por educación. No se me da bien apreciar el arte.

—Esta escultura se hizo hace unas treinta estaciones, cuando empezó a expandirse la ciudad de Pokgo. La gente estaba enfadada porque estábamos perdiendo parte de lo que se conocía como «la humildad ograna». La creencia ograna tradicional es que nuestro planeta nos da una lección de humildad, que nos recuerda que hay obstáculos que no pueden superarse. —Vara se encoge de hombros—. Cosas que no podemos controlar.

Me mira con intención. No estoy segura de cómo tomármelo. Mi instinto me dice que la calme, así que pruebo con el agua, que es mi textura más útil, pero percibo que no le afecta mucho. ¿Cómo conseguir que un ograno se sienta cómodo? ¿Con viento, con el calor del fuego, con la calidez de una manta? Repaso unas cuantas en mi mente antes de encontrar la que me parece correcta: la sensación de un cristal frío en la palma de la mano.

Vara arquea una ceja.

—A menudo me he preguntado lo que se sentiría —dice—. El toque de tu don es embriagador. También resulta demasiado sencillo sucumbir a su influencia.

—Lo siento, no pretendía...

Vara pone los ojos en blanco.

—Venga, chica. Puedes engañar a la gente que no te conoce demasiado bien, pero, junto con todos los oráculos de mi generación, estás en mis visiones desde que naciste. Sé que tu control es mucho más avanzado que el de la mayoría de los que son capaces de influir en sus dones. También sé que intentas hacer el bien cuando lo usas contra la gente. Así que vamos a hablar de Isae Benesit, Cisi.

Lo expone de tal forma que me pone nerviosa, y las únicas palabras que podría pronunciar para defenderme se me quedan atascadas en la garganta. Asiento porque es la única opción que me queda para que sepa que la he oído.

—¿De verdad te importa Isae? ¿O únicamente la manipulas para lograr tus objetivos?

—Mis objetivos... —repito con voz ahogada.

—Sí, lo sé..., estás haciendo lo que crees mejor. Pero el hecho es que tomas decisiones sobre el futuro de esta galaxia de forma unilateral, así que son tus objetivos, de nadie más.

No me gusta pensar que lo que le hago a Isae es manipulación. No es tan sencillo.

Si Vara supiera lo mucho que me preocupo por ella a veces... Por lo fácil que le resultó matar a Ryzek y ordenar el ataque sobre los ciudadanos inocentes de Voa. Por su mirada salvaje cuando se deja llevar por la rabia y por lo tranquila que parece cuando la traigo de vuelta. Me necesita.

Y eso me devuelve a la pregunta original: si de verdad me importa.

—Me importa —respondo—. La quiero. Pero me preocupo por ella. En un mundo justo, le daríamos espacio para que sintiera su tristeza, pero en realidad no tenemos tiempo para que procese sola lo que le está pasando, no con una guerra encima.

Vara frunce los arrugados labios.

—Quizá estés en lo cierto —dice—. En tal caso, debo decirte que tengas cuidado con la persona que he visto en algunos de tus futuros: el hijo del mecánico. Ast.

—Percibe los dones, ¿no? Siempre parece saber si estoy usando el mío, incluso cuando voy con mucho cuidado.

—Eso parece. Y cada vez confía menos en ti. Y cada vez está más enfadado porque Isae sí que lo hace, creo.

—Gracias por la advertencia.

—Ten cuidado, chica —añade Vara, que me coge de la mano y me la aprieta con fuerza. Con demasiada fuerza. Sus pupilas son enormes (como las de la mayoría de los ogranos, dado que hay tan poca luz), pero veo el fino aro verde de sus iris alrededor—. Y no confíes en los othyrios. No la dejes acceder a eso, hagas lo que hagas.

No sé bien a qué se refiere, pero sí que quiere que asienta con la cabeza, así que lo hago.

CAPÍTULO 26 | AKOS

Aquella misma noche, ya tarde, el oráculo por fin pidió verlo... O, mejor dicho, verlos, porque quería que acudieran Cyra y él a la vez.

Antes se habían quedado dormidos, enredados bajo la tenue luz de las plantas del jardín que entraba a través de la cortina que Cyra había corrido. Sentía el frío de la piel de plata de la cabeza de la chica contra su pecho, donde había insistido en apoyarla para escuchar el latido de su corazón.

Ignoraba qué lo había poseído en el jardín para apretarla contra él a pesar de saber que estaba siendo egoísta, que no podía darle lo que ella quería e insistía en recibir. Debería haberla escuchado o incluso haber roto con ella por completo, puesto que no había forma de librarse del destino ni de convencer a ninguno de los dos de que todo sería igual de no esperarle la muerte sirviendo a su familia.

Sin embargo, el anhelo que sentía por ella había atravesado la bruma que pesaba sobre su cabeza en las últimas semanas, y era tal el alivio de sentir algo, lo que fuera, que no había sido capaz de reprimirse. Y el deseo no había cesado ni al tenerla contra su piel, como si no hubiera suficiente Cyra para saciarlo y nunca fuera a haberla.

No podía darle la mano mientras caminaban (eso habría atraído a los escarabajos, y no le apetecía que se le volvieran a posar en la cara), pero se quedó cerca de ella, tanto que casi la sentía. Las sombras de la corriente se movían más deprisa, le volaban por el cuello y le desaparecían bajo la camisa, y Akos deseó poder hacer más por ella que el mediocre analgésico que le había dado antes de partir.

Pary los condujo a lo alto de la colina, aunque no a la gran sala iluminada desde dentro, sino abajo, a la planta inferior del edificio, donde el techo le llegaba tan cerca de la cabeza que le resultaba incómodo y los suelos de madera crujían a cada paso. Tuvo que agacharse para atravesar un umbral y se encontró en lo que parecía ser una cocina. Una mujer no mucho mayor que su madre estaba allí, con las manos metidas en una bola de masa. Tenía los brazos cubiertos de pecas, y el pelo gris y rizado, corto.

Les sonrió cuando entraron, una sonrisa cálida que no estaba acostumbrado a encontrar en los oráculos, que siempre parecían ajenos y fríos, incluso el oráculo que cae, antes de su muerte.

—Cyra, Akos, bienvenidos —los saludó—. Sentaos, por favor.

Hizo un gesto hacia el banco que había frente a ella, al lado de la mesa. Akos la obedeció, pero Cyra se quedó de pie y con los brazos cruzados.

—¿Te sentirías más cómodo con las manos ocupadas? —le preguntó el oráculo a Akos—. Sé que te atrae la preparación de elixires. Aquí hay mucho que cortar.

—No —respondió él, aunque se ruborizó—. Gracias.

—¿Tienes nombre? —le preguntó Cyra, tan directa como siempre—. ¿O deberíamos llamarte oráculo, sin más?

—Ah, perdonad mi grosería. Me llamo Vara. A veces se me olvida que la gente a la que conozco no me conoce a mí. ¿Puedo hacer algo para que te sientas menos hostil, querida? —Señaló a Cyra con la cabeza—. ¿O prefieres quedarte así?

Una tenue arruga apareció en la mejilla de Cyra, como siempre que reprimía una sonrisa.

—Vale, me sentaré —cedió—. Pero no le des más importancia de la que tiene.

—Jamás me atrevería —respondió Vara mientras Cyra se sentaba al borde del banco, al lado de Akos.

Incluso sentados, los dos eran más altos que Vara, que era baja y de cintura ancha. Tenía algo que le resultaba familiar.

—¿Estás emparentada de algún modo con Yssa? —preguntó Akos.

—Muy observador, querido, sí. Es mi hija. Fue una… relación tardía. Tiene la figura de su padre, alta y de extremidades largas. El resto era mío. —Arrancó un pellizco de masa y se lo metió en la boca—. Bueno —añadió mientras tragaba—, estoy segura de que os preguntaréis por qué no llevo las túnicas ogranas tradicionales y por qué no os he recibido en la Sala de la Profecía, como un oráculo en condiciones.

—Se me ha pasado por la cabeza —contestó Akos.

—No esperaría otra cosa del hijo de un oráculo —repuso Vara, todavía con su sonrisa amable—. Bueno, la verdad, no se lo contéis a nadie, pero odio esa sala. Me hace sentir baja. ¡Igual que las túnicas! Se diseñaron pensando en el anterior oráculo, y ese hombre era mucho más grande que yo. Además…, he pensado que, dada la naturaleza de lo que quiero comentaros, quizá prefiráis un entorno más cómodo.

De repente, Akos se sintió como si le hubieran echado un jarro de agua fría. «Dada la naturaleza de lo que quiero comentaros».

—Así que no son buenas noticias —dijo Cyra, irónica.

Cuando recurría al sarcasmo casi siempre significaba que estaba muerta de miedo. Lo mismo indicaba la forma en que se agarraba al borde de la mesa.

—Bueno, la verdad rara vez lo es, mi querida niña —respondió Vara, suspirando—. Lo que hoy tengo para vosotros es lo que llamamos *kyerta*. ¿Conocéis la palabra?

Ambos negaron con la cabeza.

—Claro que no. ¿Quién habla ograno salvo los ogranos? —La risa de Vara era como un delicado goteo de agua—. Veréis, lo normal es pensar que los oráculos solo informan sobre el futuro y, efectivamente, es lo que hacemos casi siempre. —Cogió un grueso cilindro metálico de un estante que tenía detrás y lo usó para aplastar la masa—. Pero es el pasado lo que da lugar al futuro… A menudo permanece oculto y conforma nuestras vidas de un modo que desconocemos. Sin embargo, a veces debe abrirse camino hasta el presente para cambiar lo que se avecina. —Rompió la masa en tres grandes pedazos y los amasó entre las manos hasta dejarlos largos y delgados, como colas. Después empezó a trenzarlos—. Kyerta es una revelación que le da la vuelta a tu mundo. Una verdad profunda que, una vez conocida, altera tu futuro de manera inevitable, aunque es algo que ya ha ocurrido y, por tanto, no debería cambiar nada. —Terminó de trenzar la masa y la dejó a un lado con un suspiro. Tras limpiarse la harina de las manos, se sentó frente a ellos y se apoyó en los brazos—. En vuestro caso, esta kyerta procede de vuestros nombres. Durante todas vuestras vidas habéis sido Akos Kereseth y Cyra Noavek, cuando, de hecho, sois Akos Noavek y Cyra Kereseth.

Se echó hacia atrás.

A Akos le costaba respirar.

Cyra dejó escapar una carcajada.

CAPÍTULO 27 | CYRA

Me tapé la boca con la mano para detener el sonido, una horrible risa forzada sin ninguna alegría en ella.

Cyra Kereseth.

No era la primera vez que pensaba en ese nombre. Había fantaseado con él un par de veces, en adoptar el apellido de Akos y añadir detrás el Noavek en un futuro ideal en el que los dos nos casábamos. La costumbre shotet era que la persona de estrato social más bajo se cambiara el apellido, pero haríamos una excepción para poder librarme de la etiqueta que tanto odiaba. Para mí, el nombre de Cyra Kereseth se había convertido en un símbolo de libertad, además de ser una ficción muy bonita.

Sin embargo, Vara no quería decir que mi nombre fuera Cyra Kereseth merced a un hipotético matrimonio futuro; lo que quería decir era que me llamaba Cyra Kereseth en aquel mismo instante.

Lo más difícil no fue creer que no era Cyra Noavek, puesto que lo sospechaba desde que mi hermano me reveló que no compartíamos la misma sangre, quizá incluso desde que mi sangre no funcionó en el cierre genético que había usado para proteger sus habitaciones. Pero creer que pertenecía a la misma familia que había criado a Akos para que tuviera un gran corazón y un amplio conocimiento de las flores del hielo... Eso era otra cosa completamente distinta.

No me atrevía a mirarlo. No estaba segura de qué vería si lo hiciera. Me quité la mano de la cara.

—¿Qué? —pregunté, reprimiendo otra risita—. ¿Qué?

—Sifa te contaría mejor la historia —respondió Vara—. Sin embargo, por desgracia, esa tarea recae ahora sobre mí porque lo que está en peligro es el futuro de Ogra. Cuando naciste, Akos, hijo de Ylira y Lazmet Noavek, Sifa solo vio caminos oscuros ante ti. De igual modo, Cyra, nacida de la misma Sifa y de Aoseh Kereseth, solo tenía lúgubres futuros ante ella. Sifa temía por los dos.

»Entonces sucedió algo que hacía bastante tiempo que no ocurría: se presentó una nueva posibilidad. Si ella se cruzaba en vuestros caminos, si os intercambiaba, se abrirían nuevas probabilidades, y algunas de ellas (muy pocas, os lo advierto, pero algunas) no conducían a la perdición. Así que se puso en contacto con Ylira Noavek, una mujer a la que nunca había visto antes y que nunca volvería a ver, para ofrecerle la solución. Para ella fue una suerte que Lazmet todavía no hubiera ido a conocer a su hijo. También que los linajes de ambas familias fueran tan variados que prácticamente ninguna combinación de rasgos y tonos de piel levantaría sospechas.

»Se reunieron justo al otro lado de la División, la hierba pluma que separa Shotet de Thuvhe, e intercambiaron a sus bebés con la intención de que ambos tuvieran alguna posibilidad de evitar sus caminos más oscuros —concluyó Vara. Tenía los dedos espolvoreados de harina marrón y las uñas mordisqueadas—. A Lazmet le dijeron que se habían equivocado al comunicarle el sexo del bebé. Aunque ejecutó al mensajero responsable, te aceptó como suya, Cyra, y todo prosiguió tal como Sifa había esperado.

Estaba atrapada en mi visión de aquel momento, en mi pequeña forma envuelta en tela pasando a las manos de Ylira Noavek, con la hierba pluma agitándose de fondo. Salí de mi ficción, súbitamente furiosa.

—Así que me estás diciendo... —empecé a decir, echándome sobre la mesa para apuntarla con un dedo—. Me estás diciendo que mi propia madre me entregó a un puñado de monstruos para que me educasen y que debo estarle... ¿Qué? ¿Agradecida? ¿Porque era por mi bien?

—No es cosa mía decirte cómo debes sentirte —respondió Vara, mirándola con cariño—. Solo contarte lo que sucedió.

Me sentía como una olla hirviendo, toda la rabia y la histeria brotándome de dentro, irreprimible. Quería arrancarle aquella mirada amable de los ojos, quería reírme en su cara; quería, sobre todo, moverme, escapar del dolor que ahora me corría por cada izit de piel y me cubría de manchas oscuras.

Cuando por fin me atreví a mirar a Akos, lo vi inexpresivo, completamente inmóvil. Resultaba inquietante.

—Seguro que no hace falta que os aclare que todo esto tiene un punto positivo —añadió Vara—: vuestros destinos.

—Nuestros destinos —repetí como una estúpida—. ¿Qué pasa con ellos?

—Existe una razón para que los destinos no incluyan nombres propios —respondió el oráculo—. «El segundo descendiente de la familia Noavek cruzará la División». «El tercer hijo de la familia Kereseth morirá sirviendo a la familia Noavek». Mi querida niña, tú eres el tercer hijo de la familia Kereseth. Y sospecho que tu destino ya se ha cumplido.

Con un gesto teatral exagerado me llevé dos dedos al cuello como si me comprobara el pulso.

—Tonta de mí, mira que pensar que no había muerto sirviendo...

Me callé de golpe.

Pero eso no era cierto, ¿verdad?

Mi hermano había intentado obligarme a torturar a Akos en la cárcel subterránea, después de capturarnos y ponernos de rodillas. Yo había absorbido todo mi don con la esperanza de que mi fuerza me mantuviera viva. Sin embargo, las fuerzas me fallaron... solo un instante, lo justo para que se me considerara muerta. El corazón se me paró y después volvió a funcionar. Había regresado.

Había muerto por la familia Noavek… Había muerto por Akos.

Me quedé mirándolo, asombrada. El destino que él tanto había temido, el destino que había permitido que lo definiera desde que lo oyera por primera vez de labios de mi hermano… era el mío.

Y ya se había cumplido.

CAPÍTULO 28 | AKOS

Todo lo que era...

Traidor predestinado, Kereseth..., thuvhesita...

Se lo habían quitado.

No había dicho ni una palabra desde que el oráculo los había invitado a tomar una taza de té con ella, y Cyra declinó la oferta. Lo cierto era que se había quedado sin habla. Ni siquiera sabía en qué idioma debía hablar. Las categorías que había usado para definirlos (thuvhesita: la lengua de su hogar y de su pueblo; othyrio: la lengua del resto de los planetas; shotet: la lengua de sus enemigos) ya no servían.

Cyra parecía saber que no era capaz de hablar. Quizá no lo entendiera, ¿cómo iba a hacerlo? Se había encendido como la yesca cuando Vara les había contado la verdad; era emocionalmente elástica, capaz de calmar los nervios tan deprisa como los perdía. No obstante, aunque no entendiera a Akos, tampoco lo molestaba.

Lo único que había hacho era tocarlo con cautela en el hombro mientras decía:

—Lo sé. Yo tampoco quería tener su misma sangre.

Y eso era todo, ¿no? Ella compartía historia con los Noavek y él compartía sangre. Le costaba decidir cuál de las dos opciones era peor.

No durmió. Se limitó a dar vueltas alrededor del templo, sin tan siquiera preocuparse por las peligrosas plantas que crecían por todas partes ni por los escarabajos que podrían matarlo de un solo picotazo. No reconocía casi nada de la vegetación, aunque sí parte, y la examinaba con tal de tener algo más en que pensar, aunque solo fuera un momento.

Los escarabajos iban y venían, salvo por uno, un insecto pequeñito que se le encaramó en la mano, y empezó a batir las iluminadas alas y a agitar las antenas. Akos se sentó en una roca del jardín para contemplarlo.

Por algún motivo, le recordaba al Blindado que había matado para arrebatarle la piel. Tras salir a los campos de Voa, por donde vagaban aquellos animales sin molestar a nadie, había tardado un tiempo en percatarse de que no iban a atacarlo. Era la corriente lo que los enfurecía, no él; para ellos, tenerlo cerca era un alivio, igual que para Cyra.

Quizá aquel escarabajo fuera igual y evitara a los que canalizaban la corriente porque la energía le resultaba insoportable. El dibujo de su lomo era como tinta derramada, sin forma concreta. Cuando se iluminaba, su brillo era verde azulado, un color tranquilizante.

Al cabo de un rato, los pinchacitos de sus patas al agarrarse a él dejaron de molestarle, como dejó de molestarle la amenaza de sus grandes pinzas. Era un pequeño monstruo, igual que él: no tenía la culpa de haber nacido así.

La revelación del oráculo era como un papel arrugado que se alisaba poco a poco. Primero le enseñó lo que ya no era. Y después, lo que era: un shotet. Un... Noavek.

El hombre que se lo había quitado todo (a su padre, a su familia, su seguridad, su hogar) era su hermano.

Y el hombre que había creado a Ryzek, Lazmet, era su padre. Seguía vivo, algo que Cyra todavía encontraba tan aterrador (Cyra, que era tan firme y resuelta) que con tan solo verle la cara se había dejado llevar por el pánico.

—¿Qué hago ahora? —le preguntó al escarabajo que tenía en la mano.

—Estoy seguro de que ese bicho no te va a responder —comentó la voz de Pary detrás de él—. Aunque no pretendo entender los dones de la corriente de los demás.

Akos se volvió de golpe. Por suerte, el escarabajo no se meneó.

—No te acerques mucho más —le advirtió al recién llegado—. Ya sabes, escarabajos asesinos y eso.

—Parece que les gustas. Seas lo que seas, eres muy extraño.

Akos asintió. No pensaba discutírselo.

Pary se colocó frente a él, a distancia segura, con las manos en los bolsillos.

—Debe de haberte contado algo difícil.

No sabía decir si la palabra «difícil» era la más adecuada. El escarabajo le correteó desde el pulgar hasta la manga, emitiendo chasquidos con sus pinzas. Esperaba que no fuera su manera de prepararse para atacar, aunque dudaba que fuera a hacerlo.

—Hay mucha gente repartida por el sistema solar que cree que los oráculos son elitistas, ya sabes —comentó Pary—. Que solo conceden destinos, y, por tanto, importancia, a ciertas familias. La gente que no entiende los destinos lo considera una muestra innecesaria de favoritismo, puesto que no sabe que a los oráculos no se les permite decidir nada. Sin embargo, las personas predestinadas saben que serlo no es tal suerte. —A Pary le brillaban los ojos, que reflejaban la luz naranja de una flor del jardín—. Un destino es una jaula —siguió—. Cuando te sacan de ella, eres libre para elegir, para hacer, para ir… Lo que quieras, a donde quieras. En cierto modo, por fin puedes saber quién eres.

Akos había estado demasiado ocupado pensando en quién era su familia como para pensar en destinos, aunque sabía que la cabeza de Cyra estaba ocupada precisamente en eso. Quizá debiera alegrarse por no estar ya predestinado a morir, pero se había estado aferrando tanto a ello que le costaba adaptarse. Tras tanto tiempo cargando con ese peso, se le había olvidado lo que era estar sin él, y ahora se sentía excesivamente ligero, como si pudiera alejarse flotando.

¿Y su verdadero destino? «El segundo descendiente de la familia Noavek cruzará la División».

Bueno, eso ya lo había hecho, había cruzado la extensión de hierba pluma que separaba Thuvhe de Shotet. Lo había hecho más de una vez. Así que se había cumplido su destino, y ahora Pary estaba en lo cierto: podía elegir lo que quisiera. Hacer lo que quisiera.

Ir a donde quisiera.

A cualquier lugar, a cualquier parte a la que necesitara ir.

La decisión se estaba formando en su mente cuando oyó el grito, agudo y estridente. Se le unió un gemido y después un grito grave. Tres voces expresando su dolor. Tres oráculos.

Para entonces ya sabía lo que significaba: se había producido otro ataque.

El escarabajo huyó de su muñeca cuando él corrió colina arriba, hacia la habitación en la que dormía su hermano. Echó las cortinas transparentes a un lado y vio a Eijeh sentado en la cama, con los dedos mesándose el pelo mientras gemía. Hacía mucho tiempo que no veía a Eijeh tan desaliñado, con la camisa enrollada en el torso y media cara marcada por las arrugas de la funda de almohada.

Akos vaciló en la entrada del cuarto. ¿Por qué había acudido allí en vez de al de su madre? Había perdido las partes de Eijeh que estaba tan decidido a salvar, y ahora sabía que lo que quedaba del chico ni siquiera estaba emparentado con él, así que ¿por qué seguía corriendo a su lado?

Eijeh alzó la cabeza y miró a Akos.

—Nuestro padre —dijo Eijeh—. Los está atacando.

—Eijeh, te equivocas, nuestro padre…

—Es Lazmet —respondió el otro, que se balanceaba adelante y atrás, sin soltarse la cabeza—. Shissa. Está atacando Shissa.

—¿Cuántos muertos? —preguntó Akos al tocarle el hombro, y su hermano (¿su hermano?) se apartó.

—No, no hagas eso, tengo que ver...

—¿Cuántos? —exigió saber Akos, a pesar de que, en el fondo, sabía que daba igual que fueran un puñado, docenas o...

—Cientos —respondió Eijeh—. Está lloviendo cristal.

Entonces, Eijeh se echó a llorar, y Akos se sentó en el borde de la cama.

No, daba igual que fueran cientos. El camino que debía recorrer seguía siendo el mismo.

CAPÍTULO 29 | EIJEH

—Tienes que encontrar el modo de mantener el equilibrio —nos dijo Sifa—. O las visiones tomarán el control. Te quedarás atrapado en todas las posibilidades y no podrás vivir.

—¿Tan malo sería? —respondimos—. ¿Vivir mil vidas diferentes en vez de la tuya?

Ella nos miró con los ojos entornados, esa mujer que era nuestra madre, un oráculo y una desconocida, todo a la vez. Ordenamos la muerte de su marido; sufrimos también la pérdida de aquel hombre. Qué extraño era ser responsable de tanto dolor y haberlo sufrido como resultado directo de esa responsabilidad. A medida que nuestras identidades se fundían en una, cada vez éramos más conscientes de las contradicciones inherentes a nuestra existencia. Sin embargo, nada podía hacerse al respecto; las contradicciones existían, y debíamos aceptarlas.

—Fuera lo que fuera lo que te creara, lo hizo por un motivo —dijo Sifa—. Y no fue para convertirte en receptáculo de las experiencias de los demás; fue para que tuvieras las tuyas.

Nos encogimos de hombros, y entonces empezaron las imágenes.

Estamos en el cuerpo de un hombre bajo y corpulento, de pie ante un carro lleno de libros. El olor a polvo y papel flota en el aire, y las estanterías se alzan sobre él. Deja un pesado volumen en una bandeja que sobresale del estante e introduce un código en el dispositivo que lleva encima. La bandeja se aleja hacia el estante en el que debe ir el libro y que se encuentra una planta por encima de su cabeza, a la izquierda.

Suspira y se acerca al final del pasillo para mirar por la ventana. La ciudad (que reconocemos como Shissa, en Thuvhe) está repleta de edificios que flotan a tanta altura sobre el suelo que los campos de flores del hielo de abajo parecen meros retazos de color entre la nieve. Es como si las construcciones colgaran de las mismas nubes. Frente a la ventana hay una estructura de cristal con forma de diamante cuyo interior emite una luz verde por la noche. A su izquierda, un gigante curvo se ilumina de un delicado color blanco, como la tierra que tiene debajo.

Es un lugar precioso. Lo sabemos.

Ya no somos un hombre. Ahora somos una mujer baja que tiembla dentro del rígido chaleco de una armadura shotet.

—¿Por qué vive la gente en este estúpido país? —le pregunta al hombre que tiene a su lado. Le castañetean los dientes.

—Flores del hielo —responde el hombre mientras se encoge de hombros.

Ella flexiona las manos para intentar despertar sus entumecidos dedos.

—Chisss —le dice el hombre.

Más adelante, una soldado shotet tiene la oreja pegada a una puerta. Cierra los ojos un momento, se retira y les hace un gesto a los demás para que avancen. Estrellan un cilindro metálico contra la puerta varias veces para abrirla. La cerradura salta y cae al suelo de cemento. Al otro lado de la puerta hay una especie de sala de control, como la cubierta de navegación de una nave de transporte.

Un grito desgarra el aire. Corremos al interior.

Estamos frente a una ventana, con una mano sobre el frío cristal mientras que, con la otra, abrimos una cortina. Por encima de nosotros se encuentra la ciudad de Shissa, un grupo de gigantes que siempre nos cubre. Ha sido nuestro colorido consuelo por las noches desde que éramos niños. El cielo sin edificios parece inhóspito y vacío, así que no nos gusta viajar.

Desde que empezamos a mirarlos, los edificios no se han movido, ni siquiera con el viento más fuerte. Eso es gracias a la tecnología pithariana que los mantiene erguidos, controlados por pequeñas torres en el suelo, cerca de los campos de flores del hielo. No entendemos cómo funciona. Somos un trabajador del campo. Todavía tenemos puestas las botas (con ganchos en las suelas, para aferrarnos a las capas de hielo) después del día de labor; todavía nos duelen los hombros de cargar con el equipo.

Mientras observamos, el hospital (un reluciente cubo rojo que tenemos justo encima) se mueve.

Tiembla.

Y cae.

Cae, y dejamos escapar el aire de los pulmones. Como cuando tiras algo a una tina de agua, parece moverse despacio, aunque no puede ser cierto. Mientras desciende crea una débil estela blanca de copos de nieve. Hasta que se estrella contra el suelo.

Somos un niño en una cama de hospital. Nuestro cuerpo es pequeño y delgado. El pelo se nos pega a la nuca… Aquí hace calor. Las barandillas están subidas, como si fuéramos un bebé y temieran que nos cayéramos de la cama en sueños.

El colchón se estremece, lo que nos sobresalta, así que nos agarramos a las barandas. No es que se mueva la cama, sino el suelo: cae bajo nosotros. La ciudad se aleja por las ventanas, y nos aferramos al metal, los dientes apretados…

Y entonces empezamos a gritar…

La mujer shotet (nosotros) se tira de las correas de la armadura mientras corremos. Nos las hemos apretado demasiado y se nos clavan en los costados, lo que nos impide movernos tan deprisa como nos gustaría.

El ruido del edificio al caer no se parece a nada que hayamos oído antes. Los crujidos, el estruendo…, los gritos, los gemidos, los jadeos…, el rugido del aire que lo rodea… es ensordecedor. Nos tapamos las orejas con las manos y seguimos corriendo hacia la nave de transporte, hacia la seguridad.

Vemos una forma oscura que se lanza del tejado del hospital.

Tenemos las rodillas enterradas en la nieve. El hombre de antes está a nuestro lado y nos grita algo que no alcanzamos a oír. Tenemos las mejillas calientes. Sorprendidos, nos damos cuenta de que el rostro de la shotet está surcado de lágrimas.

Esta es la venganza ordenada por Lazmet. Sin embargo, la vivimos con horror.

—¡Vamos! —grita el otro soldado—. ¡Tenemos que seguir!

Pero ¿cómo vamos a seguir si toda esta gente necesita ayuda?

¿Cómo vamos a seguir después de perder tantas vidas?

¿Cómo vamos a seguir?

CAPÍTULO 30 CYRA

Aquella noche, Akos se fue a pasear por los jardines y yo me quedé sola. El húmedo aire ograno me mojaba las mejillas; quería lavarme la cara. Me acerqué dando tumbos al cuarto de baño, dolorida, y apoyé la cabeza en la pared de azulejos mientras abría el grifo. Los dedos siempre me dolían más que el resto del cuerpo, ya que las sombras se me acumulaban en las extremidades como si desearan escapar.

Me eché agua en la cara y me la sequé con la pechera de la camisa. «Cyra Kereseth», pensé, probando el sonido del nombre. Y sonaba a falso, a alguien que se ponía la ropa de otro. No obstante, igual de malo era estar en aquel lugar en el que las mantas todavía seguían arrugadas tras acostarme en ellas con Akos. Era otra persona la que había descansado allí, con la oreja contra su pecho.

De repente, necesitaba salir, moverme. Me acerqué a la nave de Pary, en el otro extremo de la colina, lejos de los jardines, para no encontrarme con Akos. La escotilla se abrió al pulsar un botón y las luces el interior me guiaron hasta un asiento cerca de todas las plantas ogranas encerradas.

Estaba allí sentada frente a la planta que parecía una boca gigante, con la cabeza entre las manos, cuando se abrió de nuevo la escotilla.

Alcé la cabeza, segura de que se trataría de Akos, de que por fin hablaríamos de lo que habíamos escuchado. Pero no lo era.

Era Sifa.

No cerró la escotilla, así que oía el zumbido de los insectos y el susurro del viento mientras ella me miraba, de pie. Le devolví la mirada. Me sorprendió la intensidad del dolor que me recorrió entera al verla, al pensar en que me había entregado a otros siendo yo una niña. Permanecí inmóvil para contenerlo. Ni un gesto, ni un temblor, ni un gemido. Nada que la invitara a consolarme. No quería que supiera que era capaz de herirme.

—Habéis hablado con Vara —me dijo al fin.

Me enderecé en el asiento y me eché la trenza sobre el hombro.

—Sí, y gracias, por cierto —respondí, y se me escapó una leve mueca cuando una sombra de la corriente me cruzó la cara—. No hay nada mejor que oír de boca de una desconocida que tu propia madre te abandonó.

—Debes saber... —empezó, pero me puse en pie y planté las botas en el suelo de rejilla, con una línea de luz guía entre los pies.

—Sí, por favor, dime qué debo saber —le solté—. ¿Me vas a contar cómo te sentiste al entregar a tu hija a una familia de monstruos? ¿O al mentirle a tu hijo durante toda su vida? ¿O que lo hiciste por el bien de Thuvhe, Shotet o la puñetera corriente? Porque sí, es lo único que quiero saber: lo difícil que fue para ti.

De repente me sentí enorme, como una pared de músculo. Ella no era frágil (poseía cierta fuerza nervuda), pero no tenía mi constitución, no era de hombros y caderas firmes. Podía derribarla de un puñetazo, y parte de mí quería intentarlo. Quizá se tratara de mi parte Noavek, la parte que no habría existido si mi madre me hubiera mantenido a salvo en vez de cambiarme por otro.

Sifa se mantuvo junto a la escotilla, su silueta recortada contra las luces de la pequeña pasarela que tenía detrás. Se había recogido el cabello a un lado de la cabeza, desaliñado, como si llevara días sin peinárselo. Parecía muy cansada. Me daba igual.

—¿Qué viste? —pregunté—. ¿Qué viste en nuestros futuros para decidir intercambiarnos? ¿Qué podía ser tan malo como para considerar que era mejor opción entregarme a los Noavek?

Cerró los ojos y se le tensó el rostro, y yo noté un escalofrío helado en la espalda.

—No te lo voy a contar —respondió tras abrir los ojos—. Prefiero que me odies que dejar que sepas qué vi que os pasaría a Akos y a ti. Elegí el mejor camino para vosotros, el de mayor potencial.

—No tienes derecho a decidir mi camino por mí —repuse en voz baja.

—Lo volvería a hacer.

Pensé de nuevo en el puñetazo.

—Aléjate de mí —le pedí.

—Cyra...

—No. Quizá cuando era bebé pudieras decidir lo que sucedía entre nosotras, pero ya no.

Me levanté. Cuando me dirigí a la escotilla para dejarla atrás, su postura cambió. Se dejó caer de un modo extraño contra el umbral, con la cabeza gacha y el pelo caído alrededor de la cara.

Entonces dejó escapar un grito desgarrador.

Otra visión, pues. Algo horrible.

Al principio me quedé a su lado y me limité a escuchar mientras su voz me arañaba el cráneo por dentro. Después me agaché ante ella cuando se deslizó por la pared hasta el suelo; no deseaba consolarla, pero tampoco quería dejarla allí sin saber lo que estaba viendo.

Tardó un tiempo en callarse. El grito cesó con un sonido similar a una arcada. Había aprendido que hacerle preguntas directas a Sifa rara vez daba resultados productivos, así que no hablé. Con el fuego de mis sombras en el vientre, esperé agachada allí, en la oscuridad. Detrás de mí, la planta-boca lanzaba mordiscos con sus frágiles mandíbulas.

Tardó tanto en hablar que las piernas se me quedaron entumecidas.

—Han atacado Shissa —dijo, sin aliento—. Cortesía de Lazmet Noavek.

Lo primero que pensé (aunque me avergoncé de ello un segundo después) fue: «¿Y qué?».

Thuvhe había atacado primero. Aunque me inquietara pensar en un ejército con mi padre al mando, era la guerra, y ambos bandos sufrían en los enfrentamientos bélicos.

Sin embargo, no había olvidado lo que sentí cuando destrozaron la nave de la travesía en Voa. Dondequiera que estuviera Akos, pronto sentiría lo mismo. A pesar de lo que odiaba a mis enemigos, no le deseaba algo así a un ser querido.

Dejé allí a Sifa, la mujer que me había dado primero la sangre y después la patada. Ni tenía consuelo que ofrecerle ni quería ofrecérselo. Corrí por el camino de piedra blanca hacia los jardines para buscar a Akos, pero el lugar estaba vacío y los escarabajos zumbaban sin que nadie los molestase. Así que corrí hacia la habitación en la que habíamos dormido. La cama estaba vacía.

Recorrí un cuarto tras otro, miré en la cama de Cisi: vacía. Pero en el cuarto que debería haber sido de Sifa me encontré con Yssa. Tenía el cabello rojo mojado pegado a las mejillas, como si acabara de bañarse.

—Lo siento —me dijo.

—¿Por qué? ¿Por el ataque? —pregunté, ya que me resultaba raro que se disculpara conmigo.

—¿El ataque? —preguntó a su vez. Todavía no se había enterado—. ¿Qué ataque?

Negué con la cabeza.

—Dentro de un momento. ¿Por qué lo sientes, Yssa? —repetí, impaciente—. Tengo que encontrar a Akos.

—Justo por eso —contestó—. Se ha ido. —Me sentí a punto de arder, como una de las letales enredaderas de los bosques ogranos, que estallaba si la tocabas por error—. Pary se marchó hace un momento con Cisi y con Akos. Pretendían partir de Ogra en la misma nave a la que subirá Jorek Kuzar en dirección a Voa cuando amanezca.

—No han dejado ningún mensaje —repuse. No era una pregunta.

—Ojalá supiera algo más. Pary no me ha contado nada. Sé que debe de sentirse desconcertada…

Pero no lo estaba. Quizá de haber sido una persona normal, de haber crecido con otro nombre, lo habría estado.

A Akos lo habían liberado de su destino y de sus obligaciones conmigo. Así que se había marchado, se había ido a casa. ¿Por qué iba a sentir la necesidad de dejarme un mensaje de despedida o una simple explicación a mí, el Azote de Ryzek? Habría sido un gesto demasiado considerado, mucho más de lo que una persona como yo podía esperar.

Me dejé caer en el baúl, a los pies de la cama de Sifa. Gruesas cintas de sombra me recorrían la piel.

Se había ido.

Y volvía a estar sola.

Oruzo. Sustantivo. En shotet:
«Un reflejo, como el que devuelve un espejo».

CAPÍTULO 31 | CYRA

Un hilo de sudor se me metió por la comisura de la boca. Me pasé la lengua para quitarme el sabor salado y eché a correr. A pesar del riesgo, pensé que podría sorprenderlo con una fuerza para la que él no estaba preparado.

Mi oponente era alto y esbelto. Ettrek, el que me había llamado «Azote de Ryzek» en el refugio de las tormentas cuando llegué, insistía en ese apelativo siempre que me veía. Pero ahora mismo no era más que un conjunto de extremidades, una simple masa de carne. Lancé mi cuerpo contra el suyo, manteniendo los codos bajos, orientados hacia su estómago.

La escuela de la mente, *elmetahak*, desaprobaría que me arriesgara así. «No se debe correr ningún riesgo más que cuando no quede otra opción», dictaba la enseñanza. En este caso, era cierto. Había calculado mal.

El brazo de Ettrek impactó como una viga contra mi pecho y mi hombro, y me hizo caer de espaldas. A mi alrededor, la multitud rugió de puro gozo.

—¡Desángrate ya, oruzo! —gritó alguien entre el gentío.

Oí, entre el clamor, un recuerdo. Estaba arrodillada en medio de una plataforma con un cuchillo apretado contra la garganta. Mi hermano se alzaba sobre mí, con los ojos enturbiados por la rabia y el miedo. Mi pueblo me llamaba «traidora», mi pueblo clamaba mi sangre. Noté un hormigueo en la piel de plata de mi cabeza.

La multitud seguía pidiendo mi sangre a gritos, también aquí, en Ogra. Para ellos seguía siendo una Noavek, seguía estando mejor muerta que viva.

Miré al muro, a Ettrek, que se disponía a inclinarse y asestarme el golpe de gracia. Lo conocía. Me llamaba «aliado», peleaba conmigo por diversión, pero una parte recóndita de él aún deseaba que yo sufriera.

Así, deslicé una mano por su nuca, con la ternura de una amante, y lo atraje hacia mí. «Hazme más daño —decía el movimiento—. Vamos». Se sacudió hacia atrás como si el mero contacto fuese un veneno (aunque, a decir verdad, sí que lo era) y cayó al suelo, aturdido. Me encaramé a él, lo atenacé, me preparé para hundirle el codo en la cara... y me detuve antes de golpearlo, con las cejas enarcadas.

—Sí, sí, me doy por vencido —dijo Ettrek, desatando los abucheos de la muchedumbre. Se habían cansado de verme ganar. De ver ganar a los Noavek.

El hecho de que por mis venas no corriera la sangre de Lazmet, de que técnicamente tal vez ni siquiera fuese una shotet, no les importaba.

¿Me importaba a mí?

Más adelante, cuando los líderes de los exiliados shotet me pidieron que representara a mi pueblo ante el mando ograno (sin saber, por supuesto, que yo no era la auténtica heredera del trono de mi hermano), pensé en cómo me había sentido, derribada de espaldas, con toda aquella gente coreando mi dolor y mi derrota.

Me odiaban. Me rechazaban. No querían que los representase.

—La más tradicional de los dos líderes ogranos le da una importancia extrema a la ley, y tú eres la heredera legal de la soberanía —me dijo Aza, la lideresa de los exiliados, con cierta desesperación.

—Necesitamos que nos ayudes, Cyra —añadió Teka.

Me fijé en ella —en su cabello claro, lacio por la humedad de Ogra; en el cerco oscuro que tenía bajo su único ojo y que revelaba su cansancio— y, de pronto, los shotet ya no eran la multitud anónima que me había rodeado en más de una ocasión. Los shotet eran ella. Y Jorek. E incluso Yma. Personas que habían sido pisoteadas por los poderosos, al igual que yo. Personas que necesitaban este pequeño gesto para poder defenderse.

Además, se lo debía. Le había dicho a la gente que abandonara su hogar. Había dado a entender que los exiliados estaban en Ogra. Llevaba el legado de los Noavek, aunque no llevara su sangre. Era lo mínimo que les debía, por lo que había hecho.

—Bien —dije.

—Estoy ridícula —le dije a mi reflejo. O, más bien, se lo dije a Teka, que estaba detrás de mí con los brazos cruzados, mordiéndose un carrillo.

Vestía una chaqueta larga, de hombros angulosos y abotonada muy ceñida sobre mi pecho, que caía recta hasta el suelo. Sin embargo, todas las puntadas se habían dado con un hilo reluciente, lo que hacía que me sintiera no como una persona sino como una nave espacial ograna. El cuello, confeccionado por entero en un tejido luminoso, alumbraba mi rostro, lo cual les confería un aspecto más espeluznante de lo habitual a mis sombras de la corriente cada vez que se deslizaban por mi piel.

Algo que nunca dejaban de hacer. El escaso control que conservaba cuando aterrizamos en Ogra se había esfumado, como si Akos se lo hubiera llevado consigo cuando se marchó.

—Aza quería cerciorarse de que tuvieras el aspecto de una soberana, aunque en realidad no lo seas. Y ahora sí que lo pareces —dijo Teka—. Además, aquí todo el mundo está ridículo, de manera que no llamarás mucho la atención.

Se señaló. Vestía igual que yo, solo que su chaqueta era gris (en combinación con los demás colores, había dicho la costurera ograna) y le llegaba a las rodillas en lugar de a los tobillos. Llevaba pantalones a juego y se había recogido el cabello claro en un moño impecable. Yo lo llevaba en una trenza gruesa y desigual que me caía sobre el hombro opuesto al de piel de plata.

Estábamos a punto de reunirnos con los representantes de Ogra en Pokgo, la capital de Ogra. Nos habían invitado a debatir sobre la «solicitud» (más bien la «exigencia») formulada por el gobierno de Thuvhe de que los ogranos dejaran de acoger a los exiliados shotet, en vista del ataque a Shissa.

Me sentí mal. La única razón que Thuvhe tenía para exigirle algo así a Ogra era que yo le había dicho a Isae que estábamos aquí. Mis sombras de la corriente fluían densas y raudas, algo a lo que el atuendo ceñido no ayudaba. Aun así, no podía negar que realzaba la longitud de mi cuerpo de un modo muy favorecedor.

—¿Vas a ir a cara descubierta? —le dije a Teka mientras le daba la espalda al espejo—. Al menos podrías ponerte algo en el ojo, ya sabes.

—Siempre que lo intento, termino pareciendo estúpida —dijo.

—Podría intentarlo yo —le propuse—. Mi madre me enseñó cuando yo era joven.

—Bueno, pero no me arpones con tu don de la corriente —me advirtió Teka, un tanto malhumorada.

Había encontrado un pequeño lápiz negro con el que pintarme la línea de las pestañas en una de las tiendas de Galo. Intenté regatear con la avispada ograna que la regentaba, pero como la mujer fingió no entender mi acento, al final desistí y le pagué el precio que pedía. Retiré la tapa, me situé delante de Teka y me incliné para colocar mi cara a la altura de la suya. Puesto que no podía apoyarme en ella, me agarré una mano con la otra para estabilizar el pulso.

—Podemos hablar de eso, ya sabes —dijo Teka—. De cómo se marchó. Sin despedirse siquiera. Podemos hablarlo, si lo… Ya sabes, si lo necesitas.

«Sin despedirse siquiera». Había decidido que yo no merecía ese gesto básico de respeto.

Apreté los dientes.

—No —dije—, no podemos.

Si me pusiera a hablar de ello, me darían ganas de gritar, pero esta chaqueta me apretaba demasiado las costillas para poder hacerlo. Era la misma razón por la que evitaba a Eijeh y a Sifa, que ahora estaban siempre juntos y conversaban a todas horas con los exiliados acerca del futuro. No lo soportaba.

Con unas pocas pasadas cortas y ligeras, y deteniéndome según mi don de la corriente se alzaba y retiraba a modo de marea, le pinté el párpado de negro y empleé el otro extremo del lápiz para difuminar los trazos. Cuando la conocí, me habría clavado un puñal antes que permitir que me acercara tanto a ella, de manera que, aunque ella lo negaría si se lo preguntara, yo sabía que ahora era más blanda conmigo, del mismo modo que yo ahora era más blanda con ella.

Un corazón tierno era un don, sin importar que esa ternura fuese natural o forzosa. Era algo que nunca volvería a dar por hecho.

Abrió el ojo. El iris azul parecía relucir con mayor intensidad dentro del marco negro. El otro ojo lo llevaba tapado con lo que ella llamaba un «elegante parche», un complemento de color negro liso que llevaba sujeto al rostro con una cinta en lugar de una tira elástica.

—Así —dije—. Casi sin dolor.

Se miró en el espejo.

—Casi —convino. Aun así, dejó el lápiz en su sitio, y entonces supe que le gustaba.

Procuraba no pensar en Akos, ni soñar con él, ni imaginar conversaciones que podríamos haber mantenido acerca de lo que yo estaba viviendo. Bastante me costaba ya contener la rabia por lo ocurrido en Thuvhe; prefería no echarle más leña al fuego.

Durante el vuelo a Pokgo, no obstante, me permití un único momento de debilidad antes de reprenderme a mí misma.

Mientras la nave planeaba entre los inmensos edificios (más altos que los de Voa, tanto que podrían haber rascado la base de los que cayeron en Shissa), imaginé la cara de asombro que habría puesto si hubiera visto aquel paisaje.

Y yo le habría dicho algo como «los ogranos permitieron que se conservara un cierto porcentaje de los árboles cuando construyeron Pokgo, razón por la que desde aquí arriba sigue pareciendo un bosque».

Él habría sonreído, divirtiéndose como siempre al comprobar los conocimientos que me callaba.

Aunque sin llegar a divertirse lo bastante conmigo para darme una maldita explicación antes de…

«Basta», me dije, a la vez que parpadeaba para retener las lágrimas. Me dolían las rodillas, las caderas, los codos y los hombros, me dolían las articulaciones de todos los huesos. No podía entretenerme con esto.

Había trabajo que hacer.

La nave se posó en un edificio cercano al centro de Pokgo, donde los edificios quedaban tan próximos entre sí que podía ver las oficinas y los hogares de aquellos desconocidos y cómo los tenían decorados. A los ogranos les gustaba el exceso, por lo que muchas de las estancias estaban recargadas de objetos personales o de exquisita factura. Todo el mundo parecía tener las mismas cajas decorativas, hechas de madera pulida sin apenas dibujos grabados.

Cuando se abrió la escotilla me estremecí un poco, porque el viento entró con fuerza y pude comprobar que nos encontrábamos más arriba de lo que imaginaba, a juzgar por el descenso de la temperatura. Un operario de la plataforma de atraque acercó una pasarela motorizada a la escotilla. No tenía barandillas ni ningún tipo de medida de seguridad visible que evitara caídas accidentales. El capitán ograno, un hombre robusto y de muchas agallas, la recorrió con la elegancia de un bailarín. A continuación, pasó Yssa, a la que yo seguí de cerca, obligándome a mirar al frente, hacia la puerta abierta por donde debía pasar.

Si Akos hubiera estado aquí, me habría aferrado a su mano, con el brazo estirado por detrás de mí a modo de banderín.

Pero no estaba, así que recorrí el puente yo sola.

Los ogranos estaban gobernados por dos personas, una de las cuales era una mujer y la otra era sema, el término shotet para referirse a alguien que no es mujer ni hombre. En Ogra había dos facciones políticas principales, que yo supiera, una abierta al cambio y la otra no. Cada una de ellas presentaba un candidato viable cada diez estaciones, y ambos debían gobernar juntos, ya fuese por transigencia o tras una negociación. Me costaba creer que algo así funcionara, pero según parecía, así era, puesto que el sistema llevaba doscientas estaciones en vigor.

El líder sema, que se hacía llamar Rokha, llevaba el cabello corto, del color de la arena de Urek, tenía la piel salpicada de pecas y mantenía fruncidos sus delicados labios. La mujer, que se había presentado con el nombre de Lusha cuando me tomó del brazo en un gesto de saludo, era más alta, más gruesa y tenía la tez bastante más morena que yo. La raya difuminada que se había aplicado sobre las pestañas despedía un tenue brillo trémulo que le alumbraba los ojos, y le favorecía.

—Tú eres Cyra Noavek —me dijo Rokha cuando formamos un grupo antes de dar comienzo a la reunión. Lusha estaba hablando con Yssa y Aza detrás de mí (esto lo sabía porque su risa efusiva no paraba de martillearme la cabeza con un regocijo que yo no sentía).

—Supuestamente —dije sin poder evitarlo.

Rokha se rio.

—Eres más alta de lo que imaginaba —comentaron—. Supongo que todo el mundo parece más bajo al lado de Ryzek Noavek.

—Parecía —les corregí. Para mí no era más que un error gramatical, un gesto amable para con alguien que no hablaba shotet como lengua materna. Sin embargo, sus rostros se tensaron ante mi falta de sensibilidad.

—Discúlpanos —dijeron—. Hace muy poco que lo has perdido.

—Yo no diría que he perdido nada —dije.

Rokha enarcó una ceja. Las pecas de sus párpados me recordaron a Akos, y un cúmulo de sombras de la corriente se propagó por la cuenca de mi ojo, haciéndome pestañear.

—No sé si estás de broma o no —admitió Rokha.

—Tómalo como un cumplido. A los ogranos les encantan los misterios, ¿no? —respondí con amargura, provocando que Rokha me mirase de soslayo, como si estuviera confundida, mientras Lusha daba inicio a la sesión.

—Hablemos claro —dijo Lusha, y al oír esto, Rokha resopló.

Lusha miró en su dirección arrugando la nariz, como haría una niña con un hermano. Ella era la más tradicional de los dos líderes ogranos, lo sabía, por lo que tendía a pontificar y a andarse con ceremonias. Contuve una risa cuando Rokha me guiñó el ojo desde el otro lado de la mesa baja. Estábamos sentados en taburetes a su alrededor. La tela gruesa que me cubría desde la garganta hasta los tobillos fluía en torno a mí, y los hilos luminosos que la mantenían unida centellearon.

—Bien —dijo Aza—. En ese caso, para hablar claro, nos sorprende que Ogra llegue a considerar la idea de expulsarnos cuando llevamos tanto tiempo conviviendo sin problemas en este planeta.

—No la consideraríamos si la presión la ejerciera solo Thuvhe —dijo Lusha con un suspiro—. Pero Thuvhe cuenta con el respaldo de la Asamblea, y está buscando aliados poderosos. Nuestro servicio de inteligencia nos ha informado de que en estos momentos la canciller se encuentra de viaje a Othyr.

Miré a Teka. Se la veía tan preocupada como yo, con los labios combados hacia el mentón. Si Thuvhe se aliara con Othyr, la guerra podía darse por terminada. Nadie se alzaría contra Othyr, no sin una causa más elevada que la de «impedir que Shotet sea arrasado».

Que yo supiera, Othyr siempre había sido el planeta más rico y poderoso de la galaxia. Tiempo atrás era rico en recursos naturales, pero a medida que nuestra especie prosperaba, se fijó unas metas más intelectuales que las de la minería y la agricultura. Ahora desarrollaba productos tecnológicos y llevaba a cabo investigaciones. Podía decirse que todos los avances conseguidos en los campos de la medicina, de los viajes espaciales, de la tecnología alimentaria y del bienestar se hicieron posibles en Othyr. Si un planeta se desvinculara de Othyr, dejaría de disfrutar de esas cosas de las que ahora todos (incluidos los shotet) dependíamos. Un líder tendría que perder el juicio para correr ese riesgo.

—¿Por qué la Asamblea respalda a Thuvhe en lugar de defender la neutralidad, como ha hecho en el pasado? ¿De pronto esto ya no es una «disputa civil», como llevan diciendo más de diez estaciones? —preguntó Teka.

—Consideran que somos vulnerables —respondió Aza—. No cabe duda de que para ellos esto es una labor de limpieza. Quieren deshacerse de la basura shotet. Tirarla al espacio.

Celebré notar aquella rabia en la voz de Aza, tan similar a la mía.

—Quizá eso sea exagerar un poco —opuso Lusha—. La Asamblea nunca entraría en un conflicto a menos que pensara que…

—Entonces dime por qué… —La voz de Aza tembló cuando interrumpió a Lusha—. Dime por qué un ataque contra los inocentes que huían hacia la nave de la travesía de Voa no se consideró crimen de guerra, cuando un ataque contra inocentes en Shissa sí recibió esa clasificación. ¿No fue porque a los niños thuvhesitas se les considera inocentes, al contrario que a los niños shotet? ¿No fue porque al pueblo thuvhesita se le considera productivo, mientras que los shotet son vistos como carroñeros salvajes?

—Creía que no apoyabas los actos emprendidos por Lazmet Noavek contra Thuvhe —dijo Rokha, con la voz endurecida—. Al fin y al cabo, emitiste un comunicado para condenar el ataque en cuanto tu viste conocimiento del mismo.

—Y sostengo esa condena. Lazmet Noavek ha formado un ejército con los partidarios de su difunto hijo. Lo que haya hecho contra Shissa no tiene nada que ver con nosotros, y desde luego nosotros jamás habríamos hecho algo tan cruel —aseguró Aza—. Pero eso no significa que Thuvhe no merezca algún tipo de castigo por lo que nos hicieron.

No hacía falta ser un entendido en este tipo de reuniones para darse cuenta de que esta no marchaba bien. Los ogranos tendían a expresarse como un martillo que golpease un clavo, y lo mismo podía decirse de los shotet. De hecho, nuestras culturas se asemejaban más de lo que parecía (valorábamos la resiliencia, ocupábamos planetas que suponían un desafío, venerábamos a los oráculos…).

Si pudiera hacerles entender lo unidos que estábamos, tal vez accedieran a ayudarnos.

—¿Por qué nos odian? —dije, con la cabeza ladeada. Afilé bien la voz, para que pareciese que estaba confundida de verdad.

—¿Cómo que por qué? —Aza me miró con el ceño fruncido—. ¡Siempre nos han odiado! ¡Su odio no tiene ningún sentido, no tiene ningún fundamento…!

—El odio nunca es absurdo, no según la lógica de quien odia —arguyó Teka, que asintió en mi dirección—. Nos odian porque creen que somos unos retrógrados. Seguimos el flujo de la corriente, honramos a los oráculos.

—Y los oráculos, al nombrar los destinos de la familia Noavek, han afianzado la posición que los shotet ocupan en la galaxia —dije—. Pero la Asamblea se negó a escuchar. La Asamblea se negó a concedernos la soberanía. Quiere limitar el poder de los oráculos, no incrementarlo honrando los destinos. Y por eso nos odian, por venerar precisamente a aquellos a quienes pretenden arrebatarles el poder.

—Esa es una afirmación muy grave —dijo Lusha—. Algunos tacharían de traición sugerir que la Asamblea quiere despojar a los oráculos de su poder.

—Para mí la única traición que hay —dije— es aquella en que se incurre contra los oráculos. Y yo jamás he cometido ese crimen. No se puede decir lo mismo de nuestro órgano de gobierno.

—Hace dos estaciones —dijo Aza—, Ogra se hallaba al borde de la guerra porque la Asamblea quería anunciarle al público los destinos de las familias predestinadas, ¿no es así? Leí la transcripción. Tú misma, Lusha, te mostraste particularmente indignada por la decisión que tomaron.

—No vi ninguna razón para romper nuestras tradiciones —dijo Lusha con frialdad.

—Aquel acto —dijo Teka—, el de compartir todos los destinos con el público cuando no hacía ninguna falta, derivó en el secuestro de uno de los oráculos de nuestro planeta, y culminó en la guerra que sufrimos hoy. La Asamblea sembró las semillas de este enfrentamiento al desafiar a los oráculos. ¿Y ahora pretenden aplastarnos por ello?

Yo no sabía si sus palabras habían tenido algún efecto. No se me daba bien leer las expresiones de los demás. Aun así, insistió.

—La Asamblea está amenazada por todos los planetas fieles al destino —dijo Teka—. Empezó por nosotros, pero no penséis que acabará con nosotros. Tepes, Zold, Essander, Ogra… Todos los planetas fieles al destino corren peligro. Si se han atrevido a llamarnos retrógrados y a orquestar una guerra para deshacerse de nosotros, harán lo mismo con vosotros. Tenemos que permanecer unidos si queremos mantener su poder dentro de sus justos límites, que es como debería estar.

Intenté interpretar el lenguaje corporal de Rokha y de Lusha (tampoco se me daba tan mal), pero era muy complicado sin unos conocimientos más profundos de su cultura. Rokha mantenía las manos cuidadosamente cerradas sobre la mesa. Lusha estaba cruzada de brazos. Eso no podía ser buena señal, en ninguna cultura.

Carraspeé.

—Se me ocurre una idea, antes de que vayamos más lejos.

Todos se giraron hacia mí, Teka con los labios fruncidos.

—He conocido a Isae Benesit, canciller de Thuvhe. Pasó unos días con los renegados shotet cuando estuvo en Voa. Había enviado a alguien a Ogra solo para hablar de una alianza. Sabe que no somos iguales que Lazmet Noavek. —Levanté el hombro—. El problema para ella no es Shotet, sino el actual régimen. Y en eso estamos de acuerdo.

—Primero dices que es la Asamblea la que desata esta guerra, ¿y ahora se trata solo de Isae Benesit? —se extrañó Lusha—. ¿Con quién nos quedamos?

—Con ambos —dije—. La Asamblea tiene un motivo para utilizar a Isae Benesit: quiere atenerse a la ley. No atacará si no hay una razón. Por lo tanto, si Thuvhe se niega a atacarnos, la Asamblea no tendrá ningún intermediario a través del cual librar la guerra. El conflicto se disipará. Si aplacamos a Isae, aplacaremos a la Asamblea. Derrocar a Lazmet aplacaría a Isae.

—Déjame adivinar —dijo Teka—. La solución que propones es que lo matemos.

No estaba segura de qué responder, de modo que ni siquiera lo intenté.

—Los Noavek —dijo—. Siempre estáis sedientos de sangre.

—Me niego a optar por una solución complicada solo porque mis manos quedarían limpias —espeté—. Llevo urgiéndoos a todos a tomaros en serio a Lazmet Noavek desde que su cara empezó a aparecer en las pantallas de toda la galaxia. Es muy poderoso y tiene en un puño a la mitad de los shotet. Si muriera, podríamos recuperar a nuestro pueblo y negociar la paz. Hasta que no muera, la paz será imposible.

Caí en la cuenta de que estaba sentada igual que mi madre. La espalda recta, las manos cerradas, las piernas cruzadas a la altura de los tobillos. Tal vez no fuese mi madre de sangre, pero tenía más de ella que del oráculo que me había trocado por el bien del destino. Seguía siendo una Noavek. No solía suponer una ventaja, pero en una situación así, en la que se exigía ser fuerte, no lo lamentaba.

Rokha meneó la cabeza varias veces.

—Creo que esta podría ser una solución beneficiosa para todos —dijo—. Señorita Noavek, puesto que ha sido idea tuya, lo dispondremos todo para que le presentes la propuesta a la canciller Benesit, a través de un canal seguro. Mientras tanto, Shotet y Ogra entablaremos un debate con Tepes, Zold y Essander. Solo para sopesar nuestras opciones. ¿Lusha?

—Un debate, nada más —recalcó Lusha, que golpeó la mesa con el dedo—. Confidencial. No nos conviene que la Asamblea piense que andamos planeando una rebelión.

—Podríamos mandar a nuestros enviados en naves de entrega cuando salgan de la atmósfera planetaria —sugirió Aza—. Además, la Asamblea casi no le presta atención a Ogra; no van a revisar el registro de vuelo.

—Bien —dijo Lusha—. Estamos de acuerdo, entonces. Señorita Noavek, haremos las gestiones necesarias para que hables con la canciller de Thuvhe dentro de una semana.

Sentí mi pulso en las yemas de los dedos. Necesitaba tiempo, más del que podía pedir, más del que podían darme. Y, aun con todo ese tiempo, ¿de verdad podía planear el asesinato de mi padre? ¿De verdad podía llevarlo a buen término, teniendo en cuenta lo que ocurrió cuando atenté contra la vida de Ryzek?

«Sí tú no puedes hacerlo, nadie puede —me recordé a mí misma—. Si tú no puedes hacerlo, estamos perdidos de todas formas, así que más vale que lo intentes».

Cuando me levanté, no me temblaban las piernas ni las manos. Y, sin embargo, no podía tener más vértigo.

CAPÍTULO 32 | CYRA

Teka y yo regresamos al pequeño apartamento que nos había asignado Aza. Se componía de una única habitación, dotada de una estufa la mitad de ancha que la que había usado en la nave de la travesía (pensé en las salpicaduras permanentes con una punzada que me hizo titubear con los botones de la chaqueta), y de un cuarto de baño en el que no cabíamos las dos al mismo tiempo. Aun así, había un pequeño escritorio en el que me sentaba a leer a altas horas de la noche, cuando Teka se colocaba de espaldas a la luz. Guardaba herramientas, cables y componentes informáticos en una caja que había en una esquina y dedicaba los ratos libres a fabricar cacharros, como vehículos en miniatura con ruedas que funcionaban por control remoto, o incluso un adorno colgante que emitía destellos cada vez que soplaba el viento.

Se quitó la chaqueta apenas hubimos cruzado la puerta y la tiró sobre la cama, con las mangas del revés. Yo fui más cuidadosa con la mía y me desabroché los botones metálicos con ambas manos. El hilo luminoso remataba el labio de los ojales para impedir que se desgarraran; era una prenda muy bien elaborada que esperaba poder conservar.

Teka se había acercado a mi escritorio y tenía los dedos puestos en la página que yo había dejado abierta con un cuaderno al lado.

—«La familia Kereseth es una de las más antiguas de las familias predestinadas (podría decirse que la primera, aunque nunca se haya mostrado muy interesada en debatir sobre este asunto). Sus destinos rara vez guían a sus miembros para que ocupen puestos de liderazgo, si es que en algún momento ha ocurrido; de hecho, los llevan a sacrificarse o, lo que resulta más enigmático aún, a transitar sendas en apariencia intrascendentes». —Teka frunció el ceño—. ¿Lo estás traduciendo del ograno tú misma?

Me encogí de hombros.

—Me gustan los idiomas.

—¿También hablas ograno?

—Estoy intentando aprenderlo —respondí—. Algunos estudiosos aseguran que es uno de los idiomas más poéticos, que sus estructuras dan lugar a rimas, o a una especie de rimas. Personalmente, cuando se trata de poesía, prefiero el shotet, porque no disfruto con las rimas, pero...

Teka se me había quedado mirando.

—... Para mí es un desafío muy interesante. ¿Qué?

—Eres rara —dijo.

—Tú has fabricado una maquinita que trina —rebatí—. Y cuando te pregunté que para qué servía, me dijiste: «Para que emita trinos». ¿Y la rara soy yo?

Teka esbozó una sonrisa.

—Eso también es cierto.

Volvió a bajar la vista hacia el libro. Sabía que quería preguntarme por qué estaba traduciendo la sección que hablaba de la familia Kereseth, y quizá ella supiera que yo también lo sabía, porque nunca llegó a preguntármelo.

—No es lo que piensas. No estoy investigando sobre ellos por él —le aseguré—. Es que...

No le había contado a nadie lo que Vara me había dicho. Mi sangre Kereseth parecía un secreto que había que guardar. Al fin y al cabo, ahora era el apellido Noavek lo que me hacía útil para los exiliados. Si no me acompañara, no dudarían en deshacerse de mí.

No obstante, Teka me había visto cometer crímenes peores que el de llevar el apellido equivocado, y a pesar de ello, seguía aquí. Antes la mera idea de depositar mi confianza en otra persona me habría aterrado. Pero ahora no me suscitaba tanto miedo.

—El oráculo me ha revelado una cosa —le dije.

Y así, se lo conté todo a Teka.

—Veamos, me estás diciendo que no tienes ningún problema en que Akos terminara sintiéndose atraído por alguien que comparte sus genes con una persona que él creía que era su hermana. Y madre. —Teka estaba echada en el suelo, rompiendo con las uñas la cáscara de una especie de nuez ograna, previamente asada para deshacerse de sus propiedades venenosas, por supuesto.

—Te lo repetiré una vez más —dije—. Él y yo. No guardamos. Ningún parentesco. ¡Ninguno! ¡En absoluto!

Yo tenía la espalda apoyada contra un lado de la cama, y los brazos relajados sobre las rodillas dobladas.

—Lo que tú digas —accedió Teka—. En fin, al menos no estás pensando de verdad en cometer parricidio. Ya que Lazmet en realidad no es tu padre.

—Estás obsesionada con la cuestión de la consanguinidad —le recriminé—. Que técnicamente no seamos parientes no significa que no sea mi padre. Y lo digo de alguien que estaría encantado de no ser mi padre.

—Vale, vale. —Suspiró—. Quizá deberíamos empezar ya a planear todo esto del asesinato, si falta menos de una semana para que hables con Isae.

—¿Deberíamos? —Enarqué las cejas—. Soy yo quien se ofreció voluntaria para esta estúpida misión, no tú.

—Está claro que vas a necesitar mi ayuda. Por ejemplo, ¿podrías volar tú sola de regreso a Thuvhe?

—Sé dirigir una nave.

—¿A través de la atmósfera de Ogra? No lo creo.

—Vale —acepté—, necesito un piloto. Y una nave.

—Y también necesitas averiguar dónde está Lazmet. Y entrar, sin que te vean. Y decidir cómo vas a matarlo. Y cómo vas a salir después. —Se incorporó y se echó a la boca la pulpa de la nuez, libre de la cáscara. Tras acomodársela en el carrillo, prosiguió—: Admítelo, necesitas ayuda. Y no vas a encontrar muchos voluntarios. Como habrás observado, los exiliados no te profesan mucha admiración, que digamos.

—Pues, la verdad —dije sin inmutarme—, no me había fijado.

—Bueno, en ese sentido son un poco estúpidos —dijo Teka, agitando la mano hacia mí—. Te conseguiré la gente que necesitas. Yo les caigo bien.

—No sé por qué.

Teka me tiró la cáscara rota, acertándome en la mejilla. Hacía mucho que no me sentía tan bien.

Aquella noche, tras haber repasado durante varias horas el plan del asesinato, Teka se quedó dormida en la cama con la ropa puesta. Limpié las cáscaras, que ahora cubrían el suelo, y me senté ante el libro de las familias predestinadas para retomar la traducción.

Al ver la palabra «Kereseth», escrita en ograno, sentí que me picaban los ojos. Cogí el bolígrafo, parando cada pocos segundos para enjugarme las lágrimas y limpiarme la nariz.

Le había hecho creer a Teka que estaba traduciendo este pasaje del libro para averiguar más cosas acerca de mi familia, que no tenía nada que ver con Akos.

Pero la triste verdad era que seguía enamorada de él.

CAPÍTULO 33 | AKOS

Hace algunas estaciones, los soldados de Ryzek Noavek lo arrastraron a la ciudad de Voa, magullado, seguido de cerca de su asustado hermano. El aire cálido y polvoriento lo ahogaba. No estaba acostumbrado a la multitud, ni a las carcajadas ruidosas de la gente que se reunía en torno a los puestos de comida, ni a todas aquellas armas, a las que sus dueños daban palmaditas de forma inconsciente mientras conversaban, como si no tuvieran ninguna importancia.

Ahora caminaba con la mano sobre el cuchillo que llevaba enfundado en la cintura, casi sin reparar en ello. Se había anudado un pañuelo alrededor de la nariz y la boca, y se había rapado el pelo para que no lo reconociera la gente equivocada. Aunque esto no parecía muy probable. Todos aquellos con los que se cruzaba estaban demasiado afanados en llegar a su destino como para dedicarle algo más que una mirada superficial.

La multitud ya no inundaba las calles. Los que iban a pie lo hacían con la cabeza agachada, con el bolso bien apretado contra el cuerpo. Los soldados que portaban la armadura decorada con el sello de los Noavek patrullaban las calles, incluso las de la periferia, donde Akos había desembarcado de la pequeña nave de transporte que lo había traído hasta aquí. La mitad de las tiendecitas estaban entabladas o tenían las puertas aseguradas con cadenas. Saltaba a la vista que se había producido una oleada de saqueos y actos vandálicos tras la muerte de Ryzek (algo que no era de extrañar), pero ahora la situación parecía estar controlada. Demasiado controlada, con Lazmet acomodado en el trono.

Akos se movía cada vez con mayor soltura por Voa, al menos por el sector donde Ara (la madre de Jorek) y Jorek vivían. Si la ciudad se distribuía en círculos concéntricos en torno a la mansión de los Noavek, Ara y Jorek residían con el hermano de Ara en uno de los anillos intermedios, el lugar ideal para desaparecer. Los apartamentos estaban apiñados, y cada uno era de un estilo distinto y con la puerta colocada en un lugar diferente, lo que formaba un laberinto. Aquella mañana, al irse, Akos había terminado saliendo a dos patios, y tuvo que desandar sus pasos y empezar desde el principio en ambas ocasiones.

Ara lo había enviado al mercado con el encargo de que le trajera harina para hornear, pero Akos había vuelto con las manos vacías. El mercado tenía un agregador de noticias en uno de los puestos, así que sc acercó a ver si averiguaba algo sobre Ogra.

Se había marchado de Ogra sin decirle nada a Cyra, consciente de que esta lo odiaría por ello, y ese era el objetivo. Si ella lo odiaba, no querría buscarlo. Daría por hecho que había regresado a Thuvhe y lo dejaría en paz.

Akos debía obligarse una y otra vez a centrar la atención en el camino que tenía ante sí y no en lo que lo rodeaba. Pasó junto a una fila de personas tan larga que no alcanzó a ver a qué esperaban hasta que avanzó otros dos bloques, cuando divisó una oficina ruinosa sobre la cual se levantaba un carácter shotet que significaba «medicamentos». Un dispensario. En un callejón contiguo dos niños se peleaban por una botella de algo que Akos no reconoció.

El ataque había dejado multitud de heridos, pero los suministros básicos, como los antisépticos o la piel de plata, escaseaban. Los seres queridos de los afectados permanecían siempre a la espera en los dispensarios, con la esperanza de hacerse en algún momento con aquello que necesitaban. También había quien optaba por adquirir un «remedio» en el mercado negro, algo que o bien no servía de nada, o bien empeoraba la situación. La explosión, por suerte, no había alcanzado ni a Ara ni a su familia.

Akos avistó la pared de grafitos que empleaba como referencia. Los colores eran brillantes y, aunque todavía le costaba descifrar muchos de los símbolos, identificó el de los Noavek, que destacaba en el centro. Llamó a la puerta de madera que había justo al otro lado, mirando a izquierda y derecha para cerciorarse de que estaba solo. Aún podía oír forcejear a los niños en el callejón que se extendía a sus espaldas.

La casa del hermano de Ara estaba llena de trastos, al igual que muchas otras casas de los shotet, y los muebles estaban ensamblados a partir de otros objetos. Los tiradores de los cajones de la cocina estaban hechos de componentes de flotantes, y los pomos del horno eran las pinzas de los robots de juguete con los que batallaban los niños shotet.

Sentados en la mesa baja del fondo de la habitación estaban Ara Kuzar, con un chal azul brillante sobre los hombros, y Jorek. Se había dejado crecer la barba, un poco rala en algunas zonas, y llevaba una armadura con el sello de los Noavek bajo el hombro. Parecía cansado, aunque no dejó de sonreír a Akos al verlo entrar.

—Lo siento, señora Kuzar, no he podido traer la harina —le dijo Akos a Ara—. Tampoco traigo noticias de Ogra. Parece que la maquinaria propagandística de los Noavek trabaja a máxima capacidad.

—Eso de llamarme «señora Kuzar» me hacía gracia al principio —le dijo Ara con ironía—. Pero empieza a parecerme muy alarmante. Siéntate. Necesitas comer algo.

—Perdón —masculló Akos mientras se sentaba frente a Jorek. Se bajó el pañuelo hasta el cuello y se pasó una mano por el pelo trasquilado, todavía sorprendido de lo corto que lo llevaba. Tenía un tacto espinoso a la altura de la nuca—. ¿Qué tal todo en la mansión?

—Aburrido —dijo Jorek—. Hoy he visto a Lazmet de perfil. Casi todos los guardias del nivel superior están apostados cerca de las habitaciones protegidas de Ryzek, ya sabes, aquellas en las que la sangre de Cyra no pudo introducirnos. Pero hoy ha salido por la puerta trasera.

Akos tomó nota de esa información, y de todo cuanto había oído acerca de Lazmet desde que llegara a Voa, que no era mucho. Más que un hombre, para la gente era un mito, de manera que lo que se sabía sonaba a leyendas y a cuentos populares más que a realidad.

—Al menos no tengo que combatir en Thuvhe ni en cualquier otra parte —dijo Jorek—. No es que lo deseara. Ese ataque fue... —Meneó la cabeza—. Lo siento. No pretendía sacar el tema.

Akos se llevó una mano al bolsillo y sacó una tira de un pétalo seco de flor del silencio. Últimamente las masticaba más de lo recomendable. No tardarían en acabárosle. Sin embargo, la tensión que le oprimía la mandíbula y los hombros le provocaba dolores de cabeza, y necesitaba poder pensar con claridad si quería enfrentarse a lo que venía a continuación.

Estaba aquí, en Voa, para matar a Lazmet Noavek. Y no resultaría fácil.

—Hay algo de lo que necesito hablarte —comenzó Akos.

—Me preguntaba cuánto tardarías en ir al grano —dijo Jorek.

Ara puso un plato delante de Akos. No había demasiado en él (un rollito, tal vez algo pasado ya, un poco de carne seca y unos trozos de fruta de sal encurtidos). Se limpió las migas de los dedos y se sentó junto a su hijo.

—Lo que Jorek quiere decir es que nos gusta que estés aquí, pero sabemos que no haces las cosas si no es por una buena razón —explicó Ara, que le propinó un capirotazo en la nariz a su hijo para reprenderlo—. Y atravesar la galaxia no es ninguna menudencia.

Jorek se frotó la nariz.

—No todos pueden quedarse de brazos cruzados en Ogra. Algunos tenemos que hacer el trabajo sucio —dijo Akos.

—Pero quien tiene la oportunidad de permanecer a salvo, debería aprovecharla —opinó Ara.

Akos meneó la cabeza.

—Yo también tuve que hacer el trabajo sucio. Llamémoslo... «destino».

—Yo lo llamo «elección» —disintió Jorek—. Una elección, además, muy tonta.

—Como la de dejar a tu novia, además de a tu madre y tu hermano, sin darles ninguna explicación —añadió Ara, que chasqueó la lengua.

—Mi madre y mi hermano no necesitan que yo les diga nada para saber dónde estoy. Y así es como están las cosas entre Cyra y yo —dijo Akos a la defensiva—. Llevaba semanas urdiendo la manera de enviarme fuera sin contarme nada. ¿Qué diferencia hay?

—No hay una gran diferencia —admitió Ara—. Pero no por eso está mejor hecho, en ningún caso.

—No le regañes, mamá —dijo Jorek—. Ya se pasa el día regañándose a sí mismo.

—Puedes regañarme todo lo que quieras —dijo Akos—. Sobre todo porque tengo que pedirte algo que no te gustará.

Jorek serpenteó el brazo por la mesa para robar un trozo de carne del plato de Akos.

—Quiero que me dejes pasar por la puerta trasera de la mansión de los Noavek —dijo Akos.

Jorek se atragantó con el trozo de carne que estaba masticando y le hizo señas a Ara para que le diera un puñetazo en la espalda.

—¿Qué piensas hacer una vez que hayas entrado? —preguntó Ara, que entrecerró los ojos.

—Es mejor que no lo sepas —respondió Akos.

—Akos. Créeme. Ni siquiera tú, discípulo de Cyra Noavek, tienes nada que hacer frente a Lazmet —le advirtió Jorek, una vez que hubo engullido el bocado—. No tiene ni el menor asomo de decencia. No creo ni que sea capaz de tenerlo. Si te descubre, te hará picadillo.

—No me matará —aseguró Akos.

—¿Por qué no? ¿Por tu cara bonita? —resopló Jorek.

—Porque soy su hijo —reveló Akos.

Ara y Jorek se quedaron mirándolo enmudecidos.

Akos deslizó su plato por la mesa, hacia Jorek.

—¿Quieres mi rollito? —preguntó.

CAPÍTULO 34 | AKOS

Akos se deshizo de la pesada túnica que se había puesto para llegar allí tirándola en un callejón. Pasado este punto solo serviría para dificultarle el paso y, de todas maneras, ya contaba con el amparo de la noche.

Caminó con todo el sigilo que pudo según bordeaba la muralla que se levantaba por detrás de la mansión de los Noavek. Todavía recordaba cuando contemplaba esta pared durante sus días de prisionero, cuando le enseñaba a Cyra a elaborar analgésicos. Había sido su salida: escapar por los pasillos ocultos. Llegar hasta Eijeh. Cruzar la puerta de atrás, sirviéndose del código que Cyra le había mostrado sin pretenderlo.

Podría haber reventado la cerradura e introducido los dedos para interrumpir la corriente, pero el riesgo de que lo atraparan era demasiado alto. Los guardias se turnaban con excesiva frecuencia, de modo que, en lugar de eso, optó por quedarse junto a la puerta trasera y esperar a que Jorek la abriera.

Tuvo que discutir largo y tendido con Jorek para que accediera a hacerlo. Y no solo con Jorek, sino también con Ara. Los dos intuían, cómo no, a qué había venido Akos, y no querían que se pusiera en peligro. Creían que era una bravuconada, una estupidez o incluso pura demencia.

Al final, Akos hubo de recordarle a Jorek lo que había hecho por él para que aceptase. El anillo que llevaba colgado al cuello, y la marca precisa que tenía en el brazo. Jorek le debía un favor. Un favor muy grande.

La puerta pesada se abrió una rendija, dejando entrever a un hombre: botas, armadura, vello facial disperso y un destellante ojo negro.

Jorek inclinó la cabeza hacia un lado para indicarle que entrase y Akos abrió la puerta solo lo necesario para escurrirse adentro. Al oír el clic que la hoja hizo al cerrarse, supo que ya no había vuelta atrás. Así, aunque una parte de él creía que había perdido el juicio, siguió adelante.

Como habían acordado, Jorek lo llevó hasta la cocina. Akos dio con el borde del panel de la pared que conducía a los pasillos ocultos de la mansión y tiró de él. El conocido olor a cerrado lo asaltó al instante, trayéndole un torrente de recuerdos. Aterrorizado y aferrado a la esperanza con todas sus fuerzas, mientras Eijeh se pegaba a sus talones. Y, entonces, ese calor repentino en el estómago mientras seguía a una Cyra pintada hasta el Festival de la Travesía, el que le decía que le gustaba, por mucho que fingiera lo contrario.

Primero que le gustaba; después, que la amaba. Por último, que la dejaba.

Jorek lo envolvió en un abrazo, rápido y firme, antes de dejarlo solo en el pasillo oscuro.

Se detuvo en el rincón donde las paredes se separaban, palpando los símbolos que había aprendido de Cyra. La X para la ausencia de salida. El círculo con una flecha hacia arriba para las escaleras que subían, y con la flecha hacia abajo para las que bajaban. El número que indicaba la planta en la que estaba.

Había tomado este camino cuando fue a liberar a Eijeh. Lo único que debía hacer era volver a esa parte de la casa, y entonces se encontraría cerca de las estancias bloqueadas genéticamente que habían confundido a los renegados cuando vinieron a matar a Ryzek. La sangre de Cyra no abrió las cerraduras, pero la de Akos sí las desbloquearía, si Vara no les estaba tomando el pelo.

Akos llegó a la salida que había tomado cuando sacó a Eijeh. Sabía que estaba accionando los mismos sensores que habían frustrado su intento de fuga aquel día fatídico, pero en realidad no importaba; no pretendía pasar desapercibido. Dejó que el panel se abriera a sus espaldas y cruzó la puerta que antes fue de Eijeh con un ligero escalofrío.

Pese a la penumbra, podía apreciarse la elegancia de esta área de la casa. Madera oscura, casi negra, en el suelo y en las paredes. Elementos lumínicos repletos de fenzu, inmóviles durante el sueño nocturno. Jarrones y esculturas decorativos, elaborados en metal cálido, en piedra veteada de diferentes colores, o en cristal tallado. No se imaginaba correteando por estos salones de niño, deslizando las yemas de los dedos por los paneles de madera. Probablemente no le habrían permitido corretear, ni tocar las paredes, ni caerse sobre su hermano, deshechos en risas, ni hacer ninguna de aquellas cosas que enriquecieron y abrigaron su niñez.

Se acercó a la puerta que él estaba convencido de que daba al antiguo dormitorio de Ryzek, y sostuvo la mano sobre el mecanismo de cierre. Le temblaban los dedos.

Introdujo la mano en la cerradura e hizo una mueca de dolor cuando esta le atravesó el dedo para extraerle un hilo de sangre.

Sonó un clic y, al instante siguiente, la puerta se abrió.

Si antes albergaba alguna duda sobre si en realidad era un Noavek, ya la había despejado.

CAPÍTULO 35 | CYRA

Tal vez no fuese del todo buena idea que Teka se dirigiera a mí durante el desayuno, antes de que se me hubiera encendido el cerebro.

Estaba encorvada sobre mi cuenco de cereales y fruta, observando a Eijeh. Se encontraba a dos mesas de distancia, de cara a mí, con el plato de comida delante. Pero notaba algo extraño en él. Estaba removiendo los cereales con la cuchara, seleccionando los más oscuros y colocándolos en fila al borde de la bandeja. Cuando lo vi por primera vez, hacía algunas estaciones, sorbiendo por la nariz en la Sala de Armas ante mi hermano, era alto y grueso; tenía un aspecto fornido, sin llegar al sobrepeso. Pero el Eijeh actual picoteaba el desayuno, y seguía teniendo las mejillas hundidas.

—Eh —dijo Teka—. ¿Por qué miras tanto a Kereseth?

Se había parado delante de mí, impidiéndome ver bien al nuevo oráculo. Aun así, en lugar de apartar la vista, seguí mirando cómo Eijeh golpeteaba el cuenco.

—Mi madre me dijo, en cierta ocasión, que solía regañar a Ryzek por andarse con melindres a la hora de comer. Comía fruta y poco más. Y cada vez que le ponía un plato delante, él encontraba algo que apartar. Ella confiaba en que se le pasara con la edad, pero... —Me encogí de hombros—. Creo que en realidad nunca se le quitó esa costumbre.

249

—Vale —dijo Teka—. ¿Algún ograno te ha envenenado con xo-fra? Dicen que nubla la mente.

—No. No es nada, no tiene importancia —le aseguré. Detuve la vista en ella—. ¿Sabes? Cuando te quedas así quieta, pareces todavía más baja.

—Cállate —dijo—. Te he buscado algunos voluntarios. Ven.

Di un suspiro y cogí mi cuenco. Todavía no me había atado los cordones de las botas, de modo que no dejaban de sacudirse a cada paso. Teka me llevó hasta una mesa de la esquina, donde había sentadas otras dos personas: Yssa y el hombre con el que había peleado semanas atrás, con el moño en lo alto de la cabeza: Ettrek.

—Qué hay, Azote —me saludó. Tenía ese tipo de cara que no revelaba su edad, con la piel tersa pero desprovista de esa capa adiposa propia de la juventud, y un brillo travieso en los ojos.

No me gustaba.

—No —le dije a Teka—. No pienso trabajar con este imbécil.

—Mi nombre se pronuncia «Ettrek» —la corrigió con una sonrisa.

—Escucha, no es que haya una cola interminable de candidatos —me recordó Teka—. Ettrek conoce a gente en Voa que podría conseguirnos todos los suministros que necesitemos, además de asignarnos un lugar donde aterrizar.

—¿Y tú? —le dije a Yssa—. Eres ograna. ¿Por qué quieres involucrarte en todo esto?

—Soy una piloto diestra —respondió Yssa—. En cuanto a por qué quiero involucrarme, bueno. Hace ya unas cuantas estaciones que vivo entre gente oprimida por Lazmet Noavek, así que si puedo hacer algo para ayudar a derrotarlo de una vez por todas, lo haré.

Los miré bien a los tres. Teka, con su cabello rubio encrespado por la humedad de Ogra. Yssa llevaba brazaletes brillantes en un brazo hasta el codo, y se había hecho la raya de los ojos con un lápiz luminoso, de tal forma que emitían un resplandor extraño. Ettrek agitó sus

250

cejas morenas hacia mí. ¿Era esta la tripulación con la que iba a partir hacia Voa, triunfante?

En fin. Era la mejor que podía conseguir.

—Muy bien —dije—. ¿Cuándo salimos?

—Comprobaré la programación de lanzamientos, pero será mejor hacerlo esta semana —dijo Teka—. Se tarda varios días en llegar a Urek. Una vez que hayamos atravesado la atmósfera, podré enviarle un mensaje a Jorek en Voa para hacernos una mejor idea de la situación. Y Ettrek podrá comunicarse con sus contactos. Pero no podemos hacer nada de eso desde aquí.

—De acuerdo —dije.

—Un momento —intervino Ettrek—. ¿Qué te hace pensar que estás al mando de la misión?

—Soy mejor que tú —contesté—. En todo.

Teka puso los ojos en blanco.

—Conoce al objetivo, Trek. ¿Quieres entrar en Voa para matar a un hombre al que no entiendes ni conoces de nada?

Ettrek se encogió de hombros.

—Supongo que no.

—Que todo el mundo se tome esta semana para hacer lo que necesite hacer —recomendó Teka—. Yo ahora empezaré a preparar la nave. Quizá haga falta un nuevo compresor de gravedad, y está claro que necesitaremos alimentarnos.

—Y —añadí al pensar en lo que Isae había utilizado para matar a mi hermano—, tal vez nos vengan bien unos cuchillos de cocina nuevos.

Teka arrugó la nariz, quizá al recordar lo mismo que yo.

—Desde luego.

—En cualquier caso, puede que no regresemos, así que... —Me encogí de hombros—. Despedíos de los vuestros.

—Estás que rebosas de optimismo, ¿eh? —dijo Ettrek.

—¿Esperabas que alguien que va a liderar la misión de un asesinato irradiara jovialidad? —le dije—. Si es así, creo que estás en el lugar

251

equivocado. —Dejé sobre la mesa el cuenco del desayuno a medio terminar y blandí el cuchillo a la altura de la cadera. Me incliné sobre la mesa y lo apunté—. Y, por cierto, si vuelves a llamarme «Azote», ya puedes despedirte de ese estúpido moño que llevas.

Ettrek se lamió los labios mientras sopesaba el arma.

—Me parece bien —dijo al cabo—. Cyra.

CAPÍTULO 36 | CISI

Observo el descenso a través de las esponjadas nubes de Othyr como si estuviera aún más lejos de lo que estoy, errando por el espacio y contemplando el planeta entero. Llevo sintiéndome así desde que Akos y yo nos separamos, a medio camino entre Ogra y Thuvhe. No quiso volver conmigo a la sede de la Asamblea, y yo no podía culparlo, de modo que me embarqué en el siguiente carguero de la Asamblea en un puesto avanzado lunar y dejé que configurara la navegación automática de vuelta a casa. A decir verdad, lo envidio, cacharreando en nuestra cálida cocina, atizando las piedras de quemar en los fogones del patio.

Ast se acerca y se detiene junto a mí, con los brazos cruzados.

Viajamos en una enorme nave de la Asamblea, de esas bonitas y elegantes que reservan para los cancilleres, los regentes y los soberanos. No se ven las tripas de la nave, quedan todas ocultas tras unos paneles hechos de un metal tan claro que parece blanco. Antes me tropecé y cuando llevé la mano a una pared para recuperar el equilibrio, dejé una huella. Me pregunto quién se encargará de pulir todas las paredes.

Ast y yo estamos bien vestidos, o al menos todo lo «bien» que Isae podría hacernos estar. Yo llevo un vestido gris claro de manga larga (lo

253

que me confiere aspecto de thuvhesita, supongo, ya que los othyrios no tienen el mismo empeño que nosotros por abrochárselo todo hasta la garganta). Ast lleva pantalones y camisa con cuello. El robot guía zumba en torno a su cabeza, emitiendo clics para que él pueda conocer su posición.

—Isae está otra vez con eso —dice—. Ve a ayudarla.

—No puedo estar calmándola todo el tiempo —replico—. Me tiene agotada.

Desde el ataque contra Shissa, Isae se dedica a estudiar en su pantalla a todos y cada uno de los fallecidos. Además, no para de recitarme datos. «Shep Uldoth, treinta y cuatro años. Dos hijos, Cisi. Su esposa también falleció, y ahora los niños se han quedado huérfanos». Aunque siempre le digo que no puede pasarse la vida lamentándose por los caídos, ella insiste. Dice que le gusta la rabia que le da repasar los nombres. Le recuerda lo que debe hacer.

Tengo el convencimiento de que está cansada de llorar por Ori y de que necesita centrarse en otra cosa, pero no se lo manifiesto.

—Me da igual que estés agotada —confiesa Ast con frialdad—. ¿No crees que quien puede estar agotada de verdad con todo esto es ella? Su descanso es más importante que el tuyo, ¿sabes?

Siento deseos de insultarlo, pero mi don de la corriente me lo impide. Me limito a ignorarlo hasta que se marcha con paso airado.

La nave atraviesa la capa nubosa y no puedo resistirme a acercarme al cristal. Hasta ahora nunca había estado en Othyr.

Casi toda la superficie planetaria está cubierta de ciudades. Hay un par de parques grandes en los que se cría la fauna del planeta (frágil en su mayor parte, motivo por el cual a los othyrios nunca les ha preocupado en exceso), pero el resto se compone de cristal, metal y piedra. Las pasarelas de cristal se extienden en todas direcciones para comunicar los distintos edificios, mientras los pequeños y elegantes flotantes, mucho más bonitos que los que utilizábamos en Thuvhe, entran y salen a gran velocidad de los tubos de metal que controlan el tráfico.

Así que no me explico, teniendo en cuenta todo este caos sintético, por qué Othyr es precioso. Tal vez se deba al vasto cielo añil, al sol que se deshace en destellos dorados, verdes, azules y naranjas sobre los edificios. Tal vez se deba a los cuidados jardincitos que concentran todo tipo de árboles y flores coloridos, las plantas más hermosas de todos los planetas salvo de este. No obstante, hay algo de atractivo en su bullicio, una especie de productividad festiva.

Entrelazo las manos por delante de mí mientras recorro el pasillo, de manera que no rozo ninguna de las paredes. Isae está sentada en una sala de espera, al borde de un sofá gris. La ventana que abarca desde el suelo hasta el techo muestra el paisaje de Othyr, pero ella no le presta ninguna atención. Tiene los ojos adheridos a la pantalla portátil que sostiene entre las manos.

—Arthe Semenes. Cincuenta años. Estaba visitando a su hijo en el hospital después de que lo hubieran operado. Ahora los dos están muertos. —Menea la cabeza—. Un hospital, Cisi. ¿Por qué tenían que atacar un hospital?

—Porque Lazmet Noavek es cruel —respondo—. Lo sabíamos entonces, lo sabemos ahora, y nunca lo olvidaremos.

Estoy llenando la habitación de un agua balsámica. Dejo que le lama los tobillos, que le acaricie los dedos de los pies.

—Lazmet no es el único responsable —dice ella—. Todos los shotet que lo acompañaron y que no lo detuvieron tienen su parte de culpa.

—Estamos aterrizando —digo. Lleva razón, pero la vehemencia con la que se expresa me pone nerviosa. Me imagino sumergida hasta la cintura, removiendo con los dedos la masa inconstante del agua.

—¿Cuándo es la reunión?

—Durante la cena —digo—. Según parece, aquí no les gustan las reuniones formales de negocios.

—No quisiera que nadie se centrara en los asuntos que nos ocupan —dice—. En vez de eso, hay que deslumbrarlos para que hagan lo que tú les digas.

—Exacto —asiento. Ahora ya vuelve a hablar como siempre. Se levanta, deja la pantalla a un lado y cruza la pequeña habitación para detenerse frente a mí.

—¿Ast ha vuelto a gritarte? —pregunta mientras desliza las yemas de los dedos por mi cara—. Parecía estar molesto cuando salió. No sé por qué tiene que pagarlo contigo.

Me encojo de hombros. Es la mejor respuesta que acierto a darle.

—Volveré a hablar con él —me promete—. Confío en ti, y él también debería hacerlo, aunque no le guste tu don de la corriente. No es que yo no sepa cuándo lo estás usando.

Sonrío. Por supuesto, ella no siempre sabe cuándo lo estoy usando. Pero está bien que crea que sí.

CAPÍTULO 37 | AKOS

La habitación protegida por la cerradura genética olía a fruta. Akos
dejó que la puerta se cerrara mientras aspiraba el dulzor acre. Esto no
era el dormitorio de Ryzek, sino un despacho. Y sobre el escritorio
había una especie de cáscaras, verdes y arrugadas, que eran el origen
del olor. Al lado descansaba una pantalla inactiva sobre una pila de
papeles. Había libros amontonados por todas partes, con títulos in-
comprensibles para él, a menos que estuvieran en othyrio. Esos eran
todos de historia.

La alfombra que protegía el suelo era gruesa y densa. Resultaba
cómoda de pisar. Se apreciaban las huellas de unas pisadas que iban
adelante y atrás, como si alguien hubiera estado caminando en círculos no hacía mucho. En la maceta que había en una esquina crecía un
árbol, y el tronco era del mismo color oscuro que las tablas del suelo.
Un árbol procedente de la franja forestal del norte de Voa, con las
hojas robustas y lozanas.

Akos sintió una cierta presión en la cabeza, como si estuviera em-
pezando a dolerle, pero la ignoró. Se acercó al mapa que colgaba de la
pared de detrás del escritorio, un mapa del sistema solar. Su planeta
estaba etiquetado como UREK en lugar de como THUVHE, lo que revelaba que lo habían elaborado los shotet. Las líneas, meticulosas y

precisas, se desdibujaban hasta convertirse en tenues trazos de borrador en los bordes, resaltando los límites de las regiones adonde habían llegado los shotet. Eran más amplias de lo que Akos imaginaba. Por la razón que fuese, nunca se había parado a pensar que los shotet, antes de convertirse en buscadores y guerreros, habían sido exploradores.

Volvió a sentir la presión en la cabeza y, ahora sí, se detuvo. Había oído algo. Algo que se desplazaba, tal vez, alguien que caminaba en otra habitación, en otra planta.

No, no era algo que se desplazaba... era alguien que respiraba. Que exhalaba.

Desenvainó la hoja y la agitó en torno a sí con el brazo extendido. Tras él, apoyado contra la pared, había un hombre alto y delgado de tez curtida.

Lazmet Noavek.

—Mi don de la corriente no funciona contigo —observó Lazmet.

Akos notó que se le secaba la boca.

—Ningún don de la corriente funciona conmigo —se obligó a responder. Eran las primeras palabras que le dirigía a su padre.

Lazmet se apartó de la pared. Él también portaba una hoja de la corriente. Akos miró cómo la equilibraba sobre la palma y le daba la vuelta, tomándola del mango. De manera que Ryzek había aprendido ese movimiento de su padre.

—¿Así es como has entrado aquí? —le preguntó Lazmet.

Akos negó con la cabeza. Cuando Lazmet dio un paso hacia él, Akos se hizo a un lado para guardar las distancias. Se sentía como si volviera a estar en la arena, combatiendo con otro hombre a muerte. Solo que para esta lucha estaba mucho menos preparado que para el enfrentamiento con Vas, o con Suzao.

Nunca debería haber venido aquí. Ahora estaba seguro de ello. Al encontrarse con Lazmet en persona, la mirada vacía, sereno y hasta un tanto divertido... pudo ver que había algo extraño en él. Algo que Akos no entendía.

—Entonces admito que estoy confundido, porque yo soy el único que puede acceder a estas habitaciones —dijo Lazmet—. Así que deduzco que, aunque alguien te haya dejado entrar en la mansión, no puede haberte dejado entrar aquí.

—He podido entrar gracias a mi sangre —dijo Akos.

Lazmet entrecerró los ojos. Se acercó un poco más. Akos, ya sin espacio para seguir retrocediendo, volvió a apartarse, con el cuchillo aún empuñado. Lazmet miró la hoja con curiosidad (tal vez no estuviera acostumbrado a ver una hoja de la corriente sin que las colas negras la unieran a la mano de quien la llevaba).

—Empecé a sospechar, cuando mi hija mayor fue creciendo, que en realidad no era mía —dijo Lazmet en voz baja—. Pensaba que quizá su madre me había sido infiel, pero ahora puedo comprobar que no fue así. Era una criatura completamente distinta.

Akos no entendía por qué su sorpresa no era todavía mayor. Por qué ni siquiera se sobresaltaba.

—¿Cómo te llamas? —le preguntó Lazmet, haciendo girar la hoja de la corriente.

—Akos.

—Es un bonito nombre shotet —estimó Lazmet—. Entiendo que mi esposa lo eligió para ti.

—No lo sé —dijo Akos—. Nunca la conocí.

Lazmet avanzó otro paso y, a continuación, cargó contra él. Akos estaba preparado, se lo esperaba desde que lo vio apoyado contra la pared. Sin embargo, no estaba preparado para la rapidez de Lazmet, que lo agarró y lo retorció con tal fuerza que no le quedó más remedio que soltar la hoja. Bien entrenado como estaba, ejecutó una finta, aparentando debilidad mientras dirigía un puño contra el costado de Lazmet. Este gruñó, con la mano cerrada todavía con fuerza en torno a la muñeca de Akos, que le golpeó con contundencia en la rodilla.

Lazmet lo soltó y se tambaleó un poco. Pero no demasiado. Cogió impulso y se abalanzó sobre Akos, lanzándolo contra la pared a la vez que le ponía la hoja de la corriente sobre la garganta. Akos se quedó helado. Estaba seguro de que Lazmet no lo mataría, al menos hasta que no le diera una explicación, pero eso no le garantizaba que mientras tanto Lazmet no le asestase unas cuantas cuchilladas.

—Es una lástima que no la conocieras. Era una mujer excepcional —le dijo Lazmet con naturalidad. Levantó la mano libre y deslizó la yema del dedo desde la nariz hasta el pómulo de Akos.

—Te pareces a mí —observó Lazmet—. Alto, pero no lo bastante ancho, con esas malditas pecas. ¿De qué color tienes los ojos?

—Grises —contestó Akos, que estuvo a punto de añadir «señor», aunque no sabía muy bien por qué. Quizá se debiera al hecho de que tenía un cuchillo en la garganta, y a la formidable fuerza del hombre que lo mantenía atenazado contra la pared. Parecía zumbar en los huesos de Lazmet como si formara parte de la misma corriente.

—Debe de ser por la rama familiar de mi madre —supuso Lazmet—. Mi tío escribía poemas sobre la mirada tempestuosa de mi tía. Mi madre los mató a los dos. Pero seguro que ya has oído esa historia. Tengo entendido que es muy conocida en Shotet.

—La he oído comentar. —Akos se esforzaba por imprimirle firmeza a su voz.

Lazmet lo soltó, pero no se apartó demasiado, de manera que Akos no pudo agacharse para recoger el arma del suelo.

—¿Sabes si mi hijo está muerto? —le preguntó Lazmet. Arqueó las cejas—. Supongo que quería decir mi «otro» hijo.

—Sí, está muerto —afirmó Akos—. Su cuerpo deambula por el espacio.

—Una sepultura decente, supongo. —Lazmet le dio otra vuelta a la hoja—. ¿Y tú has venido a matarme? Encajaría dentro de la larga tradición de la familia, ¿sabes? Mi madre mató a sus hermanos. Mi supuesta hija mató a su hermano. A mi primogénito al final le faltaron agallas para matarme a mí, se conformó con dejarme encerrado en una celda durante varias estaciones. Pero tú tienes unas cuantas marcas, por lo que quizá no te tiemble tanto el pulso.

Akos se envolvió la muñeca con la otra mano para taparse las marcas de víctimas que tenía allí. Fue un gesto instintivo que pareció confundir a Lazmet, que ladeó la cabeza al verlo.

Akos ya no estaba seguro de cuál era la respuesta. Sabía que Lazmet debía morir, a juzgar por cómo había reaccionado Cyra nada más verlo, y por todo lo que había oído después. Pero, en el fondo, no tenía la certeza de si sería capaz de hacerlo o no. Seguía sin tenerla ahora. Aun así, tampoco pensaba confesárselo a Lazmet.

—No —dijo—. No he venido a matarte.

—Y, entonces, ¿a qué has venido? —preguntó Lazmet—. Has asumido un gran riesgo. Supongo que tendrás un motivo.

—Eres... Eres el último pariente consanguíneo que me queda —dijo Akos.

—¿Y eso es un motivo? Me parece muy estúpido, de ser cierto —opinó Lazmet—. ¿Qué es la sangre, exactamente? Nada más que una sustancia, como el agua, o el polvo de estrellas.

—Para mí es algo más que eso —replicó Akos—. Es... este idioma. Es el destino.

—¡Ah! —Lazmet sonrió. El gesto desprendía una cierta maldad—. Así que ya sabes que el soporífero destino de la pequeña Cyra en realidad te corresponde a ti. «El segundo descendiente de la familia Noavek cruzará la División». —Enarcó las cejas—. Y tú, supongo, como shotet de nacimiento, nunca has cruzado la franja de hierba pluma que nos separa de nuestros enemigos thuvhesitas.

Lazmet lo estaba analizando, haciendo suposiciones. Aunque se alejaban de la realidad, Akos no consideró necesario corregirlo. No todavía, al menos. Mientras menos supiera Lazmet sobre él, mejor.

—Por tu dicción pareces de condición humilde —continuó Lazmet—. Tal vez pensabas que iba a enviarte a Thuvhe con mi ejército, para cumplir con algún propósito elevado. Que iba a asignarte una posición inalcanzable para ti.

Akos se mantuvo inexpresivo, aunque la idea de marchar hacia Thuvhe y tomar parte en la guerra solo para gozar de una condición social privilegiada lo ponía enfermo.

—Que te ayude o no con eso depende, supongo, de si para mí merece la pena o no —dijo Lazmet—. Sé que eres capaz de matar, lo cual es alentador. No te imaginas lo difícil que fue enseñar a Ryzek a quitarle la vida a otra persona. La primera vez terminó vomitando. Fue asqueroso. Además, mi esposa me prohibió que intentara lo mismo con Cyra, aunque tengo entendido que al final demostró tener una capacidad muy superior.

Akos parpadeó. ¿Qué respuesta debías darle a un hombre que pretende decirte a la cara si tu vida entraña algún valor?

—Parece que tienes algunas nociones básicas de combate. Eres valiente, aunque imprudente en el mejor de los casos, y estúpido en el peor. —Lazmet golpeteó la barbilla de Akos con la punta de la hoja—. Tu don de la corriente me intriga, pero es... preocupante, en algunos aspectos. Háblame de tus marcas, muchacho.

Aquella parte de Akos que se negaba a activarse, como un motor estropeado, empezó a ronronear de nuevo.

—¿Crees que vas a averiguar algo de utilidad sobre mí solo porque te cuente a quién he matado y cómo? —dijo—. ¿Qué hay de ti? ¿Y si yo juzgara tu valía basándome en el hecho de que tu hijo, al que tanto le temblaba el pulso, se las apañase para mantenerte encerrado durante varias estaciones?

Lazmet entrecerró los ojos.

—A mi hijo lo preparó su madre para que se granjeara la lealtad de ciertos soldados que ocupaban una posición estratégica —dijo Lazmet—. Debo confesar que la habilidad de ganarse el corazón de los demás es algo que yo no he tenido nunca. Mantuvieron mi presidio en secreto, y me protegieron con lealtad... guardando las distancias, para que no pudiera emplear mi don contra ellos. Pero el caos que estalló en Voa tras el asesinato de mi hijo derivó en una merma de poder en algunos sectores, así que aproveché la oportunidad que se me presentó para escapar. Todos los guardias que tenía antes están muertos. Guardo sus globos oculares en un tarro para tener siempre presentes mis puntos débiles. Si terminé encerrado, fue porque yo fracasé, no porque mi hijo triunfara. —Dio un paso atrás—. Ahora dime los nombres que llevas en el brazo, muchacho.

—No —dijo Akos.

—Empiezo a aburrirme de ti —le advirtió Lazmet—. Y créeme, no te conviene que me aburra. Aun sin mi don de la corriente, me resultaría muy fácil matarte.

—La última vida que me llevé fue la de Vas Kuzar —dijo Akos.

Lazmet asintió.

—Impresionante —dijo—. Sabrás, cómo no, que puedo consultar su muerte en los registros de la arena y averiguar el nombre que empleaste. —Siguió acercándose e interpuso su cuchillo entre los dos—. Te habrás dado cuenta también de que hay decenas de guardias esperándote al otro lado de esta puerta. No saldrás vivo de esta casa, si intentas huir. Y, a juzgar por el modo en que has entrado en esta habitación, en plena noche, con un cuchillo, en absoluto te concedería libertad alguna dentro de estas paredes. Lo cual significa que tú te quedarás aquí encerrado, y que yo tendré tiempo de sobra para averiguar todo lo que necesito saber sobre ti.

—Soy consciente de eso —dijo Akos—. Pero no luché con Vas en la arena. Luché con él en medio del caos mientras tu hijo moría. No hay ningún registro de su muerte en ninguna parte.

Lazmet sonrió.

—Tienes más de una marca en el brazo. Es muy alentador, ver que no eres un completo imbécil. Enhorabuena, Akos Noavek. No me pareces aburrido.

Lazmet se lanzó hacia delante y abrió la puerta antes de que Akos pudiera moverse un izit. Un grupo de guardias con armadura llenó el pequeño despacho.

—Llevadlo a una habitación segura —ordenó Lazmet—. No le hagáis daño sin necesidad. Es de mi sangre.

Akos se entregó sin decir palabra; los ojos vacíos de Lazmet lo siguieron mientras se alejaba por el pasillo.

CAPÍTULO 38 | CYRA

Tenía que dejar la relativa seguridad de Galo, ocupado por los exiliados shotet, y regresar a Pokgo para mantener la conversación con Isae Benesit. El encuentro al que les había dicho a los líderes ogranos que me ofrecería, a cambio de que pospusieran nuestra deportación. El futuro inmediato de shotet, dicho de otro modo, pesaba sobre mis hombros.

Tampoco era que sintiese ninguna presión ni nada parecido.

En Pokgo, en el bosque contiguo a la ciudad, había una torre alta levantada sobre el tronco de un árbol descomunal, el único lugar desde donde se podían realizar emisiones extraplanetarias. Durante el viaje le insistí al ayudante de Lusha para que me explicase cómo era posible algo así, por qué desde ese lugar y no desde ningún otro, pero lo único que supo decirme era que desde allí se accedía a un «punto blando» de la atmósfera de Ogra.

—¿Es un término científico? —le pregunté—. ¿«Punto blando»?

—Desde luego que no —contestó—. ¿Te parece que tengo aspecto de científico atmosférico?

—Tienes aspecto de ser alguien con cerebro que vive en este planeta —dije—. ¿Cómo es que no sientes curiosidad?

Dado que no tenía una respuesta a esa pregunta, me levanté y di una vuelta por el perímetro de la nave, haciendo una parada en todas las plantas detrás del cristal para fijarme bien. Había frutas retorcidas, con aspecto de cerebro, que colgaban con pesadez de unas parras robustas; grupos de hojas picudas y moradas que contaban con dos filas de dientes junto a los bordes; diminutos hongos con forma de estrella que emitían destellos violáceos y se te adherían a la piel si los tocabas, para libar los nutrientes de tu cuerpo. Me pregunté si, en el corazón de la jungla, quedaban plantas por descubrir, qué posibilidades habría en este planeta inexplorado, donde abundaba tanto lo grotesco como lo salvaje.

Llegamos a la torre ese mismo día. La nave se posó en una plataforma de aterrizaje que se sostenía entre dos ramas enormes. Me detuve a pocos pasos de la nave para contemplar el inmenso árbol con la torre erigida sobre su tronco hueco. Jamás había visto una planta tan colosal; era tan formidable en su circunferencia como los edificios más altos de Voa, pero estos habían sido construidos de forma artificial, no por medio del rumor natural que, a decir de algunos, procedía de la corriente.

Recorrí la pasarela que llevaba desde la plataforma de aterrizaje hasta la torre. Se balanceaba un tanto bajo mi peso, y solo dos cables impedían que me cayera por alguno de los lados. A cada paso que daba, notaba la boca más seca, pero me obligué a seguir caminando. El ayudante de Lusha me dirigió una sonrisa cómplice mientras realizaba el registro con la guardia que vigilaba la puerta.

Para acceder a la sala de emisión tuve que someterme a un breve cacheo (la guardia no parecía dispuesta a tocarme y yo no la animé a que lo hiciera) y subir varios tramos de escaleras. Al llegar arriba, me paré para darme unos toques en el pelo (ahora humedecido por el sudor) con la parte interior de una manga y después entré tras el ayudante de Lusha.

La sala de emisión estaba llena de gente que controlaba los monitores, que operaba los paneles de interruptores y botones, que retiraba pelusas de la alfombra redonda que ocupaba el centro de la sala.

Diversas vistas fijas, a modo de globos oculares unidos cada uno a una caña, pendían del techo invertidas en su eje vertical justo en medio del recinto. La alfombra era de color oscuro y no tenía ningún dibujo; supuse que estaba allí para amortiguar el ruido, ya que las superficies reflectantes podrían hacer eco. Aquella era la planta superior de la torre, de forma que las ventanas permitían ver por encima del árbol, donde las enormes hojas (más grandes que yo) golpeteaban el cristal. Eran de un intenso color morado, casi negro, y estaban cubiertas de enredaderas musgosas.

—Ah, aquí estás —me dijo un sema de cabello largo que llevaba en la mano lo que parecía una voluta nubosa. Era el saludo que solía emplearse con los conocidos, pero dado que yo no lo conocía, me quedé mirándolo sin entender hasta que me ofreció una explicación.

—No tenía claro si sabrías pintarte la cara o no —dijo en othyrio—. Parece que tan solo necesitas aplicarte un poco de polvo para suprimir los brillos. Bien.

Me acercó aquella especie de borla blanca a la cara y al instante una pálida nubecilla de polvo se desplegó a mi alrededor, haciéndome estornudar. El sema me puso delante un espejo para dejarme ver que el polvo le confería un aspecto mate y regular a mi rostro.

—Gracias —le dije.

—Colócate sobre la equis —me indicó—. Están llamando a la nave de la Asamblea.

—Bien —respondí, aunque dudaba que aquello marchase bien. Al fin y al cabo, estaba a punto de hablar con una mujer que creía que yo era cómplice del asesinato de su hermana gemela. ¿Y tenía que pedirle que cooperase? ¿Que se comprometiera?

Aquello no iba a terminar bien.

Así y todo, me dirigí a la pequeña equis que había marcada en la alfombra con cinta iridiscente y miré hacia las vistas. Alguien que estaba cerca de la pared pulsó un botón varias veces para bajarlas de tal modo que quedasen a la altura de mis ojos. Una pantalla descendió ante mí para mostrarme a Isae Benesit, cuando esta apareciera. De momento, permanecía iluminada en un blanco hueco, a la espera de llenarse con alguna imagen.

Momentos después el ayudante de Lusha anunció que habían establecido la conexión con Othyr y que la emisión iba a dar comienzo. Recitó una cuenta atrás en othyrio y entonces el rostro cruzado de cicatrices de Isae Benesit tomó forma frente a mí. El dolor fluía por mis manos, intensificándose en los nudillos, los cuales sentía a punto de fracturarse. Parpadeé para limpiarme las lágrimas.

Por un instante, Isae se limitó a mirarme, y yo hice lo mismo.

Tenía… mal aspecto. Estaba más delgada que la última vez que la vi, e incluso se adivinaban unas ojeras a pesar de la capa de maquillaje que seguramente se había aplicado para disimularlas. Sin embargo, aparte de estos rasgos obvios, había algo… inusual. Su mirada irradiaba una ira que no estaba presente en nuestro último encuentro, y parecía que iba a estallar en mil pedazos de un momento a otro.

Aquella era la mujer que había matado a centenares de los míos, un pedazo de mujer, con una mirada ciega.

—Canciller Benesit —dije finalmente, con el mentón tenso.

—Señorita Noavek —respondió en un tono seco y formal que no terminaba de encajar con ella—. Supongo que no debería llamarla «soberana», dado que su pueblo no se pone de acuerdo para elegir uno, ¿no es así?

Preferí no decirle que ni siquiera los exiliados me querían como lideresa; que me llamaban «oruzo», «sucesora»; que me culpaban de la muerte de todas aquellas personas a las que había matado ella; que si estaba aquí era solo para enmendar algunos de los errores que yo había cometido. Pero sentía que todas aquellas verdades palpitaban dentro de mí como un segundo corazón. Yo no era ninguna soberana.

—Mi pueblo está dividido, como sabría si nos tratara con un mínimo de decencia —dije—. En cuanto a mi legitimidad, soy uno de los dos herederos posibles de la soberanía. Es libre de entenderse con el otro, si lo prefiere.

Me escrutó por un momento, como si de verdad lo estuviera considerando. Aun así, no podía ocultar su resignación. Por mucho que me odiara, yo era el único supuesto Noavek que les traía la esperanza de la paz a nuestras respectivas naciones.

Envalentonada al adquirir seguridad por ello, me enderecé.

Isae carraspeó antes de decir:

—Accedí a celebrar esta llamada porque se me aseguró que tenía una oferta valiosa que hacerme. Le sugiero que la exponga antes de que decida que no me merece la pena dedicarle mi tiempo.

—No estoy aquí para suplicarle nada —le espeté—. Si prefiere continuar por la senda de la destrucción descontrolada, no hay nada que yo pueda decirle para detenerla, de modo que...

—Que yo he tomado la senda de la destrucción descontrolada —repitió Isae con una risa inerte. A continuación, articuló otra carcajada, más larga—. Centenares de los míos...

—Murieron a manos de mi padre y de sus partidarios —dije levantando la voz—. No a mis manos. No a manos de ninguno de los que estamos aquí.

—Y en su lugar, usted habría hecho... ¿el qué? —me retó—. Olvida que la conozco, Cyra Noavek. Sé que tiene un gran talento para la «diplomacia».

—Yo habría elegido un objetivo militar, conforme a las leyes de nuestra galaxia —dije—. Por supuesto, también habría esperado a poder negociar unos términos razonables para la paz en lugar de atacar con armamento pithariano avanzado a los centenares de refugiados que estaban huyendo.

—Yo no sabía que había refugiados a bordo —aseguró Isae, con la voz apagada de pronto.

En cierta ocasión pensé que Isae me recordaba al esquisto, dura y rugosa. Y también ahora se parecía a esta roca, que con tanta facilidad podía descomponerse en pedazos. Un escalofrío recorrió su cuerpo antes de que prosiguiera, como si este momento de ruptura no hubiese tenido lugar.

—Les ofrecí las condiciones de la rendición, como recordarán —dijo—. Las rechazaron.

—Lo que nos ofreció —repliqué, la voz me temblaba de rabia— era insultante e irrespetuoso, y sabía muy bien que no lo aceptaríamos.

Me quedé mirando la vista en lugar de la imagen que la pantalla mostraba de ella, aunque podía advertir su expresión pétrea al otro lado del ojo.

—Su oferta, señorita Noavek —demandó al cabo.

—Lo que quiero es que retire la solicitud de que los ogranos nos echen de su planeta, lo que obligaría a los enemigos que Lazmet Noavek tiene desde hace varias estaciones a regresar a una zona de guerra —exigí—. Y a cambio, yo lo mataré.

—¿Por qué no me sorprende que la solución que propone implique asesinar a alguien? —observó con sequedad.

—La originalidad de sus insultos es abrumadora —contesté—. Sin el liderazgo de Lazmet, su facción de soldados resultará muy fácil de amansar... por nosotros. Los exiliados tomarán el control de Shotet, y podremos negociar la paz en lugar de matarnos los unos a los otros.

Isae cerró los ojos. Me fijé en que había cuidado muchos detalles para parecer mayor de lo que era, al igual que yo. Vestía una chaqueta de estilo hessiano tradicional, negra y abotonada en diagonal sobre el pecho, con el último cierre junto a la garganta. Llevaba el pelo recogido hacia atrás, tirante, lo que endurecía los rasgos angulosos de su rostro. Las cicatrices también le conferían una madurez que muchas personas de nuestra edad no tenían. Se decía que había sobrevivido a algo, que había pasado por algo a lo que nunca tendría que haberse enfrentado. Pero a pesar de todas estas cosas, era joven. Era joven, y quería que todo esto terminase.

Aunque nunca llegara a entender lo que me había hecho a mí, a mi pueblo, al menos teníamos eso en común: ambas queríamos acabar con esto.

—Tengo que hacer algo —dijo, abriendo los ojos—. Mis consejeros, mi pueblo, mis aliados lo requieren.

—Entonces deme tiempo —le pedí—. Solo unas semanas.

Isae meneó la cabeza.

—El hospital de Shissa se cayó del cielo —dijo—. Aquellas personas necesitaban ayuda, necesitaban… —Se interrumpió; tenía la voz ahogada.

—Yo no hice aquello —le aclaré con firmeza—. Nosotros no hicimos aquello.

Comprendí, demasiado tarde, que tal vez este no fuera el momento para insistir en mi inocencia. Tal vez podría haberme mostrado un poco más solidaria.

«Pero destruyó la nave de la travesía. Nos atacó. Se merece nuestra cólera».

Aunque quizá haría mejor en mostrarme piadosa.

—Una semana —dijo—. Eso le da tres días tras haber realizado el viaje de Ogra a Thuvhe.

—Una semana —repetí—. Para ir de Ogra a Urek, planear un asesinato y llevarlo a cabo. ¿Ha perdido el juicio?

—No —respondió sin inmutarse—. Es mi oferta, señorita Noavek. Le sugiero que la acepte.

Si yo hubiera sido más flexible, más amable, quizá ella habría planteado una oferta más generosa. Pero era quien era.

—Bien —dije—. Le enviaré un mensaje cuando esté hecho.

Y, sin más, me salí del encuadre.

CAPÍTULO 39 | CISI

Los othyrios tienen las manos delicadas. Es lo primero en lo que me fijo.

Las manos y el cuerpo. La mujer que nos recibe en los elegantes apartamentos donde nos alojaremos durante esta breve visita carga más peso en torno a sus caderas y muslos que las mujeres thuvhesitas. Siento una cierta curiosidad. Me pregunto qué se sentiría al tocar un cuerpo tan endeble.

A juzgar por el modo en que me mira, ella se debe de estar preguntando algo parecido sobre mí. A decir verdad, no tengo aspecto de chica hessiana; lo habitual es que los habitantes de Hessa trabajen en los criaderos de flores del hielo o que se dediquen a otro tipo de labor ardua, por lo que desarrollan cuerpos musculosos y esbeltos. Mi constitución se asemeja más a la de la población de Shissa, donde estudié, estrecha y con reservas carnosas alrededor de la cintura. «Para los meses de frío», me decían a veces en broma.

Muchos de esos bromistas están muertos ahora.

La othyria nos indica, con voz empalagosa, adónde iremos a cenar y qué «atuendo» deberíamos elegir. Esto hace que sienta el impulso de intercambiar una mirada con Ast, pero entonces recuerdo que él no puede verlo, y que de todas maneras tampoco querría compartir un momento así conmigo.

Aun así, me pongo mi formal vestido largo para cenar. La única cosa formal que poseo. Es de estilo hessiano, lo que significa que la parte de arriba parece la de un uniforme militar, con una columna de botones que desciende sobre el corazón desde el hombro hasta las costillas. Se me ciñe al cuerpo hasta la cintura y después se deshace en una falda más holgada que llega al suelo. Es de color carmesí. Rojo flor del silencio, para que me dé suerte.

En el vestíbulo, Ast se pelea con los botones de los puños. Son pequeños y están hechos de cristal, escurridizos. Sin darle demasiadas vueltas, apoyo su muñeca en la mía y se los abrocho. Aun así, me sorprende que me deje.

—Me ha dicho que estoy siendo demasiado severo contigo —me confiesa con la voz rígida. El escarabajo que utiliza para que lo guíe describe un círculo rápido en torno a mi cabeza y mis hombros, lo bastante cerca para rozarme la ropa con las patitas, sin dejar de emitir clics en ningún momento.

—¿Sí? —respondo, indiferente, mientras tomo su otra muñeca.

—La cuestión es que… —Me coge la mano, de repente, y me aprieta con firmeza. Con demasiada fuerza. Se inclina tanto hacia mí que puedo percibir algo acre en su aliento—. Yo no lo creo, Cisi. Creo que eres demasiado lista, que estás demasiado motivada y que desprendes demasiada… dulzura.

Termino con los botones y me aparto sin responderle. No hay mucho que decir, en realidad.

Isae espera cerca de las puertas en las que la mujer othyria dijo que se reuniría con nosotros. Cuando Isae se gira, me quedo impactada, como si me hubiera estampado contra ella. Lleva los párpados delimitados por sendas rayas negras y perfectas, y los labios empañados de un frágil rosa. Su pelo, recogido muy tirante hacia atrás, brilla como si fuese de cristal pulido. Va vestida al estilo de Osoc, una capa inferior ceñida, de color azul oscuro, con una tela holgada por encima, un conjunto que deja adivinar las curvas de sus caderas cuando se aprieta por aquí o por allá.

—Guau —le digo.

Ella pone los ojos en blanco por un momento mientras hace un rápido movimiento de corte con un dedo para señalarse las cicatrices que cruzan su rostro. Reparo en ellas, cómo no, cada vez que la miro, pero para mí no merman su belleza. Destacan, sin más, como una mancha de nacimiento o como un racimo de pecas. Me inclino para tocar con los labios la que tiene sobre la ceja.

—Aun así, guau —insisto.

—Y tú —dice, mirando a Ast—. Ast, nunca habías parecido estar más incómodo.

—En ese caso, estoy igual por fuera que por dentro —asegura con rigidez.

Las puertas se abren deslizándose ante nosotros y, al otro lado, aparece la mujer othyria de antes. No recuerdo su nombre. Los nombres othyrios suelen componerse de al menos tres sílabas, con lo cual los olvido en seguida.

La seguimos hasta un flotante que hay suspendido junto al borde de la terraza. No es como los de casa (más que un vehículo, parece una plataforma cubierta). Nos colocamos juntos en el interior y la mujer (¿Cardenzia? Algo con «zia», creo) hace de piloto, con lo cual me refiero a que aprieta un botón y nos lleva rumbo a un destino preprogramado. El flotante no se agita ni sacude en absoluto, sino que se desliza sobre los parques arreglados y los edificios relucientes. Nos eleva sobre una capa de nubes tenues hasta que se detiene junto a una dársena de carga (no sé de qué otra forma llamar a ese sitio, aunque en mi vida he visto una dársena de carga tan rara). También está cubierta, ya que nos encontramos a una gran altitud, y los suelos están embellecidos con relucientes baldosas negras, como si no hubieran de soportar continuamente la visita de pesadas naves espaciales.

Cardenzia (ya he decidido llamarla así) nos guía por la dársena vacía hasta un laberinto de pasillos amplios, bordeados de retratos de antiguos líderes othyrios, y de las banderas enmarcadas de todas las provincias othyrias. Unos porteros que llevan guantes negros nos abren unas puertas dobles doradas cuando llegamos al final de uno de estos pasillos.

Creía que la extravagancia de los othyrios ya no podía sorprenderme, pero tengo que parar y quedarme mirando con asombro al pasar a la siguiente sala. Alguien ha cultivado un jardín aquí dentro. En lo alto, el resplandor de la puesta de sol entra por los tragaluces, proyectando una serie de franjas anaranjadas sobre las hojas negruzcas de las parras que envuelven las patas de las sillas y reptan por los bordes de la mesa. Los árboles forman una hilera a un lado de la sala, las hojas son de un morado y un azul intensos, surcadas de vetas más claras. Unas cuerdas de luz penden del techo; las «cuerdas» reales son casi invisibles, lo que crea la ilusión de que toda la sala estuviera llena de multitud de esferas luminosas a modo de gotas de lluvia congeladas en su caída.

Una mujer se acerca a saludarnos. La diadema de oro que lleva me indica que es una gobernante de Othyr, pero he olvidado su nombre, y también mis modales. La sigue un hombre que luce una diadema similar, tras el cual viene otro hombre. Los tres tienen la piel tersa, el cabello perfecto y los dientes blancos. El vello facial de los hombres parece pintado con un bolígrafo fino.

—¡Bienvenidos a Othyr! —exclama la mujer con una sonrisa blanquísima—. Canciller Benesit, es un placer conocerla al fin. ¿Es la primera vez que visita nuestro precioso planeta?

—Sí, así es —afirma Isae—. Gracias por recibirnos, consejera Harth. Estos son mis asesores, Cisi Kereseth y Ast.

—¿Ast, sin apellido? —se extraña la consejera Harth.

—En los exteriores no necesitamos apellidos —aclara Ast—. Allí no llevamos el registro de las dinastías ni nada de eso, excelencia.

—¡Los exteriores! —brama uno de los hombres—. Qué gracia. Debe de encontrar esto muy diferente, entonces.

—Un plato es un plato, brille o no —responde Ast. Es la ocasión en la que más lo he apreciado.

—Yo soy el consejero Sharva —se presenta el más bajo de los dos hombres. Es moreno y lleva el bigote ensortijado en los extremos. Tiene la nariz grande, perfectamente recta y estrecha a lo largo del puente—. Y este es el consejero Chezel. Los tres nos encargamos de la cooperación y la ayuda interplanetarias. —De modo que quieren que utilicemos sus apellidos. Supongo que ese detalle convierte esto en una reunión de negocios y no en un encuentro informal. Prosigue—: Y usted, Cisi... ¿también es de los exteriores?

Una mujer que lleva los mismos guantes negros que los hombres que habían abierto las puertas distribuye unas pequeñas copas de algo que no reconozco. La bebida emana un intenso aroma acre. Espero a que los othyrios beban antes de hacerlo yo, para ver cómo proceden. Beben con refinamiento de las copas, tan pequeñas que solo pueden sostenerse entre dos dedos. Están grabadas con motivos arremolinados.

—No —digo—. Soy de Hessa, de Thuvhe.

—Kereseth, ¿verdad? —me dice la consejera Harth—. ¿Dónde he oído antes ese nombre?

—Mi linaje está predestinado —explico—. Y mi madre es el oráculo sedente de Thuvhe.

Todos se quedan callados. Incluso la mujer que lleva la bandeja de las copas, ya vacía, se detiene para mirarme durante un instante antes de abandonar la sala. Sé que los othyrios no veneran a los oráculos, pero ignoraba que estar emparentado con uno supusiera semejante escándalo.

—Ah —dice Harth con los labios fruncidos—. Su educación debe de haber sido muy... interesante.

Sonrío, pese a que el pulso se me acelera por momentos. No quiero ponerme nerviosa. Si alguien puede conseguir que esta gente aprecie a la hija de un oráculo, soy yo.

—Hablar con mi madre es un poco como intentar agarrar a un pez —comento—. La quiero mucho, desde luego, pero siempre me relaja hablar con gente que no sea alérgica a la especificidad.

Chezel se ríe, al menos, y entonces les envío a todos una sensación tan sutil como la más suave de las telas, que se desliza sobre ellos. Me sorprendería si no funcionara. Los othyrios me ponen de mal humor, aunque no son complicados, no se muestran en guardia ante gente como yo, gente de voz amable y que emplea títulos como «asesora».

—Entonces no es una fanática —observa Chezel—. Es un alivio. No me apetecía que se iniciara un debate sobre si debemos elevar la posición de los oráculos en lugar de supervisarlos.

Quiero decirle que se vaya a la mierda. Quiero decirle que el hecho de que mi comunidad averiguara que yo estaba destinada a que me trocearan o me apuñalaran algún día fue una pesadilla, que la política de «transparencia» de la Asamblea fue la razón por la que mis hermanos fueron secuestrados y mi padre, asesinado. Pero mi don de la corriente no me lo permite, y yo no intento forzarlo. Quieren que sea sumisa y dulce, y así es como me mostraré.

Y si Ast se pasa todo el tiempo apuñalándome con la mirada, en fin, también lo ignoraré.

—Se diría que hubiera salido de la nada, querida —le dice Harth a Isae—. ¿Dónde la había tenido escondida su familia?

—En una nave pirata —responde Isae. Harth articula una risa tintineante.

Cuando Chezel se acerca a mí, comprendo la estrategia. Sharva está vuelto hacia Ast, Harth se ha centrado en Isae y Chezel viene en mi dirección; pretenden separarnos para que no podamos apoyarnos entre nosotros. Con qué propósito ya no lo sé.

—¿Qué opinión le merece Othyr hasta ahora? —me pregunta Chezel.

Tomo un trago.

—Está… muy bien construida —digo.

—¿A qué se refiere?

—Está diseñada para deslumbrar, y lo consigue —contesto—. Yo vengo de un lugar donde la belleza no abunda tanto. Acostumbro a andar buscándola con los ojos, pero supongo que aquí puedo darles un respiro.

—Confieso que nunca he estado en Thuvhe —dice Chezel—. ¿Hace tanto frío como cuentan?

—Más aún —le confirmo—. Sobre todo en Hessa, de donde soy.

—Ah, Hessa —repite—. «El corazón de Thuvhe», ¿no es así como lo llaman?

Pronuncia la expresión, «el corazón de Thuvhe», en un thuvhesita elaborado pero preciso.

Sonrío.

—Aunque imagino que conocerá el dicho al completo.

Menea la cabeza.

—«Hessa es una tierra de cochambrosos sin modales, higiene ni cultura que se escupen en las manos para lavárselas» —recito—. «Aunque es el corazón de Thuvhe».

Chezel se me queda mirando un segundo, hasta que al cabo suelta una carcajada estentórea. Aprovecho la pausa para inclinar la cabeza hacia Isae y escuchar su conversación con Harth. Esta le está presentando sus condolencias por el ataque contra Shissa. Y pidiéndole que le dé los detalles.

—¿Y diría que eso se ciñe a la realidad? —indaga Chezel.

—Ah, no lo creo —niego con despreocupación—. A veces nos lavamos las manos con agua, durante los meses más cálidos.

Chezel vuelve a reírse. Vuelvo a intentar escuchar lo que Harth le está comentando a Isae. Pero habla demasiado bajo, como si le susurrase. Les presto tanta atención que termino por olvidarme de mi don, y en seguida noto que la tensión se propaga por la sala como una fiebre que nadie salvo yo sufre.

—Me refería —concreta Chezel con la voz un tanto endurecida— a si considera que Hessa es una tierra atrasada. Usted es hija de un oráculo, al fin y al cabo.

—No estoy segura de entender qué tiene que ver lo uno con lo otro —digo con cierto esfuerzo. Si continúa a la ofensiva, tendré que dejar de hablar; me limitaré a quedarme quieta mientras abro y cierro la boca como un pez.

—Solo quiero decir que los oráculos son un vestigio del pasado, no un reflejo del presente —asegura—. En Othyr la gente construye su propio futuro. Su importancia viene definida por su industria, no por la posesión de un destino.

—¿Ninguno de los otros consejeros proviene de una familia predestinada? —pregunto.

Se le contrae la comisura de un ojo.

—Al contrario, nuestro representante electo es el primo de la consejera Harth. La rama de la familia Harth a la que esta pertenece no gozaba del «favor del destino», como se dice —me explica—. El destino de ese hombre no garantiza su valía, ni su aptitud, aunque las tradiciones tardan un tiempo en extinguirse.

Asiento. Ahora lo entiendo. La consejera Harth quiere llegar al poder, pero el poder cayó en manos de su primo. Ella lo achaca al destino de él, y quizá tenga razón, o quizá su primo sí que fuese la persona más adecuada para el cargo, nunca lo sabré. En cualquier caso, ella está celosa, y tengo la impresión de que Chezel también.

—Debe de haber sido difícil para la consejera Harth —digo—. Que se le concediera el puesto a un familiar, cuando ella aspira a ganar influencia.

—Todavía queda tiempo para que todos obtengan lo que merecen —asevera Chezel.

Al fondo de la sala suena una campana que nos invita a ocupar la mesa para cenar. Cada uno de los platos dorados tiene encima una tarjeta identificativa. A Harth le corresponde sentarse entre Isae y yo, pero Isae coge la tarjeta de la consejera y la cambia por la mía, con una sonrisa. Busca mi mano y me la aprieta. Es una señal inequívoca de que estamos juntas, pero también una excusa para intercambiar los asientos, no me cabe duda. Le sigo el juego, con la sonrisa tímida y la mirada baja.

Tomamos asiento, con las hojas enmarcándonos los hombros y

con las luces danzando sobre nosotros. Una fila de sirvientes sale por una puerta oculta del fondo de la sala, cubierta de hiedra, y nos trae los platos. Es como un baile, con todos los pasos sincronizados. Me pregunto si deberán ensayarlo.

—Olvidaba preguntarle, canciller, si a sus asesores les gustaría aprovechar los servicios de los excelentes doctores de Othyr durante su estancia. Siempre les ofrecemos exploraciones médicas complementarias a nuestros invitados más distinguidos —propone Harth, como si yo fuera una ventana entre ellas en lugar de un cuerpo.

—Por mediocres que puedan ser los médicos de Thuvhe —responde Isae con firmeza—, no será necesario, gracias.

Se le empieza a notar el acento en su voz entrenada, algo que sé que odia. Divido mi atención para enviarle agua a ella y envolver a los demás en galas. Tengo que esforzarme mucho hasta que noto que la tensión de la sala disminuye, aunque logro contenerla. Ast me mira.

—No sé si Isae... Ah, quería decir la canciller Benesit. —Me interrumpo para ruborizarme. Un agradable espectáculo para los othyrios—. No sé si la canciller Benesit se lo habrá dicho, consejera Harth, pero asistí a la escuela para formarme como química antes de convertirme en asesora de su alteza. Se me da relativamente bien preparar las flores del hielo para elaborar medicamentos.

—¿De verdad? —dice Harth con un tono que denota aburrimiento—. Es fascinante.

—Llevé a cabo una investigación que consistía en desmenuzar las flores hasta obtener sus componentes básicos —relato mientras despliego una tupida y rica tela sobre Harth en particular. Parece necesitar de mi don de la corriente más que nadie—. Estoy segura de que algo así sería de gran ayuda en Othyr, dado que depende de nosotros en gran medida para conseguir los ingredientes más eficaces.

—Sí —dice Isae—. Supongo que todavía no han conseguido cultivar flores del hielo en Othyr.

—Así es —confirma Harth—. Según parece, esta planta solo crece en su planeta. Es muy raro.

—Ah, en fin, Thuvhe es un pequeño planeta muy extraño, en constante cambio —digo—. Nos halaga mucho que se hayan interesado por nosotros.

Isae me mira de soslayo, como si no supiera muy bien adónde pretendo llegar. Dejo el comentario suspendido, forzado, entre Harth y yo.

—Por supuesto —dice Harth—. No deseamos sino brindar nuestro apoyo.

—¿A qué se refiere con «apoyo»? —inquiere Ast, y por una vez me alegro de que esté aquí. Sabe hacer las preguntas que mi don de la corriente no me permite formular.

—Lo siento —dice, a la vez que apuntala los codos en el borde de la mesa—. Nunca he tenido muchos modales... Cuando quiero saber algo, lo pregunto sin más.

—Una cualidad admirable, Ast —agradece Harth. Lo interpreto como una pulla contra mí, y me fastidia—. En realidad, nuestra intención era preguntarle a la canciller Benesit qué necesita Thuvhe en este conflicto con Shotet. Tenemos muchísimos recursos a nuestra disposición.

Ast mira a Isae y se encoge de hombros.

—Armas —responde.

—Ast. —Isae pronuncia su nombre a modo de advertencia—. Todavía no hemos decidido que eso sea necesario.

—En serio, podemos titubear cuanto queramos, Isae —replica—. Pero al final vamos a tener que defendernos. Pitha nos entregó un cañón anticorriente, y no nos vendría mal contar con otro, para empezar. Con mejores naves, también, quizá, ya que las de Thuvhe son antiguas y lentas... y ni siquiera pueden cargar con esa maldita arma.

Harth se ríe. Chezel y Sharva se suman.

—Bien —dice Chezel—. No parecen unas peticiones demasiado complicadas de satisfacer, ¿no es así, consejera?

—Así es —responde Harth con una sonrisa—. Estaremos encantados de proporcionarles cuanto necesiten, siempre que la canciller Benesit esté de acuerdo.

—Aunque preferiría que mis asesores gestionasen la cuestión con mayor delicadeza —dice Isae con severidad—, lo cierto es que Thuvhe necesita protegerse. Sería conveniente disponer de otra arma de largo alcance que utilizar contra Shotet, y así no tener que librar una batalla en tierra y tampoco por aire, como último recurso, ya me entienden. Ellos emplean unas técnicas de combate muy avanzadas, como todos sabemos. Y ninguna de nuestras naves cuenta con el equipo que se requiere para instalar un arma así.

—En ese caso, está decidido —zanja Chezel, que levanta su copa.

Se me hace un nudo en la garganta. Me esfuerzo por tragármelo, por articular algún sonido, el que sea. Al final tan solo se me ocurre golpear la mesa con el puño. Le aprieto la mano a Isae, con fuerza, la necesaria para estrujarle los nudillos.

—Un momento —solicita Isae—. Por desgracia, el don de la corriente de Cisi le impide expresarse con libertad en determinadas situaciones, pero salta a la vista que también tiene una opinión.

—Gracias —logro decir—. Hay algo que... me intriga.

—¿El qué, querida? —se interesa Harth. No me gusta su tono. Me hace sentir como si no midiera más de un izit.

—Mi padre me aconsejaba que desconfiara de aquellos tratos en los que una de las partes ganaba más que la otra —digo. Enarco las cejas. No consigo hacer la pregunta, pero creo que me he acercado bastante.

—Es un buen aporte —estima Isae a media voz—. ¿Qué espera Othyr a cambio de su generosidad?

—¿No es la derrota de una plaga que infesta toda la galaxia suficiente recompensa? —responde Harth.

Meneo la cabeza.

—Este nivel de cooperación entre nosotros no tiene precedente —dice Isae—. Mantenemos una relación neutral porque dependemos el uno del otro para el beneficio tanto de los othyrios como de los thuvhesitas, pero...

—Pero a menudo afrontamos los mismos asuntos desde distintas perspectivas, sí —afirma Harth.

—Sobre todo —dice Sharva, que interviene por primera vez. Su voz es un retumbo, pero débil, desprovisto de riqueza—. Sobre todo, en cuanto a la decisión de comunicarle al público los destinos de los linajes agraciados.

—Sí —asiente Isae lacónica—. Una decisión que afectó a mi planeta de forma desproporcionada, puesto que contamos no solo con una, sino con tres familias agraciadas.

—No obstante, Othyr sostiene esa decisión —dice Sharva—. Y desea intensificar aún más la supervisión de los oráculos.

Ast se reclina. Su expresión es indescifrable. Pero no parece estar incómodo, o al menos a mí no me da esa impresión. Supongo que siempre he dado por hecho que yo no le gustaba debido a mi don de la corriente, pero tal vez se deba, también, a mi madre oráculo. Puede que él esté del lado de Othyr en esta cuestión.

—Y quieren el apoyo de Thuvhe —digo—. A cambio de armas.

Ahora entiendo a qué se refería el oráculo Vara. «No confíes en los othyrios. No la dejes acceder a eso, hagas lo que hagas». Esto debe de ser el «eso» del que hablaba, una promesa de apoyo.

—Nos gusta creer que prestarle apoyo a Thuvhe ahora les animaría a reconsiderar su parecer acerca de los oráculos —aclara Sharva—. Sabemos que Thuvhe no es un planeta nación demasiado leal al destino; que también desea abrazar el futuro de esta galaxia, y encaminarlo hacia el éxito en lugar de hacia el fracaso.

—¿Cómo sería esa supervisión de los oráculos de la que habla? —indaga Isae.

—Tan solo queremos estar al tanto de los debates entre los oráculos, y de los planes que hagan, teniendo en cuenta el futuro que están desplegando —especifica—. Con frecuencia toman decisiones que nos afectan a todos. Queremos saber qué decisiones son esas. Queremos tener acceso a la información que poseen.

Siento... quietud. Como cuando Akos me toma de la mano, como si toda la corriente se hubiera sosegado a mi alrededor. Durante las últimas semanas he visto a mi madre manipular a Akos para que matara a un hombre, solo porque ella quería que esa persona desapareciera. La he visto dejar morir a la más vieja de mis amistades cuando quizá podría haberlo evitado. Dice que hizo esas cosas por el bien común. Pero ¿y si no estamos de acuerdo en cuanto a lo que es ese «bien común»? ¿Debe ella tomar decisiones sin que nadie se las cuestione nunca?

Incluso la advertencia que me hizo el oráculo Vara es una manipulación. ¿Qué futuro persigue? ¿Qué intereses defiende? ¿Los míos, los de Thuvhe, los de Ogra o los de los oráculos? «No la dejes acceder a eso». ¿Debería hacerle caso o no?

Me muerdo el carrillo.

—¿Quién tendrá acceso a esta información? ¿Todo el que quiera conocerla? —pregunta Isae—. La revelación general de los destinos no dio buen resultado en mi planeta.

—Quedará circunscrita, por supuesto, a la Asamblea —asegura Harth—. No queremos poner en peligro a la población.

Isae agita la cabeza, despacio.

—Me gustaría discutir esto con mis asesores —dice—. Si no les importa.

—Por supuesto —acepta Harth—. Ahora comamos, y pasemos a otros temas más desenfadados. Ya lo hablaremos por la mañana, cuando hayan tomado una decisión.

Isae inclina la cabeza en señal de asentimiento.

CAPÍTULO 40 | CISI

—No sé ni por qué tenemos que hablar de esto —refunfuña Ast.

Estamos en los aposentos que Isae ocupa de forma temporal en Othyr. Ast se encuentra de pie junto a una pared luminosa, una ventana tan amplia y diáfana que da la impresión de que no estuviera ahí. El sol se pone tras los edificios de cristal de Othyr y la luz se refracta decenas de veces por el camino, de tal manera que la ciudad se convierte en un manto de destellos ambarinos. Apenas llegamos aquí, Ast se desabrochó los puños, así que ahora aletean en torno a sus muñecas cada vez que gesticula.

Suspiro y me froto las sienes con ambas manos. Aunque Ast finja ser un vulgar mecánico de los exteriores, no es ningún tonto; sabe que esto no es un simple trueque, el apoyo de los othyrios a cambio de una promesa. Es un punto de inflexión en el que se decide la clase de nación en la que nos convertiremos. Enemigos de Othyr... o enemigos de los oráculos.

Y después está la cuestión del armamento.

—Le he prometido a Cyra Noavek que le daría tiempo antes de que presionemos a Ogra para que deporte a los shotet —explica Isae—. Y ahora quieres que opte por una respuesta agresiva en lugar de por la diplomacia. Por eso necesitamos hablar de esto.

—Diplomacia —resopla Ast—. ¿Los shotet optaron por la diplomacia en Shissa?

El ambiente de la habitación está ya tan tenso que no puedo hablar. Lo percibo igual que la humedad de un invernadero, llenándome la boca. Intento relajarlo con una presa torpe de mi don de la corriente, enviando la sensación del agua a todas partes como si manara de un cubo volcado. Cuando Ast retuerce la boca con asco, me contengo un tanto.

—Dejando a un lado por un momento el asunto de las armas —intervengo con delicadeza—, está también el asunto de la supervisión de los oráculos.

—Me importa una mierda que Othyr quiera tener vigilados a los oráculos —gruñe Ast—. ¿Por qué a ti sí te interesa?

—Ese es el problema: que Othyr sea el único que los tenga vigilados —dice Isae—. Tú no conoces a esta gente como yo. No te haces una idea de hasta qué punto Othyr controla la Asamblea. Si la información obtenida a partir de la supervisión de los oráculos se comunica solo a la Asamblea, podría decirse que Othyr pasa a controlar los destinos en lugar de los oráculos, lo cual solo sirve para sustituir un problema por otro.

—Eres indecisa —le reprocha Ast—. Lo has sido desde que éramos críos. Te niegas a hacer algo si no estás completamente segura del resultado.

Abro la boca, pero no me sale nada. Ni una palabra, ni el menor sonido. Isae está demasiado centrada en Ast para darse cuenta de mi esfuerzo. «No la dejes», insiste la voz de Vara en mi cabeza. «¿Qué demonios tengo que hacer para detenerla? —le pregunto en mis pensamientos—. ¡Ni siquiera puedo hablar!».

—Te pedí que vinieras porque creía que me ayudarías a actuar con honestidad —le dice Isae a Ast—. Pero debes admitir que careces de experiencia en estas cuestiones.

—Precisamente porque carezco de experiencia puedo hablarte con claridad —replica él a la vez que se acerca.

«Agua, agua», pienso. Recuerdo el momento en que me hundí hasta el fondo de la cálida piscina del templo cuando mamá me enseñó a nadar, lo agradable que encontraba la leve presión del agua alrededor de la cabeza. Un apretón suave.

—No sé de política, es cierto —reconoce, en un tono más contenido—. Pero conozco a los shotet, Isae. Ambos los conocemos.

Baja las yemas de los dedos hasta el destornillador que lleva en la cintura en lugar de un cuchillo.

—A mí me arrebataron a mi familia —recuerda—, y a ti te arrebataron la tuya. Nos prometieron una búsqueda pacífica, pero después empezaron a asesinar y a robar. Así es como son.

Extiende las manos con las palmas hacia arriba, e Isae pone las suyas encima, permitiendo que él le apriete los dedos, con delicadeza.

—Prometiste darle una semana a Noavek antes de actuar. No le prometiste que actuarías de un modo en concreto —dice Ast. Ha formado una especie de burbuja en torno a ellos, y yo no estoy dentro—. Si no logra matar a Lazmet Noavek, tendrás que actuar, pero deportar a los exiliados shotet no será suficiente. ¿Recuerdas los nombres? ¿Los nombres que has estado recitando?

Isae parpadea para limpiarse las lágrimas.

—Tantas personas —responde.

—Sí —dice él—. Demasiadas. No puede volver a ocurrir, Isae. No puedes permitirlo.

El rostro me arde de rabia. Ast se está cebando con la pesadumbre de Isae, con el dolor por la pérdida que Thuvhe sufrió y la que ella misma padeció. No ha vuelto a encontrarse bien desde la muerte de Ori. La aflicción la ahoga. Y él se está aprovechando de ello.

—Necesitamos armas más potentes —insiste—. No podemos combatir con los shotet en tierra, porque moriríamos. Sé que apoyar a Othyr podría tener resultados que prefieres evitar. Pero no tendrás ninguna oportunidad de librar esa lucha si no ganas esta otra primero.

Isae asiente a lo que Ast le dice cuando me escabullo de la habitación. Tengo que hacer algo. Y si mi don de la corriente no me permite hablar, tendré que buscar otra solución.

Contactar con Ogra no es complicado. Tan solo hay que dar con Cardenzia. Espero a que la tarde dé paso a la noche para buscarla. Le toco el brazo, con cuidado, mientras le explico que mi madre está en Ogra, visitando al oráculo ograno, y que necesito cerciorarme de que esté bien. Mantengo la sonrisa amplia y utilizo mi don de la corriente para envolverla en una tela lujosa, de las que se deslizan por la piel.

Debo de estar haciéndome más fuerte con tanta práctica, porque Cardenzia se relaja de inmediato bajo su influencia y me lleva a la torre de comunicaciones. Su código de seguridad me concede acceso al satélite, por lo que me deshago en agradecimientos... con un nuevo roce de la tela.

Ocupo el asiento de emisión, que está fabricado en metal y tiene el respaldo rígido para evitar que los usuarios se muevan en exceso mientras envían sus mensajes. La sala está llena de técnicos, pero no importa. No hablan thuvhesita. Los othyrios prefieren hablar idiomas comunes, como el pithariano o el trellano, antes que nuestra lengua sedosa y fluida.

—Este mensaje es para Cyra Noavek —le digo a la mirilla que captura mi rostro y mi voz—. Isae Benesit está sopesando la idea de iniciar hostilidades. Othyr pretende actuar contra los oráculos, y ha solicitado que Thuvhe lo respalde a cambio de proveerlo de armas. Isae está... está afligida. Desesperada. Todos los estamos. E intuyo que, en el fondo, nunca creerá en la palabra de un shotet.

Bajo la mirada.

—No puedes fallar —le digo—. Mata a Lazmet Noavek. No falles. Fin de la transmisión.

Toco la pantalla que tengo ante mí para comprimir la grabación y convertirla en un archivo de datos lo más reducido posible. La nave satélite ograna entrega los datos a la superficie de Ogra una vez al día, de forma que Cyra la recibirá mañana, si es que llega a recibirla.

—¿Qué estás haciendo?

Es Ast.

Afirmo las manos en el respaldo rígido del asiento cuando me levanto. No sé si ha oído el mensaje entero o solo una parte.

Me aliso la falda y me giro hacia él. Su aspecto es desaliñado, como si hubiera venido corriendo, y el escarabajo zumba con urgencia alrededor de su cabeza antes de alejarse hacia el perímetro de la sala para después realizar una vuelta en torno a mí.

Su mirada está extraviada y fija, como siempre, pero tiene el ceño fruncido.

—Porque me ha parecido que les estabas proporcionando información confidencial acerca de las negociaciones entre Thuvhe y Othyr a nuestros enemigos —dice. Le tiembla la voz de pura rabia. Debo tener cuidado.

—Te... —comienzo, pero soy incapaz de continuar. Está demasiado furioso. Mi don de la corriente es demasiado intenso. Lucho contra él, fuerzo los músculos de la garganta, de la boca. En mi cabeza surge una sarta de maldiciones mudas. Por qué este don, por qué ahora, por qué...

—¡Cancela el mensaje! —le grita a una técnica—. Contiene información clasificada que no se debe compartir.

La técnica mira primero a Ast y después a mí.

—Lo siento, pero sea lo que sea —dice la operaria—, no quiero verme involucrada.

Con un toque en la pantalla y una pulsación en un interruptor, mi mensaje, mi última y desesperada llamada a Cyra, desaparece.

Intento pensar en una textura del don de la corriente que no haya empleado todavía contra Ast. Las sábanas y los jerséis nunca han funcionado con él. Las galas son una pérdida de tiempo. El agua no le afecta. Ojalá supiera más sobre los exteriores, o sobre la nave en la que se crio, para así poder determinar qué es lo que le calma.

—Primero intentas controlarla con ese poder maligno que llamas don —me acusa—. Y ahora la traicionas en favor de aquellos contra los que ella lucha.

«Tú también pretendes controlarla», quiero decirle.

«Podría luchar contra ellos sin arrasar su ciudad», quiero decirle.

Le da una orden al escarabajo en un idioma que no conozco y, un instante después, el insecto se me posa en el hombro y emite uno de sus silbidos agudos. Ast se guía por el sonido y me agarra del brazo. Tiro hacia atrás, pero es demasiado fuerte.

—¡Eh! —exclama uno de los técnicos—. Déjala en paz o llamo a seguridad.

Ast me suelta y yo salgo de la sala dando tumbos hasta que llego al pasillo, conmocionada. Regreso, sin saber muy bien si andar o correr, a la habitación de Isae, que queda justo al lado de la mía. Estoy a punto de llamar a la puerta cuando veo que ya ha apagado la luz. Está dormida.

Quiero hablar con ella antes de que lo haga Ast. Explicarle lo que he hecho de manera que parezca que Ast ha perdido el juicio o que está paranoico. Si hablo con ella yo primero, tal vez consiga desbaratar los argumentos que él pueda tener, tal vez…

Tengo que pensarlo bien. Me retiro a mi habitación para mojarme la cara con agua, cuidando de cerrar bien la puerta.

Entro en el pequeño cuarto de baño incorporado en la habitación e introduzco la cabeza en el lavabo. Bebo del grifo y el agua se escurre hasta mi oído. Aliviada la garganta, busco la toalla a tientas y me la aprieto contra la cara. Creo que oigo algo. Una serie de clics.

Cuando bajo la toalla, Ast está detrás de mí.

—¿Sabes qué es lo primero que aprende a hacer el hijo de un mecánico? —susurra—. Una ganzúa.

Mi don de la corriente me ahoga. No le importa que esté en peligro; no le importa si vivo o muero. Se limita a estrangularme, a impedirme que grite. Me acerco a coger el vaso del lavabo para romperlo, para hacer algún ruido. En el intento, Ast se me echa encima. Algo despide un destello plateado en medio de su puño.

Es fuerte. Le basta con emplear una mano para inmovilizarme las muñecas. Me palpa el cuerpo hasta que encuentra mis hombros. Dejo caer el vaso pero no se rompe. Me levanta del suelo, le muerdo, buscando la carne de su brazo. Cierro la boca con tanta fuerza como puedo, tanta que le hago gruñir y le desgarro la piel.

Un dolor candente se propaga por mi costado. La camisa se me pega, mojada, a las costillas. Miro al espejo y veo que una mancha de un intenso color rojo se escurre por mi cuerpo del mismo modo que se escurría alrededor de la cabeza de mi padre. Es del mismo color que las flores del silencio, que los vestidos de la Floración y que la cúpula de cristal del templo de Hessa. Roja, del color de Thuvhe.

Me ha acuchillado.

Se acabó. «El primer descendiente de la familia Kereseth sucumbirá a la hoja».

Es mi destino, al fin.

Me suelta, gimiendo por el dolor del brazo, que sangra por la herida semicircular que le he hecho con los dientes. Caigo al suelo a plomo. No he hecho el menor ruido. Nadie acudirá en mi auxilio si no hago ruido. Cojo el vaso caído mientras Ast intenta restañar la sangre que le brota del brazo.

Voy a perder el conocimiento. Pero no aún. Levanto el vaso y, haciendo acopio de mis últimas energías, lo estampo contra el suelo de piedra tan fuerte como puedo. Salta en pedazos.

Ogra. Sustantivo. En ograno:
«La oscuridad viviente».

CAPÍTULO 41 | AKOS

Nadie le traía comida.

El aposento estaba muy bien equipado para ser una celda. Una cama blanda con una manta gruesa. Una tina en el cuarto de baño, además de una ducha. Una alfombra tupida sobre el suelo de madera. En realidad, no era más que un dormitorio dotado de una cerradura sofisticada, la cual Akos estaba seguro que podría forzar si dispusiera de tiempo suficiente, aunque después tendría que enfrentarse a los soldados que había distribuidos por toda la casa.

Bebía agua del grifo cuando lo necesitaba, pero nadie le traía comida, y no era tan tonto como para pensar que no era a propósito. Si Lazmet hubiera querido que lo alimentaran, lo habrían alimentado. Pretendían matar de hambre su don de la corriente.

Por la mañana, cuando se despertó, la puerta se abrió al fin. Estaba junto a la ventana, preguntándose cuánto le dolería si saltara e intentara huir. Sabía que no era una decisión inteligente (se rompería las piernas y sería apresado por una decena de guardias aunque consiguiera escapar).

Un hombre alto con cicatrices en la cara y una mujer baja de cabello blanco entraron en la estancia. El hombre era Vakrez Noavek, comandante del ejército shotet, quien se había encargado del adiestramiento militar de Akos. La mujer le resultaba familiar, aunque no recordaba su nombre.

—No lo comprendo —dijo Vakrez mirando a Akos de soslayo.

—Ah, piensa, Vakrez —lo instó la mujer, con buen humor—. Solo los Noavek son así de altos y de delgados. Como gotas de cristal caliente. Es hijo de Lazmet, salta a la vista.

—Hola, comandante —saludó Akos a Vakrez a la vez que inclinaba la cabeza.

—Voy a decirle tu nombre y de dónde vienes, ya sabes —le dijo Vakrez—. Para empezar, ¿qué sentido tenía la evasión?

—Ganar tiempo —respondió Akos.

—Así que ya os conocéis —dedujo la mujer, que se sentó en una silla junto al hogar. Akos había pensado en escalar por la chimenea, pero tras echar un vistazo, descartó la idea. Era demasiado estrecha para él.

—Era soldado. No demasiado bueno —refunfuñó Vakrez.

La mujer arqueó una ceja.

—Me llamo Yma Zetsyvis, muchacho. Creo que no nos han presentado debidamente.

Akos la miró con recelo. La conocía. Su marido y su hija se habían visto sometidos al don de la corriente de Cyra antes de que murieran, tras lo cual ella se quedó pegada a Ryzek.

—¿Qué hacéis aquí? —les preguntó—. Creía que le profesabais lealtad a Ryzek. Y ahora, ¿qué?, ¿os vais con su padre cuando su cuerpo todavía está caliente?

—Yo le profeso lealtad a mi familia —respondió Vakrez.

—¿Por qué? —dijo Akos—. ¿No mató la madre de Lazmet a tu madre? —Hizo una pausa—. ¿Y cómo es que sigues vivo? Creía que los había matado a todos, incluidos sus primos.

—Es útil —aclaró Yma, que se atusó un mechón de cabello blanco sobre un hombro—. Por eso sigue vivo. Esa es la filosofía de los Noavek. Por eso sigo viva yo, y seguro que también por eso sigues vivo tú, muchacho.

Vakrez la miró con el ceño fruncido.

—¿De qué le sirves tú a un hombre como Lazmet Noavek, señor?
—Akos no puedo evitar añadir el título de respeto. Estaba acostumbrado a ver a Vakrez Noavek con su armadura, que le confería un aire de autoridad. Un aire temible.

—Leo los corazones —respondió Vakrez, que pareció incomodarse—. Las lealtades. Otras cosas. Es complicado de explicar.

—¿Y tú? —le dijo Akos a Yma.

—Él lee los corazones y yo los despedazo. —Yma se miró las uñas—. Nos han enviado a examinarte, si podemos.

—Extiende la mano, chico —dijo Vakrez—. No tengo todo el día.

A Akos le rugían las tripas por el hambre, pero no sentía el rumor de la corriente, lo que le indicaba que su don no se había extinguido aún. Extendió la mano y Vakrez lo agarró de la muñeca para tirar de él hacia sí. Fijó la mirada en los ojos de Akos, escrutándolo, apretándolo. Tenía la piel cálida y áspera.

—Nada —concluyó Vakrez—. Deberá seguir pasando hambre. Quizá haga falta darle una paliza o dos, si Lazmet se impacienta.

—Le dije que era demasiado pronto —apuntó Yma—. Pero no me escuchó, claro.

—Solo escucha a aquellos a los que respeta —dijo Vakrez—. Y solo se respeta a sí mismo.

Yma se levantó y se alisó la falda. Vestía de gris claro, una figura pálida que contrastaba con la madera oscura de la mansión de los Noavek. Akos no sabía muy bien qué pensar de ella, del modo en que posaba sobre él sus ojos brillantes, del modo en que fruncía los labios mientras lo miraba de arriba abajo. Como si quisiera decir algo pero aún no supiera muy bien el qué.

—Descansa un poco, muchacho —le recomendó—. Te hará falta.

Llevaba días sin comer.

Vakrez le había hecho algunas visitas esporádicas, para ver si ya había perdido su don de la corriente. Pero todavía lo conservaba, incluso ahora, cuando se encontraba demasiado débil para hacer nada aparte de quedarse sentado junto a la lumbre hasta que se apagara, y de atizar un poco las llamas entonces.

En esas estaba cuando Yma regresó al cuarto. Su vestido era de un azul tan pálido como sus ojos, acomodado con ingenio en torno a su cuerpo esbelto. Entre su cabello blanco, su tez pálida y su ropa clara, daba la impresión de que brillase en la oscuridad. No se había molestado en encender la luz, de forma que solo el fuego alumbraba la habitación.

Yma se sentó en una silla al lado de él y recogió las manos en el regazo. Cuando vino con Vakrez se mostraba más confiada, pero ahora se mecía adelante y atrás mientras entrelazaba los dedos. No lo miró cuando empezó a hablar.

—Me sacó de mi casa cuando desarrollé mi don de la corriente —dijo. No cabía duda de que la persona a la que se refería era Lazmet—. Tenía una hermana, y de nuestros padres solo vivía nuestra madre —prosiguió—. Yo era de condición humilde. Insignificante. Él me dio ropa, comida, vacunas…Ya solo por eso no lo habría rechazado, pero es que además, si rechazas a Lazmet Noavek, terminas…

Se estremeció ligeramente.

—Sin embargo, dado que me obligó a distanciarme de mi familia, estaba protegida cuando se volvieron contra él, por así decirlo. Mi hermana Zosita enseñaba idiomas, ya sabes, en secreto. —Articuló una risa débil—. Imagínatelo. Convertirte en un enemigo del estado solo porque enseñas lo que sabes.

Akos la miró de soslayo.

—No suelo recordar las caras —dijo—, pero ¿te conozco de algo? Además de por haberte visto junto a Ryzek, quiero decir.

—Conoces a mi sobrina, Teka —le aclaró Yma, que seguía sin mirarlo.

—Ah —dijo él.

—Para serte sincera, me sorprende que la señorita Noavek no te haya hablado de mí. Supongo que es más digna de confianza de lo que pensaba. Me descubrió la noche antes de que matara a su hermano. Yo soy quien envenenó a Ryzek antes de que se enfrentaran en el anfiteatro.

—¿Cyra te «descubrió»? —dijo Akos—. ¿Como espía, quieres decir?

—Algo así —admitió Yma—. Soy única en el sentido de que puedo inclinar hacia mí el corazón de las personas, si me acerco lo suficiente, y hacer mi trabajo con sutileza, poco a poco. Esa es la razón por la que Ryzek me mantuvo a su lado incluso cuando toda mi familia se volvió contra él. Pero con Lazmet es mucho más difícil. Su corazón está… excepcionalmente separado de todo y de todos. Por mucho que lo intente, me es imposible empujarlo un izit en ninguna dirección.

Finalmente, se giró hacia él. Akos reparó en que tenía los labios agrietados, como si hubiera estado mordiéndoselos con demasiada frecuencia. También tenía levantada la piel que rodeaba las uñas. Era obvio que su intento de mantener controlado a Lazmet la estaba consumiendo.

—Pareces honrado —dijo—. Pese al afecto que le profesas a la señorita Noavek. Pero no suelo confiar en los demás. Como tampoco confiaría en ti, si no estuviera desesperada.

Introdujo la mano entre los pliegues de la tela que la envolvía y sacó una bolsita con cierre de cordón, de las que la gente elegante usaba para llevar las fichas de la Asamblea, la moneda del sistema general, muy poco empleada por la población de Shotet. Se la entregó a Akos y, cuando este la abrió, empezó a salivar.

Le había traído carne seca. Y pan.

—Tenemos que buscar el equilibrio —dijo—. No puede parecer que tienes una salud vigorosa, porque eso lo llevaría a sospechar de alguien. Sin embargo, necesitas contar con tu don de la corriente. Y ahora mismo está en las últimas.

Akos necesitó toda su fuerza de voluntad para no embutirse en la boca el puñado entero de carne seca.

—Te enseñaré cosas sobre él, cuando venga aquí. Te enseñaré a fingir para que crea que lo que le estoy haciendo a tu corazón tiene los efectos deseados —le dijo Yma—. Últimamente, se me da bien fingir.

—¿Por qué lo haces? —le preguntó Akos.

—Eres la única persona que conozco a la que él no puede controlar con su don de la corriente —dijo—. Lo cual significa que eres la única persona que puede matarlo.

Lo miraba con los ojos abiertos de par en par. Lo sujetó por el brazo antes de que pudiera dar el primer bocado.

—Debes darme tu palabra de que te comprometes a esto. Sin medias tintas —le exigió—. Harás lo que yo te diga, exactamente lo que yo te diga, por mucho que te espante.

Akos estaba demasiado ansioso por llevarse la comida a la boca como para pensárselo dos veces y, además, tampoco le quedaban más opciones.

—Sí —aceptó.

—Tu palabra —insistió ella, sin soltarlo todavía.

—Te doy mi palabra —le aseguró Akos—. Haré lo que tenga que hacer para matarlo.

Yma apartó la mano.

—Bien —dijo, y siguió contemplando la lumbre mientras él comía a dos carrillos.

CAPÍTULO 42 | CYRA

Aquellos que vendían las mercancías expuestas en los carros que ocupaban la vía principal de Galo estaban recogiendo por ese día. Me detuve para ver cómo la mujer que vendía esculturas de vidrio soplado (tan pequeñas que cabían en la palma de la mano) las envolvía en una tela y las guardaba en una caja, con cariño. Las tormentas llegarían pronto, pero yo no vería ninguna tormenta más en Ogra.

Seguí adelante, hacia el estacionamiento donde Teka había dejado su nave de transporte para que la custodiaran y repararan. Pasé junto a un hombre que hizo volar unos filetes de carne ahumada frente a mi cara, y por el lado de un sema que vendía unas plantitas que lanzaban mordiscos a todo lo que se ponía a su alcance. Echaría de menos el bullicio de este lugar, que tanto me recordaba a las calles de Voa, solo que sin hacerme sentir el miedo que me asaltaba allí.

Había pasado junto al último carro (cargado de cestas de nueces tostadas de todo tipo, incluidas algunas de otros planetas) cuando vi a un hombre acuclillado en medio de la calle, cubriéndose la cabeza con las manos. La camisa apretada contra los hombros resaltaba los huesos de su columna. No me di cuenta de que era Eijeh hasta que no me hube acercado un poco más. Al reconocerlo, me sobresalté y aparté la mano de su hombro antes de llegar a tocarlo.

—Eh —le dije, en cambio—. Kereseth. ¿Qué ocurre?

Se contrajo al oír su nombre, pero al ver que no respondía, le puse la mano en el hombro y se lo empujé con cuidado.

—Eijeh —insistí.

Seguía costándome pronunciar el nombre, el único patrón de vocales y consonantes thuvhesitas que aún se me hacía difícil de articular. Aunque una parte de mí sabía que Eijeh Kereseth era, en efecto, mi hermano, también estaba segura de que nunca podríamos tratarnos con fraternidad, porque yo no era capaz ni de decir su nombre.

Levantó la cabeza. Tenía los ojos encharcados de lágrimas. Al menos esa era una imagen familiar. Eijeh siempre había sido de llanto fácil, al contrario que su hermano.

—¿Qué ocurre? —repetí—. ¿Estás enfermo?

—No —se forzó a responder—. No, nos hemos perdido. En el futuro. Sabía que me pasaría... Sabía que era lo peor que podía suceder, pero tenía que verlo, tenía que saber...

—Vamos —le dije—. Te llevaré con tu madre. Seguro que ella podrá ayudarte.

No podía tocarlo, no en Ogra, donde mi don de la corriente era más fuerte, pero lo agarré de la tela de la camisa y tiré de ella para levantarlo. Se puso de pie con torpeza, limpiándose los ojos con el dorso de la mano.

—¿Sabes? —dije—. Mi madre solía advertirme que quien va buscando el dolor...

—Termina por encontrarlo, lo sé —concluyó.

Fruncí el ceño.

Era algo que solo Ryzek podía saber.

Debía de figurar en alguno de los recuerdos que le entregó a Eijeh.

Mientras se secaba las lágrimas, me fijé en que se había comido las uñas hasta su nacimiento, y en que tenía las cutículas tan mordisqueadas que ya no podía hacerse nada por repararlas. Otro de los hábitos de mi hermano. ¿Podía adquirirse un hábito a partir de los recuerdos?

Lo cogí de la manga y lo llevé al alojamiento temporal que sabía que los ogranos les habían entregado a él y a Sifa. Era más acogedor que el que yo compartía con Teka, porque albergaba oráculos, y porque estaba en el mismo centro de la ciudad. Lo distinguí por la bandera (bordada con una flor roja) que colgaba de la ventana, por encima de la calle.

Había una puerta estrecha y chirriante entre dos comercios que daba al hospedaje. La habían pintado tantas veces que allí donde tenía un desconchón, se veían los colores de las otras capas (naranja, rojo, verde). La última era de un azul profundo. La crucé y tiré de Eijeh por la escalera angosta que subía hasta el apartamento.

Habría llamado primero, pero la puerta ya estaba entreabierta. Sifa se encontraba sentada en el salón, decorado con telas colgantes, algunas gruesas y confortables, otras finas y vaporosas. Tenía las piernas cruzadas, los pies descalzos y los ojos cerrados. El vivo retrato de una mística.

Mi madre.

No hablaba con ella desde la mañana siguiente a mi encuentro con Vara. La había evitado, de hecho, fingiendo que conocer mis orígenes no determinaba en modo alguno quién era ahora. Mi madre seguía siendo Ylira Noavek, mi padre seguía siendo Lazmet Noavek, mi hermano seguía siendo Ryzek Noavek. Aceptar la verdad de mis orígenes implicaba admitir que tenían poder sobre mí. Y no podía admitir eso.

Me negaba.

Di unos golpecitos en la puerta antes de abrirla del todo. Sifa se giró.

—¿Qué ha pasado? —dijo al tiempo que se levantaba. Miró el rostro de Eijeh, humedecido por las lágrimas.

—No he... No he hecho lo que me dijiste —trastabilló, limpiándose los ojos otra vez—. No me he encerrado. Era...

Antes de que empezaran con sus desvaríos de oráculos, como parecían hacer cada vez que estaban juntos, lo interrumpí.

—¿Eres Ryzek? —le dije a Eijeh.

Eijeh y Sifa me miraron, asombrados.

—Antes, cuando te despertaste, dijiste «nos». «"Nos" hemos perdido en el futuro», le repetí.

—No sé de qué me hablas —dijo.

—¿Ah, no? —me acerqué a él—. ¿Entonces el de antes no era mi hermano lunático y egocéntrico refiriéndose a sí mismo con el plural mayestático?

Eijeh empezó a menear la cabeza.

—¿No es mi hermano quien te muerde las uñas, quien te picotea la comida, quien hace girar tu cuchillo, quien recuerda lo que decía nuestra madre? —inquirí.

Sabía que estaba levantando la voz, tal vez lo bastante para que me oyeran desde el otro lado de las paredes, pero me daba igual. Había visto el cuerpo de mi hermano. Lo había lanzado al espacio. Había limpiado su sangre del suelo. Me había tragado la rabia, el dolor, la pena.

Las sombras de la corriente fluían ahora por mis brazos, serpenteaban alrededor de mis dedos y se deslizaban entre los sellos de mi camisa.

—¿Ryzek? —dije.

—No exactamente —respondió él.

—Entonces ¿qué?

—Somos un «nosotros» —dijo—. Algunos de nosotros es Eijeh, mientras que algunos de nosotros es Ryzek.

—Has estado siendo… —Me costaba encontrar la forma correcta de expresarlo—… Ryzek, en parte, todo este tiempo, ¿y no has dicho nada?

—¿Después de haber sido asesinado? —replicó—. Mantén tu don de la corriente lejos de mí. —Las sombras circulaban por encima y por debajo de mi piel, alargándose hacia él, deseosas de que las compartiera—. ¿Y te preguntas por qué no les gustas a los demás?

—Yo nunca me he preguntado eso —dije—. Y tú… —Miré a Sifa—. No pareces muy sorprendida, como de costumbre. Durante todo este tiempo has sabido que podría haber un espía entre nosotros.

—No tiene ningún interés en espiarnos —opuso Sifa—. Solo quiere que lo dejen en paz.

—No hace ni un ciclo, asesinó a Orieve Benesit para mantener a Ryzek en el poder —le recordé bajando la voz—. ¿Y ahora me vienes con que quiere que lo dejen en paz?

—Mientras el cuerpo de Ryzek siguió existiendo, nos vimos atrapados donde estábamos —explicó Eijeh... o Ryzek... o quien fuese, inclinándose hacia mí—. Sin él, somos libres. O lo seríamos, si no fuera por esas malditas visiones.

—Esas malditas visiones. —Me reí—. Tú, Ryzek, torturaste a Eijeh intercambiando recuerdos con él con el fin de conocer esas visiones, si la memoria no me falla. ¿Y ahora reniegas de ellas? —Solté otra carcajada—. Muy lógico.

—Las visiones son una maldición —dijo, con aspecto de sentirse incómodo—. Siguen arrojándonos a la vida de otras personas, al dolor de otras personas...

Sentí que la cabeza se me convertía en un peluche demasiado hinchado, que el relleno me reventaba las costuras. Nunca se me había ocurrido que tal vez Ryzek (fuera cual fuese la forma en que existía ahora) no quisiera el poder que ostentaba. Pero cuando pensé en el Ryzek que conocía, el que me tapaba los oídos en los pasillos penumbrosos, el que me llevaba cargada a la espalda entre la multitud de Shotet de camino a la nave de la travesía, no me extrañaba tanto.

Aun así, no estaba bien. Ni Ryzek Noavek ni Eijeh Kereseth merecían eludir las consecuencias de lo que habían hecho.

—Bueno, pues ahora no van a ser solo las visiones las que te arrojen al dolor de otras personas —dije—. Porque te vienes conmigo a Urek.

—No, no iremos.

Me incliné hacia él, tanto que compartíamos el aliento, y levanté ambas manos para sostenerlas sobre la cara de Eijeh. Las sombras de la corriente fluían ya tan densas que no me costó ningún esfuerzo mostrar todo el horror de mi poder, los negruzcos zarcillos reptando por encima y por debajo de mi piel, enfoscándome y envolviéndome. El dolor punzaba hasta el último izit de mi cuerpo, pero tener un objetivo siempre me había ayudado a sobrellevarlo.

—Ven conmigo —le ordené con un susurro tajante—. O te mato, ahora mismo, con mis propias manos. Puede que hayas adquirido parte de las habilidades aprendidas por Ryzek, pero sigues ocupando el cuerpo de Eijeh Kereseth, y este no es rival para mí ni en una carrera ni en una pelea, ni siquiera en un maldito duelo de voluntades.

—Amenazas —gruñó entre dientes—. Diría que no son algo digno de ti, pero siempre lo han sido, ¿verdad?

—Yo prefiero considerarlas promesas —dije con una amplia sonrisa.

—Además, ¿para qué quieres que vayamos?

—Tengo entre manos algo que requiere experiencia en los hábitos de Lazmet Noavek —expliqué—, y tu mente es un auténtico tesoro.

Separó los labios para protestar, pero Sifa habló por él.

—Irá —dijo—. Y yo también. Aquí ya no tenemos nada que hacer.

Quise oponerme, pero la parte lógica de mi cerebro no me lo permitió. No pasaba nada por llevar no solo uno sino dos oráculos a bordo para colaborar en el plan del asesinato. Aunque uno llevase dentro a mi malvado hermano y el otro fuera la madre biológica que me había abandonado.

Era absurdo.

Sin embargo, así era casi toda la galaxia.

CAPÍTULO 43 | AKOS

—El primero de nuestros problemas es Vakrez —dijo Yma.

Akos estaba tendido en el suelo, junto al hogar, con las tripas rugiéndole. Había sentido que se desvanecía al salir del cuarto de baño y, en lugar de levantarse cuando entró Yma, se había dejado caer boca arriba. Yma le puso otra bolsita de comida en la mano, y él la aceptó, aunque ni de lejos con tanta voracidad como la que mostró durante la última visita que le hizo. Akos había comprobado que comer solo un poco era casi peor que no comer nada.

Aun así, comió, esta vez tomándose su tiempo para paladear cada bocado.

—¿No tienes ningún control sobre tu don de la corriente?

—Ninguno. Nunca me ha parecido algo que pudiera controlarse.

—Se puede —dijo Yma—. Yo estaba con Ryzek cuando ordenó que te hicieran pasar hambre para despojarte de tu don de la corriente. No estaba seguro de si funcionaría, pero siempre merece la pena intentarlo, si quieres anular el don de alguien.

—Funcionó —dijo Akos—. Aquella fue la primera vez que sentí el don de la corriente de Cyra.

El recuerdo desató una sensación punzante y abrasadora en su garganta. Se la tragó.

—Bien —dijo Yma—. Que fuese posible anular el tuyo abre la posibilidad de que ahora tengas un mayor dominio sobre él.

—¿Sí? —Giró la cabeza—. ¿Y eso por qué?

—Ya te dije que vengo de una familia humilde. Bien, algo que los Noavek parecen entender al contrario que el resto de la galaxia es que las personas de baja condición valen lo mismo. Tenemos una larga historia, linajes registrados, recetas... y secretos. —Se arregló la falda después de cruzar las piernas a la inversa. La lumbre crepitaba.

—Hemos probado algunos ejercicios que ayudan a las personas a controlar su don de la corriente —dijo—. Está claro que estos ejercicios no funcionan con todo el mundo, pero a ti sí puedo enseñártelos, si me prometes que practicarás. Así podrás anular tu don de la corriente para dejar que Vakrez te lea el corazón, y volver a activarlo para resistirte al control de Lazmet, llegado el momento.

—¿Qué es lo que quiere Lazmet, exactamente? —preguntó Akos—. ¿Qué te dijo que me hicieras?

—Me llama «Torcedora de Corazones» —respondió—. Lo que yo hago es demasiado abstracto para explicarlo con palabras. Pero puedo alterar la lealtad de los demás, con el tiempo. Cojo el sentimiento puro que encuentro ahí, por ejemplo, el afecto que le tienes a tu familia, a tus amigos, o a tu pareja, y lo altero para que te lleve a otro destino, por así decirlo.

—Eso —dijo Akos, cerrando los ojos— es monstruoso.

—Quiere que tuerza tu corazón hacia él —reveló—. Levántate. Me estás haciendo perder el tiempo, y no nos queda demasiado.

—No puedo —dijo Akos—. Me duele la cabeza.

—¡Me da igual que te duela la cabeza!

—¡Ponte tú a morirte de hambre todos los días! —le espetó él.

—Ya lo he hecho —contestó Yma—. No todos crecimos en la abundancia, señor Kereseth. Algunos sabemos muy bien cómo son la debilidad y las punzadas que provoca el hambre. Ahora le-ván-ta-te.

Akos no tenía forma de replicar a eso. Se incorporó, con la mirada teñida de oscuridad, y se giró hacia ella.

—Mejor —aprobó Yma—. Tenemos que hablar sobre tu simulación. La próxima vez que lo tengas delante, esperará observar algún tipo de cambio. Tendrás que actuar como si en efecto se hubiera producido.

—¿Cómo lo hago?

—Hazle ver que tu determinación flaquea —le propuso ella—. No debería costarte demasiado. Deja que consiga algo de ti. Algún dato que le interese, pero que no frustre tu misión. Dime cuál es tu misión.

—¿Por qué? —protestó Akos frunciendo el ceño—. Ya sabes cuál es mi maldita misión.

—¡Deberías recordarte a ti mismo cuál es tu misión una y otra vez durante todo el día, si no quieres echarlo todo por tierra! ¡Dime cuál es tu misión!

—Matarlo —dijo Akos—. Mi misión es matarlo.

—¿Es tu misión serles leal a tu familia, a tus amigos, a tu nación? Akos la miró furioso.

—No. No lo es.

—¡Bien! Ahora, el ejercicio.

Llevó a Akos hasta una silla y le pidió que cerrara los ojos.

—Visualiza una imagen para tu don de la corriente —le indicó—. El que tú tienes te separa de la corriente, de manera que podrías imaginarlo en forma de muro, de placa de armadura o algo por el estilo.

Akos nunca había pensado mucho en aquel poder que residía en su piel, sobre todo porque, más que como una presencia, lo percibía como una ausencia de poder. Aun así, intentó imaginarlo como una armadura, como le había sugerido Yma. Se acordó de la primera vez que se puso una armadura, de las sintéticas y endebles, cuando lo enviaron a las instalaciones de los soldados para comenzar el adiestramiento. Le llamó la atención el peso, aunque de alguna manera incluso la encontró cómoda.

—Fíjate en los detalles de su aspecto. ¿De qué está hecha? ¿Se compone de varias placas ensambladas o está fabricada en una sola pieza? ¿De qué color es?

Se sentía como un imbécil, visualizando una armadura imaginaria, eligiendo colores como si estuviera decorando una casa en lugar de intentando llevar a cabo el plan de un asesinato. No obstante, hizo lo que ella le indicó y concibió la armadura en azul marino, porque ese era el color de la armadura shotet que se había ganado, y compuesta de distintas placas, por la misma razón. Pensó en los arañazos y las abolladuras de su armadura de verdad, señales del buen servicio que le había dado. Y en los dedos diestros de Cyra la primera vez que esta le apretó las correas.

¿Qué sientes? ¿Es suave o áspera? ¿Es dura o flexible? ¿Es fría o cálida?

Akos arrugó la nariz al oír a Yma, pero no abrió los ojos. Era suave, dura y cálida como la piel de kutyah a la que una vez recurrió para protegerse del frío. El recuerdo de aquel abrigo viejo, con su nombre escrito en la etiqueta para no confundirlo con el de Cisi, hizo que le doliera todo.

—Quédate con la visualización más realista que puedas formarte de tu don de la corriente. Voy a ponerte una mano encima dentro de tres... dos... uno.

Yma le apretó la muñeca con sus dedos fríos. Akos intentó imaginar de nuevo su armadura shotet, pero era difícil, con todos aquellos recuerdos entremezclados, con Cisi intentando meter sus largos brazos en un abrigo de niño, con Cyra manteniendo fijo el hombro de él mientras tiraba de las correas de la armadura.

—No estás centrado —le reprochó Yma—. No tenemos tiempo para trabajar en esto, así que tendrás que practicar tú solo. Prueba con otras imágenes, y procura imponerte un mínimo de autodisciplina.

—Soy disciplinado —aseguró él al tiempo que abría los ojos.

—Es fácil ser disciplinado cuando estás sano y bien alimentado —repuso ella—. Pero tienes que aprender a serlo de nuevo ahora que tu cerebro está bajo mínimos. Inténtalo otra vez.

Akos la obedeció, ahora visualizando su abrigo de piel de kutyah, en Thuvhe, que era otro tipo de armadura para protegerse del frío. Notó el cosquilleo en la nuca, donde el abrigo terminaba y la capucha empezaba. Probó con esta imagen dos veces más antes de que Yma consultara su delicado reloj de muñeca y anunciara que tenía que irse.

—Practica —le insistió—. Vakrez vendrá a verte más tarde, y necesitas saber fingir.

—¿Tengo que dominar esto para hoy mismo? —se alarmó.

—¿Por qué das por hecho que la vida va a tener miramientos contigo? —Yma frunció el ceño—. En ningún momento se nos prometen facilidades, lujos ni justicia. Solo dolor y muerte.

Dicho esto, se marchó.

«Sus sermones me animan casi tanto como los tuyos», le dijo Akos a una Cyra imaginaria.

Intentó practicar lo que Yma le había enseñado. Le puso todo su empeño. Pero era incapaz de mantener la mente enfocada en una misma cosa durante más de dos minutos seguidos. Por tanto, en seguida le asaltaron las dudas.

Recorrió el perímetro de la habitación, deteniéndose para examinar las tablillas que cubrían las ventanas, hechas de la misma madera oscura que el suelo. Eran unos barrotes muy elegantes para un prisionero, pensó.

No había pensado mucho en su padre, al menos no desde su muerte. Cada vez que la cuestión surgía en su cabeza, la interpretaba como si de una distracción se tratara, por lo que la descartaba y volvía a concentrarse en el objetivo principal de la misión, rescatar a Eijeh tal y como había prometido. Pero aquí, hambriento y confundido, no podía hacer mucho para espantar esos pensamientos. El modo en que Aoseh gesticulaba, enérgico y desatado, tirando las cosas de la mesa o golpeando a Eijeh en la cabeza por accidente. El olor a hojas quemadas y a aceite de las máquinas que desprendía en los campos de flores del hielo. Aquella vez en que gritó a Akos por haber sacado una puntuación baja en un examen y después se deshizo en lágrimas cuando se dio cuenta de que había hecho llorar a su hijo menor.

Aoseh manifestaba sus emociones de una forma extrema y desordenada y Akos siempre había sabido que su padre lo quería. Sin embargo, en más de una ocasión se había preguntado por qué Aoseh y él no se parecían en nada. Akos se lo reservaba todo, incluso las cosas que no había por qué mantener en secreto. Aquella tendencia a la contención, concluyó, hacía que se pareciera más a los Noavek.

Y Cyra, abrumadora en su vitalidad, en sus pareceres e incluso en su rabia, se asemejaba más al padre de él.

Tal vez por eso se le había hecho tan difícil no amarla.

Vakrez entró, pero Akos no estaba seguro de cuánto tiempo llevaba ahí el comandante antes de que carraspeara. Akos lo miró parpadeando durante unos instantes y a continuación se sentó con pesadez al borde de la cama. Quería haber obtenido una visualización más precisa de su don de la corriente, pero no lo había logrado. Ahora Vakrez se daría cuenta de que estaba recuperando las fuerzas y empezaría a sospechar.

«Mierda», pensó. Yma le había sugerido una armadura, una pared… algún tipo de barrera que lo protegiera del mundo. Ninguna de esas cosas le pareció bien cuando se las propuso, pero ¿qué iba a elegir si no?

—¿Estás bien, Kereseth? —le preguntó Vakrez.

—¿Qué tal está tu marido? Malan —se interesó Akos. Necesitaba ganar tiempo.

—Está… bien —respondió Vakrez, que entornó los ojos—. ¿Por qué?

—Siempre me cayó bien —dijo Akos con los hombros encogidos. ¿Valdría el hielo como barrera defensiva? Conocía bien el hielo. Sin embargo, en casa, había que tenerle mucho respeto, no era algo que sirviera para protegerse.

—Es más simpático que yo —gruñó Vakrez—. Le cae bien a todo el mundo.

—¿Sabe que estás aquí? —¿Y una envoltura de metal, como la de una cápsula de escape o la de un flotante? No, tampoco conocía esos aparatos en detalle.

—Sí, y me dijo que fuese más amable contigo. —Vakrez sonrió satisfecho—. Que eso te ayudaría a abrirte más. Muy estratégico.

—No sabía que necesitaras que me abriera —dijo Akos en un tono lúgubre—. Vas a ponerte a excavar en mi corazón de todas formas, te diga lo que te diga, ¿no es así?

—Supongo. Pero si no enturbias tus emociones con deliberación, me es más sencillo interpretarlas. —Le hizo una seña—. Extiende el brazo, acabemos con esto.

Akos se enrolló la manga, dejando al descubierto las marcas azules con las que se había entintado la piel mediante el ritual shotet. La segunda, que incluía una raya a lo largo de la parte superior, representaba la pérdida del Blindado al que había dado muerte para ascender de condición.

Sin pretenderlo, regresó a aquel escenario. A los campos que se extendían más allá de la hierba pluma, donde las flores silvestres crecían frágiles y pulposas, y por donde los Blindados deambulaban, rehuyendo de todo aquello que emanase un exceso de corriente. El que Akos mató agradeció haberse encontrado con él. Fue la forma de escapar de la corriente.

En aquel momento Akos experimentó una especie de afinidad con la criatura, y ahora volvía a tener la misma sensación. Se visualizaba a sí mismo como un ser monstruoso, dotado de incontables patas y de un costado recubierto de duras placas. Sus ojos, oscuros y destellantes, estaban ocultos bajo el protuberante exoesqueleto rígido.

Entonces, con un sobresalto violento, se imaginó el exoesqueleto partido por la mitad. Incluso pudo sentirlo, en el instante en que la corriente volvió a fluir a su través, haciendo zumbar sus huesos. Vakrez asintió para sí con los ojos cerrados, y Akos se concentró para mantener la herida abierta, por así decirlo.

—Yma me ha dicho que emplearía su don para animarte a profundizar en tu devoción por tu padre... Kereseth, me refiero, no Noavek —dijo Vakrez—. Veo que ha hecho bien su trabajo.

Akos volvió a mirarlo parpadeando. ¿Le habría hecho algo Yma durante alguna de sus visitas, para obligarlo a pensar en Aoseh? ¿O se trataba de una coincidencia el hecho de que se hubiera acordado de él? En cualquier caso, le había traído suerte.

—No tienes buen aspecto —observó Vakrez.

—Es lo que ocurre cuando tu padre biológico te encierra en su casa y te mata de hambre durante días —le espetó Akos.

—Supongo que tienes razón. —Vakrez frunció los labios.

—¿Por qué haces lo que él te dice?

—Todo el mundo hace lo que él dice —le recordó Vakrez.

—No, algunos se cansan de ser unos cobardes y se marchan —replicó Akos—. Sin embargo, tú... te has quedado. Para hacerles daño a los demás.

Vakrez carraspeó.

—Le pondré al corriente de tus progresos.

—¿Y eso será antes o después de que te postres ante él para besarle los pies? —lo acuchilló Akos.

Para su sorpresa, Vakrez no se inmutó. Se limitó a girar sobre los talones y salir de la habitación.

Lazmet estaba sentado en una mesa junto a la lumbre cuando unos guardias volvieron a llevar a Akos a sus dependencias. La habitación se parecía a aquella en la que apareció Akos cuando se coló aquí, con los paneles de madera bruna, que reflejaban la trémula luz de fenzu, los tejidos suaves de colores oscuros, y los libros apilados por todas partes. Una estancia acogedora.

Lazmet estaba comiendo. Ave negra asada y sazonada con hierba pluma carbonada, con acompañamiento de caparazones de fenzu fritos. A Akos le rugieron las tripas. No le sería muy difícil coger un puñado de comida de la mesa y embutírselo en la boca, ¿no? Merecería la pena saborear algo que no estuviera encurtido, seco o insípido. Hacía tanto tiempo...

—Es un poco infantil, ¿no te parece? —consiguió decir después de tragar la saliva acumulada en la boca—. Tentarme con comida cuando me estás matando de hambre.

Akos sabía que este hombre en realidad no era su padre. No del modo en que lo había sido Aoseh Kereseth, quien le enseñó a abotonarse el abrigo, a pilotar un flotante o a remendarse las botas cuando las suelas se soltaban. Aoseh lo llamaba «Retoño Menor» antes de saber que Akos terminaría siendo el mayor, y murió siendo consciente de que no podría impedir que secuestraran a Akos, aunque lo intentó, luchó en cualquier caso.

Y Lazmet se limitaba a mirarlo como si quisiera despedazarlo y después recomponerlo. Como si fuese algo que pudiera diseccionarse en una clase de Ciencias Naturales para ver cómo funcionaba.

—Quería comprobar cómo reaccionabas al ver los platos —reconoció Lazmet encogiendo los hombros—. Si eras un animal o un hombre.

—Has traído a Yma Zetsyvis con el único fin de que altere lo que soy, sea lo que sea —le recordó Akos—. ¿Qué más da lo que fuese «antes» cuando controlas lo que soy «después»?

—Soy una persona curiosa.

—Eres un sádico.

—El sádico se deleita con el sufrimiento —señaló Lazmet, levantando un dedo. Estaba descalzo y tenía los dedos de los pies hundidos en la alfombra tupida—. Yo no me deleito. Soy un estudiante. Lo que me complace es aprender, no provocar dolor porque sí.

Cubrió el plato con la servilleta que tenía extendida sobre el regazo y se apartó de la mesa. Para Akos fue más fácil reprimir el impulso de correr hacia el plato al dejar de verlo.

Yma le había dicho que fingiera que su determinación estaba flaqueando. Ese era el propósito de este encuentro: demostrarle a Lazmet que su método estaba surtiendo efecto, pero sin sobreactuar ni despertar sus sospechas.

Yma lo había ayudado a encaminar sus pasos de nuevo. No había vuelto a encontrar el rumbo desde la muerte de Ryzek, ni desde que perdiera la esperanza en la restitución de Eijeh. No había tenido bando, misión ni plan. Pero Yma le había devuelto la vivacidad con la que él trató a su hermano desde su llegada a Shotet. Mataría a Lazmet. Todo lo demás era secundario.

Había traicionado a Thuvhe. Había abandonado a Cyra. Había perdido su nombre, su destino, su identidad. No tenía nada que recuperar, cuando todo terminara. Así que debía hacer que valiera la pena.

—Tengo entendido que eres thuvhesita —dijo Lazmet—. Siempre había creído que la lengua profética era una leyenda. O, cuando menos, una exageración.

—No —respondió Akos—. A menudo me sirve para aprender palabras nuevas.

—Siempre me lo he preguntado —dijo Lazmet—. Cuando no sabes cómo se llama algo, ¿puedes saber lo que es? ¿Es algo que conoces pero que no llegas a expresar o termina desapareciendo de tu entendimiento por completo? —Levantó su copa, que contenía algo de un intenso color morado, y tomó un trago—. Quizá seas de los pocos que pueden llegar a saberlo, pero no pareces ser capaz de responder.

—Crees que soy imbécil —dijo Akos.

—Creo que te has programado a ti mismo para sobrevivir, y que apenas te quedan fuerzas para nada más —dijo Lazmet—. Si no hubieras tenido que luchar para vivir, tal vez habrías llegado a ser alguien más interesante, pero aquí estamos.

«La única razón por la que quiero parecerte "interesante" —pensó Akos— es que estoy seguro de que me matarás si no te lo parezco».

—Hay una palabra en ograno. Kyerta —dijo Akos—. Es… una verdad que te cambia la vida. Es lo que me trajo aquí. El saber que estábamos emparentados.

—Emparentados —repitió Lazmet—. ¿Porque practiqué sexo con una mujer y esta te entregó a un oráculo? Todo el mundo tiene padres en esta maldita galaxia, muchacho. No es nada extraordinario.

—Entonces ¿por qué querías saber de qué color tenía los ojos? —dijo Akos—. ¿Por qué me has hecho traer aquí para volver a hablar conmigo?

Lazmet no contestó.

—¿Por qué te tomaste la molestia —continuó Akos mientras daba un paso hacia él— de convertir a Ryzek en un asesino?

—La palabra «asesino» se reserva para aquellos que no nos gustan —señaló Lazmet—. A los que sí nos gustan, los llamamos «guerreros», «soldados» o «defensores de la libertad». Yo enseñé a mi hijo a luchar por su pueblo.

—¿Por qué? —dijo Akos con la cabeza ladeada—. ¿Qué te importa a ti su pueblo, o tu pueblo?

—Nosotros somos mejor que ellos —aseguró Lazmet, que posó la copa de golpe en la mesa que había junto a la silla. Se levantó—. Nosotros ya conocíamos los límites de la galaxia cuando ellos ni siquiera tenían un nombre para sí mismos. Nosotros sabemos qué es estimable, qué es fascinante y qué es importante, mientras que ellos lo desperdician. Nosotros somos más fuertes, más resistentes y más ingeniosos, pero de alguna manera ellos nos han venido pisando desde que supieron de nosotros. No permitiremos que nos pisen. No merecen estar por encima.

—Hablas de los shotet para referirte a ti —observó Akos—. Entiendo.

—Tienes tus ideales, no me cabe duda. Tienes ese brillo en los ojos —dijo con cierto desdén—. Pero yo tengo otra cosa.

—¿El qué? —dijo Akos—. ¿Crueldad? ¿Curiosidad?

—Quiero —prosiguió Lazmet—. Quiero todo aquello que tenga al alcance de la mano, y lo conseguiré. Aunque se trate de ti.

Lazmet se acercó a él. Akos reparó en que era más alto que su padre. No mucho, porque Lazmet solía superar en estatura a los demás, pero lo bastante para que pudiera apreciarse.

Se visualizó a sí mismo como si fuese el Blindado y procedió a eviscerarse, por enésima vez ese día. No había parado de practicar desde que Vakrez se marchara el día anterior. Apenas había dormido, para perfeccionar la técnica. Había aprendido a reprimir el don de la corriente en el acto, y a restaurarlo con la misma prontitud. El ejercicio lo dejaba extenuado, pero estaba mejorando.

Sintió la presión que el don de la corriente de Lazmet ejercía en su mente y cedió a ella. Lo encontró extraño, como si alguien hubiera introducido un alambre en su cabeza para tocar con suavidad la parte del cerebro que controlaba el movimiento. Primero agitó los dedos y después los apretó, sin pretenderlo. Lazmet contrajo la boca al verlo y Akos notó que el alambre imaginario se esfumaba.

—Vakrez me ha traído excelentes noticias sobre el estado de tu interior, Akos —dijo Lazmet—. Nunca lo había visto asombrarse tanto con nadie. Cree que estás progresando en la dirección adecuada.

—Vete a la mierda —le deseó Akos.

Lazmet esbozó una sonrisa.

—Deberías sentarte —dijo—. Estarás cansado.

Lazmet se dirigió al salón. Era una habitación sencilla, equipada con una alfombra mullida junto a un hogar y varias estanterías llenas de libros escritos en todos los idiomas. Lazmet ocupó el sillón contiguo a la lumbre y hundió los dedos de los pies en la felpa. Akos lo siguió, titubeante, y se quedó junto al fuego. En efecto, estaba cansado, pero quería aprovechar cualquier oportunidad de rebelarse. En lugar de tomar asiento, se apoyó en la repisa de la chimenea y extravió la mirada entre las llamas. Alguien había esparcido sobre ellas algún tipo de polvo que les confería una tonalidad azulada, justo en los bordes.

—Te criaste con un oráculo —dijo Lazmet—. ¿Sabías que ya de adulto dediqué una buena parte de mi vida a buscar un oráculo?

—¿No probaste suerte en un templo? —le preguntó Akos.

Lazmet articuló una risita.

—Como bien sabes, no es tan sencillo como ir a donde están. Capturar a alguien que sabe de antemano que vas a aparecer es casi imposible. Por eso mismo, debo confesar, me sorprende que tu madre permitiera que os robaran a ti y a tu hermano. Debía de saber que se os iban a llevar.

—Estoy seguro de que lo sabía —afirmó Akos con amargura—. También debía de saber que era necesario.

—Eso es una crueldad —dijo Lazmet—. Estarás muy enfadado.

Akos no supo muy bien qué contestarle. Él no era Cyra, no podía asestar un zarpazo siempre que lo necesitaba, aunque desde luego entendía el impulso.

—¿Sabes? No sé si termino de entender tu estrategia —dijo al cabo—. Y está claro que tienes una, así que no me subestimes actuando como si no fuese así.

Lazmet suspiró.

—Empiezas a aburrirme otra vez. Pero quizá tengas razón. Sí que hay algo que quiero conseguir de ti. Y también hay algo que estoy dispuesto a entregarte.

Volvió a atravesar la estancia en dirección a la mesa donde había cubierto el plato. El olor permanecía suspendido en el aire, a carne suculenta y a salsa sustanciosa, con la hierba pluma quemada hasta el punto en que desaparecían sus propiedades alucinógenas y solo quedaba su sabor acre.

Lazmet pasó al siguiente asiento de la mesa y levantó la campana que cubría el servicio allí colocado, dejando a la vista otra ave negra asada con su respectivo acompañamiento de caparazones de fenzu fritos. Y una fruta de sal troceada.

—Estas viandas son para ti —le ofreció a Akos—. Si me cuentas cómo entraste en la mansión.

—¿Qué? —Akos tenía los ojos anclados en el plato. El resto de la habitación había desaparecido para él. El estómago empezaba a dolerle de verdad.

—Alguien tiene que haberte ayudado a colarte —dijo Lazmet en tono paciente—. Ninguno de los cierres exteriores ha sido desactivado ni manipulado, y es imposible que escalaras el muro sin que nadie se diera cuenta. Así que dime quién te dejó entrar y podrás degustar este plato.

Jorek. Brazos largos y delgados y vello facial disperso. Se había quedado el anillo que Akos llevaba al cuello antes de que salieran de la casa de su tío, para custodiarlo. Le había ofrecido el brazo a su madre para que se sostuviera sobre los adoquines. «Jorek es un hombre bueno —se recordó a sí mismo—. Ni siquiera quería dejarte entrar en la mansión. Lo manipulaste para que te lo permitiera». De ninguna manera le revelaría a Lazmet el nombre de Jorek a cambio de un plato de comida.

«Dime cuál es tu misión».

«No —le dijo a una Yma que residía en su cabeza—. Esto no. No haré esto».

Yma le había indicado que, cuando surgiera, aprovechase la oportunidad de proporcionarle información a Lazmet. De demostrarle que algo estaba cambiando. De evitar que se aburriera. Bien, aquí la tenía, servida en bandeja.

—No te creo. —Akos cerró los ojos—. Creo que te llevarás la comida en cuanto te diga lo que quieres saber.

—No me la llevaré —le prometió Lazmet. Se apartó del plato—. Mira, incluso me colocaré bien lejos. Confía en mí para esta menudencia, Akos. No me deleito con el dolor. Quiero ver qué haces, y de nada me sirve negarte algo cuando ya hayas hecho lo que te pido. Seguro que comprendes mi postura.

Las lágrimas afloraron a los ojos de Akos. Tenía muchísima hambre. Estaba extenuado. Debía seguir las indicaciones de Yma.

«¿Es tu misión serles leal a tu familia, a tus amigos, a tu nación?» No.

Esa no era su misión.

—Kuzar —jadeó—. Jorek Kuzar.

Lazmet asintió. Se apartó de la mesa y se sentó en el sillón para dejar que Akos comiera.

La hierba pluma se le había indigestado. No dejaba de provocarle eructos que le dejaban mal sabor en la garganta. Que le hacían recordar.

Se tocó el hueco bajo la garganta, contra el que antes se le apretaba el anillo de la familia de Ara. Nunca volvería a verlo. Tampoco le importaba demasiado; además, nunca creyó que se lo hubiera ganado. Tenía claro que matar a una persona no era motivo para que una familia te acogiera en su seno. Pero solo pensar en cómo lo miraría Ara si alguna vez salía de aquí...

Se tapó la boca con la mano cuando le sobrevino otro eructo.

Se oyó un toque en la pared de al lado de la chimenea. El panel se deslizó hacia atrás para permitirle el paso a Yma. Su aspecto era más informal que de costumbre, con el cabello blanco recogido atrás y vestida con ropa oscura de entrenamiento y zapatos flexibles. Ancló en él sus inquietantes ojos azules.

—Dime —le pidió él, la voz temblorosa.

—Hiciste lo que había que hacer —respondió ella.

—Dime qué ha pasado —le exigió Akos.

Yma suspiró.

—Han apresado a Jorek —dijo.

Akos paladeó la bilis y corrió al cuarto de baño. Apenas llegó al retrete, empezó a sufrir convulsiones mientras vomitaba hasta el último bocado de lo que había comido en el salón de Lazmet. Esperó a que se le pasaran los espasmos estomacales con la frente apretada contra el asiento mientras las lágrimas le colgaban de las comisuras de los ojos.

Notó que algo frío le apretaba la nuca. Yma lo ayudó a incorporarse y accionó la cisterna. Le retiró de la nuca el paño humedecido y se lo pasó por la cara mientras se arrodillaba a su lado. Su rostro, casi siempre inexpresivo, reflejaba ahora cierto cansancio y tenía más marcadas que de costumbre las arrugas de la frente y de alrededor de los ojos. No era algo malo.

—La noche en que mi marido, Uzul, y yo decidimos que lo entregase a Ryzek, terminando así con su vida de forma prematura por el bien de nuestra causa, lloré con tanta violencia que sufrí un tirón en los músculos del abdomen. Durante una semana me dolía cada vez que me ponía de pie —rememoró—. Solo le quedaban unos meses de vida, sí, pero esos meses...

Cerró los ojos.

—Yo quería esos meses —dijo al cabo de unos instantes.

Pasó el paño por la comisura de la boca de Akos.

—Lo amaba —añadió con sencillez, y dejó caer el paño en el lavabo.

Akos imaginaba que se levantaría, ahora que ya le había limpiado la cara, pero Yma se quedó allí. Se sentó en el suelo, junto al retrete, con el hombro apoyado contra la taza. Trascurrido un momento, le puso la mano en el hombro, y tanto su peso como su presencia muda bastaron para confortarlo.

CAPÍTULO 44 | CYRA

Lo último que vi de Ogra desde el cielo fue un paisaje destellante.

Fue entonces cuando Yssa nos ordenó que nos preparásemos. Sifa y Ettrek ocupaban los asientos más próximos a la escotilla de salida. Yssa y Teka viajaban en la cubierta de navegación y yo estaba con Eijeh, o con Ryzek, o con quienquiera que fuese ahora, cerca de ellos. Miré a Eijeh para comprobar que se hubiera abrochado bien las correas, que se le cruzaban sobre el pecho, justo a la altura del esternón, como debía llevarlas. Para atravesar la atmósfera de Ogra se necesitaba un estallido de energía, seguido de un apagado rápido, a fin de rebasar la densa capa de sombras de abajo. Yssa dirigió la nave hasta la altitud adecuada, la inclinó hasta conseguir el ángulo preciso y pulsó el botón del panel de navegación.

Salimos disparados y la fuerza repentina me presionó contra las correas que me sujetaban. Apreté los dientes para defenderme de la presión. Yssa desconectó la alimentación de la nave y en ese mismo instante nos vimos engullidos por una negrura tan opaca que daba la impresión de que nos hubiéramos desintegrado.

Al momento siguiente, todo (la negrura, la presión, el pánico e incluso parte del dolor que sentía) desapareció de súbito cuando Yssa reactivó la alimentación y empezamos a deambular entre las estrellas.

Creía que Teka, quien la última vez me llevó a través de la galaxia, era una buena piloto, pero Yssa era una artista. Sus dedos alargados danzaban sobre la consola de navegación, realizando pequeños ajustes en la configuración de Teka para guiarnos con una suavidad insólita hacia el flujo de la corriente, con el propósito de que pudiéramos surcarlo. Ahora era de un amarillo frío, veteado de verde, señal de que había transcurrido más tiempo del que pensaba desde que aterricé en Ogra.

—¿No te importa que Yssa toquetee tu consola de navegación? —le pregunté a Teka, dándole un empujoncito con el hombro. Estábamos en la cubierta de navegación (se podía pasear sin peligro por ella ahora que la atmósfera quedaba atrás), contemplando la oscuridad insondable del camino.

A veces la llamaba «la nada», al igual que hacía mucha gente, aunque en realidad no la veía de esa forma. El espacio no era un contenedor finito, pero eso no significaba que estuviera vacío. Asteroides, estrellas, planetas, el flujo de la corriente; la basura espacial, las naves, las lunas fragmentadas, los mundos incógnitos; era un lugar de infinitas posibilidades y de libertad inconcebible. No era la nada; era el todo.

—¿Qué? Oh, no, claro que me gustaría apartar sus diestros deditos de un manotazo —admitió Teka mientras miraba de soslayo a Yssa, que seguía ocupada con los mandos—. Pero a la nave le gusta, así que me muerdo la lengua.

Solté una risita.

Tardé unos momentos en entender por qué de pronto me sentía aliviada; las sombras de la corriente, que se me habían vuelto a meter debajo de la piel cuando aterrizamos en Ogra, circulaban de nuevo por encima. Seguían provocándome dolor y pinchazos, pero tan leves que me notaba embriagada. Para alguien que padece dolores constantemente, incluso las menores alteraciones pueden obrar milagros, por así decirlo.

—Nos acaba de detectar una patrulla de la Asamblea —anunció Yssa.

Teka y yo intercambiamos una mirada de alarma.

—Dicen que tienen una orden antigua contra una nave que encaja con la descripción de esta —dijo Yssa según leía la pantalla de navegación.

—¿Una orden por qué? ¿Por ser shotet? —se extrañó Ettrek.

—Tal vez por drogar y arrojar al espacio a Isae Benesit cuando nos negamos a ir con ella a la sede de la Asamblea —sugirió Teka.

—¿Que le hicisteis qué a Isae Benesit? —se asombró Yssa.

—Acababa de asesinar a mi hermano en la bodega, ¿qué otra cosa iba a hacerle? —dije.

—Ah, no sé... ¡darle una medalla! —propuso Ettrek con un aspaviento.

Miré a Eijeh. Tenía los ojos clavados en Ettrek como si estuviera a punto de soltarle un guantazo.

Cada vez me costaba menos ver a Eijeh como a dos personas metidas en un mismo cuerpo, o como a una sola, combinada, ya que distinguía muchas cosas de mi hermano y muy pocas al mismo tiempo. Era el orgullo de Ryzek lo que le fastidiaba cuando Ettrek se reía de su asesinato, pero era la pasividad de Eijeh lo que templaba su reacción. Juntos se habían convertido en... algo distinto. Algo nuevo, aunque no necesariamente mejor.

El tiempo lo diría.

—Diles que los ogranos nos prestaron esta nave y que no sabemos nada de la tripulación original —le indicó Teka a Yssa—. Debería sonar convincente si te grabas en las vistas. Tu acento no se parece en nada al de los shotet.

—Vale —aceptó Yssa—. Salid del encuadre.

Nos apartamos mientras Yssa activaba las vistas de la pantalla de navegación para grabar el mensaje, en un irregular othyrio. Tenía un gran talento como embustera, para ser ograna.

El viaje de Ogra a Urek llevaría varias jornadas. La mayor parte del tiempo me la pasaba echada sobre la mesa de la cocina, trazando un mapa de la mansión de los Noavek, planta por planta. Repasaba mentalmente los pasillos del servicio, una y otra vez, buscando a tientas las muescas, los círculos y los paneles falsos. Me decía a mí misma que sería útil para la misión, y que era una buena manera de evitar a Sifa, pero esas no eran las únicas razones por las que lo hacía. Sentía que recrear la casa en el papel me servía para purgarme y expulsarla de mí, habitación tras habitación. Cuando acabase con esto, aquel lugar ya no existiría para mí.

Al menos, en teoría.

Cuando terminé, llamé a la cocina a Eijeh (había decidido referirme a él por ese nombre, dado que ese era el cuerpo que ocupaba y además no había puesto objeciones). A los demás les extrañó que lo incluyera en el grupito, pero les dije que quería traer a los oráculos, y nadie hizo más preguntas.

Eijeh entró en el cuarto con una expresión de recelo que, de forma inesperada, me recordó a Akos. Me tragué el nudo que de pronto se me había hecho en la garganta y señalé los dibujos de la mansión de los Noavek, etiquetados por plantas con mi letra angulosa e irregular.

—Quiero que los revises para comprobar su exactitud —le indiqué—. No es fácil recrear un lugar de memoria.

—Tal vez a ti te guste pasarte el día revolcándote en los recuerdos de la mansión de los Noavek —me reprochó Eijeh, que en ese momento hablaba más como Ryzek—, pero a nosotros no.

—Me importa una mierda lo que te guste —le espeté—. Ese es el problema, el problema que has tenido siempre. Crees que eres el que más ha sufrido de toda la galaxia. Pues bien, ¡a nadie le importan tus desgracias! Lo que se está librando es una guerra. ¡Así que revisa! ¡Los malditos! ¡Dibujos!

Se me quedó mirando unos instantes, hasta que al final se acercó a la mesa y se inclinó sobre los planos. Examinó el primero brevemente, cogió el bolígrafo que yo había dejado al borde de la mesa y empezó a redibujar las líneas que circundaban la sala de los trofeos.

—Yo no conozco a Lazmet tan bien como tú —le dije cuando me hube calmado un poco—. ¿Hay algo que recuerdes de él que pueda ayudarnos a saber mejor cómo es? Costumbres inusuales, tendencias particulares...

Eijeh guardó silencio por un momento y dio un paso a la derecha para examinar el siguiente dibujo. Me pregunté si tendría que obligarlo a que me respondiera, igual que había tenido que obligarlo a que comprobase los planos, pero entonces decidió hablar.

—Es aficionado a la lectura de textos históricos —dijo en una enigmática voz templada que nunca le había oído emplear hasta ahora—. Le obsesionan las texturas; todas las alfombras y prendas tienen que ser suaves. Una vez lo oí amonestar a alguien del servicio por almidonarle demasiado las camisas. Se las había dejado demasiado rígidas. —Tragó saliva y tachó una de las puertas que yo había marcado para después dibujarla en el lado opuesto de un dormitorio—. Y le encanta la fruta. Antes empleaba uno de sus transportes para introducir de contrabando una variedad específica de Trella, la arva altos. Se suele cocer para añadirla en pequeñas cantidades a modo de edulcorante, porque a casi nadie le gusta lo dulce que sabe cruda. Lo demás parece que está bien.

Dejó el bolígrafo a un lado y se puso derecho.

—Eres consciente de que solo tendrás una oportunidad para acabar con él, ¿verdad? —dijo Eijeh—. Porque cuando sepa que estás allí... cuando sepa lo que pretendes hacer...

—Empezará a controlarme con su don de la corriente —concluí—. Soy consciente.

Eijeh asintió.

—¿Y ahora puedo irme o vas a volver a amenazarme de muerte?

Agité la mano para señalarle la puerta. El plan empezaba a tomar forma en mi cabeza. Apoyé la espalda contra la encimera mientras estudiaba los planos, esperando la inspiración.

Tuvimos que esperar para ponernos en contacto con Jorek hasta que nos situamos dentro del radio de recepción de Thuvhe, para lo que tuvieron que transcurrir cuatro jornadas de viaje.

Para cuando accedimos, ya estaba cansada del olor del agua reciclada (a productos químicos, debido al proceso de purificación), de la comida enlatada que recalentábamos en el pequeño fogón de la cocina y de la tela áspera que cubría mi catre. Estaba cansada también de los recuerdos que me asaltaban aquí, de cuando Akos y yo nos echábamos abrazados sobre las sábanas, de cuando nuestras manos se encontraban en la barra de la cocina al ir a coger un cuenco, y de cuando intercambiábamos miradas furtivas por encima de Teka cada vez que pasaba entre nosotros.

Era la primera vez que consideraba la idea (y tan solo por un momento) de que la destrucción de la nave de la travesía podría haber tenido un lado positivo. Al menos así no habría revivido a bordo de ella los recuerdos que conservaba de él.

Sentí náuseas por haber dejado vagar mis pensamientos. No había nada de positivo en la destrucción de mi hogar, ni en todas las muertes resultantes. Empezaba a volverme loca, atrapada en esta nave.

Me estaba peinando el cabello mojado con los dedos cuando oí unos pasos apresurados en la entrada y asomé la cabeza fuera del baño para ver quién era. Teka venía en mi busca, descalza y más pálida de lo habitual.

—¿Qué? —dije.

—Jorek —respondió—. Han apresado a Jorek.

—¿Cómo? —me extrañé—. ¿No trabajaba como guardia en la mansión? ¡Si es un Kuzar!

—He hablado con su madre. —Teka entró en el cuarto de baño y empezó a caminar de un lado a otro, sin reparar en los charcos de agua que yo había dejado mientras me secaba. Iba dejando pequeñas huellas tras de sí—. Ara dice que la semana pasada Akos se puso en contacto con ellos.

Oír su nombre me sentó como una patada en el estómago.

—¿Qué? —dije.

Akos estaba en Thuvhe. Akos estaba en casa, fuera de Hessa, haciendo como si no hubiera ninguna guerra. Él estaba…

—Persuadió a Jorek para que lo dejase entrar en la mansión de los Noavek. Jorek no quería, pero le debía un favor a Akos. —Teka empezó a caminar más rápido aún.

—¿Y qué pretendía hacer en la mansión de los Noavek? —inquirí—. ¿Lo sabe Ara?

—Se imagina lo evidente —dijo Teka—. Que fue allí para hacer lo mismo que planeamos hacer nosotros.

Di un paso atrás. Me apoyé contra la pared.

Lo odiaba. El momento en que la rabia se desvaneció. Me resultaba más fácil envenenarme de rabia porque Akos me hubiera abandonado sin darme ninguna explicación, dejar que su actitud confirmara lo que yo ya sospechaba acerca de mí misma, que nadie podía soportarme durante demasiado tiempo. Pero saber que tenía un motivo para haberme abandonado así...

—Una semana después de que Akos entrase en la mansión, Jorek fue apresado —prosiguió Teka—. Ara cree...

—Akos nunca habría delatado a Jorek —dije con frialdad, meneando la cabeza—. Tiene que haber ocurrido algo.

—Todo el mundo tiene un límite —dijo Teka—. Pero eso no significa que Akos quisiera...

—No —opuse—. Tú no lo conoces como yo. Él... nunca haría algo así.

—Vale, lo que tú digas —aceptó Teka, levantando las manos—. Pero lo más probable es que ejecuten a Jorek, ¡porque las dos sabemos que Lazmet Noavek no ordena que te apresen para después dejarte ir sin más!

—Lo sé, lo sé. —Meneé la cabeza. La mera idea de que Akos volviera a estar en la mansión de los Noavek me daba ganas de romper a gritar. No podía estar allí.

—¿Sabe Ara si Akos está muerto? —pregunté en voz baja.

—Una de sus fuentes asegura que no —dijo Teka—. Dice que lo mantienen prisionero, pero nadie sabe por qué. ¿Para qué podría servirle a Lazmet?

Un indicativo de lo mucho que temía a mi padre era el hecho de que no me sintiese muy aliviada. Las razones por las que Lazmet podía querer vivo a alguien eran peores que las razones por las que lo quería muerto. Había visto lo que le había hecho a mi hermano, el lento proceso mediante el que lo había destruido y reconstruido. El modo en que se aseguraba su futuro, su legado, fabricando a su hijo conforme a su propia imagen. Ahora que Ryzek no estaba, ¿le haría lo mismo a Akos?

¿Cuánto daño había causado ya?

—No lo sé —dije—. Pero sea lo que sea, no es bueno.

Teka dejó de dar vueltas.

Nos quedamos mirándonos la una a la otra, casi seguras de que habíamos perdido a dos amigos.

Esperaba sentir la puñalada de la pena, pero no experimenté nada. El agujero negro que se me había abierto en el pecho había engullido hasta la última traza de los sentimientos que albergaba mi cuerpo, dejándome vacía, reducida a un saco de piel sostenido por un armazón de huesos y músculos.

— Bien —zanjó Teka—. Pues vamos a matar a tu padre.

CAPÍTULO 45 | CYRA

En cuanto Urek apareció ante nosotros, un arremolinado globo blanco, sentí que daba comienzo una cuenta atrás. Disponíamos de tres días. Tres días para terminar de planear un asesinato y llevarlo a cabo. Tres días para ponerle fin a esta guerra antes de que el enfrentamiento arrasara tanto Thuvhe como Shotet.

Nunca había visto los cielos de Voa tan vacíos. A lo lejos se divisaba una nave patrulla del Gobierno, pintada con el sello de la familia Noavek. Era una de las nuevas, todo líneas diagonales, como congelada en una zambullida eterna. Destellaba bajo la luz difusa del día.

No había más naves a la vista.

—No os preocupéis —dijo Teka, seguramente al observar que los demás nos habíamos quedado callados—. Pasaremos desapercibidos. Para ellos tenemos el aspecto de una patrullera normal.

En ese mismo instante, se encendió una luz roja en el panel de navegación. Yssa miró a Teka arqueando las cejas. Era una llamada, tal vez de la nave patrulla.

—Pásamelos —le indicó Teka, que se desabrochó las correas para situarse de pie junto a Yssa.

—*Aquí nave patrulla XA774. Por favor, identifíquese.*

—Nave patrulla XA993. ¿Qué hacen en suspensión, XA774? —respondió Teka, sin titubear en ningún momento—. No veo que aparezcan en la programación actualizada.

Le estaba haciendo señas a Yssa para indicarle el lugar donde la gente de Ettrek nos había dicho que aterrizásemos, urgiéndola a moverse rápido.

—¿*A qué hora se emitió su programación, 993?*

—14.40 —contestó Teka.

—*Llega fuera de plazo. Esta se emitió a las 15.00.*

—Ah —lamentó Teka—. Culpa nuestra. Regresaremos a la estación de atraque.

Le dio un manotazo al interruptor para desconectar el intercomunicador.

—¡Vamos!

Yssa machacó el acelerador con el pulpejo de la mano y de inmediato salimos embalados hacia la zona de aterrizaje. La sacudida estuvo a punto de tirar al suelo a Teka, que se agarró al respaldo del asiento de Yssa mientras perdíamos altitud. Yssa bajó la nave hasta la azotea despejada de las afueras de Voa que los contactos de Ettrek habían indicado.

—¿De verdad existe la patrullera XA993? —pregunté.

Teka sonrió.

—No. Solo llegan hasta 950.

Una vez que nos hubimos posado, antes incluso de que Yssa tuviera ocasión de apagar el motor, varias personas corrieron hacia la nave, cargando una enorme tela. Por la ventana de navegación vi como la extendían sobre la nave y la tensaban con largas cuerdas. En el momento en que la escotilla se abrió a mis espaldas, también cubrieron por completo la ventana de navegación.

Ettrek descendió primero y le estrechó la mano a un hombre cuyo cabello moreno le acariciaba los hombros. Al acercarme, me di cuenta de que debían de ser hermanos, quizá incluso gemelos.

—Vaya, no era broma —dijo el hermano—. Vienes con la puta Cyra Noavek.

—¿Cómo es que conoces mi apodo? —dije.

El hombre sonrió y me tendió la mano.

—Me llamo Zyt, diminutivo de un nombre tan largo que ni siquiera yo lo recuerdo. Soy el hermano mayor de Ettrek.

—Puede que no quieras estrecharme la mano —le dije—. Aunque a Teka se la puedes estrechar dos veces.

—No me ofrezcas como voluntaria para dar apretones extra —la reprendió Teka—. Hola, me llamo Teka Surukta.

—Estos son un par de oráculos —dije, señalando hacia atrás, a Eijeh y Sifa. Zyt enarcó las cejas.

El resto de las presentaciones las hicimos amparamos bajo la tela que habían extendido sobre la nave, que tenía un aspecto robusto y tal vez aportase un buen camuflaje. Después Zyt nos llevó a la puerta que daba acceso a la azotea y por varios tramos de escaleras. No había ventanas y olía a basura, pero me bastaba con que sirviera de refugio.

Me separé de mi hermano (sin saber muy bien de cuál) para adelantarme unos pasos.

—¿Cómo están las cosas ahí fuera? —le pregunté a Zyt mientras me colocaba a su altura.

—Bueno, al principio hubo bastantes saqueos —dijo Zyt. Un mechón de cabello se le descolgó sobre la mejilla—. Al negocio le vino bien. Pero después Lazmet tomó el poder, y eso le metió el miedo en el cuerpo a la gente. Impuso un toque de queda, empezó a ordenar redadas y a detener a la gente, ese tipo de cosas… Al negocio le vino mal.

—¿Cuál es tu negocio, exactamente? —indagué.

—El contrabando —dijo Zyt. Los párpados le caían con pesadez sobre los ojos, entrecerrándoselos un tanto, mientras que su boca tendía a sonreír—. Me ofreció una de esas sonrisas—. De medicamentos, sobre todo, aunque pasamos cualquier cosa que sea lucrativa, como suministros, o armas, cualquier cosa.

—¿Alguna vez has pasado fruta? —le pregunté.

—¿Fruta? —Enarcó las cejas.

—Sí, necesitaría conseguir algo de arva altos. Una variedad trellana —dije—. Y como las importaciones de Trella son ilegales...

—El contrabando es la única opción. Entiendo. —Zyt se dio un golpecito en la barbilla con un dedo. Tenía un cardenal bajo la uña—. Ya me enteraré.

Si tuviéramos arva altos, podríamos emplearla para entrar en la mansión de los Noavek sin que nos descubriesen, haciéndoles creer que el pedido que suele hacer Lazmet había llegado con antelación. Seguramente los guardias no querrían arriesgarse a que Lazmet no recibiera lo que quería. Nos autorizarían a pasar sin pensárselo dos veces.

—Oye —dijo Zyt—, quizá convendría que te tapases la cabeza. La piel de plata... llama la atención.

—Vale.

Como sabía que tendría que ocultar mi rostro cuando llegásemos a Voa, llevaba puesto un abrigo negro con capucha. Estaba confeccionado en un material ligero y resistente que recibía el nombre de marshita y llegaba importado de Pitha, como la mayor parte de tejidos impermeables. Me calé la capucha mientras Zyt abría la puerta del pie de las escaleras y nos encontrábamos con la brillante luz del día.

El viento hacía que los pliegues de mi abrigo ondearan y chasquearan mientras caminaba. Por las calles de Voa, que nunca habían estado menos concurridas, solo se veían hombres y mujeres que transitaban apresurados con el cuerpo encogido y la cabeza gacha. Nunca había sido más fácil perderse entre la gente.

—No queda lejos —dijo Zyt—. ¿Nos siguen todos los tuyos?

Miré hacia atrás de soslayo. Todos llevaban la capucha puesta, por lo que me costaba saber quién era un contrabandista y quién no. Distinguí un mechón de cabello claro (Teka), el bulto de un moño (Ettrek), el puente de una nariz pecosa (Yssa) y unas piernas que caminaban con paso desgarbado (Sifa), y después me giré hacia delante.

—Creo que sí —dije.

Zyt nos guio a lo largo de dos calles hasta que llegamos a un pequeño y ruinoso edificio de apartamentos. Por encima de nosotros parpadeó una luz cuando giró la llave en la cerradura. La diminuta vivienda de la planta baja estaba patas arriba. Había armarios, mesas y sillas pegados a las paredes del pasillo.

Me hice a un lado mientras entraban los demás, y conté a Teka, a Ettrek y a Yssa antes de darme cuenta de que faltaba Eijeh. Empezaba a dejarme llevar por el pánico cuando lo vi acercarse a la puerta con paso presto.

—¿Dónde te habías metido? —lo reprendí.

—Se me había desatado un cordón —dijo.

—¿No sabes que no pasa nada por recorrer un par de calles con un cordón desatado? No te vas a morir por ello.

Eijeh puso los ojos en blanco y cerró la puerta al entrar.

El apartamento no era gran cosa. Una de las estancias servía como salón, como comedor y como dormitorio, el suelo alfombrado de colchones delgados, uno de los cuales tenía un agujero por el que escapaba el relleno. Había un cuarto de baño, pero la ducha era una tubería que sobresalía del techo y faltaba el lavabo. Aun así, Zyt estaba calentando agua para preparar té cuando entré en la cocina.

—Esta noche descansaremos —dijo Zyt cuando me asomé.

—¿Necesitas ayuda? —me ofrecí.

—No, a menos que seas diestra en el peligroso arte de trocear la flor del silencio.

Lo miré con una ceja enarcada.

—¿En serio? Eres una caja de sorpresas. Pues a trocear se ha dicho.

Dos personas bastábamos para atestar la cocina, pero yo me puse en la tabla de cortar y él se quedó en el fogón. Me pasó las flores del silencio frescas (dentro de un frasco) junto con los guantes que necesitaría para prepararlas sin envenenarme y me señaló el cajón de los cuchillos.

Coloqué una flor del silencio sobre la tabla de cortar, boca abajo, y comprimí con el costado del cuchillo la parte donde los pétalos se unían para desprenderlos. A continuación, rebané la veta carmesí del centro de uno de los pétalos, que cayó plano, como por arte de magia.

—Bien —celebró Zyt—. ¿Dónde aprendiste eso?

Guardé silencio. Pensé en llamar amigo a Akos, pero me pareció demasiado simple después de lo que había sido para mí, como si fuese una palabra demasiado pequeña.

—Ah. Olvida la pregunta —dijo Zyt, que alargó el brazo para coger un frasco que había en lo alto de los estantes inclinados.

—¿Vives aquí? —pregunté—. ¿O es la casa de otra persona?

—Era de mi madre, hasta que murió. Se la llevó el tembleque. Aquello fue antes de que averiguásemos cómo pasar medicamentos de contrabando. —Zyt inclinó la cabeza sobre el cazo que había puesto en el único fogón y le dio unos golpecitos al frasco que tenía en la mano para esparcir un poco de polvo de caparazones de fenzu sobre el agua.

Seguí troceando la flor del silencio. Mi familia tenía la culpa de que la madre de Zyt no hubiera podido conseguir los medicamentos; Lazmet había ordenado el aprovisionamiento de los fármacos donados procedentes de Othyr, algo que Ryzek había seguido haciendo. A mí se me inoculó esta cara vacuna cuando todavía era una niña.

—Estaba enamorada de él, de quien me enseñó a preparar la flor del silencio —dije. No sé por qué razón decidí contárselo, aparte de porque él me había confiado parte de su dolor y yo quería agradecérselo del mismo modo. El trueque de sufrimiento no tenía por qué ser equilibrado, pero funcionaba como una especie de moneda, su pesadumbre a cambio de la mía. Una forma de ganarse la confianza del otro—. Me dejó. Sin darme ninguna explicación.

Zyt articuló un gruñido exagerado de repulsa, lo que me hizo sonreír.

—Menudo imbécil —se indignó.

—En realidad, no —dije—. Pero es muy amable de tu parte.

Bebimos té y comimos pan caliente para cenar. No era la mejor comida que hubiera probado nunca, pero tampoco la peor. Los contrabandistas se mantuvieron en silencio, a excepción de Zyt, que se sentó al lado de Ettrek y, juntos, se pasaron varias horas contándonos historias de su infancia. En seguida empezamos a carcajearnos con los tristes intentos de Ettrek de gastarle bromas a su hermano mayor, y con las crueles venganzas de Zyt.

Después todos nos echamos donde pudimos (lo que no fue fácil, dadas las estrecheces de la habitación) y, uno tras otro, nos fuimos quedando dormidos. Yo nunca cogía sueño con facilidad, sobre todo en aquellos sitios con los que no estaba familiarizada, de forma que al poco rato salí por la puerta trasera para sentarme en el umbral, de cara al callejón.

—He visto que te levantabas. —Teka se sentó conmigo en el escalón—. No te gusta mucho dormir, ¿verdad?

—Es una pérdida de tiempo —declaré.

Teka asintió.

—Yo tardé mucho en volver a conciliar el sueño después de… —Agitó una mano sobre el parche del ojo—. Es un recuerdo un poco horrible.

—Un poco —repetí con una risa breve—. No sé muy bien qué es peor. —Guardé una pausa mientras rememoraba la ejecución pública de su madre—. No me refería… Lo siento.

—No hace falta que seas tan cuidadosa conmigo —dijo Teka mirándome de soslayo—. Cuando no me caías bien era porque tenía demasiados prejuicios. Cuando me olvidé de ellos… En fin, aquí estoy, embarcada en tu alocada misión, ¿no?

Sonreí.

—Sí —afirmé—. Aquí estás.

—Aquí estoy, así que cuando saque algún tema, no quiero que te lo tomes demasiado a pecho —dijo con cautela—. Akos.

—¿Sí? —Fruncí el ceño—. ¿Qué pasa con él?

—¿Para serte sincera? —Suspiró—. Me preocupa que a la hora

de la verdad decidas que es más importante salvarlo a él que matar a Lazmet, ahora que sabes que está aquí, vivo. No he dejado de darle vueltas desde que te hablé de él.

Me quedé callada un momento, escuchando el rumor de la noche. Sonaba demasiado alto en esta parte de la ciudad, a pesar del toque de queda y de la atmósfera deprimente que se había instalado en toda Voa. Los vecinos discutían, reían y escuchaban música en sus apartamentos a todas horas, o eso parecía. Incluso en el callejón se veía el resplandor de los faroles que seguían encendidos, desafiando a la noche.

—Te preocupa que haga lo que hice la última vez, cuando no maté a Ryzek —deduje.

—Sí —dijo Teka—. Me preocupa.

—Ahora es distinto —aseguré—. Esta vez hay… más cosas.

—¿Más cosas?

—Que me importan —aclaré—. Antes, todo lo que tenía, lo único bueno que tenía, era él. Pero ahora ya no es así.

Teka sonrió, y yo le di un suave empujón con el hombro.

En ese instante oí algo a mis espaldas. Un chirrido, la presión de un pie sobre una tabla vieja. Al girarme vi una silueta en el salón, la figura de un hombre, de un soldado, a juzgar por el volumen, con una hoja de la corriente en ristre. En el suelo, el espacio que antes ocupaba Eijeh, un bulto tapado con una manta, se encontraba vacío.

No estaba. Pero había venido otra persona.

Me giré, me levanté y eché a correr a la vez que profería un gruñido. Cuando la figura se agachó, con la hoja en alto, me tropecé con la pierna de alguien y caí con fuerza encima de él. Se oyó un «crac» cuando mis manos toparon con la armadura. Apreté los dientes para tragarme el dolor del impacto y doblé el cuerpo para esquivar la estocada.

Alguien le había dicho a la policía de Shotet que viniera aquí.

Hundí el codo, por debajo del borde inferior del chaleco reforzado, y lo golpeé en la entrepierna. El hombre gruñó y fue a coger su arma. De soslayo vi agitarse el cabello de Teka cuando esta se abalanzó sobre la figura que venía por detrás de la primera. Los contrabandistas, y también Ettrek, Yssa y Sifa, ahora despiertos, se habían sumado a la refriega.

El dolor que me provocaba el don de la corriente desapareció bajo el torrente de adrenalina, aunque no llegué a olvidarlo. Mientras forcejeaba con el hombre para quitarle el cuchillo de la mano, cedí al deseo de compartir mi dolor con él y permití que las sombras reptasen en torno a su muñeca, mezclándose con las que fluían por su hoja de la corriente.

Gritó.

Seguí adelante. Me eché encima de la mujer uniformada que vi a continuación, sujetándola por la cara en vez de por la garganta, y le envié sombras de la corriente hasta que empezaron a ahogarla en mi dolor, hasta que le llenaron la boca abierta y jadeante. Aprovechando mi altura, dirigí su cabeza contra mi rodilla, levantada lo suficiente para provocar el choque.

No me acobardé al ver cuántos eran. No tenía miedo de nadie, ya no. Era lo que me convertía en una Noavek; no era que fuese tan poderosa que nadie supusiese una amenaza para mí, pero había sobrevivido a los horrores suficientes y al dolor suficiente para estar acostumbrada a la inevitabilidad de lo uno y de lo otro. Aun así, era poderosa. De eso estaba segura.

Seguí adelante y agarré al siguiente hombre que se me puso al alcance. Se habían equivocado al asaltarnos en medio del estrecho pasillo, porque actuaba como un embudo por el que solo podían atacar de uno en uno. Así, los despaché uno tras otro, hasta que no quedó ninguno. A mis espaldas se había hecho el silencio. Supuse que los demás se habían marchado.

Giré sobre los talones hacia la puerta trasera. No sabía a cuántos policías había matado ni a cuántos había dejado inconscientes, pero en cualquier caso, tenía que salir de allí. Sin embargo, al darme la vuelta hacia el salón, vi a Zyt, a Sifa, a Ettrek, a Yssa y a Teka esperándome, todos con un cierto gesto de asombro en el rostro.

—¡Vamos! —les grité.

Y echamos a correr.

—Tu gente no se ha pensado dos veces lo de salir por piernas, ¿eh, Zyt? —resolló Teka al apoyarse contra la pared.

Habíamos decidido, mientras corríamos, dirigirnos al edificio semiderruido donde los renegados habían establecido su campamento la última vez que estuve en Voa. Aparte del anterior, era el único sitio seguro que conocíamos. Teka se había situado a la cabeza para guiarnos por unas calles retorcidas que parecía conocer de memoria. La periferia de la ciudad estaba deshilachada como los puños de una camisa, más deteriorada y ruinosa que el centro. Había grafitis en las paredes de todos los edificios, caracteres sueltos escritos en negro, en algunos lugares, y en otros, murales inmensos compuestos de letras del tamaño de una persona, embellecidos con colores tan brillantes como el propio flujo de la corriente. Las pintadas cubrían las grietas de los edificios, las tablas que tapaban los huecos que antes ocupaban las ventanas, la mugre que teñía de marrón todas las paredes. Pero lo que más atónita me dejó fue un simple mensaje, escrito con letra clara bajo un alféizar: LOS NOAVEK SON NUESTROS DUEÑOS.

—¿Qué esperabas? —dijo Zyt—. Son contrabandistas, no tienes grandes ambiciones.

—Tampoco los necesitamos —recordó Ettrek—. Zyt es el que tiene los contactos.

—Sí, los contactos para el contrabando de… ¿fruta, según parece? —Zyt me miró con los ojos muy abiertos.

—Sí —afirmé, sin dar más explicaciones.

—Ahora sería un buen momento para explicar para qué necesitáis un cargamento de fruta —dijo Zyt.

—Quizá sea un buen momento —respondí—. Pero ¿cómo podemos estar seguros?

Saqué el frasco de analgésicos de la bolsa que cargaba a un lado y me eché uno a la garganta. Procedía de uno de los lotes «defectuosos» de Akos, y no se equivocaba al describirlos así, no era ni la mitad de efectivo que sus otros analgésicos, pero era mejor que nada.

Las plantas que crecían entre las grietas del suelo resquebrajado habían ganado mucho terreno durante el tiempo que habíamos pasado fuera de aquí. Las enredaderas empezaban a trepar por las paredes, y adondequiera que mirase se veían los toques de color de las flores silvestres. «Del tipo que termina deshaciéndose», pensé, pero era un pensamiento de Akos, no mío.

De pronto, necesitaba estar a solas. Me metí en el hueco de la escalera donde le enseñé a Akos que podía controlar mi don de la corriente. Con la espalda apoyada contra una de las paredes de piedra, me deslicé hasta el suelo y me eché a llorar.

Más tarde, Teka encontró una botella de zumo de fruta fermentado en los armarios de alguien que había vivido en este lugar antes de que lo destruyeran, y todos tomamos un vaso juntos para tranquilizarnos antes de intentar seguir durmiendo.

Sifa propuso un brindis, traduciendo al shotet del thuvhesita: «Por lo que hemos hecho, lo que estamos haciendo y lo que vamos a hacer».

Bebimos.

CAPÍTULO 46 | AKOS

Entre sus otros recuerdos dolorosos se contaba la facilidad con que se escurría el tiempo. La formación de las perlas de aceite en el agua. La repentina ausencia en su propia vida, la deriva de la autoprotección.

Deseó tener todo eso en estos momentos.

Ahora percibía el paso de cada segundo y de cada hora. Vakrez había venido por la mañana para escrutarlo con los ojos vacíos, y puso los dedos sobre la muñeca de Akos para comprobar su pulso, antes de marcharse de nuevo. Había notado el frío húmedo de las manos del comandante antes de que las apartara.

Pasaron unos días antes de que Lazmet volviera a requerir su presencia. En esta ocasión lo llevaron a la Sala de Armas, el lugar donde había conocido su destino. Por supuesto, en realidad no era su destino, pero de todas formas venía ateniéndose a él desde hacía varias estaciones. «No confíes en tu corazón», le había dicho ese destino, y lo había odiado por ello.

Ahora sospechaba que tal vez fuera un buen consejo.

Lazmet estaba contemplando la pared de las armas mientras se daba golpecitos con el dedo en la barbilla. Parecía estar eligiendo alguna opción de una carta de quesos, pensó Akos, que se preguntó si estaría a punto de padecer alguna nueva tortura, si su padre pretendería fracturarle los huesos de forma sistemática o descuartizarlo poco a poco. Parecía el tipo de cosas que Lazmet estaba dispuesto a hacer. Por curiosidad.

Hasta que no salió de entre las sombras, Akos no vio que Yma estaba allí. Cuando lo miró, sus ojos le pedían que tuviera cuidado. Al momento siguiente volvió a ponerse el disfraz, aquella sonrisa enigmática, aquella postura elegante. Sabiendo lo que ahora sabía acerca de ella, Akos entendió que a Yma nunca le agradaría esto, vestir de gala, vivir en una mansión, jugar con la realeza.

—Gracias por el informe, Yma —dijo Lazmet—. Puedes irte.

Yma inclinó la cabeza, aunque Lazmet no estuviera mirando, aún embelesado con la pared de las armas. Al salir, le rozó el brazo a Akos, contacto con el que le transmitió un cierto confort. Y un recordatorio.

—Acércate —le ordenó Lazmet—. Quiero enseñarte algo.

Dado que Akos debía actuar como si estuviera sometiéndose al control de Lazmet, poco a poco, subió los escalones del estrado. Un extraño resplandor verde parecía haber tomado la sala; la luz atravesaba la hilera de tarros que descansaban en los estantes, por encima de la cabeza de Akos. Unas bolas blancas flotaban en los recipientes, suspendidas en un líquido verduzco. Conservante.

Eran ojos. Akos intentó no pensar en ello.

—En nuestra cultura no se acostumbra a guardar recuerdos. Al fin y al cabo, eso daría a entender que confiamos en algún tipo de permanencia, pero los shotet siempre han sabido que los objetos, los lugares… pueden desaparecer en cuestión de instantes. —Lazmet señaló la pared de las armas—. Las armas, sin embargo, sí nos permitimos legarlas. Conservan su utilidad, ya sabes. Por ello, aquí puedes conocer la historia de nuestra familia, en esta pared.

Cogió un hacha que colgaba en el extremo izquierdo. La hoja estaba oxidada a causa del desuso; el mango, emborronado de huellas.

—Somos una familia shotet antigua, pero no acaudalada —dijo Lazmet, que deslizó la yema del dedo por la hoja del arma—. Mi abuelo se convirtió en una figura de renombre en nuestra sociedad a base de dar muerte a otros. Le dio forma a esta hacha con sus manos. Fabricaba armas. No tenía ningún talento especial. La habilidad que le faltaba la compensaba con su brutalidad, cuando sirvió en el ejército shotet.

Dejó el hacha a un lado y se acercó a un bastón. En cada uno de los extremos Akos vio los mecanismos que se empleaban en los mangos de las hojas de la corriente. Cuando Lazmet lo levantó, unos zarcillos oscuros de la corriente se enroscaron primero en torno a uno de los extremos y después alrededor del otro.

—El diseño es de mi esposa —comentó Lazmet con una sonrisa que parecía casi afectuosa—. No destacaba como luchadora, pero era una gran actriz. Sabía cuándo mostrarse bella, encantadora o intimidante, o todo al mismo tiempo. Es una lástima que le quitase la vida alguien tan… indigno de ello.

Akos se obligó a mantener el rostro inexpresivo.

—Te he traído aquí para que comas —dijo Lazmet—. Dada tu… estricta dieta… comprendo que no puedo tenerte sin probar bocado. Así que he pensado que podríamos cenar.

Había una mesa en el estrado, pegada a la pared del fondo. No parecía lo bastante amplia para el tipo de cenas ostentosas de las que Lazmet debía de disfrutar, pero era alargada, más o menos de la envergadura de los brazos de Akos, y tenía una silla a cada extremo. A Akos no le cabía duda de que todo esto formaba parte de la estrategia de Lazmet, obligarlo a comer bajo la luz verdosa y los tarros de globos oculares, ante el arsenal que la familia Noavek había utilizado en su sangrienta escalada hasta la cima de la sociedad shotet. La intención era que la situación lo desconcertase.

—No estoy en posición de negarme a comer —dijo Akos.

—No, desde luego que no lo estás —convino Lazmet haciendo una mueca mientras ponía el bastón en su sitio. Cerca del límite de la pared de las armas había una campanilla, fijada al muro. La hizo sonar y señaló la mesa para invitar a Akos a que tomase asiento. Akos siguió la indicación, con la cabeza dándole vueltas. La comida que Yma le había dado era la justa para que no dejase de tener hambre en ningún momento. Bebió un vaso de agua tras otro, solo para hacerle creer a su cuerpo que tenía el estómago lleno.

Los fenzu que habitualmente revoloteaban en la araña de globos estaban moribundos y debían ser sustituidos. Akos podía ver los caparazones amontonados en el fondo de las esferas de cristal, con las patitas espinosas vueltas hacia arriba.

—Vakrez dice que estás demasiado consumido por el odio que te profesas a ti mismo como para obtener una lectura válida —comenzó Lazmet—. Yma asegura que estás progresando. Que un corazón vulnerable resulta más fácil de torcer.

Akos no respondió. A veces se preguntaba si Yma no estaría jugando con él. Si no estaría permitiéndole seguir deseando matar a su padre mientras poco a poco ella ejecutaba su verdadero trabajo. En realidad, no tenía ninguna manera de saber si Yma estaba de su parte, salvo su palabra.

Una de las paredes que quedaban a espaldas de Lazmet se deslizó hacia un lado, y un momento después tres sirvientes entraron en fila en la Sala de Armas, cargados de platos cubiertos con campanas protectoras de metal destellante. Un plato lo pusieron delante de Lazmet; otro, delante de Akos; y el tercero, en el centro de la mesa, tras lo cual se retiraron. Akos no se fijó en si abandonaron la sala o si tan solo se escondieron entre las sombras.

—Sé muy bien cómo piensan las personas que se sienten culpables, aunque personalmente creo que la culpabilidad es una emoción carente de valor —dijo Lazmet—. ¿Por qué lamentarse por algo que, al fin y al cabo, hiciste con total convicción? —Aún no se había sentado. Chasqueó los dedos y en el acto una sirvienta se acercó con una copa de cristal tallado. La llenó de algo, un líquido espeso de un intenso color morado, y Lazmet bebió—. Sé que crees que tal vez no sea tarde para deshacer lo que le has hecho a tu amigo —prosiguió—. Es un último intento por conservar esa fracción de tu identidad de la que más necesidad tengo yo que pierdas. Eres una persona que piensa desde los extremos, y me has colocado a mí, a mi familia y, tal vez, a todo Shotet, en un rincón intocable e inaccesible que hay dentro de ti y al que le has puesto la etiqueta de MALO.

Alargó el brazo sobre la mesa para levantar la campana del centro. El plato solo contenía un tarro, más pequeño que los que bordeaban las paredes. Este también contenía el conservante verduzco. Y suspendidos en su interior había dos globos oculares blancos.

Akos paladeó la bilis y el ave negra asada. Podría haber apartado la vista. Ya sabía lo que había en el tarro. No tenía por qué seguir mirando.

Uno de los globos se giró, dejándole ver el iris oscuro.

—Extraigo un ojo cuando quiero que la persona viva —explicó Lazmet—. Extraigo los dos si va a ser ejecutada, como lo fue Jorek Kuzar la pasada medianoche.

Akos tragó saliva y se obligó a cerrar los ojos. Si seguía mirando, vomitaría. Y no le daría a Lazmet el gusto de verlo en una posición tan vulnerable.

—La verdad —continuó Lazmet— es que no puedes deshacer lo que has hecho. Es demasiado tarde. Nunca podrás volver con aquellos a los que antes considerabas tus amigos. Así que es mejor que dejes de resistirte, Akos.

Una sensación de espanto había anidado en algún recoveco de su mente, tan próxima que podría tocarla sin el menor esfuerzo, si se atreviera. Tomó aire y se apartó de ella. Ahora no, todavía no.

«¿Cuál es tu misión?».

Akos abrió los ojos y miró al hombre cuya sangre, cuyos huesos y cuya carne habían conspirado para crearlo a él.

«Matar a Lazmet Noavek», concluyó, ahora con más claridad que nunca.

Lazmet se sentó frente a él, destapó su plato y le entregó la campana al sirviente que aguardaba detrás. En el recipiente había un rollito, un trozo de carne cocinada y una fruta entera, todavía sin pelar. Lazmet frunció el ceño.

—Creía que este cargamento aún tardaría otra semana en llegar —dijo a la vez que levantaba la fruta. Akos reparó en que la cáscara era como aquellas que había visto cuando se coló en el despacho de Lazmet.

Un resplandor verde le hizo llevar la vista más allá de Lazmet. El panel de la pared se había retirado, sin hacer ningún ruido, y la silueta de una cabeza asomaba por la abertura. La cabeza se alzó, dejando ver una veta de piel de plata y dos afilados ojos oscuros.

Por detrás de Lazmet, Cyra alzó una hoja de la corriente tan larga como su antebrazo y se dispuso a apuñalarlo por la espalda. Akos no se estremeció un izit.

Lazmet, no obstante, levantó una mano, como si fuese a pedir otra copa de aquello que estuviera bebiendo. Entonces Cyra detuvo el brazo, justo cuando estaba a punto de descargar el arma.

—Cyra —dijo Lazmet—. Has sido muy amable al acordarte de mi fruta preferida.

CAPÍTULO 47 | CYRA

Mi padre nunca había empleado su don de la corriente conmigo. Para eso tendría que haber admitido mi existencia, algo que había decidido no hacer. Por ese motivo yo no era consciente de lo extraño que me resultaría ser el objetivo de su extraordinario poder. Lo sentí enredando en mi cabeza, una presión incómoda en la corteza cerebral primaria del cerebro, la encargada del movimiento. Al menos, supuse que esa fue la zona que empezó a manipular. También podría haber sido el cerebelo.

«No es momento para debatir sobre anatomía», me reprendí.

Al margen de dónde hubiera focalizado su don de la corriente, estaba funcionando. Los dedos, la mano y el brazo se me habían quedado completamente rígidos, y ahora sostenían la hoja a medio camino entre la altura máxima a la que la había subido y el lugar donde pretendía clavarla. Tampoco parecía poder mover el resto del cuerpo; no podía decirse que se me hubiera dormido, pero se comportaba como un montón de leña que se negara a arder. Conservaba la sensibilidad, pero no podía hacer que se moviera.

Lazmet, sin embargo, parecía querer que le respondiera, porque la escasa capacidad de movimiento que conservaba se concentraba en mi mentón y mi boca.

351

—No hay problema —dije, extrañándome de lo despejada que tenía la cabeza, pese a que sabía que estaba a punto de morir. Hacía escasos momentos tuve la oportunidad de matarlo, pero esa ocasión ya había pasado. Lazmet se hizo con el control de todo mi cuerpo en cuanto advirtió mi presencia.

«A no ser —pensé— que Akos lo toque».

Intenté mirar a Akos a los ojos, comunicarle de alguna forma lo que quería que hiciese, pero me era imposible moverme.

Lazmet continuó manipulándome la cabeza, hasta que me asaltó una náusea insoportable. Mis dedos dejaron de apretar el mango y la hoja cayó ruidosamente al suelo. Lazmet se levantó, se giró hacia mí y la recogió mientras la examinaba.

—No es un cuchillo demasiado elegante —observó.

—Habría servido igual —respondí.

—Cualquier necio que tenga una maza en las manos puede aplastar un cráneo, hijita —dijo. Había olvidado lo alto que era. Aunque yo era más alta que la mayoría de las mujeres, él seguía superándome en estatura, al igual que Ryzek. Y con la tez pálida teñida de verde por la luz que atravesaba los tarros de conservante, tenía el aspecto de un cadáver putrefacto—. Te creía más refinada, siquiera por tu educación.

—Tuve muchos impedimentos —repliqué—. Créeme, habría envuelto en seda el cuchillo de mi madre y te lo habría hincado en la cuenca del ojo si hubiera tenido recursos ilimitados.

Me soltó levemente, de forma que mi brazo cayó a un costado a la vez que el cuerpo se me erguía. Recuperé el control de los ojos, lo que me permitía parpadear y mirar a Akos, que permanecía sentado inmóvil a la mesa.

Solo llevaba aquí dos semanas, si la información que nos había proporcionado Ara era correcta, pero había cambiado. Siempre había sido esbelto, pero ahora tenía el rostro chupado, y si se hubiera puesto de pie, con toda seguridad no habría visto ni rastro de la leve barriga que antes le ablandaba el abdomen. Los huesos de las muñecas se le marcaban como piedrecitas que le abultasen la piel. Estaba más que pálido, e igual de verde que mi padre bajo esta luz, y tenía un aspecto desaliñado, como si llevara días sin acercarse a una ducha.

Sentí las punzadas del hambre, de la empatía, y sí, de la añoranza, incluso ahora, al mirarlo. Saber que no me había abandonado solo para volver a casa y esperar a que se acabase la guerra hacía que me costase más estar enfadada con él. Venir aquí había sido una estupidez, pero al menos lo había hecho con un propósito más elevado.

Fijé los ojos en él, intentando determinar si era consciente de que me tenía delante, y él también miraba en mi dirección, pero sin reconocerme. Me recordaba un poco a Eijeh, después de que Ryzek empezara a intercambiar recuerdos con él, como si no supiese quién era yo ni dónde estaba él. Como si lo hubieran despedazado y recompuesto de cualquier manera.

—Un clérigo shotet conoce un dicho que parece adecuado, dadas las circunstancias —dijo Lazmet. Hizo girar el cuchillo sobre la palma de la mano y lo cogió por la hoja para ofrecérmelo por la empuñadura. Apreté los dientes cuando el toqueteo que notaba en el cerebro se reanudó, y entonces se me extendió el brazo y los dedos se me cerraron en torno al arma—. «No empuñes un cuchillo si no estás dispuesto a morir de una cuchillada».

Un escalofrío me arañó todo el cuerpo cuando comprendí sus intenciones. Hice acopio de las escasas fuerzas que me quedaban para luchar contra aquella cosa que se me había metido en el cerebro mientras mis manos cogían el mango y giraban la hoja para orientarla hacia mi estómago. Lazmet me había dejado la boca libre para oírme gritar, no me cabía la menor duda.

—¡Akos! —exclamé—. ¡Tócalo!

—El don de la corriente de mi hijo no funciona en estos momentos —dijo Lazmet—. Pero, por supuesto, estaré encantado de que lo intente.

Akos no se había movido. Lo vi tragar saliva, a duras penas, y fijar su mirada en mí.

—No —dijo a media voz—. Es inútil.

Mis manos se acercaron un poco más, hasta que la punta de la hoja me tocó el estómago, pero de alguna manera, siempre había sabido que así era cómo conocería la muerte, a manos de mi propia familia, víctima de mi propio cuchillo.

No obstante, a pesar de que la situación no me cogiera por sorpresa, aunque, de hecho, me la esperase, me negaba a aceptarla.

Hasta ese momento no se me había ocurrido que, aunque Lazmet controlase mis músculos, no tenía por qué controlar mi don de la corriente. Y, pese a que yo tampoco lo dominara por completo, sabía que ansiaba que lo compartiera; más que nunca, ardía en deseos de devorar cuanto hallase a su paso, incluso aunque me hallase a mí. El médico al que me llevó mi madre de niña me dijo que mi don de la corriente era la manifestación de lo que yo consideraba que me merecía, y de lo que consideraba que se merecían los demás: dolor. Tal vez hubiera algo de cierto en ello. Tal vez ahora estuviera descubriendo que no me lo merecía tanto como pensaba antes. Pero aun así, tenía algo muy claro: ningún habitante de la galaxia se merecía tanto padecer dolor como el hombre que tenía ante mí.

No proyecté un zarcillo titubeante, preguntándome si funcionaría, sino que proyecté mi don de la corriente contra Lazmet Noavek con toda mi fuerza de voluntad, y al instante una nube oscura lo engulló como un enjambre de insectos. Lazmet gritó, descontrolado, sin permitirse un ápice de orgullo. El cuchillo dejó de avanzar hacia mi estómago, pero no lograba desprenderme de él.

Oí un *pop* afilado cuando uno de los tarros de las estanterías que bordeaban las paredes reventó, como un globo, y el contenido se desparramó por el suelo. Un segundo tarro estalló instantes después, y a continuación otro más. Pronto el aire se vició con el tufo de la carne conservada desde hacía tiempo y la luz empezó a pasar del verdoso al blanquecino. El suelo se volvió resbaladizo mientras una abundancia de grumos blancos rodaba en todas direcciones. La agitación que percibía en el cerebro cesó, y sentí que unas manos me tomaban por los hombros desde atrás para tirar de mí.

—¡No! —grité..Había estado tan cerca, tan cerca de matarlo.

Sin embargo, aquellas manos me arrastraron hacia el pasillo oculto que había a mis espaldas y, una vez que me vi rodeada por la oscuridad, supe que no podía volver atrás. Así, eché a correr hacia adelante al atisbar un mechón de pelo cuyo bamboleo me decía que era Ettrek quien me había cogido. Salimos disparados, mientras los gritos de mi padre nos perseguían entre las sombras. Bajé de un salto el tramo de escaleras que sabía que nos encontraríamos y doblé un recodo pronunciado, momento en que vi a Yma Zetsyvis parada en la salida de la cocina con los ojos azules enloquecidos.

—¡Vamos! ¡Rápido! —me urgió, y juntas corrimos hacia la puerta de atrás, donde nos esperaba Teka, que nos hizo señas para que saliéramos.

Correr por las calles que circundaban la mansión de los Noavek me trajo a la memoria el Festival de la Travesía. Mi mano entrelazada con la de Akos, la cara irritada por la pintura azul. Perseguirlo con el agua que llevaba recogida entre las manos, aunque estuviera lloviendo. Y el sosiego de después, cuando me quité la ropa manchada de azul en el cuarto de baño y noté que había algo sereno y plácido dentro de mí que no había estado así desde antes de que mi madre muriera.

Desde que Akos me besara en la cocina de la nave de transporte, no había dejado de preguntarme en qué momento exacto me había enamorado de él. Ahora, mientras llenaba de aire unos pulmones que notaba a punto de reventar mientras sorteaba las esquinas y me escurría entre los techos bajos de los túneles de la mansión de los Noavek, me preguntaba si me habría enamorado de él mientras me mentía, fingiendo ser amable para que yo le revelase cómo salir de la mansión. Y, si había sido durante ese tiempo, ¿significaba eso que yo amaba a alguien que no existía? ¿A un falso Akos, como los de las imágenes de humo del cuentacuentos?

Un grupo de gente a la carrera habría llamado mucho la atención, de manera que cuando nos encontrábamos a varias calles de distancia de la mansión de los Noavek, me calé la capucha y seguí caminando a paso normal. Yma, por su parte, se recogió el cabello rubio bajo un pañuelo negro, aunque el color claro de su vestido largo (hoy de tonos lavanda) seguía delatando su riqueza. Tendríamos que ocuparnos de eso antes de que llegáramos a la periferia de la ciudad.

Teka enganchó su codo al mío, tras cerciorarse de que tanto ella como yo tuviéramos la piel tapada. Pero para mí era instintivo apartar de ella las sombras de la corriente y recogerlas en el lado izquierdo de mi cuerpo en lugar de en el derecho. Enfrentarme a mi padre me había recordado lo que sentía al ejercer el control; no era como si controlara las sombras en sí, sino más como si protegiera mi cuerpo con una armadura para que no pudieran tocarme, y las dejara fluir hacia otra parte.

—Así solo somos dos amigas que vuelven juntas del mercado —dijo, inclinando la cabeza hacia mí—. Nadie espera que Cyra Noavek tenga amigas.

A veces seguía diciendo cosas que me hacían daño. Y no porque fuesen mentira.

Caminamos así, a unos pasos por detrás de Ettrek y Zyt, y seguidas de cerca por Yma.

—Harías mejor en ponerte al lado de ella —le recomendé a la vez que echaba la cabeza un poco hacia atrás—. Pasaríais por madre e hija.

Teka se limitó a encogerse de hombros.

Cuando las calles de piedra nos llevaron a las de piedra resquebrajada y estas a las de tierra desnuda, paramos para encargarnos del vestuario de Yma. Teka le prestó una capa con capucha, a cuya cintura Yma ató el pañuelo negro para tapar la mayor parte de la falda. Solo una franja de color lavanda asomaba por los bajos cuando caminaba. Aun así, en seguida llegamos al refugio, mientras mirábamos de soslayo en todas direcciones, como si eso no nos diera ya un aire bastante sospechoso.

Una vez que pasamos al interior del enorme recinto, Ettrek se giró hacia mí.

—¿Sabes? Me ha costado mucho cargarme todos esos tarros —me dijo—. Lo menos que podías hacer era no poner esa cara de rabia porque te hayamos rescatado.

Ahora que estábamos a salvo, me permití estallar. Esta vez prorrumpí en gritos.

—¡Lo tenía! ¡Estaba a punto de matarlo! ¿Y tú vas y me «rescatas»?

Sifa salió del hueco de unas escaleras con las manos entrelazadas. ¿Sabría que íbamos a fracasar? Preferí no considerar la idea siquiera.

—¡¿A punto de matarlo?! —Ettrek tenía el pelo blanqueado por el polvo, como si fuera un pastel rociado con azúcar—. ¡Estabas a punto de clavarte una hoja de la corriente en el estómago!

—Las sombras de la corriente no me sirven solo para pasarme el día estremeciéndome, ¿sabes? —Me acerqué a él con paso enérgico, aplastando una mata de florecillas con el talón—. Lo tenía envuelto en ellas. Lo habría matado.

—Tal vez no antes de que él te matase a ti —dijo Ettrek a media voz.

—¿Y? —repliqué. Ettrek retrocedió, dando con la espalda contra el pecho de Zyt—. Cuando te piden que entregues la vida del Azote de Ryzek a cambio de la muerte de Lazmet Noavek... —dije antes de añadir a voz en cuello—... ¡la entregas!

El eco resonó en aquel escenario semiderruido durante largos momentos.

—El joven Kereseth y usted me exasperan —dijo Yma mientras se abría el broche de la capa que había tomado prestada y se quitaba la capucha—. Siempre tan ansiosos por desperdiciar la vida.

—No es solo su vida lo que está dispuesto a desperdiciar —opuse—. Sino también la mía.

—Sí, eso fue una gran sorpresa, que no la salvara —admitió

Yma—. No estaba segura de si habría reunido esa determinación. Estaba tan preocupada que pensé en crearla, en creársela, pero tenía miedo del daño que pudiera causar durante el proceso.

—¿Creársela? —repetí.

—Sí —afirmó—. La razón por la que su familia me ha dejado vivir durante tanto tiempo es porque puedo moldear los corazones y darles la forma que quiera.

—Eso —dije— explica muchas cosas.

—Desde luego. —Yma adoptó un tono irónico—. En cualquier caso, admiro lo constante que es, señorita Noavek. Al joven se le ha matado de hambre, se le ha mantenido prisionero, se le han dado palizas, se le ha manipulado, se le ha amenazado y se le han mostrado los globos oculares de su amigo contenidos en un tarro mientras se le daba de cenar, y aun así usted se centra en lo que él dejó que le ocurriera a usted.

—Yma —dijo Teka, que parecía estar mareándose.

—No, no. Deja que se quede a gusto. —Extendí los brazos a los lados—. ¿Qué soy, entonces? ¿Una adicta al sacrificio? ¿O una egocéntrica redomada?

—¿Tengo que elegir? —Yma enarcó las cejas, tan claras que parecían fundírsele con la piel—. Daría su vida solo para que los demás tuviéramos que honrarla. Es demasiado engreída para retirarse poco a poco a la oscuridad, también conocida como «vida normal». Algo que debo reconocerle a su antiguo novio es que al menos él, al contrario que usted, no tiene ninguna sed de gloria.

Iba a contestarle cuando reparé en que Teka se había tapado la cara. Oí un ruido agudo, amortiguado por sus manos. Un sollozo.

—Jorek —dijo.

El lamento me sacó al instante la ira que tenía dentro, como veneno absorbido de una picadura. Yo lo había olvidado. Yma también lo había olvidado, pues si no, no habría empleado unas palabras tan específicas: «se le han mostrado los globos oculares de su amigo contenidos en un tarro». No era solo que Jorek hubiera muerto, sino que además primero había sufrido la misma tortura que Teka. Nadie debería morir de esa manera.

Yma se acercó a ella de esa forma en que solo podía hacerlo un familiar, envolviendo entre sus brazos a su sobrina y estrechándola contra sí. Me quedé cerca de ellas, sin querer marcharme pero sin saber muy bien qué hacer. En más de un sentido.

Sifa se había puesto a mi lado. Tenía el pelo recogido en una trenza deshecha, igual de ondulante, gruesa y suave que la mía.

—¿Tú lo sabías? —dije. Podría haberme referido a un millón de cosas, pero no me molesté en especificar.

—Lo sospechaba. Sigo sin saber muy bien lo que nos espera, ni qué rumbo deberíamos tomar. La situación se ha vuelto... muchísimo más complicada.

Me temblaba la barbilla cuando le dije:

—Si no sabes qué rumbo deberíamos tomar... ¿para qué has venido?

—No te gustará la respuesta.

Como si eso hubiera importado alguna vez.

Sifa levantó un hombro.

—Vine para estar contigo.

Sifa, una mujer que había abandonado a su marido y a sus hijos pese al horror del asesinato y el secuestro, una mujer que había inducido a su hijo a que matase a Vas Kuzar y que había permitido que Orieve Benesit pereciera en el nombre del destino, había venido aquí, no para realizar sus maniobras, sino solo para... ¿estar conmigo?

No sabía muy bien si creerla o no, así que me limité a asentir, con sequedad, y a alejarme de ella.

El haz de luz que entraba por el techo agrietado había adquirido una tonalidad quemada, como la de unas ascuas moribundas. El día, por tanto, había terminado, sin plan, sin ruta y sin forma de volver a encontrarnos con Lazmet Noavek. La mañana terminaría por llegar, y entonces el tiempo que Isae Benesit nos había concedido se habría agotado.

CAPÍTULO 48 | CISI

Me despierto con un regusto amargo en la boca. No sé muy bien dónde estoy. Lo último que recuerdo es que estaba en el cuarto de baño con el costado empapado de sangre, que Ast me había apuñalado. Creía que iba a morir. Pero, esté donde esté ahora, no parece que haya muerto.

Tengo la lengua áspera. La sensación me produce un ligero estremecimiento. Alguien me coloca una pajita entre los labios, y chupo. El agua me llena la boca y me enjuago con ella antes de tragarla.

Y, ah... siento dolor al tragar. No en la garganta, sino en el estómago. Es como si me hubieran rajado el abdomen.

Abro los ojos. No sé muy bien por qué espero ver la enorme grieta que hay sobre mi cama en casa. Cuando de niña me ponía enferma, solía ponerme a pensar qué forma tenía. ¿De flotante? ¿De pájaro? Nunca me decidía.

En este techo, sin embargo, no hay ninguna grieta. Aquí el techo es una imagen en movimiento, como las de las paredes de la sede de la Asamblea. Muestra un cielo añil surcado por nubes esponjosas.

Levanto una mano. Tengo una especie de circuito bajo los nudillos. Lo siento, me da pequeños pinchazos cuando muevo los dedos. Debe de servir para monitorizar mis constantes vitales, el pulso, la temperatura y el nivel de azúcar. Consta de un pequeño punto de salida en la parte superior, conectado ahora a un tubo por el que circula un líquido transparente. Me mantiene hidratada, supongo, aunque no sirve para quitarme el regusto que tengo en la boca.

—¿Señorita Kereseth?

Parpadeo para desprenderme de la película que me cubre los ojos y veo una mujer vestida con un reluciente uniforme blanco (camisa y pantalones), con un mandil azul marino por encima. Lleva el cabello recogido atrás con unas horquillas. Tiene puestos unos guantes de goma.

Estoy desorientada. Enumero mentalmente las cosas que sé. No estoy en casa. A juzgar por el techo, estoy en un lugar elegante. ¿La sede de la Asamblea? No, Othyr. Othyr es donde estábamos la última vez. Tengo una herida. El estómago. Es como si me hubieran rajado el abdomen.

Recuerdo su rostro en el espejo, junto al mío. Alguien me lo hizo.

—Ast —grazno.

—¿Qué? —La enfermera frunce el ceño—. Ahora mismo no está aquí, pero ayer vino a ver cómo se encontraba.

¿Que vino a ver cómo me encontraba? No, vino a comprobar que siguiera inconsciente, o con la esperanza de que hubiera muerto. Un escalofrío me atraviesa el cuerpo. Estuvo aquí mientras yo estaba inconsciente; ¿y si hizo algo más? ¿Y si intentó terminar lo que empezó? Me lo imagino tapándome la cara con una almohada, vaciándome un frasco de veneno en la boca, retirándome los puntos de la herida del abdomen para que se me salieran las tripas...

—No —digo con un gruñido—. No... Ast lo hizo, Ast me apuñaló...

—Señorita Kereseth, creo que está confusa, ha pasado dos días inconsciente...

—No estoy...

—La grabación de seguridad de su habitación ha desaparecido —me dice en voz baja.

«Claro que ha desaparecido —pienso, sin poder decirlo—. ¡Ast se ha deshecho de las pruebas!».

—Pero han encontrado el arma, limpia de huellas dactilares —prosigue— en la casa de un hombre cuyo don de la corriente le permite adoptar diferentes rostros. La policía othyria sospecha que su objetivo era la canciller, aunque terminara agrediéndola a usted en su lugar.

Cierro los ojos con fuerza. Claro. Ast juega a ser demasiado ingenuo para la política, percibe los dones de la corriente, se crio conociendo bien el mundo real y entre contactos de mala reputación, de eso no cabe duda... Normal que no le costase borrar su rastro. Se deshizo de la grabación, despistó a la policía, buscó a un sospechoso creíble al que endilgarle el crimen, colocó el arma...

Pero ¿por qué? ¿Por qué iba a correr un riesgo así? ¿Solo para atribuirse la razón? ¿Para salirse con la suya? Además, ¿por qué le importaba tanto lo que había pasado en Thuvhe durante la guerra?

—Fue él —insisto con alguna dificultad.

«Tal vez —pienso mientras pierdo el conocimiento de nuevo— lo que le preocupe no sea Thuvhe, sino Shotet».

Un día Isae me contó cómo se hizo las cicatrices. Yo nunca se lo había preguntado, ya que ese no es el tipo de cosas en el que se pueda indagar porque sí. Pero ella decidió contármelo de todas formas.

Estábamos sentadas en el viejo y mugriento sofá de mi apartamento de estudiante. Había cazuelas al fuego por todas partes, así que la habitación estaba llena de vapor. Estábamos en Shissa, de manera que por los ventanales de la pared del fondo, que abarcaban desde el suelo hasta el techo, solo se veían los ventisqueros que se habían formado abajo. La habitación ofrecía el espacio justo para estirar los brazos hacia los lados, pero tenía unas excelentes vistas.

Isae se había puesto una almohada bordada en el regazo, la cual yo había comprado en una tiendecita de Hessa, donde trabajaba una amiga de la escuela primaria. Llevaba unos calcetines que yo le había prestado porque los suyos no abrigaban bastante. Eran de color marrón amarillento, o amarillo amarronado, nunca lo supe muy bien, y tenían un bulto en los talones porque los había remendado mal.

Me contó que en realidad no se había criado en una nave pirata. Que eso solo era lo que le decía a la gente para sorprenderla. La nave de transporte en la que vivía de pequeña se metía en negocios turbios de vez en cuando, me dijo, pero no eran nada por lo que enfadarse demasiado.

«Y créeme —me dijo—, si hubiera habido algo por lo que enfadarse, mis padres se habrían enfadado».

Habían aterrizado en Essander para descargar la mercancía del último trabajo, y casualmente ese era el planeta donde los shotet estaban realizando la búsqueda estacional. Sin embargo, en principio, en esas búsquedas no se permitían los robos ni los asesinatos, según la normativa ética que los shotet aceptaron cuando se constituyó la Asamblea.

Los shotet abordaron la nave de transporte, como habrían hecho los piratas. La recorrieron compartimento tras compartimento, revolviéndolo todo en busca de objetos de valor, y matando a todo el que querían. Uno de los buscadores amenazó a la madre de Isae, pero cuando su padre fue a defenderla, los dos resultaron muertos. Así que Isae atacó al hombre con una maza para la carne.

«¿Con una... maza para la carne?», repetí, tan extrañada que no pude evitar sonreír. No pasaba nada. Ella también sonrió.

Le asestó un fuerte golpe a uno de ellos en la cabeza, me dijo, pero las mazas para la carne no sirven de mucho frente a un soldado shotet. En realidad, casi nada servía de mucho, según ella. Eran letales. Pero la lideresa del grupo debió de admirarse ante el coraje de Isae, porque en lugar de ejecutarla, la atenazó y le hizo unas marcas en el rostro, mientras le decía «Acuérdate de mí».

Entonces no me habló de Ast, salvo para decir que también algunos de sus amigos resultaron heridos o muertos. Ahora, no obstante, deduje que estuvo allí, y que un soldado shotet había matado a su padre y a la mitad de sus amigos.

Sí, había muchas razones por las que a Ast podía preocuparle qué había ocurrido en Shotet durante la guerra.

—¿Ci?

La voz de Isae suena tensa. Se la ve cansada, y tiene el pelo lacio en torno a la cara. Me coge la mano y me la aprieta. Supongo, entonces, que Ast no le ha dicho que intenté enviarles un mensaje a los exiliados shotet, pues de lo contrario me habría mandado detener en vez de sentarse a mi lado.

—¿Has…? —Mi voz suena como el chirrido de una puerta vieja—. ¿Has formalizado la alianza con Othyr?

—No te preocupes ahora por eso —me responde—. Preocúpate de recuperarte, ¿vale? Has estado a punto de dejarnos. De dejarme.

—Estoy bien —le aseguro. Pulso el botón para levantar la mitad superior de la cama. Cuando me he incorporado un poco, un dolor abrasador me recorre el cuerpo hasta que llega a la espalda, pero no quiero volver a echarme—. Cuéntame.

—Sí, he formalizado la alianza —confirma—. Antes de que digas nada… necesitábamos esa arma, Ci. Hay mucha presión para tomar represalias.

—Presión por parte de ¿quién? —pregunto—. ¿De Ast?

Me mira con el ceño fruncido.

—De todo el mundo —dice—. De mí misma, por ejemplo. De Shissa, de Osoc, de Hessa. Del líder de la Asamblea. De todo el mundo. Masacraron a personas inocentes. ¿Qué otra cosa podía hacer?

—Apiadarte —contesto sin más, aunque termino provocándola.

—¿Apiadarme? —repite—. ¿Apiadarme? ¿Se apiadaron los shotet cuando arrasaron un hospital? ¿Se apiadaron cuando aquella mujer me inmovilizó y me rajó la cara? ¿Se apiadaron de mi madre, de mi padre… de Ori?

—Me…

—Othyr nos ha entregado un cañón anticorriente, y pienso usarlo

365

en cuanto se presente la primera oportunidad —dice—. Momento en que espero que me digas que los analgésicos te habían nublado la razón, porque nadie en su sano juicio pensaría en apiadarse ahora.

Sale airada, con la espalda erguida. La postura que ha adquirido tras un par de estaciones en la Asamblea, a fin de encajar.

«Masacraron a personas inocentes», dijo, casi a la vez que hablaba de hacer ella lo mismo. Y ese es el problema porque, para ella, ningún shotet es inocente. Y esa es la gran diferencia que hay entre nosotras.

Miro las nubes que se proyectan en el techo. Ahora, más juntas, son más densas.

Estoy aquí atrapada, y no me quedan opciones. No me queda tiempo.

Sueño con el oráculo Vara, que me muestra las esculturas de la Sala de la Profecía de Ogra. Cada una de ellas representa a un miembro de mi familia, hecho de cristal. Incluso Cyra se cuenta entre ellas.

Y cuando me despierto veo la cara de Ast, que está inclinado sobre la mía.

—No vengo a hacerte daño —dice, cuando el escarabajo crepita, para indicarle, no me cabe duda, que me he movido—. Isae no tardará en llegar. Pero antes quería mantener una breve charla contigo.

Arrastra el taburete para colocarlo junto a la cama y se sienta; el escarabajo está posado en su hombro.

—Te habrás dado cuenta de que no le he contado a Isae que intentaste ponerte en contacto con el enemigo. Que intentaste ponerte en contacto con Cyra Noavek.

El rostro me arde. La garganta me abrasa. Quiero hablar. Gritar. Retorcerle el pescuezo.

—No me parecía sensato despertar sus sospechas. La traicionas y, esa misma noche, ¿te atacan? —explica—. Pero debes saber que, si decidiera contárselo, estoy seguro de que me entendería más a mí que a ti. Atacar a la mujer a la que ama porque traicionó a su país... se puede perdonar. Pero lo que tú hiciste no.

—Eres... —Aprieto los dientes. Articulo la palabra con un gruñido, empujándola con toda la fuerza que puedo para vencer la presión de la garganta y la boca.

—Así que ándate con ojo, Cisi —me advierte—. Lo hecho hecho está. Se ha ordenado el ataque, de modo que tal vez podamos empezar a llevarnos bien.

Quiero gritar por lo injusto de la situación, por el silencio que me impone la corriente, la cual, en principio, origina toda forma de vida. Si es algo tan bueno, ¿por qué me estrangula? ¿Por qué tortura a Cyra? ¿Por qué aparta a un lado a mi hermano, pone el poder en manos de los dictadores y enturbia la mente de mi madre?

Oigo la voz afilada y concisa de Isae al otro lado de la puerta. En ese momento sé lo que tengo que hacer.

Si no puedo hacer nada contra mi don, entonces quizá deba comenzar a sacarle partido.

Dejo a un lado la rabia, la pena, la angustia. Dejo a un lado también el dolor, en la medida en que me es posible. Recuerdo el momento en que me hundí hasta el fondo de la piscina del sótano del templo cuando estaba aprendiendo a nadar. El picor que el agua me producía en los ojos al principio. Cómo me separaba el pelo de la cabeza, cómo lo esponjaba. La cadencia con que lo acariciaba y lo mecía. Cómo sonaban los latidos de mi corazón.

Isae me contó que al padre de Ast lo llamaban «Tuercas». Se encargaba del mantenimiento de la pequeña nave. Por lo tanto, puede que no sean las cosas blandas las que agradan a Ast, sino las duras: la empuñadura metálica de una herramienta, caliente porque su padre acaba de usarla; la pared que recoge la vibración del motor de la nave; la rejilla que le pincha cuando la pisa con los pies descalzos.

Ast parpadea, despacio.

—Eh —dice—. Para.

—No —respondo. Ahora se siente lo bastante cómodo para que

al menos yo pueda hablar—. Desde que llegaste no has parado de recriminarme que use mi don de la corriente. Ves cómo me ahoga y no haces nada para asegurarte de que se me oiga. Bien, pues ahora seré yo quien vea cómo te ahoga a ti.

—La estás controlando —dice—. No puedo permitírtelo.

La manga áspera del mono de un operario de mantenimiento, un poco deshilachada. Una gota de aceite de motor frotada entre las yemas de dos dedos, suave y algo pringosa. Un tornillo que va encajándose y apretándose en su orificio, vuelta a vuelta.

—Tú intentas salirte con la tuya, y yo con la mía —digo—, pero ninguno de los dos la controla.

—No, tú… —Se echa hacia atrás y cierra los ojos—. Es distinto.

—Cierto, mis métodos son mucho más eficaces —afirmo en voz baja—. Crees que empleo mi don de forma imprudente. No te haces una idea de lo mucho que tengo que contenerme.

Vuelvo a asaltarlo: la agitación del asiento que ocupa mientras su nave atraviesa la atmósfera. El crujido del envoltorio de un bizcocho de proteínas empaquetado en una estación de repostaje. Lo rodeo con las texturas, la del metal, la del plástico, la del vapor y la de la grasa, hasta que se siente como si de nuevo residiera en aquella nave.

Se aprieta contra la pared y se me queda mirando.

—No volverás a interponerte en mi camino —digo—. Intervendré para que no se produzca una catástrofe, y tú me lo permitirás.

La puerta se abre para dejar paso a Isae, vestida con su ropa de ejercicio. Tiene el rostro brillante por el sudor. Nos sonríe a Ast y a mí, tal vez al suponer que estábamos haciendo las paces. Como si yo pudiera sentirme en paz con alguien que me ataca, me amenaza y se aprovecha de que no pueda hablar.

—¿Qué ocurre? —dice al fijarse mejor en la escena: yo incorporada y tensa, con las manos compactadas en sendos puños, y Ast agachado, con los hombros caídos y los ojos medio cerrados.

—Díselo —le ordeno—. Dile lo que me hiciste.

Ast me mira con los ojos vacíos.

—Dí-se-lo —le repito poco a poco.

—Te ataqué —me dice a mí, y luego se dirige a Isae—. Fui yo. Yo la ataqué.

—Tú... ¿qué? —se alarma Isae—. ¿Por qué?

—Estaba interfiriendo —aduce Ast.

No puedo mantener este nivel de energía durante mucho más tiempo. Aparto el don de la corriente con un jadeo. Cuando Ast se recupera, su rostro se retuerce de rabia. Isae parece horrorizada.

—Lo siento, me... —Finjo ahogarme al hablar. Trastabillo y me llevo una mano al estómago con una mueca de dolor. Dejo que me vea débil, indefensa.

—No quería hacerlo —digo—. Pero necesitaba... Necesitaba que me creyeras.

—¡Te está mintiendo! —exclama Ast—. ¿Es que no lo ves? ¡Se sirve de su don de la corriente para manipularte, para controlarte! ¡Lo ha estado haciendo desde el principio!

—Mira... Mírale el brazo —digo—. Tiene la marca del mordisco que le di, para defenderme.

Isae aprieta la mandíbula. Se acerca a Ast para cogerlo del brazo y hacer que se levante. Él obedece, quizá consciente de que le sería inútil oponerse a una canciller, o de que al final le he vencido. Isae le sube la manga, y ahí está, una huella perfecta de mis dientes, un irregular semicírculo.

Le suelta el brazo dejando escapar un gemido débil.

—Me... ¡Estaba intentando contactar con los shotet! —arguye—. Pretendí enviarle un mensaje a...

—Cállate —le ordena Isae. Parpadea rápido—. Confiaba en ti. Me has mentido. Te... Mandaré que te arresten. Quiero que te marches.

Me desvanezco. Estoy demasiado agotada para mantenerme consciente. Pero antes de irme miro a Ast y, aunque sé que no puede verlo, sonrío.

CAPÍTULO 49 | AKOS

Akos tenía la mirada extraviada en la lumbre cuando la puerta se abrió a la mañana siguiente.

Imaginaba, cuando Cyra huyó sin su ayuda, que se desmoronaría por completo. Sin embargo, sentía que todo cuanto sobraba en su vida (la agonía que le producían la sangre, la ciudadanía, la familia y el destino) se desprendía de él, como la carne que, al cocinarla, se separaba del hueso. Y todo lo que antes estaba desordenado ahora se veía con claridad.

No era thuvhesita ni shotet, Kereseth ni Noavek, tercer hijo ni segundo. Era un arma para atacar a Lazmet Noavek.

La consunción del hambre ya no le afectaba, salvo por la fatiga que provocaba en su cuerpo y su mente, lo que mermaba su utilidad. Y ma no había vuelto a traerle comida, por lo que dedujo que debía de haber ayudado a Cyra a escapar, algo que él agradecía, de un modo distante que correspondía a alguna otra vida. En esta vida lo único que quería era cumplir su objetivo.

—¿Akos?

Era la voz de Vakrez. Akos se levantó del asiento que ocupaba junto a la lumbre y contuvo el escalofrío que lo asaltó al apartarse del fuego. El comandante lo miraba con el ceño fruncido.

—¿Estás bien? —le preguntó en un tono más amable de lo habitual.

—Estoy bien —respondió Akos al tiempo que le ofrecía el brazo a Vakrez.

—No he venido para eso. No serviría de mucho, ahora que Yma se ha ido —dijo Vakrez—. Lazmet me requiere para trazar una estrategia, y me ha pedido que te recoja por el camino.

Akos fue a ponerse los zapatos y vio que los tenía guardados bajo el pie de la cama. Se calzó y miró con los ojos bien abiertos al comandante al ver que este no se apartaba de la puerta.

—¿Qué? —dijo.

—Te noto… —Vakrez frunció el ceño—. Da igual.

Caminaron juntos hacia la estancia donde Lazmet hubiera decidido mantener el encuentro. Su despacho, según parecía, ya que subieron por unas escaleras bordeadas por paredes de madera en vez de bajar hacia la Sala de Armas. Akos tuvo que detenerse al llegar arriba para recobrar el aliento y Vakrez lo esperó sin quejarse.

Su padre lo saludó inclinando la cabeza al verlo entrar en el despacho, equipado con la alfombra mullida y las estanterías rebosantes de libros de historia. Las cáscaras de la fruta que habían hecho sospechar a Lazmet que Cyra planeaba colarse en la mansión yacían enroscadas sobre el escritorio.

Esta vez, cuando Lazmet le hizo una seña para que se sentara, Akos siguió la indicación y ocupó el extremo del sofá más próximo a la lumbre. Se miró los dedos. ¿Se habían vuelto más gruesos sus nudillos? ¿O era que el resto de la mano estaba enflaqueciendo, que su cuerpo estaba devorando las últimas fuerzas y energías que le quedaban?

—Akos —dijo Vakrez, dándole un empujón en el hombro.

—¿Hm? —Akos levantó la cabeza.

—Presta atención —le dijo mientras enarcaba las cejas.

Ya lo había reprendido otras veces por distraerse. La última, recordó Akos, fue en el campamento de los soldados, después de que se hubiera ganado la armadura, y acaso cierto respeto por parte de su comandante. Vakrez había estado impartiendo una lección sobre estrategia. Algo acerca de que el soldado que combatía en su patria siempre disfrutaba de alguna ventaja, puesto que conocía el terreno. Los soldados shotet, por lo tanto, debían adaptarse rápidamente, porque nunca lucharían en su tierra. «Ni siquiera Voa —dijo— es vuestro hogar. Los shotet no tienen hogar».

—Ah, no lo regañes, Vakrez —dijo Lazmet mientras se reclinaba en la silla con un libro en el regazo. Akos no alcanzaba a ver el lomo—. Ahora mismo solo funciona a medio gas.

—¿Por qué estoy aquí? —preguntó Akos, que miró a Lazmet parpadeando despacio.

—Esperaba que me contaras algunas cosas sobre tu ciudad —dijo Lazmet—. Si no me equivoco, vienes de Hessa.

Akos pensó en preguntarle por qué quería saber nada acerca de su ciudad (sus recuerdos, al fin y al cabo, eran más bien los que podría destacar un niño, como, por ejemplo, dónde vendían las mejores golosinas, o en qué tienda acostumbraba a curiosear Eijeh solo para poder lanzarle miraditas a la chica que trabajaba tras el mostrador). Pero la respuesta, cuando lo consideró mejor, era obvia.

—Vas a atacarla —dedujo. La mera idea de que los shotet tomaran las escarpadas calles de Hessa e irrumpieran en la tienda de golosinas, tal vez para matar a la chica que atendía el mostrador, le revolvía el estómago.

Lazmet no respondió.

—Está claro —dijo Akos. Se sentía disociado de todo—. En Thuvhe solo hay tres ciudades grandes. Ya has atacado Shissa. Así que ahora solo puedes ir contra Osoc o contra Hessa.

—No pareces muy angustiado —observó Lazmet—. ¿Esperas que crea que no sientes ningún afecto por el lugar donde has pasado casi toda tu vida?

No se permitiría pensar en la sombría tiendecita de especias que le hacía estornudar, ni en la mujer que vendía elaboradas flores de papel durante los meses cálidos, cuando no nevaba. Ni en el callejón que había colina arriba, la mejor (y más peligrosa) pista para trineos que había en todo Thuvhe. No se lo permitiría, porque si no, el recuerdo lo engulliría.

Lazmet quería que traicionase a su hogar. «Los shotet no tienen hogar», dijo Akos para sí al rememorar la lección sobre estrategia de Vakrez.

Pero él sí que tenía hogar. Tenía su casa, un lugar que nadie conocía tan bien como él.

—No es que no sienta ningún afecto —respondió, irguiéndose tanto como pudo—. Es que tengo una oferta que hacerte.

—¿Sí? —Lazmet se sonrió. Bueno, tampoco pasaba nada, pensó Akos. Prefería que se sonriera y lo subestimase a que sospechase de él.

—Me llevarás a Hessa contigo, y cuando el asalto termine, me dejarás allí, en mi casa —propuso—. Después, yo no volveré a por ti, y tú no volverás a por mí.

—¿Y a cambio?

—A cambio, te ayudaré a destruir el templo de Hessa.

Lazmet miró por un momento a Vakrez. El comandante parecía estar considerando la idea entre dientes. Ocupaba el otro extremo del sofá, apañándoselas de alguna manera para conservar su aire elegante pese a verse hundido entre los cojines.

—El templo de Hessa —dijo Lazmet—. ¿Por qué debería importarme?

—A juzgar por el ataque a Shissa, te gusta actuar a lo grande. Los asaltos exagerados y destructivos son desmoralizadores, y acaban con incontables vidas —argumentó Akos—. Pero en Hessa no hay ostentosos edificios flotantes que echar abajo. Solo hay un templo. Aparece grabado en las monedas antiguas, las que se acuñaron antes de que se constituyera la Asamblea. En Hessa no hay nada que derribar salvo el templo.

Lo extraño era que él ya sabía que sus dos interlocutores eran conscientes de eso. Lazmet era lo bastante mayor para recordar el asedio que su madre había encabezado contra Hessa, aquel del que el templo aún conservaba las ventanas reventadas y las piedras desgajadas. Aquel en el que la abuela de Akos se atrevió a luchar sin otra cosa que un cuchillo para la carne, si las historias que se contaban eran ciertas.

Por lo tanto, tal vez Lazmet solo quisiera ver si Akos podía persuadirlo, o si se molestaba en intentarlo. Más «curiosidad», más experimentación. Nunca era suficiente.

—Es un templo, no un laberinto —le recordó Lazmet—. En realidad, no necesito tu ayuda para atacarlo, ahora que me has dicho que eso es lo que debería hacer.

Akos sintió una punzada de pánico en el pecho. Aun así, conocía el templo de Hessa mejor que muchos thuvhesitas, y eso tenía que servir de algo. Estaba seguro.

—Según se dice, también podría ser un laberinto, a juzgar por su distribución. Además, tampoco te sería fácil encontrar un plano del complejo —dijo Akos—. Pero si tú y tus tropas queréis poneros a correr en círculos como imbéciles, dándoles a los oblatos tiempo de sobra para reunir a todo el ejército de Hessa, el mejor de todo Thuvhe, entonces te diré que adelante.

—Así que la distribución es incomprensible, no existe ningún mapa y da la casualidad de que tú sí sabes moverte por el complejo —resumió Lazmet con desdén—. Muy conveniente.

—Nada de esto es conveniente —dijo Akos frunciendo el ceño—. Me has hecho venir porque creías que tenía algo útil que contarte acerca de Hessa, ¿y ahora que te digo que sé algo útil te niegas a creerme? —Akos soltó una risa breve—. He traicionado a mi país, he hecho que mataran a mi amigo... No me queda nada que recuperar, nada en absoluto, salvo esa casa, donde me dejarán vivir en paz. Ya te cercioraste de eso. Así que libra tu ataque, libra tu guerra y libra lo que te dé la gana, pero déjame en paz y te daré todo lo que tengo.

Lazmet había anclado sus ojos a los de Akos, indagadores, calculadores. Akos se visualizó como el Blindado, rajándose el abdomen a fin de hacer sitio y acoger a Lazmet. Sintió que el alambre le hurgaba la cabeza y experimentó la contracción involuntaria de los dedos, señal de que Lazmet lo estaba sondeando. Recelaba de él, como siempre, algo que Akos ya consideraba habitual.

Lazmet agarró sus dedos agitados. Akos sintió en las entrañas el estremecimiento de algo parecido a la esperanza. Y entonces...

—Vakrez, dame una lectura —dijo Lazmet.

Consciente de que despertaría más sospechas si protestaba que si accedía, extendió el brazo para que el comandante se lo cogiera. Cada vez le resultaba más fácil visualizarse como si fuese el Blindado, mientras más deseaba alejarse de todo y de todos. Los Blindados eran criaturas solitarias que rehuían todo aquello que canalizase la corriente. Solitarios pero impenetrables, al igual que él. Sabía que quienes salían a cazarlos tenían que ingeniárselas para clavarles un cuchillo justo bajo la articulación de una de las patas, donde había un espacio entre las gruesas placas que recubrían su cuerpo. Debían acercarse lo suficiente para conseguir que el ser se desangrara. Así era como Cyra lo había matado, estaba seguro. Ese era el modo en que solía actuar: identificaba un punto débil, lo atacaba y remataba a la presa. Era más honorable que el modo en que había actuado él, que había adormecido y tranquilizado a la bestia, como si fuera merecedor de su confianza, para después envenenarla.

Pero ese era el modo en que hacía las cosas él.

Solo que ahora no había nada que pudiera hacer, aparte de retirar el escudo de su don de la corriente para que Vakrez se abriera paso hasta su corazón. Y lo que vería allí sería su intención verdadera, el deseo inconfundible de matar a Lazmet.

Vakrez lo tocó, su mano era fría y áspera como siempre, y cerró los ojos durante unos instantes. Akos aguardó a recibir el golpe, aguardó su final.

—Ahora se percibe con mucha más claridad —dijo el comandante. Abrió los ojos y miró a Lazmet—. Lo único que quiere es escapar.

Akos se esforzó por no clavar los ojos en él. Era mentira.

Vakrez estaba mintiendo por él.

No se atrevía a mirar al comandante. No podía permitirse el lujo de delatarse ahora.

—En ese caso, muchacho —le dijo Lazmet—, parece que tenemos un trato. Tú me llevas a Hessa. Y yo dejaré que te vayas a casa.

«Te llevaré a mi casa —pensó Akos—, y allí es donde morirás».

CAPÍTULO 50 | CYRA

A la mañana siguiente no quedaba nada por hacer, salvo dejar el refugio. Dejar Voa, a Lazmet y a Akos.

Abandonar, dicho de otro modo.

Revolvimos los cajones de uno de los apartamentos abandonados en busca de ropa para cambiarnos y salimos del refugio. Le habíamos prometido a Yssa, que estaba en la nave a la espera de la señal para recogernos, que nos reuniríamos con ella si conseguíamos escapar.

Yo no dejaba de agitarme mientras caminábamos, ya que la tela áspera de los pantalones, que no se me ajustaban bien, me rozaba los muslos. Una vieja frazada se había convertido en una bufanda con la que cubrirme el rostro, y también esta prenda raspaba. Zyt y Ettrek avanzaban los primeros, el moño de este balanceándose a cada paso que daba; los seguían Yma y Teka, a una distancia prudente; y por último íbamos Sifa y yo. Según pasábamos por debajo de unas ventanas entabladas, escuché la conversación de Yma y Teka.

—Dejé la casa en ruinas —le iba contando Yma—. De todas formas, queda demasiado lejos para que ningún ladrón se moleste en allanarla.

—Cuando todo esto termine, te ayudaré a restaurarla —se ofreció Teka.

—En cualquier caso, está llena de Uzul —dijo Yma, que meneó la cabeza. Se había sujetado el pelo tras las orejas y bajo el cuello de la chaqueta, por lo que no se le veía mucho, aunque no tenía manera de disimular aquella blancura inmaculada.

Al oír el nombre de Uzul me estremecí, pero no tanto como Yma, eso sin duda. Yo no lo había matado, no del modo en que podría haberlo hecho, pero el dolor acabó con su vida, y fui yo quien le provocó aquel dolor. Cyra Noavek, suministradora de dolor, apoderada de la agonía.

Llegamos al edificio en cuyo tejado nos esperaba la nave, tapada con la lona y con Yssa dentro. Zyt le había enviado una señal la noche anterior, solo para decirle que al menos algunos de nosotros seguíamos vivos, de manera que no había huido de la ciudad. Subimos trabajosamente las escaleras, donde todavía apestaba a basura, y sin darme cuenta volví a situarme cerca de Zyt por delante de los demás, con la ventaja que me concedían mis largas piernas.

Me lanzó una mirada mansa.

—Lo...

—Ah, no hace falta. —Suspiré—. No me llevo bien con la compasión.

—¿Puedo ofrecerte una palmada vigorizante en la espalda? —dijo—. ¿Un gesto brusco de ánimo, tal vez?

—¿No tienes un caramelo? Un caramelo me vendría bien.

Zyt sonrió, se llevó la mano al bolsillo y sacó algo del tamaño de una falange envuelto en un plástico brillante. Después de mirarlo con recelo, retiré el envoltorio con la uña para dejar al descubierto un trocito de miel de fenzu endurecida, una sustancia fácil de identificar por su vivo color amarillo.

—Vaya —dije—, ¿siempre llevas caramelos en los bolsillos?

Zyt se encogió de hombros. Abrió la puerta que daba al tejado, dejando que la luz calinosa de Voa alumbrase la escalera. El cielo estaba encapotado y la ciudad parecía hallarse envuelta en un resplandor amarillento, señal de que se avecinaba una tormenta. La tela gruesa que cubría la nave todavía estaba atada, no demasiado fuerte, de forma que Yssa podría haberla desatado con facilidad si lo hubiera considerado necesario. Cuando me agaché para pasar por debajo del borde, estuve a punto de atragantarme con el caramelo.

Eijeh estaba parado en la escalera que salía de la escotilla de la nave.

—¿Qué haces aquí? —le pregunté.

—No voy a quedarme —advirtió. Parecía estar incómodo, apoyando todo el peso sobre una pierna y agarrándose con una mano el dobladillo de la chaqueta.

—En realidad, eso no responde a la pregunta —intervino Teka desde detrás de mí.

—He venido para avisaros —dijo Eijeh.

—¿Por qué? ¿Has vuelto a enviar a la policía de Shotet a por nosotros? —lo acusó Zyt.

—No —dijo Eijeh—. Yo... solo quería escapar. Librarme de ella. —Me señaló—. Y luego, algunas de mis visiones... se juntaron. Se solaparon.

—Las mías no —dijo Sifa con el ceño fruncido.

—Isae Benesit entregó una parte de sí misma cuando nos obligó... cuando obligó a Ryẑek, quiero decir, a ver sus recuerdos, antes de morir —explicó Eijeh—. Por eso yo la entiendo mejor que vosotros. La conozco de dentro afuera.

Sentí que Teka me miraba, confusa, pero yo no podía apartar la vista de Eijeh. Había algo inusual en sus ojos presados. Hacía mucho tiempo que no eran tan claros.

—Sé que no tenemos tiempo —dije—. Isae Benesit prometió no obligar a Ogra a deportar a los exiliados hasta que concluyera la semana que me había dado de plazo.

—La deportación no es un asunto que le preocupe ahora mismo —dijo Eijeh—. Está preparando otro cañón anticorriente, como el que destruyó la nave de la travesía.

Sifa levantó una mano para taparse la boca, y entonces supe con certeza, no por medio de ningún recuerdo ni de ninguna suposición, sino porque lo estaba viendo con mis propios ojos, que éramos iguales. La misma nariz robusta. El mismo ceño feroz. La familia Kereseth. Mi familia.

—Anticorriente —repetí, centrándome de nuevo. Yo no era una niña que echase de menos a su madre. Ya había tenido una. La había matado.

—Es el nombre que le dan al arma —aclaró Eijeh—. La corriente es una energía creativa, mientras que la anticorriente ejerce el efecto contrario. Cuando una y otra colisionan, se genera... una fuerza aplastante.

Resoplé. «Aplastante, desde luego».

Yssa salió por la escotilla y, a continuación, rodeó a Sifa. Corrió hacia Ettrek y le dio un abrazo, para después darle otro a Teka y, por último, otro a mí, aprisa, con una mueca de incomodidad, aunque no dejaba de ser un abrazo.

—Estáis vivos —celebró, sin aliento.

—Habla por los demás —dije—. Yo solo soy un espejismo.

—Si eso fuera cierto, no me habría dolido tocarte —opuso sin el menor rastro de buen humor. Miré a Teka, que encogió los hombros.

—¿Cuándo van a atacarnos con el cañón? —le preguntó Teka a Eijeh.

Lo lanceé con los ojos.

—Sin vaguedades.

Eijeh suspiró antes de responder:

—Al atardecer.

En ese momento una flotilla de naves se elevó en torno a la mansión de los Noavek como una multitud de burbujas que ascendiera por un vaso de agua. Se mantuvieron suspendidas en grupo unos instantes y, si el cielo no hubiera estado tan vacío o si no hubieran llevado el símbolo de los Noavek en las alas, tal vez no hubiera llegado a percatarme de su presencia. Pero aquellas eran naves de Lazmet Noavek y se dirigían hacia el oeste, rumbo a la División. Rumbo a Thuvhe.

—El disparo del cañón anticorriente se realizará al atardecer —dije.

Todos estábamos sentados en la cubierta principal de la nave de transporte. Aunque la mayoría había optado por el banco que bordeaba una de las paredes, de la que colgaban las correas de sujeción, Teka se había quedado en la escalera que subía hacia la cubierta de navegación, mientras que Yssa ocupaba el sillón de mando, donde le daba vueltas al plano de la nave. Mis inquietas sombras de la corriente, y el dolor que corría tras ellas por todo mi cuerpo, no me permitían disfrutar de la misma quietud. Me dediqué a caminar de aquí para allá.

—Sí —afirmó Eijeh—. Las visiones no vienen con la hora incorporada, así que no sé el momento exacto, pero a juzgar por el color de la luz, será al atardecer.

Lo miré con recelo.

—¿Es eso cierto o no es más que un intento de manipularme para que haga lo que tú quieres?

—¿De verdad vas a creer lo que te responda a esa pregunta?

—No. —Me detuve un momento frente a él—. ¿Por qué ahora? Tú nunca te has preocupado más que de ti mismo. Así que ¿qué te ha pasado? ¿Algún parásito te ha infectado el cerebro?

—¿De verdad esa actitud es constructiva? —intervino Teka—. Deberíamos estar discutiendo cómo salvar a todas las personas que podamos. Lo cual significa volver a emitir una alerta de evacuación de emergencia.

—El protocolo de emergencia ordena refugiarse en la nave de la travesía —dije—. ¿Adónde iría la población si emitiéramos esa alarma?

—Puedo codificarla con un mensaje. De esa forma, al menos los que tengan una pantalla en casa sabrán lo que va a ocurrir —propuso Teka—. Podemos decirles sencillamente que abandonen la ciudad como les sea posible.

—¿Y los que no tengan ninguna pantalla en casa? —apuntó Ettrek—. Los que solo puedan permitirse encender una lamparilla. ¿Qué hay de ellos?

—No he dicho que fuera una solución perfecta. —Lo miró con el ceño fruncido—. Además, no te he oído proponer nada útil.

—Si lo hacemos —le dijo Yma a Teka—, tal vez seamos nosotros quienes no puedan escapar. Podríamos morir aquí.

La advertencia dio paso a un silencio. Había aceptado la posibilidad de morir cuando decidí matar a mi padre, pero ahora que seguía viva, quería continuar estándolo. Incluso sin Akos, incluso sin familia, incluso sin el odio de los shotet, lo que le había dicho a Teka era cierto. Ahora tenía más. Tenía amigos. Esperanza en el futuro. Y me tenía a mí misma.

Pero también sentía amor por los integrantes de mi pueblo, por muy mal que lo hubieran pasado algunos. Por su pertinaz voluntad de vivir. El modo en que miraban los objetos desechados, no como si fueran basura, sino como si estuvieran llenos de posibilidades. Realizaban aterrizajes forzosos tras atravesar atmósferas hostiles. Surcaban el flujo de la corriente. Eran exploradores, innovadores, guerreros, nómadas. Y yo era una de ellos.

—Sí —dije—. Hagámoslo.

—¿Cómo? —preguntó Yssa—. ¿Dónde se activa esa alarma?

—Se puede hacer en dos sitios: la mansión de los Noavek o el anfiteatro. Al anfiteatro se accede con más facilidad —dije—. No es necesario que vayamos todos. Así que ¿quién viene y quién se queda?

—Yo me marcho de este planeta —dijo Eijeh.

—Sí, me lo figuraba por eso de que no has dejado de insistir en que piensas largarte —le espeté.

—Yo te sacaré del planeta, Eijeh —le dijo Yssa—. Eres un oráculo y, como tal, tu vida es muy valiosa.

—¿La mía no lo es? —preguntó Ettrek.

Yssa clavó los ojos en él.

—Vosotros dos deberíais marcharos —le dije a Zyt—. Vinisteis para pasar mercancía de contrabando, no para jugaros la vida.

—Sí, ninguno de nosotros haría nunca algo así —aseveró Ettrek, que puso los ojos en blanco—. Recuerdas que la mayoría habíamos venido a matar a Lazmet Noavek, ¿verdad?

Miré a Teka y después a Sifa.

—Tú también eres un oráculo —le dije a Sifa.

—No tengo miedo —respondió con voz queda.

Yo sí lo tenía. Una parte de mí quería robar un flotante y salir de Voa lo antes posible para alejarme de la explosión. Pero la parte más importante, la que ahora tomaba las decisiones, según parecía, sabía que debía quedarme, que debía luchar por mi pueblo o, al menos, darle la oportunidad de que luchase él.

Y tal vez Sifa estuviera tan impertérrita como parecía. Tal vez conocer el futuro te obligaba a estar en paz con él. Aunque no lo creía.

Sifa tenía miedo, al igual que yo, al igual que lo tendría cualquiera. Eso era, quizá, lo que me hacía aceptar que estuviera aquí. Era toda la piedad que podía ofrecerle en aquel momento.

—Cyra debería llevarnos al anfiteatro —propuso Yma, a la que miré sorprendida. No era habitual que me reconociese nada. Absolutamente nada. Después añadió—: Creo que estás familiarizada con la prisión subterránea.

—No tanto como con tu deslumbrante ingenio —repliqué con una sonrisa.

—Tú siempre muerdes el anzuelo, ¿verdad? —me dijo Teka.

Lo consideré por un momento.

—Sí —afirmé—. Es parte de mi encanto.

Ettrek resopló. Y comenzamos a trazar el plan.

Más tarde nos encontrábamos en el tejado para ver a Eijeh y a Yssa embarcar en una nave de contrabando, cortesía de los contactos que Zyt tenía entre el hampa de Voa.

Eijeh no me dijo adiós. Sin embargo, sí que echó la vista atrás antes de entrar en la nave. Sus ojos se encontraron con los míos, momento en que asintió, solo una vez.

Y, entonces, mi hermano se marchó.

CAPÍTULO 51 | AKOS

El despertar de Hessa nunca había sido la temporada predilecta de Akos (prefería la oscuridad sosegada de la adormecida, con sus hornos calientes y sus luminosas flores del silencio abiertas), aunque tenía un cierto encanto. Al comienzo, durante las semanas previas a la época en que las flores del silencio perdían los pétalos, una bandada de aves negras volaba sobre Hessa todas las mañanas y tardes en una inmensa nube, piando al unísono. Su canto sonaba dulce y jubiloso, y la parte interior de sus alas era sonrosada, como la piel de Akos cuando se ruborizaba.

Las llamaban aves negras porque hibernaban durante todo el invierno, y la primera persona que encontró una bandada durante la hibernación creyó que estaban todas muertas. Durante ese período apenas les latía el corazón. Pero cuando llegaba el despertar, no paraban de volar en ningún momento, dejando caer las plumas sonrosadas por todas partes. Su padre las recogía para su madre, y las guardaba en un tarro que ponía en la mesa de la cocina a modo de adorno.

Cuando la nave de Lazmet Noavek aterrizó al otro lado de la hierba pluma que crecía al norte de Hessa, levantó un remolino de plumas sonrosadas.

«Al menos no irán más allá de la casa», pensó Akos. La casa de su familia quedaba lejos del lugar donde habían aterrizado, aunque se ubicaba sobre la misma franja de hierba pluma. Se dirigirían hacia la colina de Hessa por detrás, donde no había casas, y los escalones tallados en la roca los llevarían hasta la puerta trasera del templo.

Los shotet gruñeron y se estremecieron cuando vieron abrirse la escotilla de la nave. Incluso Lazmet pareció prepararse. Pero Akos aspiró el aire gélido como si fuera el manjar más exquisito que jamás hubiera degustado. Los soldados se habían reído de él cuando subió a la nave, embutido dentro de una decena de jerséis y chaquetas, incapaz de bajar los brazos. Sin embargo, ninguno de ellos se reía ahora.

Akos se cubrió la cara con el jirón que había arrancado de una sábana, de tal modo que solo se le veían los ojos. Reparó en la empuñadura de la hoja de la corriente que portaba un soldado poco cuidadoso y se preguntó si podría quitársela y apuñalar a Lazmet ahora mismo, antes de que atacaran Hessa. No obstante, el soldado se giró, dejándole sin esa oportunidad.

A la señal de Lazmet, Akos se colocó al frente del compacto grupo que los soldados habían formado para protegerse del frío. Al menos Vakrez y Lazmet se habían puesto una capa adicional de abrigo.

Akos se situó a la cabeza de la tropa y miró hacia la colina de Hessa. Le había dicho a Lazmet que llevase la nave tan al norte como pudiera, que planease a ras de la hierba pluma y aterrizase, para después acceder a pie. En efecto, no oía las sirenas que debían de estar sonando por toda la ciudad si alguien había visto a los soldados shotet. Se le hacía extraño el hecho de que tanto deseaba que todo saliera bien como que todo saliera mal.

Había dos senderos que llevaban al pie de la colina: uno que atravesaba un hoyo del terreno y los protegería del fuerte viento, y otro que no. Optó por este último. Confiaba en que la mitad de los soldados murieran de frío por el camino, o en que al menos se les congelaran los dedos hasta el punto de que les fuera imposible empuñar las hojas de la corriente como era debido.

Dirigió la vista hacia la planicie desnuda y echó a andar.

Por desgracia, el trayecto no era lo bastante largo para que ninguno de los soldados shotet muriera congelado. Aun así, para cuando llegaron al pie de la colina, los que avanzaban por detrás de él habían ideado sus propios sistemas de abrigo, algunos más eficaces que otros. Se mordían las puntas de los dedos (lo cual no era la mejor idea) o se enrollaban pañuelos y trapos en torno a las manos y el rostro. Formaban piñas cuyos componentes rotaban a intervalos para que no siempre fuese el mismo el que recibiera todos los azotes del viento. A Akos, que tenía las pestañas escarchadas, se le había dormido la piel que circundaba los ojos, aunque por lo demás se encontraba bien. La treta de exponerse al frío no era otra que dejar que la congelación hiciera su efecto, confiando en que el cuerpo se las apañase por sí mismo. Cuando la voluntad de vivir se extinguía, el cuerpo seguía dando la batalla.

El viento amainó. Ahora los protegían los enormes peñascos esculpidos por las avalanchas, y también los promontorios naturales, dado que esta era la cara escabrosa de la colina de Hessa. Con todo, dar con las escaleras no era fácil; había que saber por dónde quedaban, si bien Akos, aunque tuviera la cabeza embotada por todo lo que había hecho, conservaba la memoria intacta. Rodeó una de las formaciones rocosas más grandes y allí estaban, unas hendiduras leves en las que apenas le cabía medio pie.

—Creía que habías dicho que había escaleras —renegó Vakrez.

—Creía que habías dicho que los shotet sabían adaptarse —replicó Akos con la voz amortiguada por la tela, antes de emprender el ascenso.

Lazmet insistió en que Akos guiara al grupo, con lo que eludía el riesgo de que lo despeñasen. Akos quiso continuar la marcha a paso ligero, lo cual hacía los escalones más fáciles de recorrer, aunque pronto vio que no podía mantener el ritmo. Le habían negado la comida durante tanto tiempo que apenas fue capaz de dar un brinco. Se iba apoyando en la pared de la colina (más bien una montaña para los shotet, observó) a medida que subía.

—¿Lo matas de hambre durante semanas y ahora esperas que encabece el ascenso a una montaña? —le dijo Vakrez a Lazmet.

—Adelántate y ayúdalo, ya que tanto te preocupa —le propuso Lazmet.

Vakrez dejó atrás a Lazmet y, sin mirarlo a los ojos, rodeó con un brazo la espalda de Akos. Este se asombró ante la fuerza del comandante, que casi llegaba a levantarlo del suelo según subían juntos las angostas escaleras. El viento aullaba con tal fuerza que Akos no podría haber distinguido su voz ni aunque le hubiera hablado al oído, de modo que ascendieron en silencio, y Vakrez se detenía cada vez que observaba que a Akos le costaba respirar.

Más adelante los escalones se volvían más largos y planos, de tal forma que dibujaban una vereda que serpenteaba hacia las montañas. Estaban labrados para los oráculos, no para los atletas, al fin y al cabo.

El sol empezaba a ponerse y la nieve resplandecía bajo su luz, destellando según acariciaba la piedra. Era una escena muy sencilla, ante la cual Akos se había encontrado miles de veces durante su infancia. Sin embargo, nunca le había parecido tan hermosa como ahora, a la cabeza de un grupo de soldados invasores, al borde de la muerte.

Pronto quedó atrás. Llegaron a la cima, donde unos árboles dispersos ocultaban su llegada, inclinados y encogidos para protegerse del viento incesante. Akos se paró en el último escalón, y Lazmet les indicó por señas a los demás que se dirigieran a la puerta mientras Vakrez lo ayudaba a ponerse derecho.

Volvía a sostenerse por sí mismo cuando Vakrez giró sobre los talones, impidiendo con su corpulencia que Lazmet viera a Akos.

—Vaya —dijo el comandante—, sujeta el cuerpo, muchacho.

Después le reajustó algunas de las prendas que se le habían bajado, a la vez que le introducía una hoja en la cintura de los pantalones y tapaba la empuñadura con un jersey.

—Por si acaso —le dijo Vakrez, en una voz tan baja que pareció perderse en el viento.

Akos no tenía intención de utilizar una hoja, pero aun así agradeció el gesto.

Estuvo a punto de desvanecerse al oler el incienso hessiano. Estaba elaborado a partir de hierbas (como el medicamento que su madre lo obligaba a tomar de niño para tratar su tos crónica, aunque no era del todo igual) y de especias, lo que provocaba que le picase la nariz ahora que ya no la tenía insensible a causa del frío. Olía como una decena de floraciones juntas, a un sinfín de visitas hechas al salir de la escuela para esperar a que Sifa se despidiera de aquella persona con la que se hubiera reunido en la Sala de la Profecía, y a incontables tardes riéndose de los oblatos más jóvenes, que se quedaban mirando a Eijeh y se sonrojaban cuando pasó de niño a adolescente. Olía a casa.

Al igual que los soldados, Akos se quitó algunas de las prendas exteriores, con cuidado de mantener oculta la hoja que Vakrez le había dado cada vez que levantaba los brazos. Al final se quedó con un único jersey, de color azul marino y tacto suave, pero se dejó puestos los varios pares de calcetines que llevaba. Con ellos se le ajustaban mejor las botas que calzaba, demasiado grandes. El sudor le perlaba la nuca; sintió en ella la caricia del aire cálido cuando se quitó la capucha. Las piernas todavía le temblaban como si fuesen de gelatina a causa del ascenso, o tal vez se debiera al nerviosismo que le producía lo que venía a continuación.

—Sería conveniente que desactivaras la alimentación del edificio antes de hacer nada más —le aconsejó a Lazmet—. Hay una fuente principal y un generador de respaldo. Llévate al grueso de los soldados para ocuparte de la fuente principal, está en el otro extremo del edificio y os encontraréis a los guardias del templo por el camino. El de respaldo queda cerca y nadie lo vigila.

Sacó el tosco plano del templo que había trazado (en el que solo aparecía la ruta que llevaba desde la puerta trasera hasta el cuarto de mantenimiento, ubicado en el sótano) y se lo puso en la mano a Lazmet.

—Aquí solo has marcado uno de los dos —observó Lazmet al examinar el mapa.

—Sí —confirmó Akos—. Tengo que reservarme algunos detalles si quiero obligarte a cumplir tu parte del trato. Yo te llevaré hasta el generador de respaldo.

No le sorprendió que Lazmet no se enfadara. Habría sido una reacción normal (te interpones en el camino de alguien en un momento determinante y esa persona se lo toma mal). Sin embargo, Lazmet no era normal. Prefería que el mundo le interesase. Y, desde luego, que Akos pensase en las cosas antes que él le interesaba mucho.

Así debió de ser como moldeó a Ryzek, pensó Akos. Su desaprobación se manifestó en forma de una tortura tras otra, de globos oculares contenidos en tarros y de personas que yacían sobre sus propias hojas. Pero cuando encontraba a alguien que le hacía sentir orgulloso, por mucho que a esa persona los motivos le dieran náuseas, quería volver a hacerlo. Una y otra vez.

—Comandante Noavek, tú llevarás al pelotón a la fuente de alimentación principal. Tú y tú —dijo a la vez que señalaba a dos soldados, uno de ellos de tez morena, con el cabello basto recogido atrás, y la otra delgada y rubia, con la piel casi tan pálida como la de Akos—. Vendréis con nosotros.

Akos sabía que no sería fácil llevar esto a cabo si se sumaban dos escoltas, pero no podía hacer nada al respecto, no podía insistirle a Lazmet para que fuera con él a solas sin despertar sus sospechas. Los mataría a todos si era preciso. Ya había pisoteado sus principios de todas las formas imaginables. ¿Qué importancia tenía una marca más en el brazo?

El frío metal de la hoja de Vakrez se apretaba contra la espalda de Akos mientras caminaba. Guio al pequeño grupo por un pasillo de piedra, más allá del monumento que conmemoraba a los antiguos oráculos, donde había una larga lista de nombres grabada en una losa. Su madre no escribiría el suyo hasta que no vaticinase su muerte, la maldición que todo oráculo había de sobrellevar.

Al final del pasillo había un farol que emitía un tenue resplandor rosado, resultante del polvo desgastado de las flores del silencio. Allí viró a la derecha, alejándolos de la Sala de la Profecía. Supuso que no corría ningún riesgo al llevarlos por los dormitorios de los oblatos que residían en el templo, pero había calculado mal: al término de la hilera de puertas había una chica que llevaba el cabello recogido en lo alto de la cabeza y que estaba dando un bostezo mientras se ajustaba el hombro del jersey.

Sus ojos se encontraron. Akos meneó la cabeza, pero era demasiado tarde, Lazmet ya la había visto.

—No la dejéis escapar —dijo en un tono de aburrimiento.

La soldado rubia pasó junto a Akos con la hoja en ristre, los zarcillos negros de la corriente enrollados en torno a su puño. Golpeó a la chica con un brazo y la recogió con el otro. Un gorgoteo enfermizo brotó de su boca, un grito ahogado antes de que llegase a tomar forma.

Akos se estremeció.

«Dime cuál es tu misión», repitió para sí mientras se tragaba la bilis.

«Matar a Lazmet Noavek».

—Quédate aquí —le ordenó Lazmet a la soldado en voz baja—. Asegúrate de que no haga ruido. Y de que nadie se entrometa.

Akos tragó saliva con dificultad y reanudó la marcha, dejando atrás a la chica, que resollaba mientras se le escapaba el último hálito de vida, y a la soldado, que estaba limpiando la hoja ensangrentada en los fondillos de sus pantalones.

Era una noche despejada, de manera que la luna, aún de camino a su punto más elevado, se dejaba ver por las ventanas estrechas junto a las que iban pasando. Las paredes de piedra conservaban los desperfectos sufridos durante el asalto que ejecutaron los shotet antes de que Akos naciera. Recordó que de niño deslizaba los dedos por ellos, que tenía que estirar los brazos hacia arriba para tocar el rastro de una violencia que aún no había conocido.

Aquella violencia vivía en su sangre, no porque fuese shotet, sino porque era un Noavek. El bisabuelo había sido un herrero mediocre y un asesino cruel. La abuela había asesinado a sus hermanos. El padre tenía atenazada a la ciudad de Voa. El hermano manipuló y maleó a Eijeh.

Todo acabaría aquí. Ahora.

Akos dio con la puerta que buscaba, que había estado buscando desde que aterrizasen. No llevaba a ningún generador de respaldo. El templo no contaba con ningún sistema de ese tipo, circunstancia que solía dar problemas durante las tormentas de nieve, y que los obligaba a acoger a un pequeño grupo de oblatos en su casa hasta que la borrasca amainaba.

No, esta puerta daba al patio donde crecían las flores del silencio. Una pequeña plantación de la que obtener un veneno letal, cultivada en el propio templo.

Akos la abrió y le hizo una seña a Lazmet para que entrase.

—Tú primero —le invitó.

Akos se situó delante del soldado antes de que este llegara a pasar al patio con Lazmet, y cerró la puerta una vez que hubo entrado. La maniobra sorprendió al escolta, que ni siquiera tuvo tiempo de protestar cuando Akos cerró la puerta de golpe y echó el cerrojo para impedirle el paso.

—Si tu intención era engañarme para después envenenarme, llegas tarde —dijo Lazmet.

Akos se giró. Las flores del silencio (aquellas con las que contaba para hacer esto más fácil, cuyas reservas de veneno podían acabar con

Lazmet aunque él no lo consiguiera) habían desaparecido. Los tallos estaban desnudos. Las flores ya habían sido cosechadas.

Aún notaba el frío del cuchillo en la espalda. Si Vakrez no se la hubiera entregado, ya podría darse por muerto.

Lazmet extendió las palmas de las manos para señalar las hojas moribundas que lo rodeaban. Se hallaba en medio del estrecho sendero de piedras que atravesaba el patio, el cual permitía que los cuidadores no se acercasen demasiado a las mortíferas flores. Las hojas de las flores del silencio se marchitaban en plena temporada del despertar, cuando más cálido era el clima, aunque las raíces podían aprovecharse durante toda su vida, si recibían los cuidados necesarios. Por lo tanto, las plantas que rodeaban al padre de Akos estaban lacias y olían a podrido y a porquería, listas para aguardar en barbecho hasta la siguiente floración. No quedaba veneno con el que matar a Lazmet.

—Es un contratiempo —admitió Akos—. Pero tengo un plan de emergencia.

Se levantó la camisa y sacó la hoja de la corriente del comandante.

—Vakrez. Esto sí que es una sorpresa. No imaginaba que se le hubiera ablandado tanto el corazón en mi ausencia —dijo Lazmet.

Su voz había perdido el tono afectado que solía emplear cuando hablaba con Akos, como si se dirigiera a un párvulo testarudo con un sonsonete especial. Este no era el Lazmet que se divertía con él. Era el que obligaba a la gente a sacarse los ojos.

—Tendré que castigarlo cuando haya terminado contigo. —Se estaba enrollando las mangas, una vuelta tras otra, hasta dejarlas a la altura de los codos.

—Dime, Akos —lo instó Lazmet—. ¿Cómo crees que va a terminar todo esto? Estás famélico, exhausto y vas a enfrentarte a un hombre que puede controlar hasta el menor de los movimientos de tu cuerpo. No tienes ninguna posibilidad de salir vivo de aquí.

—Bien —contestó Akos—, acaba conmigo, entonces.

Notó alrededor de la cabeza una presión que le indicaba que el don de la corriente de Lazmet estaba intentando abrirse paso hacia el interior, en busca de puntos débiles. Pero Akos era el Blindado, y no había forma de traspasar su don de la corriente.

Empezó a acercarse a Lazmet, haciendo crujir las hojas a su paso. Sabía que no le convenía demorarse. Antes de que Lazmet pudiera cobrar conciencia de la gravedad de la situación, Akos atacó.

Su brazo chocó con la muñeca protegida de Lazmet. Akos jadeó a causa del dolor que le provocó el impacto, pero no desistió. Volvía a estar en la arena, solo que esta vez no lo rodeaba ninguna multitud enardecida, ni había ningún Suzao Kuzar que clamase su sangre. Solo estaban el rechinar de dientes de Lazmet en la oscuridad y las lecciones de Cyra, que resonaban en su cabeza, que le recordaban que pensase. Que dejara el honor a un lado. Que sobreviviese.

Volvió a notar la presión del don de la corriente de Lazmet, que ahora se cerraba con más fuerza a ambos lados de su cráneo.

Se separaron. Lazmet llevaba protecciones en las dos muñecas, en el pecho y en la espalda. Tendría que atacarle por abajo, o por arriba.

Akos dobló el cuerpo y se abalanzó contra su padre como si pretendiera placarlo, a la vez que le lanzaba una cuchillada, contra las piernas. Sintió que la nuca le ardía en el momento en que hundía su cuchillo en el muslo de Lazmet. Su padre le había cortado.

Ignoró la sangre que se deslizaba por su espalda, empapándole la camisa, y el latido del dolor. Lazmet gruñía mientras se apretaba la pierna con una mano.

—¿Cómo? —rugió.

Akos guardó silencio. Estaba mareado, ahora que acusaba el efecto del hambre que llevaba semanas pasando. No todo podía compensarse con una explosión de adrenalina. Reanudó la acometida y volvió a lanzarse contra Lazmet, tambaleándose y sacando provecho de la imposibilidad de predecir sus movimientos, como hizo Cyra cuando, aun padeciendo una hemorragia grave, tuvo que luchar contra Eijeh en la arena. El mundo le daba vueltas y también él avanzaba describiendo círculos, hasta que ejecutó la embestida, contra la garganta de Lazmet.

Lazmet detuvo su brazo y lo apartó con fuerza hacia un lado. Un fuerte dolor estalló en el hombro de Akos y se extendió por todo su cuerpo. Dio un grito, y en ese instante el cuchillo saltó de su mano para caer entre las hojas en descomposición. También él cayó, y quedó tendido a los pies de Lazmet.

Las lágrimas se escurrieron por sus mejillas. El plan, las mentiras, la traición a sus amigos, a su familia, a su país, a Cyra... no habían servido más que para esto.

—No eres el primer hijo que intenta matarme, ¿sabes? —le dijo Lazmet. Levantó el pie para pisar con fuerza el hombro lastimado de Akos. Aunque el mero contacto con la bota bastó para hacer que Akos profiriera otro grito, Lazmet apretó con mayor insistencia, sumando poco a poco todo el peso de su cuerpo. La vista de Akos se fundió a negro mientras se esforzaba por seguir peleando, por seguir consciente, por pensar.

Deseó haberle preguntado a Cyra cómo lo hizo, cómo fue capaz de discurrir a pesar del dolor, porque para él era imposible; el mundo se había reducido a la mordedura abrasadora de la agonía.

Lazmet se inclinó un poco más hacia él, sin retirar el pie.

—Ryzek también me sorprendió, cuando nos embarcamos juntos en una travesía. Aunque la búsqueda es el más sagrado de nuestros ritos, se atrevió a atacarme, a aprisionarme... —Hizo una pausa, sin dejar de mover la mandíbula—. Pero no morí entonces... ¡Ryzek era demasiado débil! Y tampoco voy a morir ahora, ¿verdad?

Retorció la punta del pie como si pretendiera aplastar a un insecto más porfiado de lo normal. Akos volvió a gritar, mientras las lágrimas desembocaban en su cabello y se extendían por detrás de sus orejas. Oyó un lamento distante: la sirena de Hessa había saltado y llamaba al ejército a las armas. Era demasiado tarde, para él, para la oblata del pasillo y para el templo de Hessa.

Este momento llegaba con toda la carga del destino, el peso de la inevitabilidad, después de llevar en circulación desde que el oráculo Vara le revelase su kyerta, la verdad que le cambiaría la vida. La revelación referente a su ascendencia no lo había librado del futuro, sino que lo había guiado hacia él, llevándolo con su padre al igual que un pez arrastrado por un anzuelo. «Sufre tu destino —le decía la voz de su madre—, porque todo lo demás es una ilusión».

Ahora entendía cómo se sentía Cyra cuando le pidió que la eligiera a ella, aunque entonces él no supiera que pudiese hacer algo así de verdad. «No quiero ser algo que "sufras"», le había dicho ella. Había algo abrumador en su actitud, en su empeño por rechazar aquello que no elegía, en la determinación de su «querer».

«No quiero», le había dicho Cyra, y ahora él sentía lo mismo.

No quería que este fuese el final, el destino que debía sufrir.

Y así, a pesar de la agonía, Akos pensó.

Recogió la rodilla contra el pecho, y lanzó una patada contundente contra la herida que le había hecho a Lazmet en la pierna. Lazmet gruñó, sorprendido, y aflojó, solo un poco, la presión que le estaba haciendo en el hombro. Con un grito, Akos tomó impulso con la pierna libre, arrastrando la espalda por el suelo, una mitad sobre las hojas y la otra sobre el sendero de piedras, y estiró el brazo sano, buscando a tientas el cuchillo de Vakrez entre los tallos.

Lazmet se había apartado para apretarse la pierna con una mano. Akos dio con la empuñadura metálica del arma y la agarró. Sintió su pulso en la garganta, en la cabeza, en el hombro. Y, temblando, palpitando y encorvado por su propio peso, consiguió ponerse de pie.

No era el destino lo que lo había traído hasta aquí. Él lo había elegido. Él lo había querido.

Y ahora quería ver muerto a Lazmet.

La sirena de Hessa continuaba aullando. Lazmet y él chocaron, armadura contra carne. Cayeron con estrépito al suelo helado, entre las hojas cerosas. Akos sintió otro mazazo de dolor en el hombro y se retorció asaltado por una náusea seca, el estómago demasiado vacío para vomitar nada. Tenían los brazos entrelazados, Lazmet con ambas manos en torno a la muñeca de Akos, intentando obligarlo a soltar el cuchillo.

«La supervivencia —pensó Akos— no deja sitio para el honor».

Agachó la cabeza y le mordió el brazo a Lazmet. Apretó los dientes tan fuerte como pudo, hasta que paladeó su sangre y le desgarró la carne. Lazmet ahogó un grito. Akos empujó la hoja para vencer la resistencia con que Lazmet lo mantenía apartado y echó la cabeza hacia atrás, arrancando la piel y los músculos del brazo de su padre.

El cuchillo se hundió en el cuello de Lazmet.

Todo se detuvo.

Aoseh Kereseth había roto muchas cosas con su don de la corriente. Asientos de flotantes. Cojines de sofá. Mesas. Tazas. Platos. Una vez le rompió un juguete a Akos por accidente, y tuvo que sentar a su hijo menor en el regazo para mostrarle que podía repararlo, como por arte de magia, con el mismo don con el que lo había estropeado. El juguete no quedó como nuevo, pero Aoseh había hecho todo lo que había podido.

Perseguía a su madre por la cocina con las manos manchadas de harina para llenarle la ropa de huellas. Era el único que podía hacer reír a Sifa a carcajada tendida. Era el único que la mantenía centrada, anclada... al menos, todo lo posible para un oráculo.

Aoseh Kereseth era alborotador, desordenado y afectuoso. Era el padre de Akos.

Y este hombre, este individuo protegido con una armadura, frío y cruel que yacía a unos pasos de él no lo era.

Akos se tendió junto a Lazmet mientras este moría, apretándose contra el pecho el brazo que su progenitor le había lastimado, y por fin queriendo de nuevo.

Era una nimiedad, una ligera ansia de sobrevivir, pero era mejor que nada.

CAPÍTULO 52 | CYRA

Me pasé los dedos por la piel de plata de la cabeza. Había empezado a generar impulsos eléctricos similares a los de los nervios de verdad, por lo que sentía un tamborileo ligero allí a donde llevaba las yemas de los dedos. Era una sensación balsámica, como la que se experimenta bajo la lluvia cálida de Pitha.

—Déjalo ya, Cabezaplaca —me dijo Teka—. Estás llamando la atención.

Estábamos en la plaza del anfiteatro. Bajo el gobierno de mi hermano, la explanada habría estado llena de vendedores, algunos de ellos procedentes de otros planetas (a los que se les habría prohibido que nos enseñaran sus respectivos idiomas, por supuesto) y otros shotet. Olería a humo, a carne asada y a las hierbas quemadas en los puestos de Essander, donde todos los visitantes parecían estar particularmente sensibilizados con los distintos aromas. Me cubriría las manos con las mangas para no tocar a nadie, en previsión de las apreturas de la multitud. Al igual que Lazmet, mi hermano había sido un tirano, pero una parte de él reclamaba que lo adorasen, necesidad que lo llevaba a hacer concesiones, muy de vez en cuando. Lazmet no tenía esa necesidad.

En consecuencia, la plaza no estaba atestada de personas que se gritaban números las unas a las otras. No había soldados paseándose entre los tenderetes con la esperanza de descubrir a alguien hablando en un idioma distinto para extorsionarlo o amenazarlo con alguna pena. Había algunas mesas en las que se exponían diferentes productos (alimentos en su mayor parte, etiquetados con elevados precios), todos ellos shotet. A mi parecer, pocos extranjeros querrían encontrarse en un país en guerra, por muy altos que pudieran ser los beneficios.

—No es tanto una placa como un cuenco —le dije a Teka, formando una curvatura con las manos, como la de mi cráneo.

—¿Qué?

—La piel de plata —especifiqué mientras le mostraba otra vez las manos—. Si se parece a algún cacharro de cocina, es a un cuenco, no a una placa.

—No quería decir «placa» del tipo «placa de cocinar» —explicó Teka con el ceño fruncido—. Me refería a una placa de metal, como las de los costados de las naves… Un momento. Esto es absurdo. Tú eres absurda.

Sonreí.

Creía que el hecho de que hubiera tan poca gente impediría que pasásemos desapercibidos, pero no veía muchos soldados. Había guardias en las entradas y las salidas habituales, pero de esos era fácil librarse. Y no necesariamente como solía hacer yo, aunque esa hubiera sido mi primera sugerencia.

Sifa había propuesto una forma más pacífica de acceder al anfiteatro. Yma y ella se acercarían a los guardias de la entrada y los persuadirían para que le permitieran visitar la arena. Yma se había puesto el vestido lavanda para la ocasión, lo que le daría el aspecto de una mujer acaudalada e importante cuya voluntad convenía satisfacer. De esta manera, nosotros no atraeríamos la atención de los guardias y, al mismo tiempo, Yma y Sifa también tendrían la oportunidad de entrar.

Zyt y Ettrek se habían propuesto montar algún tipo de escándalo cerca de la puerta lateral, con el fin de distraer a los guardias allí apostados. Teka y yo teníamos que entrar por esa puerta mientras los guardias se ocupaban de lo que Zyt y Ettrek hubieran hecho. A nosotras se nos reconocía en seguida.

—Ahí va —le dije a Teka, señalando con la barbilla el imponente arco de la entrada. La falda lavanda de Yma aleteaba al viento. Se ciñó el chal a los hombros y empezó a atravesar la plaza.

Yo había pasado por el arco del anfiteatro el día del enfrentamiento con mi hermano. Entonces fue mucho más sencillo. Solo tenía un enemigo y un camino que seguir. Ahora había tiranos, cancilleres, exiliados y una infinidad de facciones entre las personas que servían a cada uno de ellos.

Y también estaba Akos.

Significara lo que significase eso.

—Sifa ha dicho que no está aquí —me dijo Teka, como si me hubiera leído el pensamiento—. Lazmet se lo llevó consigo a alguna parte. Sé que no te sirve de mucho consuelo, pero... mejor para él si no le alcanza la explosión, ¿no?

Así era. Eso me permitiría pensar con claridad. Pero no quería admitirlo. Me encogí de hombros.

—Se lo pregunté por ti —dijo Teka—. Sabía que serías demasiado orgullosa para hacerlo tú misma.

—Es la hora —dije, ignorándola.

Nos encaminamos a través de la plaza, manteniéndonos a la altura de Sifa, que estaba cumpliendo con su papel de visitante habitual. Se detuvo en una de las mesas para examinar una fuente de hierba pluma frita a la sartén; Teka y yo nos colocamos en la siguiente hilera, observándola a través del velo de humo que se elevaba de una fragua que promocionaba la reparación gratuita de una hoja de la corriente si se realizaba una compra.

Desde la distancia vi como Yma y Sifa se acercaban a los guardias de la entrada. Sabía que Yma podía hablar con tanta rapidez y persuasión como necesitase para acceder al anfiteatro. Llevaba toda la vida mintiendo, al fin y al cabo.

Cuando los dos guardias se hubieron distraído lo suficiente para girarse, salí en primer lugar hacia la puerta lateral a paso ligero. Estaba empotrada en una pared un tanto inclinada, lo que permitía que allí se refugiara un guardia al que no se podía ver desde la calle. Saqué la hoja de la corriente.

Era un soldado joven, y alto, lo que por un momento me hizo ver a Akos en su lugar, poniéndose su armadura shotet por primera vez y convirtiéndose en el retrato perfecto de lo que yo podría haber querido, si se me hubiera dejado querer cosas normales. Pero al instante siguiente comprobé que el soldado era más bajo y más delgado, que tenía el cabello más claro. Comprobé que no era Akos.

Antes de que pudiera asestarle una cuchillada, oí unos gritos a mis espaldas. Una nube de humo se levantaba de uno de los puestos ubicados en el límite de la plaza. No... No era una nube de humo, sino de insectos, todos ellos emprendiendo el vuelo al mismo tiempo. Los gritos eran del vendedor, que veía cómo todo su género se echaba a perder. Corrió hacia Zyt, que se estaba riendo, y le propinó un puñetazo en la mandíbula.

Me envainé la hoja de la corriente y grité:

—¡Guardia!

El vigilante de cabello pajizo abandonó su refugio para mirarme.

—Se están peleando —le avisé, señalando hacia atrás con el pulgar por encima del hombro.

—Otra vez no. —Refunfuñó y salió corriendo.

Teka se acercó sin ceremonias, sacó el pequeño destornillador que llevaba en el bolsillo y lo aplicó a la cerradura de la puerta. Escudriñé la plaza para cerciorarme de que nadie nos estuviera mirando. Solo había vendedores atónitos y shotet de aspecto furtivo que hacían sus compras, además del creciente alboroto que Zyt y Ettrek habían provocado.

—Hola, precioso —susurró Teka con la voz que empleaba para hablarles a los circuitos—. ¿Quieres abrirte para mí? ¿No, no es tu trabajo? Ah.

Oí un clic. La puerta se abrió y Teka y yo pasamos adentro. Cuando a continuación se volvió a bloquear de forma automática, algo me dijo que no era buena señal en el caso de que tuviéramos que salir deprisa de allí, pero ahora ya no podíamos hacer nada al respecto. Trotamos por el penumbroso pasillo del techo de piedra abovedado, en dirección a la luz del fondo, desde donde accederíamos al nivel inferior del graderío.

Sifa ya estaba recorriendo la arena, silbando como un pájaro admirada por la enormidad del recinto, por el hecho de que nunca le había parecido tan grande cuando se sentaba entre el público y por todo lo que veía. Su voz, con su textura áspera, resonó varias veces antes de que llegásemos al final del pasillo. Yma iba a su lado y articulaba ruidos leves en señal de asentimiento.

Teka fue derecha a las escaleras que subían a la sala de control, situada tras las gradas del segundo nivel, pero yo me quedé junto al muro bajo que separaba la primera fila de la arena, y cerré los ojos. Oí el clamor que estalló cuando Ryzek me clavó el cuchillo, los gritos de «¡Traidora!» que brotaron cuando volví a desafiarlo.

—¿Cyra? —La voz de Teka me sacó de entre los recovecos de mi memoria.

Abrí los ojos mientras el cielo se oscurecía.

Podría haberse debido tan solo a una nube que tapara el sol, pero el cielo ya estaba nublado cuando cerré los ojos, e incluso teñido de un gris pálido en toda su extensión. Así, cuando elevé la vista, vi una nave gigantesca, mucho más grande que las naves de transporte, los flotantes o los vehículos militares de los shotet. Eran tan descomunal como la nave de la travesía, pero perfectamente redonda, parecida al flotante thuvhesita de pasajeros que Sifa había pilotado hasta el refugio de los renegados.

La parte inferior de la nave era lisa y estaba pulida, como si nunca hubiera volado, como si nunca hubiera tenido que soportar los impactos de la basura espacial, de los asteroides o de una atmósfera agitada. La panza estaba moteada de lucecitas blancas. Estos indicadores delimitaban las puertas y las escotillas, los puntos de anclaje principales y las estaciones de atraque, así como el contorno titánico del vehículo. Era una nave othyria. No me cabía la menor duda. Nadie más tenía la voluntad ni la vanidad que se requerían para construir con tanto gusto algo tan funcional.

—Cyra. —De nuevo, la voz de Teka, más temerosa ahora.

Miré a los ojos a Sifa, detenida en medio de la arena. Eijeh había dicho que había determinado la hora de su visión basándose en el color de la luz. Bien, ahora que esta nave impedía que el sol iluminase Voa, parecía que hubiera llegado el crepúsculo.

El ataque estaba teniendo lugar ahora.

—Yo no me preocuparía por la sala de control —dije, sorprendida por lo distante que me sonó mi voz.

Los soldados que habían hecho pasar a Sifa a la arena salieron corriendo, como si pudieran escapar de una nave tan grande antes del disparo del cañón anticorriente. Y tal vez no tuviera nada de deshonroso morir con esperanza.

Me encaramé a la barrera que me separaba de la arena y di un salto limpio a la tierra compactada. No sabía por qué, pero no quería estar fuera de la arena cuando se iniciara el cañonazo. Quería estar en el lugar que me correspondía: aquí, con la grava atrapada en la suela de las botas, donde estaban aquellos que amaban luchar.

Y yo amaba luchar.

Pero también amaba vivir.

No negaré que en alguna ocasión había considerado la muerte una especie de alivio, cuando el dolor alcanzaba su apogeo, cuando perdí a mi verdadera madre, llevada por una oscuridad que aún no entendía. Y también admitiré que para mí vivir rara vez suponía una experiencia agradable. Pero descubrir y redescubrir otros mundos, la extenuación y las punzadas de los músculos al cobrar fuerza, la sensación del cuerpo cálido y fuerte de Akos apretado contra el mío, el modo en que la armadura decorativa de mi madre brillaba por las noches en la nave de la travesía... Amaba todas esas cosas.

Me detuve en medio de la arena, cerca de Sifa y de Yma, pero sin llegar a tocarlas. Oí los pasos ligeros de Teka a mis espaldas.

—Bueno —dijo Teka—. Supongo que podría ser peor.

Me habría reído, de no haber sido cierto. Pero para Teka, Yma y yo, que habíamos estado a punto de sufrir muertes mucho más horribles, supuse que desintegrarnos bajo el disparo de un cañón anticorriente tampoco estaba tan mal.

—Anticorriente —murmuré, porque la palabra me sonaba muy extraña.

Miré a Sifa, a mi madre, en el modo en el que siguiera siéndolo, y por primera vez pareció sorprenderse de verdad.

—No lo entiendo. Un disparo de cañón anticorriente es luz —dije—. La nave de la travesía… Hubo una explosión de luz cuando la destruyeron. ¿Cómo puede brillar la anticorriente?

—La corriente puede ser tanto visible como invisible —explicó Sifa—. No siempre se nos muestra de un modo que podamos comprender.

Fruncí el ceño y me miré las palmas de las manos, donde las sombras de la corriente se habían concentrado, serpenteando una y otra vez en torno a mis dedos como agrupaciones de anillos.

El médico que me había explorado de niña sostenía que mi don de la corriente se había manifestado porque yo creía que me merecía ese dolor, y que los demás también se lo merecían. Mi madre, Ylira Noavek, se indignó ante la mera sugerencia. «No es culpa suya», dijo antes de sacarme de la consulta.

Y Akos, al fijarse en el modo en que yo controlaba lo que le había hecho a mi brazo, ahora cubierto, como siempre, por la armadura, se limitó a preguntarme: «¿Qué edad tenías?».

Él no creía que este don fuese algo que yo mereciera, como tampoco lo creía mi madre. Y quizá los dos tuvieran razón, quizá fuese el médico quien se equivocaba, aquel hombre cuyas palabras nunca habían dejado de resonar en mi cabeza. Quizá el dolor no fuera, en absoluto, mi don de la corriente. Quizá no fuese más que la consecuencia de otra cosa.

Si la anticorriente era luz…

Y si yo estaba invadida por la oscuridad…

Quizá mi don fuese la propia corriente.

«Es una Ogra en miniatura», me dijeron las bailarinas ogranas cuando vieron mi don de la corriente.

—¿Alguien sabe qué significa en realidad la palabra «Ogra», en ograno? —pregunté.

—Significa «la oscuridad viviente» —respondió Sifa.

Articulé una risa, débil, y cuando vi que se abría una escotilla estrecha de la panza de la nave, orienté hacia el cielo mis manos ennegrecidas por las sombras.

Impulsé las sombras de la corriente, hacia arriba, hacia arriba, hacia arriba.

Más allá del chisporroteo del campo de fuerza del anfiteatro, que Akos había deshabilitado con un toque mientras nos elevaba para ponernos a salvo. Me rodeaba la espalda con su brazo robusto, tenso como una cuerda.

Sobre el centro de Voa, donde yo había vivido siempre, rodeada de inmaculados paneles de madera y bajo el resplandor de los fenzu. Sentí a Ryzek tapándome los oídos con las manos, un tanto sudorosas, para que no oyera los gritos de aquellos a quienes mi padre estuviera torturando entonces.

Y mucho más por encima de Voa, sobre la periferia de la ciudad, donde el cuentacuentos vivía, con su dulce té morado, donde los renegados improvisaron una mesa de comedor a partir de varias mesas de comedor distintas.

Yo no padecía ninguna falta de combustible. Las sombras de la corriente habían sido muy fuertes toda mi vida, lo bastante para impedirme asistir a una simple cena informal, lo bastante para doblarme la espalda y obligarme a llorar, lo bastante para tenerme desvelada y caminando en círculos toda la noche. Lo bastante para matar, aunque ahora entendía por qué mataban. No era porque absorbieran la vida de los demás, sino porque la saturaban. Era como la gravedad, la necesitábamos para permanecer quietos, para seguir vivos, pero si era demasiado fuerte, originaba un agujero negro, del que ni siquiera la luz podía escapar.

Sí, la fuerza de la corriente era demasiado intensa para quedar contenida en un cuerpo...

A menos que ese cuerpo fuese el mío.

Mi cuerpo, machacado una y otra vez por soldados, hermanos y enemigos, seguía pudiendo ponerse derecho...

Mi cuerpo, un canal para la fuerza pura de la corriente, el murmullo de la vida que obligaba a los demás a caer de rodillas...

«La vida está llena de dolor —le dije a Akos para intentar alejarlo de la depresión—. Tu capacidad para soportarlo es mucho mayor de lo que crees». Y no me equivocaba.

Tenía todas las razones del mundo para encerrarme en mí misma, para blindarme, para apartar tan lejos de mí como pudiera cuanto tuviese que ver con la vida, con el crecimiento y con el poder. Así me habría resultado más fácil, renunciando a todo. Pero había aceptado a Akos, había decidido confiar en él cuando ya no recordaba cómo se hacía, y había aceptado también a Teka, y quizá, algún día, a Sifa...

Aceptaría a todo el que se atreviera a acercarse. Yo era como el planeta Ogra, que acogía todo aquello y a todos aquellos que fuesen capaces de sobrevivir en su proximidad.

No porque me mereciera el dolor ni porque fuera demasiado fuerte para sentirlo, sino porque era lo bastante resistente para aceptarlo como algo inevitable.

Mis sombras de la corriente salieron disparadas hacia arriba, hacia arriba, hacia arriba.

Se dispersaron, brotando a partir de los zarcillos que rodeaban mis dedos para formar una columna en el cielo que envolvió todo mi cuerpo en una oscuridad sombría. Ya no veía a Teka, ni a Sifa ni a Yma, pero sí veía el enorme pilar de la corriente que pasaba por encima y a través de mí, hacia la escotilla que se había abierto en la panza de la nave othyria.

No vi el arma anticorriente, fuera cual fuese el aspecto de su contenedor, pero sí vi la explosión. La luz se expandió a partir de un punto fijo, del mismo modo que las sombras se extendían hacia arriba desde mí.

Y allí donde colisionaron: agonía.

Grité, impotente, como no recordaba haber gritado desde que tenía uso de razón. El dolor era tan aplastante que pulverizó mi orgullo, mi juicio, mi conciencia de mí misma. Oí los gritos y experimenté la sensación abrasiva que la voz me producía en la garganta, y el incendio que se desataba dentro y fuera de mí, y vi las sombras y la luz y el punto en el que se encontraron con un golpe seco.

Se me doblaron las rodillas y noté que unos brazos me rodeaban la cintura, delgados, huesudos. Noté que una cabeza me apretaba en medio de los omóplatos, y oí la voz de Teka, que decía:

—Aguanta, aguanta, aguanta...

Había matado a su tío, a su prima y, en cierta forma, a su madre, y aun así ella se había puesto detrás de mí para sostenerme.

Noté que unas manos se cerraban en torno a mis brazos, cálidas y suaves, mientras un olor a hojas de sendes me envolvía, el aroma del champú de Sifa.

La mirada fosca de quien me había abandonado, y que ahora regresaba a por mí.

Y, por último, los dedos férreos y pálidos de Yma Zetsyvis alrededor de mi muñeca.

La corriente se canalizó por todas nosotras al mismo tiempo, mi amiga, mi enemiga, mi madre y yo, todas envueltas por la oscuridad que era la vida misma.

Arzodae. Verbo. En zoldano:
«Estropear, como con un cuchillo».

CAPÍTULO 53 | CISI

«Última hora», dice la pantalla. «Se confirma que Lazmet Noavek ha fallecido durante un asalto de los shotet en Hessa, una de las principales ciudades de Thuvhe».

Miro a la enfermera a los ojos. Quiero decirle que no me importa que los intestinos se me desparramen por el suelo, que tiene que traerme una silla de ruedas y autorizarme a volar a Thuvhe con Isae Benesit. Pero, por supuesto, no puedo decírselo. El don de la corriente de otras personas se atenúa cuando su salud empeora, pero con el mío no ocurre igual, según parece.

Así, busco algo con lo que persuadirla. Las cosas típicas de Othyr (las telas lujosas) no parecen la opción apropiada. Es demasiado dura para eso. No es de las que tienen sueños irrealizables. Disfrutaría de algo a lo que sí pudiera acceder, como un baño caliente o una silla cómoda. El agua se me da bien, de manera que se la envío, no en la forma de las olas revoltosas que agradarían a Isae, sino en la de la calidez sosegada de alguien que se sumerge, que flota inmóvil.

No me ando con sutilezas. Inundo la habitación. Me arden las mejillas y siento en el abdomen los pinchazos de los puntos que siguen reteniendo mis tripas.

—Soy de Hessa. —Siento que mi voz brota amortiguada, aunque puedo oírme con claridad. Una de las rarezas de mi don—. Tengo que irme. Dame el alta.

La enfermera asiente y me mira parpadeando con laxitud.

No he vuelto a hablar con Isae desde el arresto de Ast. Vino para ponerme al tanto de que ya estaba hecho, de que se lo habían llevado. Dado que no era ciudadano de la Asamblea, lo habían trasladado a su luna de origen para que permaneciera allí a la espera de juicio, y donde se le daría el trato que se estimase adecuado. Pero nunca se le permitiría volver a pisar un planeta de la Asamblea.

Tal vez en el futuro eso supusiera un conjunto más reducido de planetas. Corren rumores de secesión a raíz de la ley de supervisión de los oráculos propuesta por Othyr. Es demasiado pronto para conocer la postura de los demás planetas nación, pero Thuvhe se ha sumado a Othyr, lo que al menos nos permitirá afrontar ese asunto sin impedimentos.

Todavía no sabemos muy bien qué ha ocurrido en Shotet. Las noticias llegan con cuentagotas. Lo que sí se ha confirmado es que el arma anticorriente no funcionó. Una sustancia negra como la tinta interceptó el disparo, en medio de Voa, e impidió que explosión arrasara la ciudad. Nadie se lo explica, pero podría ser una señal de que las cosas podrían cambiar a mejor.

La enfermera me lleva a la plataforma de aterrizaje del hospital en una pequeña cama portátil que puede anclarse a la pared de una nave othyria. Cada mínima vibración de la cama me provoca unos pinchazos insoportables en el abdomen, pero me alegro de volver a casa, por lo que procuro que el dolor no se refleje en mi rostro. «El primer descendiente de la familia Noavek sucumbirá a la hoja». En fin, tal vez hubiera sucumbido, pero no había muerto. Y eso era todo un logro.

Cuando la enfermera activa el imán de la pared que mantendrá mi cama estabilizada durante el despegue, Isae baja de la cubierta de navegación, donde estaba hablando con el capitán. Viste ropa cómoda: un jersey con las mangas lo bastante largas para que le tapen las manos, pantalones negros ceñidos y sus viejas botas de cordones rojos. Parece estar más nerviosa que de costumbre.

Me tiende una pantalla portátil dotada de un teclado.

—Por si quisieras decir algo que no puedas expresar con la voz —explica.

La sostengo en el regazo. Estoy enfadada con ella, por haber hecho caso a Ast en vez de a mí, por no haberme creído, pero esto me recuerda por qué me preocupo por ella. Piensa en lo que necesito. Quiere que me sea posible manifestar mi opinión.

—Me sorprende que me permitieras venir —le digo con tanta aspereza como me permite mi don de la corriente.

—En adelante procuraré fiarme de tu juicio —responde mientras se mira las uñas, enganchadas las unas a las otras—. Quieres ir a Hessa, así que irás a Hessa. Querías que mostrase piedad, así que de ahora en adelante también intentaré hacer eso.

Asiento.

—Perdóname, Ci —se disculpa casi con un susurro.

Siento una punzada de culpa. No le he dicho que intenté avisar a Shotet cuando decidió disparar el arma anticorriente contra la población. Tampoco le he dicho que he estado utilizando mi don de la corriente para ablandarla y persuadirla desde que empezó todo esto. Y no tengo intención de confesárselo. Perdería todo lo que he ganado, si lo hiciera. Pero el engaño hace que me sienta mal.

Lo menos que puedo hacer ahora es perdonarla. Extiendo una mano palma arriba y se la tiendo, invitándola a acercarse. Isae pone la suya encima.

—Te quiero —dice.

—Yo también te quiero —respondo, y es una de las cosas que más fácil me ha resultado decir en la vida. Puede que a veces le cuente alguna mentira, pero al menos esto sí es verdad.

Cuando se inclina para besarme, le toco la mejilla y la mantengo junto a mí durante un largo momento antes de que ella se retire. Huele a hojas de sendes y a jabón. Huele a casa.

Nunca se me conocerá como aquella que llevó a la canciller Benesit a abandonar la vía de la violencia e invitar a los shotet a iniciar las conversaciones de paz tras el ataque frustrado a Voa. Habría sido una de las guerras más destructivas de la historia de la Asamblea, si yo no hubiera intervenido. Nadie me tendrá por una diplomática hábil, ni por una mujer ecuánime, ni por una asesora destacable.

Sin embargo, así es como debe ser. Cuando todo sale según lo planeado, regreso a un segundo plano. Pero estaré ahí, dándole mi apoyo a la canciller durante las negociaciones de esta delicada paz. Yo seré aquella a la que acuda en busca de consejo, de consuelo, cuando su tristeza y su rabia vuelvan a ahogarla, una y otra vez. Yo seré el brazo que guíe a la mano. Nadie lo sabrá.

Salvo yo. Yo sí lo sabré.

CAPÍTULO 54 | CYRA

Me despertó un zumbido. Un fenzu que emitía un resplandor azul y describía círculos perezosos sobre mi cabeza. Sus alas iridiscentes me hicieron pensar, de súbito, en Uzul Zetsyvis, quien tanto los apreciaba, en su criadero comercial y en su pasión.

A mi alrededor, todo blanco, los suelos, las sábanas, las paredes, las cortinas. No estaba en un hospital, sino en una casa tranquila. En una maceta colocada en una esquina había una flor negra formada por varias capas de pétalos lustrosos que brotaban de un centro amarillo ocre.

Reconocí el lugar. Era la casa de Zetsyvis, levantada en un acantilado con vistas a Voa.

Ocurría algo. Algo inusual, de alguna manera. Levanté un brazo y sentí que pesaba mucho, tanto que los músculos me temblaban por el esfuerzo. Lo dejé caer sobre el colchón y me limité a observar el vuelo del fenzu, que dejaba estelas de luz en el aire.

Entendí lo que ocurría: no sentía dolor. Y, a juzgar por mis brazos desnudos, las sombras de la corriente habían desaparecido.

Sentí una mezcla de miedo y alivio. No me dolía nada. No tenía las sombras de la corriente. ¿Regresarían alguna vez? ¿Había empleado tantas energías durante la explosión de la anticorriente que mi don se había diluido para siempre? Cerré los ojos. La idea se me antojaba inconcebible, vivir sin dolor. No podía permitirme desear algo así.

Más tarde, no sabría precisar cuánto, oí que llamaban a la puerta. Sifa me traía una taza de té.

—Imaginaba que estarías despierta —dijo.

—Cuéntame qué pasó en Voa —le pedí. Apoyé las manos para intentar incorporarme. Los brazos parecían habérseme vuelto de gelatina. Sifa se acercó para ayudarme, pero la detuve con una mirada feroz e insistí en valerme por mí misma.

Se sentó en una silla junto a la cama, con las manos recogidas en el regazo.

—Tus sombras de la corriente contrarrestaron el disparo del cañón anticorriente. Los exiliados shotet llegaron en cuestión de días para tomar el control de Voa, durante el vacío de poder que siguió a la muerte de Lazmet —dijo—. Pero lo que hiciste parece haberte dejado exhausta. No, no estoy segura de que tus sombras de la corriente no vayan a regresar —añadió, en respuesta a la pregunta que aún no le había hecho—. Pero salvaste a muchísimas personas, Cyra.

Parecía estar... orgullosa. Como lo habría estado cualquier madre.

—No lo estés —le dije—. No soy tuya.

—Lo sé. —Suspiró—. Pero confiaba en que pudiéramos establecer una relación alejada de la hostilidad pura y dura.

Lo consideré.

—Quizá —dije.

Esbozó una sonrisa.

—Bueno, en ese caso... mira.

Se levantó para descorrer la cortina de la ventana que había junto a la cama. La habitación quedaba en la fachada de la casa que daba al borde del acantilado, con vistas a Voa. Al principio solo distinguí el centelleo de las luces lejanas, las de los edificios de la ciudad. Pero después:

—Es mediodía —dijo Sifa.

Voa estaba cubierta, escudada, bajo lo que parecía un manto de nubarrones. Solo eran un par de tonos más claros que el cielo de Ogra. Mis sombras de la corriente se habían asentado encima de Voa, donde ahora imperaba una noche eterna.

Durante los siguientes días me sentí, físicamente, como no había vuelto a sentirme desde niña. Izit a izit, recobré las fuerzas y comí lo que elaboraban Sifa, Yma y Teka en la cocina de Zetsyvis. Yma quemaba la base de casi todos los platos que preparaba, y me los traía sin disculparse. Sifa rescató distintas recetas thuvhesitas sobrecargadas de especias que sabían muy raro. Teka hacía desayunos para chuparse los dedos. Yo ayudaba como podía, sentándome en la encimera, donde cogía un cuchillo y me ponía a trocear cosas hasta que se me cansaba el brazo. La debilidad me frustraba, aunque la ausencia de dolor la compensaba con creces.

Habría dado mil dones de la corriente a cambio de no volver a sentir dolor.

Sifa aseguraba que Akos seguía vivo, aunque no sabía en qué estado. Consulté las noticias de Thuvhe por si averiguaba algo sobre él, pero no encontré nada. En los partes referentes a la muerte de mi padre no se le mencionaba. Fue Cisi quien finalmente nos envió las nuevas, directamente desde Hessa: había encontrado a Akos en el hospital de la ciudad, donde se estaba recuperando de una hipotermia. Se lo llevaría con ella a casa.

El cielo de Voa no tenía visos de ir a despejarse. Cabía la posibilidad de que la ciudad permaneciese a oscuras para siempre. Aquí arriba, en el acantilado, si oteabas el paisaje de Voa, daba la impresión de que fuese de noche. Pero si te girabas hacia la División que nos separaba de Thuvhe, el sol seguía brillando. Era extraño, vivir en medio de un fenómeno así. Y saber que lo habías provocado tú.

Días más tarde, casi una semana después del ataque contra Voa, me desperté en plena noche al notar un dolor.

Al principio, no me di cuenta de lo que me pasaba. Consulté el reloj a fin de ver si era demasiado pronto para levantarme y empezar a preparar el desayuno, puesto que ya me había recuperado lo suficiente para turnarme con las demás en la cocina. Pero pronto sentí el martilleo pesado de la cabeza, con un cierto sobresalto.

«Puede que no sea más que un simple dolor de cabeza —me dije—. No hay por qué alarmarse, no hay por qué...».

Sentía pinchazos en los dedos, como si se me hubieran dormido y la sangre no terminara de volver a irrigarlos. Me revolví para encender la lamparilla de al lado de la cama, y entonces la vi: una raya sombría que viajaba desde la muñeca hasta la yema del dedo.

Temblando, retiré las mantas y me miré las piernas desnudas. Unas sombras leves me rodeaban los tobillos, a modo de grilletes. La cabeza y el corazón me latían al mismo ritmo. No me di cuenta de que estaba profiriendo un gemido (espantoso y entrecortado, como el de un animal moribundo) hasta que Teka no abrió la puerta, el cabello resplandeciente recogido en lo alto de la cabeza.

En seguida vio las sombras de la corriente y se acercó a mí, tapándose las manos con las mangas de la ropa con la que dormía. Se sentó en la cama y me estrechó contra sí, apretándome la cara contra su hombro huesudo.

Sollocé sobre su camisa mientras ella me sostenía, en silencio.

—No quería... No quería que volvieran —trastabillé.

—Lo sé.

—Me da igual lo poderosas que sean, no las...

—Sí, también lo sé.

Me meció con ella, adelante y atrás, despacio, durante largo rato.

—La gente cree que son un don —dijo transcurridos unos instantes—. Menuda sandez.

Días más tarde, estaba escuchando el tamborileo de la lluvia en las ventanas del cuarto de huéspedes. Había una mochila encima de la cama que tenía delante de mí. Dentro de ella había guardado casi todas mis pertenencias y ahora me esforzaba por ignorar el dolor de la espalda y las piernas para poder pensar. No me había resultado fácil acostumbrarme al regreso de mi don de la corriente.

—Aza me ha pedido que hable con usted acerca de su solicitud —me dijo Yma. Estaba apoyada contra el marco de la puerta, vestida de blanco—. Para que acepte un cargo de poder en el nuevo gobierno shotet.

—¿Por qué iba a pedirte eso? Sabes tan bien como yo que lo mejor para nuestro pueblo es que no vuelva a haber ningún Noavek en el poder, nunca más.

—No, yo no lo sabía —opuso Yma, que apretó el dobladillo de su blusa entre sus dedos de uñas limpias y cuidadas—. Todavía quedan bastantes partidarios de los Noavek entre nosotros. Podrían cooperar con nosotros si llevamos el linaje de los Noavek a una posición elevada. Y ahora mismo lo que necesitamos es unidad.

—Pero hay un problema —señalé—. En realidad yo no pertenezco al linaje de los Noavek.

Yma sacudió una mano.

—Nadie tiene por qué saberlo.

La forma de gobierno que Aza proponía consistía en una mezcla de cargos electos y monárquicos, donde la monarca (yo, si Yma se salía con la suya) debía nombrar a un representante que ostentaría el verdadero poder, con el apoyo de un consejo. No haría falta que yo gobernase como lo habían hecho mi padre y Ryzek, pero aun así recelaba de la idea. Cuando mi familia ascendía al poder nunca ocurría nada bueno.

—¿Y Vakrez? —propuse—. Es un Noavek. Auténtico, de hecho. Y además es adulto.

—¿Piensa obligarme a decirlo? —suspiró Yma.

—Decir ¿qué?

Yma puso los ojos en blanco.

—Que en mi opinión usted es una alternativa más válida que Vakrez. Él se dejó manipular tanto por Lazmet como por Ryzek. Carece de... fortaleza.

Levanté las cejas.

—¿Acabas de elogiarme? —me extrañé.

—Tampoco se lo crea demasiado —advirtió Yma.

Esbocé una sonrisa.

—Vale —dije—. Lo haré.

—¿Qué? ¿Solo porque la he elogiado?

—No. —Miré por la ventana, más allá del cristal goteado, hacia la oscura nube de sombras de la corriente que cubría Voa—. Porque me fío de tu opinión.

Por un instante, Yma pareció desconcertada.

Al cabo de poco, asintió, giró sobre los talones y se marchó sin añadir nada más.

Seguía sin tenerme en buena estima, aunque tal vez tampoco me odiara. Me conformaría con eso, por ahora.

CAPÍTULO 55 | AKOS

Akos caminaba por el sendero elevado que se interponía entre los granjeros y las flores del silencio. Los invasores shotet habían quemado la mitad de los cultivos de esa estación, pero los granjeros seguían allí, atendiendo lo que quedaba con sus gruesos guantes puestos. Era una suerte, decían, que los shotet hubieran aparecido después de que las flores hubieran sido cosechadas, ya que de todas maneras solo necesitaban las raíces para sobrevivir. Los cultivos de Hessa se recuperarían sin problema.

El templo, sin embargo...

Akos seguía sin soportar mirarlo. Donde antes la cúpula de cristal rojo relucía bajo la luna ahora solo quedaba un gran espacio vacío. Los shotet la habían hecho añicos. Habían asesinado a casi todos los oblatos. Habían tomado las calles e invadido los callejones. Después de dos semanas, los hessianos seguían retirando cadáveres. Los fallecidos eran sobre todo soldados, gracias a que un oblato valiente había hecho sonar la alarma, aunque también se contaban algunos civiles.

No se atrevía a entrar en la ciudad. Podrían reconocerlo, o tal vez en algún momento se le subiera la manga y sus marcas quedaran al descubierto. Podrían atacarlo, si descubrían lo que era. Podrían incluso matarlo. No los culparía. Él había dejado entrar a los shotet.

Pero, sobre todo, no soportaba mirar lo que tenía ante sí. Con lo poco que veía en las noticias tenía de sobra.

Por tanto, cuando caminaba, lo hacía a través de los campos de flores del hielo, envuelto en sus ropas más cálidas, aunque corriera la época más cálida de Thuvhe. Los campos eran un lugar seguro. Los pétalos blancos de las purezas seguían aún desprendiéndose de los tallos para dejarse llevar por el aire. El polvo amarillo de celos había formado una capa gruesa en el suelo. El panorama resultaba desolador; todo permanecería inerte hasta el regreso de la hora adormecida, pero se las apañaría.

Bajó del sendero elevado para pasar al camino. En esta época del año, cuando una parte de la nieve se ablandaba, hacía un frío glacial por las noches, de forma que había hielo por todas partes y debía tener cuidado. Los ganchos de las suelas de las botas no siempre se agarraban bien, y seguía costándole mantener el equilibrio con el brazo en cabestrillo. Sus pasos cautelosos lo llevaron tan al oeste como la hierba pluma, donde se recogía la casa de su familia, a salvo y solitaria.

El flotante de Cisi no estaba aparcado en el patio delantero. Cuando venía de visita, aparcaba en la ciudad y venía a casa a pie, para que nadie supiera que se encontraba allí. Nadie sabía tampoco que él estaba allí, pues sabía que de lo contrario ya lo habrían detenido. Tal vez hubiera matado a Lazmet Noavek, pero también había permitido que los soldados shotet entraran en el templo de Hessa. Tenía el brazo marcado. Guardaba una armadura en su dormitorio. Hablaba la lengua profética. Ahora era demasiado shotet para los thuvhesitas.

Al entrar vio el resplandor que escapaba por debajo de la puerta de la cocina, señal de que Cisi estaba allí. Su madre había ido a verlo al hospital. Cuando llegó a la habitación, sin embargo, Akos rompió a gritarle y terminó poniéndose tan nervioso que los médicos le pidieron a Sifa que se marchase. Cisi había prometido no dejarle entrar en la casa hasta que él estuviera listo. Lo cual, se temía Akos, no ocurriría nunca. Se desentendía de ella. Por lo que le había hecho a Cyra. Por haberse mantenido al margen cuando él lo estaba pasando mal. Por el modo en que lo había manipulado para que matase a Vas. Por todo.

Dio un par de zapatazos para desprenderse del hielo de las botas, se las aflojó y las dejó caer junto a la puerta. Al mismo tiempo, estaba desabrochándose las correas y los botones que ceñían a su cuerpo el abrigo de kutyah, y quitándose el gorro y las gafas protectoras. Había olvidado lo mucho que uno tardaba en vestirse y desvestirse aquí. Se había acostumbrado al clima templado de Voa.

Ahora Voa estaba sumida en la oscuridad. Una oscuridad propia de Ogra, con el cielo teñido en su centro de un negro que se degradaba hacia el gris a la altura del campamento de los soldados. Las noticias no arrojaban ninguna explicación, y tampoco Akos imaginaba a qué se debía. Nadie sabía mucho sobre lo que había pasado allí.

De lo que estaba pasando ahora, no obstante, se hablaba una y otra vez. De que a los exiliados shotet ahora se les reconocía como gobierno oficial de Shotet, bajo un consejo provisional de asesores, mientras se convocaban las elecciones. De que Shotet había negociado porque se le reconociera el carácter de nación. De que habían comerciado con la legitimidad de su tierra, y de que ahora estaban evacuando Voa. De que los ogranos les habían entregado una parte de su territorio, mayor que Voa, y mucho más peligrosa, y de que estaban negociando las condiciones para la convivencia entre ogranos y shotet.

Además, en la Asamblea se estaban cociendo otros asuntos. Se hablaba de un cisma. Los planetas leales al destino se separarían de los seculares, y los oráculos abandonarían estos últimos para irse a los primeros. Una mitad de la galaxia viviría sin conocer el futuro, mientras que la otra escucharía cuanto los oráculos compartieran con ella. Ese cisma ya se había producido dentro del propio Akos, y la idea de que la galaxia se escindiera lo atribulaba, porque significaba que también él tendría que elegir un bando, y eso era algo que no quería hacer.

Pero así eran las cosas: a veces las heridas eran demasiado profundas para sanar nunca. A veces las personas se negaban a reconciliarse con sus enemigos. A veces, aunque el remedio fuese peor que la enfermedad, la gente se aferraba a él de todas maneras.

—¿Ci? —llamó cuando hubo terminado de colgar toda la ropa de invierno. Recorrió el pasillo estrecho y umbrío que llevaba a la cocina, mientras se asomaba al patio para ver si las piedras de quemar seguían encendidas.

—Hola —respondió alguien desde el salón.

Yma Zetsyvis estaba sentada junto al hogar. Se encontraba a un paso del sitio donde su padre había muerto. El cabello blanco le enmarcaba el rostro y estaba tan elegante como siempre, aunque llevase la armadura puesta. Era del color de la arena.

Akos se sobresaltó, más al verla que al oírla, y se apretó contra la pared. Avergonzado por su reacción, se serenó y se obligó a enfrentarse a ella. Había sido así desde la muerte de Lazmet.

—Discúlpame. No se me ocurría ningún modo mejor de avisarte —dijo Yma.

—¿Qué...? —Akos tomó aire entrecortadamente—. ¿Qué haces aquí?

Yma esbozó una sonrisa.

—¿Cómo? ¿Nada de «Oh, estás viva, ¡qué bien!»?

—Me...

—Chisss. No importa. —Yma se levantó—. Tienes mejor aspecto. ¿Has estado comiendo?

—He... Sí.

Ahora, cada vez que tenía un plato delante, recordaba lo que le había hecho a Jorek, lo que le imposibilitaba dar un solo bocado, por mucha hambre que tuviera. Al final hacía el esfuerzo, porque no le gustaba sentirse cansado, débil y frágil todo el tiempo. Pero cada vez le costaba más.

—He venido a sacarte de aquí —dijo Yma.

—Es mi casa —le recordó él.

—No, es la casa de tus padres —lo corrigió ella—. Es el lugar donde falleció tu padre, a la sombra de una ciudad donde ya no puedes entrar, gracias a que ciertas facetas de tu identidad ahora son de dominio público. No es buena idea que te quedes aquí.

Akos cruzó los brazos sobre el estómago y se los apretó con fuerza. Yma le había dicho algo que él ya sabía, lo que sabía desde que Cisi lo trajera aquí, después del ataque. Su antigua cama estaba justo al lado de la de Eijeh, pero Eijeh no estaba, había desaparecido en las calles de Voa y nunca se le había vuelto a ver. El salón seguía recordándole a la sangre de su padre. Y el templo destruido...

Bien.

—¿Adónde voy a ir? —dijo con un hilo de voz.

Yma se levantó y se acercó a él, despacio, como si se acercara a un animal.

—Eres shotet —le dijo—. No es lo único que eres, desde luego. También sigues siendo thuvhesita, y también hijo de un oráculo, y también un Kereseth, y todas esas cosas. Pero no puedes negar que en parte eres shotet. —Le puso una mano en el hombro, con delicadeza—. Y nosotros somos los únicos que queremos tenerte entre nosotros.

—¿Nosotros? —resopló Akos, ignorando el picor que sintió de pronto en los ojos—. ¿Qué hay de Ara? ¿Y de Cyra? No quieren saber nada de mí.

—No puedo creer que vaya a decir esto —contestó Yma—. Pero creo que subestimas a tu chica. Y a Ara, de hecho.

—No he...

—Por todos los astros del cielo, muchacho, tú entra en la cocina —saltó Yma.

Sentada a la mesa de la cocina (la que él desbordaba con sus libros de pequeño para hacer los deberes antes de cenar, a la que se encaramaba para esparcir polvo de flores rojas del silencio sobre las piedras de quemar, en la que aprendió a trocear, rebanar y machacar los componentes con los que elaborar analgésicos) estaba Cyra.

Sobre un lado de su cabeza se apilaba el cabello denso y ondulado, mientras que el otro despedía destellos argénteos.

Llevaba protectores de armadura en un brazo.

Sus ojos eran opacos como el espacio.

—Hola —lo saludó en thuvhesita.

—Hola —respondió él en shotet.

—Cisi nos ha colado en Thuvhe —explicó Cyra—. Ahora las fronteras están muy vigiladas.

—Ah —dijo él—. Vale.

—Yma y yo vamos a volar a Ogra esta noche, ahora que estoy lo bastante recuperada para volar.

—Te... —Akos tragó saliva con dificultad—. ¿Qué ha ocurrido?

—¿La oscuridad que hay sobre Voa? Fui yo. Mis sombras de la corriente. —Sonrió, un tanto avergonzada. No era la sonrisa natural que le habría dedicado meses atrás, aunque era más de lo que él se esperaba. Levantó una mano para mostrarle las sombras negras que seguían flotando sobre su piel, densas y turbias—. Me robaron tantas energías que desaparecieron durante una semana. Empezaba a creer que no reaparecerían nunca más. La verdad es que me quedé hecha polvo cuando volvieron. Pero... lo sobrellevo. Como siempre.

Akos asintió.

—Estás delgado —observó Cyra—. Yma me ha contado... lo que sucedió. Con Lazmet. Contigo.

—Cyra —dijo él.

—Sé cómo era, ¿sabes? Vi, oí cosas. —Cerró los ojos y meneó la cabeza—. Lo sé.

—Cyra —repitió Akos—. Lo... No hay palabras.

—En realidad, hay palabras de sobra. —Cyra se levantó de la mesa y deslizó las yemas de los dedos por el tablero mientras la rodeaba—. En shotet, la palabra solo significa «arrepentimiento», pero en zoldano hay tres palabras. Una para los desaires, otra para las disculpas normales y otra que quiere decir algo como «lo que hice me arrancó una parte de mí».

Akos asintió, incapaz de hablar.

—Creía que nunca podría perdonarte, que no tenía esa capacidad

—dijo ella—. Al fin y al cabo, estaba a punto de morir, y tú te quedaste ahí sentado, sin más.

Akos contrajo el gesto.

—No podía moverte —explicó—. Estaba... inmovilizado. Paralizado.

—Lo sé —dijo Cyra, que se situó frente a él, con la frente arrugada—. ¿No recuerdas, Akos, lo que oculto bajo esta armadura? —Apretó la protección del antebrazo frente a sí—. Cuando te mostré estas marcas, ¿no te preguntaste, siquiera por un momento, que tal vez había hecho algo imperdonable?

Akos notaba como el corazón le aporreaba el pecho, con la urgencia con que lo hacía cuando los nervios se apoderaban de él, pero no sabía por qué.

—No, no te lo preguntaste —respondió ella misma—. Fuiste compasivo conmigo. Teka fue compasiva conmigo. Y también Yma, a su manera. —Estiró el brazo hacia él para tocarle la mejilla. Akos se apartó.

Era mucho más difícil, muchísimo más difícil, aceptar el perdón de Cyra que su rechazo, porque para Akos significaba que tenía que cambiar.

—Esta vez deja que sea yo quien te lo diga: eras joven, tenías hambre y estabas agotado. Sentías dolor y te encontrabas confundido y solo —prosiguió ella—. Y si crees que yo, Cyra Noavek, el Azote de Ryzek, asesina de mi madre, no voy a entender lo que te ocurrió, entonces es que en realidad no entiendes ni quién era ni lo que hice.

Akos mantuvo los ojos clavados en ella mientras le hablaba, mientras lo acercaba hacia sí y pegaba su frente a la de él, de tal modo que pudieran seguir mirándose, compartiendo el aliento.

—Lo que hice —dijo él— me arrancó una parte de mí.

—No pasa nada —respondió ella—. Yo también tengo el cuerpo lleno de cortes y puntos.

Cyra se apartó.

—Por ahora —dijo—, volvamos a ser amigos, ¿vale? Ya habrá tiempo para hablar de eso de «te sigo queriendo, ¿qué rayos vamos a hacer al respecto?».

Akos sonrió.

—Enséñame tu casa —le pidió—. ¿Hay alguna foto embarazosa de ti? Durante el viaje, tu hermana me contó que eras muy maniático con los calcetines.

Así, Akos la llevó arriba, los dedos entrelazados con los de ella, y abrió todos los cajones, dejando que se burlara de él cuanto quisiese.

Querida Cisi:

Perdóname por no haberte esperado. No sabía cuándo regresarías y tenía que salir ya.

Espero que entiendas por qué no puedo quedarme. Aquí ya no hay sitio para mí. Pero hagamos un trato. Si tú intentas aplacar tu don de la corriente cuando asesores a Isae, yo intentaré dejar de castigarme por lo de Eijeh. Y por lo de Jorek. Y por lo de Hessa.

A mi modo de ver, tu parte es mucho más fácil, así que más te vale aceptar.

Ahora en serio, no eres una titiritera, Ci, aunque sé que a veces te gustaría serlo. Puede que estés hecha para ascender al poder, pero después hay que saber ejercerlo, ¿sabes?

Ahora, en Ogra, estaré más lejos de ti de lo que lo estaba en Shotet, pero esta vez será diferente. Esta vez podré ir a verte. Esta vez podré ser lo que quiera ser, podré ir a donde quiera ir.

Te echaré de menos. Cuídate.

AKOS

P. D.: no te preocupes, ya hablaré con mamá.

CAPÍTULO 56 | CYRA

Una estación después

Me desperté con un tarareo y el tap tap tap de un cuchillo contra la tabla de cortar. Estaba de espaldas a mí, con los hombros encorvados sobre la estrecha encimera. Los ingredientes que tenía amontonados junto a él me eran desconocidos (algunos componentes ogranos que había aprendido a utilizar de varias maneras desde que empezase a estudiar con Zenka).

Estiré el cuerpo, y las rodillas me crujieron al enderezarlas. Me había quedado dormida con el murmullo del nuevo brebaje que burbujeaba en la cocina, pero entonces él estaba sentado al borde de la cama, leyendo un libro en shotet con el traductor a mano por si lo necesitaba. Había progresado rápido con los caracteres shotet, pero todavía le quedaban bastantes por aprender, y tardaría varias estaciones en dominarlos.

—He oído el crujido de las rodillas, majestad —dijo.

—Bien —respondí con un bostezo—. Eso es que no estás tan desprevenido como parece.

Me levanté y me acerqué a él. Tenía el brazo vendado (una especie de planta ograna venenosa había enrollado un tentáculo a su alrede-

429

dor cuando fue a recogerla y le había quemado la piel como si fuera ácido). La cicatriz se extendía sobre las marcas shotet, atravesándolas pero sin llegar a borrarlas del todo.

—Tiene un aspecto repulsivo —dije, señalando el componente que estaba troceando. Era de color negro y de textura granulosa, como si estuviera revestido de aceite de motor. Le había dejado unas manchas grisáceas en los dedos.

—El sabor también es repulsivo —añadió él—. Pero si actúa como creo que lo hará, tendrás un analgésico que no te dará sueño durante el día.

—No hace falta que les dediques tanto tiempo a los analgésicos —dije—. Me va bien con los que ya tengo.

—Disfruto elaborándolos —repuso—. No lo hago solo por ti, ya sabes.

—Me encanta cuando te pones dulce conmigo. —Le pasé los brazos alrededor de la cintura, aspirando el olor de las cosas frescas que impregnaba su ropa por las tardes, cuando iba al pequeño vivero de la nave.

Esta estación los ogranos nos habían prestado dos naves para la travesía. Eran mucho más pequeñas de lo que era la nave de la travesía, por lo que no todos los shotet que cumplieran los requisitos tenían una plaza, y los que sí la tenían la habían conseguido por sorteo. Pero la travesía se iba a realizar, y eso era lo que nos importaba, sobre todo a los exiliados, quienes no habían podido emprender la travesía desde hacía varias estaciones.

El planeta donde llevaríamos a cabo la búsqueda esta estación era Tepes. A la hora de tomar esta decisión había tenido más peso la política que la corriente, que es lo que debería haber importado más. Tepes, Ogra y Shotet habían formado un bando en el debate que se estaba manteniendo con Othyr, Thuvhe y Pitha acerca de los oráculos. Además, el término «debate» no era el más adecuado, ya que el ambiente era, en palabras de Teka, «un poco tenso». Muy malo, dicho de otro modo.

430

Que la galaxia se dividiera por este asunto ya no era cuestión de «si», sino de «cuándo». El problema era que los demás planetas de la Asamblea querían quedarse con sus oráculos, pero imponiendo una serie de pautas rigurosas a sus prácticas, algo que los oráculos consideraban insostenible. Yo no sabía muy bien qué pensar, dada mi relación con Sifa. Sin embargo, por suerte, no dependía de mí.

Aza era la primera ministra, quien debía tomar casi todas las decisiones. Le pedía consejo siempre que lo necesitaba y procuraba llevar las cosas con diplomacia, aunque no se me daba muy bien. Sí conocía los otros planetas, no obstante. Siempre me habían fascinado. Además, le saqué partido a mi facilidad para los idiomas, dado que a la gente le gustaba ver que los forasteros ponían de su parte.

Akos paró de trocear y se giró entre mis brazos, de forma que lo tenía atrapado contra la encimera. Llevaba una de las viejas camisas de su padre, con los codos desgastados y parcheados, y del color carmesí propio de Thuvhe.

Sus ojos grises (todavía cautos, siempre cautos) parecían un poco tristes, el mismo aspecto que tenían desde el día anterior. Ara Kuzar estaba en la nave, gracias al azar, al destino o a aquello en lo que yo creyese ahora. Seguía negándose a mirarlo, y yo sabía que tenerla aquí era difícil para él, aunque siempre que sacaba el tema, él me respondía «No tanto como para ella», lo cual era indiscutible.

Levanté la barbilla y lo besé, con delicadeza. Él me envolvió la espalda con un brazo y me atrajo hacia él, con fuerza, con ternura y con seguridad.

Tardamos un rato en separarnos.

—Hoy atravesaremos el flujo de la corriente —dije—. ¿Querrás venir conmigo?

—Por si no habías caído —respondió—, te acompañaré adondequiera que vayas.

Me dio un toquecito en la nariz con un dedo tiznado de gris, dejándome una marca que incluso yo alcanzaba a ver por el rabillo del ojo.

—¿Me manchas la nariz cuando sabes que va a verme todo el mundo?

Sonrió, y asintió.

—Te odio —dije.

—Y yo te quiero —contestó él.

—¿Qué tienes en la nariz? —me preguntó Teka.

Nos encontrábamos en la cubierta de observación de la nave, ubicada justo sobre el centro, donde los pilotos y los técnicos de vuelo transitaban con urgencia de un puesto a otro, preparándose para atravesar el flujo de la corriente. Nos acercamos a la barrera, que nos llegaba a la cintura y nos separaba de la enorme ventana por la que veíamos el flujo.

El interior de la nave ograna era oscuro (como cabía esperar) e irregular en algunas zonas. El suelo, fuera cual fuese la sección, se conformaba por entero de pasarelas angostas hechas de rejillas y elevadas sobre estanques poco profundos de los que escapaba el resplandor de las bacterias bioluminiscentes. Era precioso, y sobrecogedor, pero algunos habían caído dentro y después habían tenido que ir a la enfermería. Otra cosa más a la que adaptarse.

Akos ya estaba allí. Había guardado los sitios porque la zona empezaba a llenarse, aunque de todas formas la gente se habría apartado al ver que me acercaba. No quise darle más importancia. Me coloqué entre él y Teka, atenta a la voz que daría el capitán para que nos agarrásemos.

Akos me cogió la mano cuando la nave se acercaba a la luz azul, intensa y rica en matices. Me soltaría después de que entráramos en el flujo de la corriente, para permitirme sentir sus efectos, por angustiosos que resultasen, aunque me reconfortaba tenerlo a mi lado según nos aproximábamos. El corazón me latía a mil por hora. Me encantaba esta parte.

La verdadera sorpresa me la llevé, sin embargo, cuando Teka me tomó de la otra mano. Tenía una sonrisa nerviosa en el rostro.

—Soy shotet —dijo, más para ella que para mí—. Soy cortante como una hoja e igual de fuerte...

Era una versión de un poema que yo había visto pintarrajeado en una pared de Voa, escrito a modo de crítica sobre el gobierno Noavek:

Soy shotet.
Soy cortante como el cristal roto e igual de frágil.
Veo toda la galaxia ante mí, pero nunca capto ni uno de sus destellos.

El otro me gustaba más, porque me recordaba que era frágil y que tendía a ver lo que quería ver. Pero esta versión tampoco estaba mal.

Me llamó la atención que Akos recitara los últimos versos con ella:

—Veo toda la galaxia —dijo— y me pertenece por entero.

—¡Preparaos! —se oyó gritar desde abajo.

Teka y Akos me soltaron las manos, casi al mismo tiempo. Y acto seguido la nave fue consumida por la luz azul.

EPÍLOGO | EIJEH

Regresamos a Hessa de incógnito.

Al principio, nos parecía demasiado arriesgado. Pero también era inevitable. Así que esperamos a que los shotet volvieran a emprender la travesía y reservamos un asiento del vuelo bajo un nombre falso, el que le compramos a un delincuente en P1104 después de que escapásemos de Voa.

Alquilamos un abrigo en la descuidada tienda de suvenires de la plaza mayor, ya que no tenemos intención de quedarnos mucho tiempo. Subimos a lo alto de la colina de Hessa a pie, como se ha hecho siempre. La Sala de la Profecía está cerrada por reparaciones, pero nosotros conocemos todas las entradas, incluso las que los demás no saben que existen. Al menos de eso sí nos acordamos.

Hay un agujero bastante grande en el techo abovedado de la Sala de la Profecía, con un irregular contorno de cristales rojos. No sabemos qué emplearían los shotet para destrozar la cúpula, y de las armas que utilizaron, fueran las que fuesen, hace tiempo que no queda rastro. Nos situamos allí en medio, donde una vez se situara una de nuestras madres, descalzos, para recibir el futuro.

435

Vemos...

Una galaxia partida por la mitad, oráculos que huyen a Ogra, a Tepes y a Zold.

Naves de la Asamblea que persiguen, que persiguen, que asaltan.

Pequeños cañonazos de anticorriente.

Posibilidades que se extinguen a medida que las vidas llegan a su fin.

Vemos...

Shotet que desembarcan en Tepes, vestidos con trajes especiales que los protegen del calor.

Que se tapan la nariz para no respirar el tufo de la basura blanca y caliente.

Un hombre que retira la arena con un cepillo de un compresor intacto.

Una mujer que levanta un cristal redondo hacia el sol.

Vemos...

A Isae Benesit, que lleva un vestido de color rojo Thuvhe.

Está tras una lámina de hielo, donde hay flores del silencio a punto de florecer.

A sus espaldas, vestida del mismo color rojo, casi oculta entre las sombras, está Cisi Kereseth, con una sonrisa enigmática. En la cabeza lleva una fina banda de plata, el adorno propio de la pareja del canciller.

Las flores se abren y se despliegan.

Vemos...

Nuestras manos agarrando las correas que cubren nuestro pecho mientras nuestra nave cae, cae, cae a través de una atmósfera densa.

Las líneas luminosas que surcan la superficie de Ogra a modo de venas, apareciendo bajo nosotros.

Somos shotet. No somos shotet. Pero en cualquier caso, somos un oráculo, y eso no puede cambiar, y por eso regresamos al templo de Ogra, para aprender.

Para saber en qué podríamos convertirnos más adelante.

Vemos...

Los vemos a ellos.

Mayores. La piel de plata de ella, brillando a un lado de su cabeza. Los ojos grises de él, con las comisuras arrugadas mientras la mira.

Están en medio de la multitud bajo una nave descomunal. Esta se erige, con su mosaico de metales, por encima de los demás transportes en el muelle de carga. Una nueva nave de la travesía.

Él la toma de la mano. Se encaminan juntos hacia la entrada.

AGRADECIMIENTOS

GRACIAS:

A Nelson, mi compañero en todas las cosas, por sufrir conmigo cuando sufro, y por alegrarte conmigo cuando me alegro.

A Katherine Tegen, por ser siempre de apoyo, honesta y exactamente lo que necesito de una editora. ♥

A Joanna Volpe, por su humor, sus consejos y el superpoder que tiene para desatar tormentas de ideas.

A Devin Ross, por afrontar mis problemas con el correo electrónico con buen humor. A Hilary Pecheone, por enseñarme tantas cosas sobre los medios sociales. A Pouya Shahbazian, por su fino instinto y su paciencia. Y a Chris McEwen, por su comprensión y por arbitrar las llamadas telefónicas. A Kathleen Ortiz, Maira Roman y Veronica Grijalva, por recorrer el mundo entero en busca de escenarios para mis libros. A todos los miembros de New Leaf Literary, por ser tan maravillosos. A Steve Younger, por tenerlo todo bajo control... pero del modo más divertido.

A Tori Hill, por su amistad, ¡y por no olvidarse de nada!

A Rosanne Romanello, por su brillante mente estratégica y por su risa contagiosa. A Bess Braswell, por sus buenas ideas y por la calidez de su corazón. A Cindy Hamilton, Nellie Kurtzman, Audrey Dieste-lkamp, y Sabrina Aballe, de publicidad y *marketing*, por ofrecerme toda la planificación, la creatividad y el respaldo que podía esperar. A Mabel Hsu, por ser paciente conmigo, y por su duro trabajo. A Andrea Pappenheimer, Kathy Faber, Kerry Moynagh, Kirstin Bowers, Heather Doss, Susan Yaeger, Jessica Abel, Fran Olson, Jessica Malone, Jennifer Wygand, Deborah Murphy, Jenny Sheridan y Rick Starke, de ventas, por su entusiasmo y por su apoyo. A Brenna Franzitta, por permanecer atenta a mis escritos y a mis mundos desde *Divergente*; a Alexandra Rakaczki, Valerie Shea, Josh Weiss y Gwen Morton, de gestión editorial, por hacer que todo marche sobre ruedas. A Amy Ryan, Joel Tippie, Erin Fitzsimmons y Barb Fitzsimmons, por escuchar las críticas y transformarlas en ideas de diseño, como por arte de magia. A Jean McGinley, por trabajar sin descanso con nuestros amigos del otro lado del charco y del mundo. A Nicole Moulaison, Kristen Echardt y Vanessa Nuttry, de producción, por empaquetarlo todo tan bien. Y, por último, y no por ello menos importantes, a Brian Murray, Kate Jackson y Suzanne Murphy, por ser nuestros capitanes impertérritos durante todo el proceso.

A Courtney Summers, Maurene Goo y Somaiya Daud, por su lectura previa (¡y rauda!), sus notas detalladas y sus ánimos. A Sarah Enni, por tantos (y tan magníficos) chats. Y por acompañarme durante las giras… y a todas partes. A Margie Stohl, por avisarme siempre que me dejo el cerebro en casa. A Alexis Bass, Amy Lukavics, Debra Driza, Kaitlin Ward, Kara Thomas, Kate Hart, Kody Keplinger, Kristin Halbrook, Laurie Devore, Leila Austin, Lindsey Culli, Michelle Krys, Phoebe North, Samantha Mabry, Stephanie Sinkhorn, Stephanie Kuehn y Kirsten Hubbard, por ayudarme a capear los temporales y a celebrarlo con *emojis* cuando el viento sopla a favor (¡todos me dais muchísimo más de lo que puedo expresar aquí!). A los miembros de YALL, por el gran trabajo que hacemos juntos… incluso cuando llego tarde a los paneles, lo cual ocurre siempre. A ciertos compañeros escritores (ellos saben a quiénes me refiero), por tratarme con amabilidad y por compartir su experiencia conmigo cuando más lo necesitaba.

A mi familia, a aquella en la que nací, a la que adquirí después y a la que gané como premio cuando me casé, por proporcionarme distintos lugares repartidos por todo el mundo donde sentirme segura y querida. A mis amigos, por ayudarme a salir del modo ermitaña cada vez que me hacía falta.

A mis lectores, por acompañarme a nuevos universos.

A todas las mujeres de mi vida, por asombrarme con su fortaleza.

GLOSARIO

ALTETAHAK. Estilo de combate shotet que resulta adecuado para estudiantes de constitución fuerte y que se traduce como «escuela del brazo».

ARVA ALTOS. Una fruta procedente de Trella conocida por su intensa dulzura.

ARZODAE. Palabra zoldana que significa literalmente «estropear, como con un cuchillo», si bien en realidad se emplea a modo de sentida disculpa, es decir, «lo que hice me arrancó una parte de mí».

BENESIT. Una de las tres familias agraciadas con destinos en el planeta nación de Thuvhe. Uno de los miembros de la generación actual está destinado a ser canciller de Thuvhe.

CORRIENTE. Considerada tanto un fenómeno natural como, en algunos casos, un símbolo religioso, la corriente es un poder invisible que otorga habilidades y puede canalizarse hasta el interior de naves, máquinas, armas, etc.

DON DE LA CORRIENTE. Los dones son habilidades únicas en cada persona que se desarrollan en la pubertad. Se cree que son resultado de la corriente que fluye por el cuerpo de todos los seres vivos. No siempre son positivos.

ELMETAHAK. Estilo de combate shotet que ha pasado de moda, en el que se enfatiza el pensamiento estratégico. Se traduce como «escuela de la mente».

ESSANDER. Planeta relativamente rico que acoge una población de firmes creencias religiosas. Sus habitantes poseen una gran cultura olfativa.

ESTACIÓN. Unidad de tiempo originaria de Pitha, donde a un giro alrededor del sol lo llaman, irónicamente, «la estación de las lluvias» (porque allí nunca para de llover).

FLOR DEL HIELO. Las flores del hielo son la única cosecha que se produce en Thuvhe. Se trata de plantas resistentes, de tallo grueso y flores de distintos colores. Cada una de ellas cuenta con características únicas para la preparación de medicinas y otras sustancias en todo el sistema solar.

FLOR DEL SILENCIO. La más importante de las flores del hielo de los thuvhesitas. La flor del silencio tiene un color rojo intenso y es venenosa si no se diluye. Diluida, se emplea tanto como analgésico como con fines recreativos.

FLUJO DE LA CORRIENTE. Representación visual de la corriente en el cielo: el colorido flujo de la corriente circula entre los planetas del sistema solar y alrededor de cada uno de ellos.

GALO. Ciudad de Ogra, en la actualidad habitada sobre todo por exiliados shotet.

HESSA. Una de las tres ciudades más importantes del planeta nación de Thuvhe: tiene fama de ser más dura y pobre que las otras dos.

HIERBA PLUMA. Poderosa planta originaria de Ogra. Provoca alucinaciones, sobre todo si se ingiere.

IZIT. Unidad de medida que corresponde, aproximadamente, al ancho del meñique de una persona de tamaño medio.

KKRESETH. Una de las tres familias agraciadas con un destino en el planeta nación de Thuvhe; reside en Hessa.

KUTYAH. Enorme criatura peluda con aspecto de cánido, originaria de Thuvhe. Los thuvhesitas aprovechan la piel de kutyah para abrigarse.

KYERTA. Una verdad que te cambia la vida. En ograno significa literalmente «aquello a lo que se le ha dado una nueva forma».

NOAVEK. La única familia agraciada con un destino en Shotet, conocida por la personalidad inestable y brutal de sus miembros.

OGRA. Conocido como «el planeta sombrío», se trata de un mundo misterioso que se encuentra en los límites del sistema solar y cuya atmósfera es impenetrable para los sistemas de vigilancia.

ORUZO. Literalmente, «imagen en un espejo» en shotet, el término significa «sucesor», o que una persona se ha convertido en otra.

OSOC. La más fría de las tres ciudades más importantes de Thuvhe. Es, también, la que se encuentra más al norte.

OTHYR. Planeta cercano al centro del sistema solar, conocido por su riqueza y su contribución a la tecnología, sobre todo en el campo de la medicina.

PITHA. También conocido como «el planeta de agua», se trata de un planeta nación cuyos habitantes destacan por su mentalidad práctica y, sobre todo, por su industria orientada a la creación de materiales sintéticos.

POKGO. Capital de Ogra.

SEMA. Término para referirse a alguien que no se define ni como hombre ni como mujer.

SHISSA. La ciudad más rica de las tres de Thuvhe. Los edificios de Shissa cuelgan por encima del suelo «como gotas de lluvia congeladas en el aire».

SOJU. Metal procedente de Essander que detiene la circulación de la corriente.

TEPES. También conocido como «el planeta desértico», es el más cercano al sol. Sus habitantes son muy religiosos.

THUVHE. Nombre reconocido por la Asamblea tanto para la nación como para el planeta en sí, también conocido como «el planeta de hielo». En él se encuentran los thuvhesitas y los shotet.

TICK. Término jergal para referirse a un lapso breve, de aproximadamente un segundo.

TRAVESÍA. Viaje que los shotet realizan periódicamente a bordo de una nave de grandes dimensiones. Incluye una vuelta alrededor del sistema solar y la búsqueda de los materiales más valiosos, aunque desechados, de un planeta «elegido por la corriente».

TRELLA. Planeta pequeño y humilde donde no se profesa una gran veneración por los oráculos, presenta una orografía montañosa y produce gran parte de la fruta que se consume en toda la galaxia.

UREK. Nombre shotet para el planeta Thuvhe (aunque ellos se refieren a la nación de Thuvhe por su nombre oficial), que significa «vacío».

VOA. Capital de Shotet, donde vive la mayor parte de la población.

ZIVATAHAK. Estilo de combate shotet que resulta adecuado para los estudiantes ágiles de cuerpo y mente. Se traduce como «escuela del corazón».

ZOLD. Planeta pequeño y pobre ubicado en el centro del sistema solar; su población se caracteriza por sus prácticas ascéticas y por su marcada identidad nacional.